講談社文庫

狼の震える夜

ウィリアム・K.クルーガー|野口百合子 訳

ダイアンに。約束は果たせた。

そして、冒険すること、愛することを恐れるなと教えてくれた、母マリリンと父クルーグに。

目次

謝辞

まず最大の感謝を、アニシナアベ族の人々に捧げる。物語そのものに関係はないが、この本を書くにあたり、彼らの豊かな口承文学の伝統から多くを学ばせていただいた。オジブワ族アイアン・レイク・バンドは、現実には存在しない。しかし、わたしが描いたこの人々の精神が、実際のアニシナアベ族の勇気と高潔さを少しでも反映していることを願う。

今回もまた、〈クレーム・ド・ラ・クライム〉と名乗るミステリ創作グループにはたいへんお世話になった。カール・ブルッキンズ、ジュリー・ファシアナ、ベティ・ジェイムズ、マイケル・カック、ジョーン・ロシェク、ジーン・ミリアム・ポール、ベッツィ・レイム、スーザン・ランホルト、アン・B・ウェッブの面々である。彼らの助言と批評なしには、本書はありえなかった。

執筆中、幸運にもミネソタ州の代理人スティーヴ・マーステンとめぐりあうことができた。彼のクライアントは、ミネソタ州天然資源局である。スティーヴほど荒野でのノウハウに通じている人間は知らない。ナイフから弾道学、狼から国境湖沼地帯流域《バウンダリー・ウォーターズ》にいたるまでの専門知識を気前よく提供してくれ、その指摘はつねに的を射ていた。〝いい仕事だったよ《アップ・トゥ・グリーン・リヴァー》〟、スティーヴ。ありがとう。

郡保安官事務所の任務、およびバウンダリー・ウォーターズ・カヌー・エリア・ウィルダネスでの捜索救難態勢については、クック郡保安官事務所のマーク・フォーク副保安官およびジュディ・シヴァートソンに教えていただいた。

匿名が条件だったので、FBIの手法や捜査に関して多くを明かしてくれた情報源の方々のお名前を挙げるのは、控えさせていただく。

〈セント・クレア・ブロイラー〉という清潔で明るい店で、夜明け前の早い時間にこの本は書かれた。読者のみなさんがセント・ポールに来られることがあったら、ぜひ立ち寄って、一杯のコーヒーと常連客の噂話を楽しまれるようにお勧めする。そして、ジミー・セロスとエレナとスタッフたちに、ひとこと声をかけていただきたい。わたしから聞いたと言わなくても、きっと気持ちよくもてなしてくれるはずだ。

狼の震える夜

●主な登場人物

コーク・オコナー 元保安官。本編の主人公
ジョー・オコナー コークの妻。弁護士
ローズ ジョーの妹
シャイロー カントリー歌手
マレイ・グランド シャイローの殺された母。カントリー歌手
ウィリー・レイ（アーカンサス・ウィリー） 〈オザーク・レコード〉の経営者
ウェンデル・ツー・ナイヴズ アニシナアベ族のカヌー職人
ストーミー・ツー・ナイヴズ ウェンデルの甥
ルイス・ツー・ナイヴズ ストーミーの息子
セアラ・ツー・ナイヴズ ストーミーの妻
ヴィンセント・ベネデッティ カジノ経営者
アンジェロ・ベネデッティ ヴィンセントの息子
ウォリー・シャノー 保安官
ブッカー・T・ハリス FBI捜査官
ドワイト・スローアン ハリスの部下
ヴァージル・グライムズ ハリスの部下
ジェローム・メトカーフ コンサルタント
ネイサン・ジャクソン カリフォルニア州法務長官
ヘンリー・メルー アニシナアベ族の呪い師

1

そのインディアンはタフだった。ミルウォーキーは、心の底から老人に感心するという甘さを、自分に許したほどだった。それに、インディアンは頭もいい。だが、あまりにも人を信じすぎる。それが命とりだ、とミルウォーキーは知っていた。

ミルウォーキーはインディアンに背を向け、たき火のそばにすわっている二人の男に向かって言った。「このまま続けることもできるが、インディアンはしゃべらない。保証してもいい」

「おまえが保証したのは結果だろう」神経質になっているほうの男が言った。

「そっちのほしいものは手に入れる、だがこいつからは引き出せない」

「続けるんだ」神経質な男は促した。両手を握りあわせ、頭をぐいとインディアンのほうに傾けた。「やれ」

「そっちのゲームだからな」ミルウォーキーはたき火に近づくと、燠《おき》から長い橅《ぶな》の枝を引き抜いた。先は真っ赤に焼けて、ミルウォーキーの手につかまれた悪魔の角のように、二つの炎の舌がゆらめいている。

老インディアンは小さな二本の樺《かば》の木のあいだに、手足を広げた状態で吊るされていた。手首と足首を、ほっそりした幹にナイロンのひもでくくりつけられている。裸だった。あばら骨の浮いた肌を流れ落ちる血から湯気が立つほど、夜は寒くじめじめしている。背後では、闇が黒いカーテンのように深い森をおおっている。御前舞台をつとめるただ一人の俳優であるかのように、たき火が老人を照らしだす。

あるいは、糸が切れた人形であるかのように、と、ミルウォーキーは燃える枝を手に近づきながら思った。

ミルウォーキーは長い灰色の髪をつかみ、老人の頭を持ち上げた。まばたきして目が開いた。暗いアーモンド形の目が。あきらめてはいるが、へこたれてはいない。

「見ろ」ミルウォーキーは、相手の鼻先にはぜる炎を突きつけた。「目玉がぐつぐついうぞ。シチューみたいにな。まず片目、次に残りだ」

アーモンド形の目は、しっかりとミルウォーキーを見据えた。まるで、二人のあいだに炎などないかのように。

「女の居所を吐け、そうすればこれ以上痛い目にはあわせない」ミルウォーキーは言った。本気だったが、もしもインディアンが屈したなら失望しただろう。なぜなら、彼は老人に対してめったにない親しみのようなものを感じていたからだ。今回の仕事にはなんの関わりもないが、二人の魂に共通しているもの。不屈の心意気のようなもの、火のそばの神経質な男には決して理解できないものがあった。老人がどんな人間か、どれほどの強さを内奥に秘めているかが、ミルウォーキーにはわかる。彼らのほしい情報を、老人からは決して得られないことがわかる。結局、生者は無知のまま取り残され、大切な答えはつねと変わらず死者とともにあるだろう。

たき火のそばからもう一人の男が聞いた。「しゃべる気になったか?」スキンヘッドの大男だ。太いキューバ産の葉巻にミルウォーキーが持っているような枝で火をつけ、微笑した。微笑したのは、自分を除けば、ミルウォーキーは彼の知るかぎりもっとも冷酷な人間だからだ。そして、ミルウォーキーと同じように、神経質な男を大目に見てやっているのは、そいつが金を持っているからだった。

「やるんだ」神経質な男が命じた。「さっさとしろ。なんとしても居所をつきとめるんだ」

ミルウォーキーは老人の目の奥をのぞきこんだ、彼の魂を。そして、声を出さずに何かを伝えた。次の瞬間、枝を前に傾けた。炎の映像が老人の右目いっぱいに広がった。

老人はまばたきしなかった。

2

ウェンデルは三日遅れていた。女の怒りは不安へと変わり、何を考えても重い石がのしかかってくるような気がした。ウェンデル・ツー・ナイヴズが遅れたことは一度もない。

昼過ぎに彼女はキャビンから出て、小川に沿って湖へ降りていった。国境湖沼地帯《バウンダリー・ウォーターズ》の多くの湖と同じく小さい。形は細長く——幅は約九十メートル、長さは八百メートルと少し——ポプラが茂る灰色火山岩の尾根にはさまれた、深いくぼ地に水をたたえている。一週間前、ポプラの葉は黄金に色づき、すべての木が火のついたマッチ棒の頭のように燃えていた。いま、枝はほとんど裸になっている。まだぽつぽつとぶらさがっている葉は、尾根を越えてくる風に震え、一枚また一枚と落ちていく。湖は静まりかえっている。風がポプラの高い梢《こずえ》を揺らす日も、細長い水面は穏やかなままだ。アニシナアベ族は湖をニキディンと呼んでいる、とウェンデルは言っていた。女の外陰部という意味だ。ほとんど空しか映していない細長い静かな水面を眺めては、彼女はウェンデルの部族の人々の感性に口元をほころばせた。

だが、灰色で岩だらけの通廊を、いま彼女は不安な思いで見下ろしていた。いったいウェンデルはどこにいるんだろう？

彼は十日前に来て、いつものように食料と大事なテープレコーダーの電池を持ってきてくれた。次に来るときが最後だと言っていた。彼女が帰るべきときだ。もっと長くいれば、冬の雪嵐が来るかもしれず、そうなったら出ていくのはことだ。そのとき、紅葉が始まったばかりのポプラ、くっきりと青い空、午後には少し泳げるほどにまだ温かい湖水を眺めて、彼女は笑った。

雪？　と、信じられないように聞いた。だって、あたりはこんなに美しいのに、ウェンデル。

彼はそれとなく脅すように警告した。この森、この土地では、誰にも確かなことは言えない。大事をとったほうがいい。

秘密の場所へ来なければならなかった用事はともあれ終わりかけていたので、彼女は同意した。次の週に彼が来たときには、出発の準備を整えておく。いつものように投函する手紙を彼に託し、大きな鳥の尾羽のような銀色のさざなみを残しながら、カヌーが遠ざかっていくのを見送った。

今日は青空の高みに薄く白い雲がかかり、体には感じなくともポプラの葉のざわめきではっきりとわかる風が、たえまなく尾根を吹きすぎていく。彼女はジーンズ・ジャケットをかきあわせて身震いし、大気の中のぴりっとすがすがしい匂いが、ウェンデルの恐れていた冬の雪嵐の前ぶれなのだろうか、と思った。

この幻の湖と古いキャビンに来て以来初めて、切迫感で胸がしめつけられた。向きを変え、小川をたどってキャビンを隠している赤松の林の中を戻っていった。だるまストーブの脇にある荒削りの木製テーブルの上からテープレコーダーを取り、スイッチを入れた。電池が残り少なくなると点滅する赤いランプが、右下の隅についている。ランプはいま点滅していた。レコーダーを口の近くへ持ってきて、両手で持った。

「十月十五日、土曜日。ウェンデルはまだ来ない」

彼女はからっぽのキャビンにしばらくすわり、午後の静寂を意識した。広大な荒野にたった一人でいるのだという実感が、ひしひしと迫ってきた。

「彼は来ると言ったし、これまで約束を守ってくれたのは彼だけ」彼女はテープに吹きこんだ。「何かよくないことが起きた、わたしにはわかる。彼の身に何かあった」

赤いランプが消えかかっている。だが、最後の告白を録音できるかどうかわからなくとも、彼女はスイッチを入れたままにした。「ああどうしよう、こわいの」

3

コークは息をはずませながら、最高の気分だった。一時間走りつづけて、ゴールはもうすぐだ。一歩ごとに足は落ち葉のクッションをとらえ、一息ごとに長く乾燥した秋のほこりっぽい匂いが全身に満ちる。バーリントン・ノーザン鉄道に並行して続く砂利道を、彼はずっと走っていた。線路はミネソタ州オーロラの町を通りぬけるあいだ、アイアン湖の岸に沿っている。十月なかばの遅い午後、湖はべた凪《な》ぎで、目にしみるように青い完璧な空を映しだす、完璧な鏡となっている。岸辺の木々は紅葉に燃えたち、輝くオレンジ色と黄褐色が、静かな水面でふたたび鮮やかに光を散らしている。あちこちにボートが浮かび、孤独な釣り人たちがラインを投げると、つかのま、鏡のような湖面に銀色のさざなみが広がる。

古い鋳造所の跡を囲む金色の樺とポプラの小さな森を抜けると、〈サムの店〉が見えてきた。第二次大戦中、兵舎として使われたかまぼこ型プレハブ小屋で、サム・ウィンター・ムーンというコークの旧友がハンバーガー・スタンドに改造した。小屋の正面には、ハンバーガーや――中でもお勧めはサムズ・スーパー・デラックス――フライドポテトやソフトクリームの絵が描かれている。奥行きのある小屋の後ろ側が、コークの住まいになっている。大きなライフルを持った小さな臆病者に旧友が殺されたあと、二年ほど前にここを相続したのだった。

道路を横断しているとき、〈サムの店〉のほうから叫び声が聞こえた。彼は全力疾走に切りかえた。

渡し口の網戸の向こうで、十二歳になる娘のアニーが飛んだりはねたりしている。

「どうした？」コークは呼びかけた。

アニーはウォークマンのヘッドフォンを勢いよくはずした。「ノートルダムが得点したの！　やった！」

彼女は背が高く活発で、そばかすがいっぱいある。赤い髪を飾り気のないショートスタイルにしている。今日はカットオフ・ジーンズと、〈愛は色を選ばない〉と色とりどりのブロック体で書かれたTシャツを着ていた。以前から、語り草になるほどのノートルダム大学（カトリック系の私立大学）ファンで、法王よりも熱心なカトリック信者だった。自分にはもはやないものなので、コークは娘の敬虔《けいけん》でいちずな信仰をうらやましく思うときもあった。しかし、その午後、すばらしい一日がもたらす精神的な平安を彼は感じ、その敬虔な気持ちはキリスト教徒の祈りにかぎりなく近いものだった。

わたしの道はまっすぐ。
わたしの意志はまっすぐ。

わたしの心はまっすぐ。
わたしの言葉はまっすぐ。
兄弟姉妹にやさしくできますように。
獣《けもの》や鳥にやさしくできますように。

ヘンリー・メルー老人が太鼓に合わせて歌っていた歌を思い出した。それには、コークが大切に思うことのすべてがこめられているような気がした。

「ジェニーはどこだ?」日課のランニングのあいだ、コークは二人の娘に店番をまかせていた。アニーは持ち場にいたが、ジェニーの姿は見えない。

「ひまだって言って、散歩に行っちゃった」

コークは娘の不満を感じとった。アニーにとって責任は重要で、規則はそれなりの理由があって存在した。だから、ルール違反はつねに批判の的《まと》だった。みごとなまでにカトリックなのだ。

「ひまだった?」

「閑古鳥」アニーは認めた。

「まあ、よかったじゃないか」コークは言った。「邪魔されずにフットボール中継が聞けて」

アニーはにやっとして、またヘッドフォンをつけた。

「シャワーを浴びてくる」コークのスエットシャツは汗が結晶になって、肌にざらついていた。

彼が行く前に、配達トラックが線路を越えて、未舗装の道をほこりを舞い上げながら〈サムの店〉のほうへやってきた。そして、コークから三メートルほど手前まで来て止まった。トラックは金色で、大きな緑のコメツブツメクサの絵と、〈クローバー・リーフ・ポテトチップ〉という緑の文字が、車体に描かれていた。フィンランド系で大柄、太鼓腹のチャーリー・オールトが降りてきた。金色のシャツを着て金色の帽子をかぶり、その両方に車体と同じ緑のコメツブツメクサのロゴがついている。

「よう、オコナー。またマラソン大会に出る練習か？」

「一年に一回でたくさんだよ、チャーリー」コークは答えた。つい一週間前に、ツイン・シティ・マラソンに出たばかりなのだ。初めての大会だった。四時間以内の目標タイムには届かなかったが完走し、それで大満足だった。「どうしてここへ？　いつも来るのは月曜じゃないか」

「タワーまで来たんでね。ついでに寄れば一回来なくてすむと思ってさ。景気はどうだい？」

「いいよ。いまは客が少ないが、この秋は最高のシーズンだった」

チャーリーがトラックの後ろを開けると、ポテトチップの箱が山積みになっていた。「つ

「けが来るぞ」チャーリーは言った。「ハロウィーンまでに雪が降る、絶対にな。がんがん降る。そのあと、うんと寒い冬が来る」一つはレギュラー、一つはバーベキュー味のチップスの箱を下ろした。

「どうしてそう思うんだ、チャーリー？」

「さっき、アドルフ・ペンスクじいさんとしゃべってきたんだ。トゥー・コーナーの。ラスト・クリークに罠を仕掛けてるだろ。今年みたいに、マスクラットが厚く毛を生《は》やしているのは久しぶりだとさ」

「穴釣りにはいいだろうな」

「ああ」フィンランド人はうなずいた。うらやましそうに、近くにいる湖上の釣り人を見た。「今年は忙しくてな。舟に乗るひまもろくになかったよ。いま湖に出られたらなあ。あそこのやつみたいに釣っていたいもんだ」彼はしばらく眺めてから言った。「ま、あいつみたいにじゃないけどな」

コークはアイアン湖の釣り人をちらりと見た。「なぜだ？」

「けっ、見てみろよ。釣りのことなんか何もわかっちゃいない。サーフェス・ルアーを使ってるようだ。ほら、トップウォーター・プラグだよ。水面の上をはねるみたいに動かして、カエルか何かだと魚をだますやつさ。あいつは生餌みたいに沈めてる。あれじゃ、どんな間抜けな魚でも食いつきっこない」チャーリーは嘆かわしげに首を振った。「おれたちを都会《まち》の連中から救いたまえ」

「そういえば、あいつは一日中あそこにいて、何一つ釣り上げちゃいないようだな」

チャーリーは、チップスの受取書とサインするためのペンをコークに渡した。「一匹も釣れないのに一日中同じ場所にいるなんて、どんなあほうな釣り人だよ」

〈サムの店〉でまた歓声が上がった。

「ありゃアニーか？」チャーリーは尋ねた。

「ノートルダムの試合を聞いているんだ。また点が入ったんだろう」

「まだ尼僧になるって言ってるのかい？」

「それか、ノートルダム・ファイティング・アイリッシュ初の女性クォーターバックだな」

そう答えて、コークが受取書にサインすると、チャーリーはトラックに乗って去っていった。

〈サムの店〉はオーロラ郊外にあり、アイアン湖の岸辺に隣接して建っている。サム・ウィンター・ムーンは、おもな商売相手であるプレジャーボートが着けられる簡素で頑丈な桟橋《さんばし》を造っていた。まっすぐ北にはベアポー醸造所があって、コークの土地との境界は高い鉄条網で仕切られている。コークは醸造所の存在が気に入らなかったが、〈サムの店〉よりも昔からあったし、オジブワ族（アニシナアベ族と同意）アイアン・レイク・バンド（アメリカ・インディアンの保留地内における、政府公認の行政単位）が〈チペワ・グランド・カジノ〉を建てる前の不景気な時代には、オーロラの多くの住民の生活を支えていたのだ。だから、文句は言えない。

窓ごしにアニーにチップスの箱を渡しながら、コークはほとんど無人の湖を一瞥《いちべつ》した。

「店じまいにしようか」

「ジェニーは？」

「帰り道はわかっているよ」

「閉店時間まで一時間もあるわ」彼女は父親に思い出させた。「誰かが食べにきて、あたしたちがいなかったらどうするの？」

「たまに規則破りができなかったら、一国一城のあるじをやっている意味がないだろう」コークは言いきかせた。「おしまいにしよう」

アニーは動かなかった。チャーリー・オールトのトラックが止まっていた場所へ向かってくる車のほうに、頭をかしげてみせた。「ほらね。お客さんよ」

車はレンタカーで、黒のレクサスだった。降りてきた男は、サングラスをはずしてこちらへ近づいてきた。

「コーコラン・オコナー？」

五十代後半の大男で、薄い髪は灰色になりかかり、やはり灰色がまじった口ひげをうっすらと生やしている。頬の垂れた長い顔でとくにハンサムとはいえず、コークはちょっとブラッドハウンドを連想した。

「オコナーだが」

男は鹿革らしい高価そうな薄茶のスエード・ジャケットを着て、その下に赤みがかった茶のタートルネックを合わせていた。ふつうなら、秋の一日にふさわしい色と厚みをそなえた服装だ。今日には暖かすぎるが、この秋が長くて暑いのにはみんなが驚いていた。上等な服にもかかわらず、そのくつろいでどっしりとした歩き方のせいか、赤粘土の土地を耕しながら一日中ロバの尻を眺めているのが似合いそうな男に見えた。

「ウィリアム・レイだ」男はコークに手を差し出した。

「知っていますよ」彼は答えた。「アーカンサス・ウィリーでしょう」

「覚えてくれたのか」男は嬉しそうだった。

「オーバーオールとバンジョーがなくても、あなたならどこにいてもわかる。アニー」コークは振り向いた。「ウィリアム・レイを紹介しよう。アーカンサス・ウィリーと言ったほうが通りがいいかな。ミスター・レイ、娘のアニーだ」

「やあ、こりゃどうも、お嬢ちゃん。ご機嫌は?」

男の話し方は歩き方と同じようにゆっくりとしていて、一語一語に余分な音節がついているような感じだった。それは、コークがよく覚えている口調だった。二十年前、土曜の夜はいつもなんとか時間をあけてテレビの前にすわり、〈スカンク・ホーラー・ホーダウン〉を見たものだ。番組は独立局が買いつけたもので、ギター、フィドル、バンジョー、そして腹ぺこの牛の群れにも充分の感傷的な曲でいっぱいの、カントリー・ミュージック・ショーだった。ナッシュヴィルのグランド・オールオプリーからの放映で、アーカンサス・ウィリー・レイと妻のマレイ・グランドが司会をしていた。

「お嬢ちゃん、すまないが水を一杯もらえるかな」レイはアニーに頼んだ。「のどが日曜の朝の〈スカンク・ホーラー〉の酒場みたいにからからでね」

「いまでもステージを、ミスター・レイ?」

「ウィリーと呼んでくれ。みんなそうしてる。いや、もうチャリティでもやってないんだ。マレイが死んだあと、オーバーオールとバンジョーはしまったよ」古い傷口であっても、その声にはいまも新しい悲しみがにじんでいた。彼はポケットに両手を入れ、舌で頬の内側をつついた。「いまはレコード会社をやってるんだ」口調が明るくなった。「オザーク・レコードだよ。カントリーの業界じゃ最大手なんだ。ブラックロック・ブラザーズ、エリシティ・グリーン、レット・テイラー。みんなオザークと契約してる」

「どうぞ、ミスター・レイ」アニーが窓ごしに、水と氷をいっぱいにした紙コップを渡した。

「どうもありがとう、ハニー」

「紅葉を見にきたんですか?」アニーが尋ねた。

「いや、じつはパパに会いにきたんだよ」彼はコークに向き直った。「ちょっと話ができるところはあるかな? 内密に」

「ミスター・レイと少し歩いてくるよ、アニー。留守番していてくれるか?」

「いいわ、パパ」

彼らは桟橋の端へぶらぶらと歩いていった。浅瀬で小魚が泳いでいる。土に鉄分が多いので、水は錆色《さびいろ》だ。レイは湖を見渡して、気持ちよさそうにほほえんだ。

「ここまで来たのは一度しかないな。〈グランドビュー〉を建ててるときだ。あのころとまったく変わらずきれいだね。マレイがあれほど愛したのももっともだ」古い桟橋の白っぽくなった張り板に水の入ったコップを置くと、革ジャケットのポケットからCDを取り出した。それをコークに渡して、聞いた。「誰だかわかるか?」

「シャイローですね」写真の女を見て、コークは答えた。ほっそりとした、若くてとても美しい女だった。なめらかな黒髪が滝のように背から腰まで流れている。「アニーがファンですよ」

「わしの娘だ」レイは言った。「それにマレイの」

「知っています」

レイは長い猟犬のような顔でじっと彼を見つめた。「どこにいるか知ってるかね?」

コークは不意をつかれた。「いまなんと?」

「もし知ってるなら」レイは急いで続けた。「無事かどうかだけわかればいいんだ。それだけでいい」

「ウィリー、なんの話かさっぱりわからないんですが」

レイの広い肩が落ちた。顔には汗が光っている。ジャケットをぬいで、桟橋を固定している杭にかけ、手の甲で額をぬぐった。「すわらせてもらうよ」

桟橋で釣りをするときにときどき使う小さな腰掛けを、コークは足でレイのほうへ押しやった。レイはどさりと腰を下ろした。桟橋に吹き寄せられていた金色の葉を一枚拾うと、ゆっくりと小さくちぎりながら話しはじめた。

「マレイはときたまここの人たちのことを言ってた、彼女が一緒に育った人たちだ。きみのことを話したとき、〝ニシイメ〟と呼んでたよ」

「〝弟〟という意味です」

「きみのことはよく考えてたようだ」

「それは嬉しい。しかし、シャイローとなんの関係が？」

「じつはな。娘はしばらく行方不明になってるんだ。二ヵ月ぐらい前、全部の契約をキャンセルして消えた。タブロイド新聞はもう大騒ぎだ」

「ああ。見ましたよ」

「娘はわしに手紙をよこしてた。一週間に一度。みんなオーロラの消印だった。二週間前、手紙が来なくなった」

「書くのにあきたのでは?」

「そう思ったら、わしはここにはいない」

「どこにいるか、手紙には書いてなかったんですか?」

「これといってな。誰にも居場所を知られたくなかったんだ。あの子がここに来たのは、なんだったか……正確には覚えてない。〝ミジウェヤ〟とかなんとかのために来たんだと」

「ミザリー」コークはちょっと考えた。「〝ミザリー〟では? 〝何かのすべて。事柄全体〟という意味です。それで筋が通りますか?」

「わしにはわからない」レイは肩をすくめた。「とにかく、バウンダリー・ウォーターズの中のキャビンのことが書いてあった。それに、母親の古い友だちでインディアンの血を引く人間に案内されたと。それで、わしはきみのことじゃないかと思ったんだ」

「娘さんのことは何も知りません、ウィリー。要するに、何が心配なんです?」

「じつは、シャイローはこのところ精神科医にかかってたんだよ。ドラッグの濫用と、うつ症状でね。前に自殺未遂を起こしてる。手紙が来なくなったときには……」ロープを投げてほしくて深い井戸の底から見上げているように、彼はコークをふりあおいだ。「わしが知りたいのは、娘が生きていて無事なのかどうか、それだけなんだ。手を貸してもらえるかね?」

「どうやって？」

「とりあえず、娘を案内した人間を見つけるのを手伝ってほしい。それだけでいいんだ」

湖上で、エンジンの音がした。岸から二百メートルほどのところでボートが流し釣りを始め、波一つない水面にやわらかなひだが広がって、そよ風にはためく青絹の旗のように流れては消える航跡が尾を引いていく。

コークは首を振った。「インディアンの血を引く人間ね。それはまずむりな注文だな。この郡の人口の半分は、アニシナアベ族の血がまじっています。おれはもうこのへんの保安官でもない。たんなるハンバーガー・スタンドのおやじですよ。しかるべき筋に行ったほうがいい」

「人目を引くような真似をするわけにはいかないんだ」レイはがっくりした様子だった。「もしシャイローがここの森のどこかにいるなんて噂が広まったら、マスコミのやつらがハムの骨にむしゃぶりつく犬みたいに押し寄せてくる。あの子を探して誰が森へ入るか、わかったもんじゃない。シャイローは、頭のいかれたファンからの手紙を山ほどもらってるんだ。冗談じゃない、狩猟が解禁されたみたいな騒ぎになるよ」彼はちぎった葉の残りを投げ捨てた。葉くずは湖面を漂い、小魚につつかれて震えた。大きさと色とふいの動きとで、水辺に下りてきた昆虫と間違えられたのだ。「なあ、きみがわしをよく知らないのはわかってる。だが、自分のためだけに頼んでるんじゃないんだ。マレイがまだ生きていたら、彼女が頼みにきたはずだ」

コークは腕をこすって暖めた。走ったために、脚や肩がこわばっていた。「おれには仕事があるんですよ、ウィリー。それに、もう警察の仕事はしない」

レイは立ち上がり、すがるようにコークの肩をつかんだ。「娘を見つけるのに協力してくれたら、明日にでも引退できる金を払うよ」

「見つけるために何かできるかどうか」

「やってみてくれないか？　頼む」

窓口の向こうで、アニーが叫び声を上げた。コークはそちらを見た。叫びは興奮からで恐怖からではなかったが、彼は考えた。もし森にいるのがアニーだったら？　あるいはジェニーだったら？　自分の娘だったら。彼も必死になるだろう。たまたまウィリー・レイが、この重荷を負ったのだ。コークには関係もなかったし責任もなかったが、彼は言った。「一週間に一度手紙が来たんですね。全部がオーロラの消印だった？」

「そうだ。手がかりになりそうなことはあまり書いてなかった。しかし、きみなら何かわかるかもしれん。ぜひ見てくれ。わしのキャビンにあるから」

「どこに泊まっているんですか？」

「〈グランドビュー〉だ」

「〈グランドビュー〉？　古いところですね」

「ああ。何度も閉めようと思った。過去のものだ。だが、マレイはあそこを愛してた。なくすことはできなかったよ」

「今晩寄りましょう。先にシャワーを浴びて食事をすませたい。七時でどうです？」

「ありがとう」レイはコークの手を握り、力強く上下に振った。「ほんとうにありがとう」

アーカンサス・ウィリーの車が去ったあと、コークは窓口の前に戻った。「試合はどうした？」

「終わった。ノートルダムの勝ち」アニーは満面に勝利の笑みを浮かべた。

「どうだ？　店じまいにしないか？」

アニーは片づけを始めた。「ミスター・レイはなんだって？」

「ちょっと探しものを手伝ってほしいそうだ。引き受けるつもりだよ」

「少し南部山地のなまりがあるわ。あっちの人？」

「だまされちゃだめだ、アニー。田舎者みたいな口をきくことで、ひと財産築いた男だぞ」

コークは外を片づけた。ピクニック・テーブルのそばの樽から大きなごみ袋を引っ張りだして、道の脇のごみ箱に捨てた。〈サムの店〉に戻ると、さっきの釣り人も道具をしまって上がるようだった。コークは少しのあいだ釣り人を見つめた。チャーリー・オールトはいいところを突いていた。どんなにあほうな釣り人だろうと、魚信《あたり》もない場所に一日中張りついているだろうか？

誰もが久しくなかったと言う最高の秋だったが、オーロラの町は最悪の状況に備えていた。北の果ての地では、つねに冬の訪れが人々の心にかかっている。車庫やポーチの脇にはたきぎの山が積み上げられ、夜になると木を燃やす煙の匂いがたちこめた。センター・ストリートのメイフェア衣料店のウィンドー・ポスターは、〈だまされないで！　到来間近。冬ものコート二割引き！〉と謳《うた》っている。ネルソン金物店の外では、ハロウィーン用カボチャを売る台の横に除雪機が止まっている。アニーを送ってオーク・ストリートを車で走りながら、コークはネッド・オヴァビーがはしごの上で樋《とい》にクリスマス・ライトを取りつけているのを見た。

4

グズベリー・レーンに乗りつけて、自分が育った二階建ての家の私道に入った。ブロンコから降り、日陰になっていまは誰もいないポーチのブランコを眺めた。ブランコを下ろし、来シーズンまで車庫にしまって初めて、冬の到来はコークにとって確かなものとなる。芝生に立ち、ぬけるように青い午後の空に真っ赤な紅葉が映えている楓《かえで》に見とれた。そして、暖かな秋の空気を深々と吸いこんだ。ハロウィーンまでに大雪が降るとチャーリー・オールトは言っていたが、ブランコを片づけるのはまだ当分先になりそうだ。

アニーが横の戸口からキッチンへ駆けこんだ。コークはあとから家に入り、自分とアニー以外は誰もいないようなのに気づいた。

グズベリー・レーンの家を出てから一年半近くになる。〈サムの店〉に一人で住むのには慣れたが、自分だけで決められるのであれば、そういう暮らしは選ばなかっただろう。

アニーがテレビをつけて、ノートルダムの試合のハイライトにチャンネルを合わせた。コークは居間を抜け、二階に向かって呼びかけた。「誰かいるか？」

「ここよ」廊下のすぐ先の仕事場から、ジョーの声がした。

ナンシー・ジョー・オコナーはデスクにすわって書類を広げ、ペンを手にしていた。色あせたジーンズをはき、デニムのブラウスの袖を肘までまくっている。ショートにした金髪は、いらだって手でかき上げたように少し乱れている。眼鏡をかけているせいで、薄青の目が驚いているように大きく見える。彼女は入ってきた夫にほほえんだ。

ジョーは一人ではなかった。デスクのそばに、黒髪とアーモンド形の目とオジブワ族の薄いブロンズ色の肌をした、背の高い男がすわっている。コークが入っていくと、男はすぐにジョーから少し距離を置いた。

ジョーは眼鏡をはずした。目が小さくなったが、その青さは変わらなかった。「まだ誰も帰ってこないと思っていたわ」

「お客がいなくてね」コークは説明した。「早じまいにしたんだ」オジブワ族の男にうなずいた。「やあ、ダン」

「どうも、コーク」ダニエル・ワデナは親しみのこもった笑みを浮かべた。ワデナは、オジブワ族アイアン・レイク・バンドが運営している〈チペワ・グランド・カジノ〉の支配人だった。〈グランドでもうけよう〉と黒で書かれた赤いTシャツを着ている。

「土曜も仕事か？」コークは首を振った。

「契約を結ぶところなの。そうすれば、冬が来る前にカジノ・ホテルを着工できるから」ジョーはここ何年も、アイアン・レイク・バンドの顧問をつとめていた。

「急いだほうがいい」コークは警告した。「ハロウィーンまでに雪が降るそうだ」

ワデナはちらりと外を見た。「それは気象予報士から聞いたのか？」

「マスクラットからさ」コークは答えた。

ジョーは伸びをした。「今日はここまでにしましょう、ダン」

「よく働いたな」ワデナはしめくくって立ち上がった。ブリーフケースに注意深くたくさんの書類をしまって留め金をかけ、デスクを離れた。「続きは月曜に？」ジョーに聞いた。

「午前中はほとんど出廷しているの。昼食のあとはどう？」

「結構だ。見送りはいいよ。じゃあな、コーク」彼は出ていった。

コークはワデナがすわっていた椅子にどさりと腰を下ろし、ジョーがデスクの上の書類を片づけるのを見守った。

「あいつはきみに惚れている、わかっているだろう」

「ええ」彼女は引き出しを開けてペンを入れた。「気を持たせてはいないわ」

「彼は、相手としては狙い目《キャッチ》だという噂だ」

「漁獲高《キャッチ》？　サバの話？」彼女はまっすぐにコークを見た。「いまのところ、わたしの人生に次の男はまったく必要ないの」また眼鏡をかけると、カレンダーにメモを書きこんだ。

玄関のドアが開く音がした。ほどなく、コークの義妹ローズがジョーの仕事場の戸口にどたどたと姿を見せた。小さな食料品の袋を抱えている。ローズは大柄で地味な女で、道路のほこりのような色の髪と、ジブラルタルの岩のような大きな心を持っている。姉のジョーとはまったくと言っていいほど似ていないが、子どもたちを愛している点では同じだ。ローズは最初から育児を助けてくれて、産みの親でなくとも、子どもたちの性格の多くは彼女の善良な魂がはぐくんだものだった。息をきらせて戸口に立っているどっしりとした女に対して、コークが感じるのは愛と、言いあらわしきれない感謝の念だけだった。

「スティーヴィがずっと走りっぱなしで」ローズはあえぎながら言った。額から汗が噴き出して、丸々とした頬に流れている。「天気がよくて、有頂天なの」

「どこにいるんだ？」コークは尋ねた。

「ここだよ！」六歳のスティーヴィが、叔母の横を押し通って戸口から入ってきた。コークの子どもたちの中で、スティーヴィがもっともアニシナアベ族の血を色濃く引いている。髪はまっすぐで黒く、頬骨は高く、まぶたは厚い。うずうずしているような笑顔で父親にねだった。「パパもやるなら、アニーがフットボールをしようって。やる？」

「いいよ」コークはうなずいた。「少ししたらね。前庭で」

スティーヴィは叫んだ。「ヤッホー！」そして戸口の向こうへ消えた。

「夕食のしたくを始めるわね」ローズは言った。「コーク、一緒に食べていく？ハンバーガーを焼くだけだけど」

「ありがとう、だが午後に走ったあとシャワーを浴びるチャンスがなかったんだ。スティーヴィとちょっと遊んでから、〈サムの店〉へ戻って汗を流すよ」

「ビデオを借りてあるのよ」ローズはもうひと押しした。「『ライオン・キング』。スティーヴィが大好きなの、知ってるでしょ」

彼が横目でジョーのほうを見ると、彼女はうなずいた。「戻ってくるかもしれない。でも、待たないでくれ」

ローズは食料品を抱えて引き返していった。

「ジェニーは一緒に帰ってきたんじゃなかったの？」ジョーが聞いた。

コークはかぶりを振った。「散歩に行ったまま、戻ってこなかった」

「ショーンに会いにいったのよ、決まっているわ」

「噂をすれば、だな」

コークの関心を引きつけている窓のほうへ、ジョーは視線を移した。ジェニーと十代の少年が、路地から裏庭へ入ってきた。二人はライラックの生け垣の端で立ち止まり、キスした。コークは網戸のほうへ近づいた。

「スパイしちゃだめよ」

「スパイなんかしていないよ。二人の関係がどんなものか、見きわめているのさ」

年々、ジェニーは母親に似てくる。ほっそりとした体型で金髪、頭がよくて独立心が強い。十四歳のときには、鼻にもピアスの穴をあけたがり、髪を紫に染めて着る服のほとんどを救世軍で選んでいた。もうすぐ十六歳のいまは、鼻ピアスのことは口にしないし、髪の色は落としたし、服はショッピングモールで買っている。『アナイス・ニンの日記』にはまり、ハイスクールを卒業したらすぐにパリで暮らすために、せっせと貯金をしているところだ。ジョーは心変わりするだろうと言っているが、コークはわからないと思っている。ジョーと同じで、ジェニーは一度こうと決めたら必ず実行するのだ。ボーイフレンドのショーン・マレーは背が高くひょろっとした少年で、黒い髪を長く伸ばし、頰骨《は》に沿ってうぶ毛を生やしている。コークが見るときは、いつも全身真っ黒の服装をしていた。

「あれのどこがいいんだろう?」コークは首をかしげた。「まるでマッチの燃えかすみたいな格好だ」

「彼は自作の詩を送ってくれるのよ。いい子だし」

コークは網戸のほうに身を乗り出して、声をかけた。「ジェニー。ちょっといいか?」

ジョーは驚いた。「コーク、放っておきなさいよ」

「いい子が娘の尻にさわっていたぞ」

〈サムの店〉に戻ると、まず地下室へ行った。

コークは〝ゴジラ〟と名づけた怪物と暮らしている。古いプレハブ小屋の地下スペースの大部分を占領している、年代ものの石油バーナー式暖房装置だ。〝ゴジラ〟は気分屋で、ときどきバーナーをけとばしてやる必要がある。おんぼろ暖房装置が冬場に低くうなりだすと、一階のパイプが震えて、たびたびコークの客を驚かせるのだった。商売の利益を上げ、臭い石油ではなくきれいな天然ガスを燃やす、音の静かな新製品に買い換えたいと思っていた。しかし、アニーとジェニーをひと夏雇ったために、貯金できたかもしれない収入もはたいてしまった。この数ヵ月、娘たちと一緒の時間がどれほど楽しかったかを思えば、得たもののほうが大きい出費だった。

コークは頭上の電灯のひもを引っ張り、〝ゴジラ〟の裏側へまわった。ガラス瓶を置いた棚の下の壁にたてかけてある、黒いトランクのところに行った。ガラス瓶はローズからの贈り物だった。トマトの水煮、チョークチェリーの実のジャム、トウモロコシの甘酢漬け、スイカの皮のピクルスが入っている。ジョーと別居していても、ローズは彼女なりのやり方でこまめにコークの世話を焼いていた。

　彼はトランクを開けた。いちばん上には巻いた熊の毛皮が入っている。毛皮を手に取ると、ずっしりと重かった。油紙に包んで中にしまってある、スミス&ウェッソン三八口径M10ミリタリー&ポリス・スペシャルのせいだ。熊の皮と銃は、過去もっとも大切な存在だった二人の男の思い出の品だった。銃は、父親がタマラック郡の保安官だったときのもので、コークがその地位にあったあいだはずっと携行していた。熊の皮はサム・ウィンター・ムーンから遺贈された。父親が殺されたあと、サム・ウィンター・ムーンが――いろいろな意味で――コークの命を救ってくれたことを、彼はそれを見るたびに思い起こした。たしかに、二つとも暴力の象徴ではある。だが、これらが伝える記憶は、男であるというのはどんなことかを、コークが理解する基礎となっていた。

　巻いた熊の皮の下には、黄ばんだウェディングドレスがある。母のものだ。トランクには、彼がもらうまではおもに母の宝物が入っていた。妻のジョーに再三言われて、自分が育ったグズベリー・レーンの家を出ていったとき、トランクは必需品以外にコークが持って出た数少ないものの一つだった。彼はたくさんの義務を怠ってきたので、せめて母が大事にしていたものくらいはずっととっておくつもりだった。コークはウェディングドレスを手に取って、そっと熊の皮の上に置いた。トランクの残りのスペースの大部分は、古い写真の入った箱で占められていた。存命中、母はいつも写真を整理してアルバムに貼ると言っていた。

しかし、実行に移されることはなかった。母があとに遺《のこ》したのは、ばらばらの写真に写った人生の寄せ集めだった。コークは箱の中身をより分けはじめた。コレクションを最後に見たのがいつだったか思い出せない。目的に集中していなかったら、自分の歴史を形づくるパズルの一片一片をついつい眺めてしまっただろう。一時間かけて、三つ目の箱で探していた写真を見つけた。モノクロで、コークがよく覚えているコダックの箱型カメラで撮ったものだ。だいたい一九六一年ごろの、グズベリー・レーンに建つオコナー家が写っている。前庭で太陽に目を細め、ふくらはぎまでの丈のプリントドレスを着て立っているのは、母と母のいとこのエリー・グランド、エリーの十二歳の娘マレイだ。都会でインディアンとして生きるのをついにエリーがあきらめたあと、親子はオーロラで暮らすために、その年ツイン・シティから移ってきた。マレイの父親については誰も知らないようだった。あるいは、知っていたとしても決して口にしなかった。コークには判然としない理由で、エリー・グランドはアイアン・レイク保留地では歓迎されなかった。それで、コークの母親がグズベリー・レーンの家に彼女を迎えたのだった。ほぼ一年、エリー・グランドは客用寝室に泊まり、マレイは裁縫室で眠った。

マレイ・グランドはコークが知っていたどんな女の子とも違っていた。彼女は東インドの王女を思わせた——長い黒髪、金粉をふったような目、やわらかな美しい顔だち、これまでに会ったオジブワ族の誰よりも浅黒い肌。一目見て彼女が好きになった。彼より三つ近く年上のマレイはおもしろがった。最初、どこへでもついてくる彼をオッジブと呼んでいた。〝影〟とか〝幽霊〟という意味だ。のちに、〝弟〟という意味のニシイメという新しいあだ名をつけた。

コークは同じ箱をもう少し探して、〈エリーのパイ・ショップ〉の写真を見つけた。町はずれにあった古い家で、彼の母がお金を貸し、エリー・グランドが夏の観光客に人気の店にした。マレイが一位になった年の〈ウィンダム・ブルーグラス・フェスティバル〉の写真もあり、自分が撮ったのを思い出した。彼女は十六歳で、美しく、幸せそうだった。悲劇はすべて、まだずっと先の話だった。

クリップで留めた五、六枚の記事を見つけたときには、コークはくたびれていた。〈セント・ポール・パイオニア・プレス〉の記事で、パームスプリングズの自宅でマレイ・グランドが殺された事件を報じていた。記事にざっと目を通して、記憶を呼びおこした。最重要容疑者は、ヴィンセント・ベネデッティという男だった。ラスヴェガスの〈パープル・パロット〉というカジノのオーナーで、組織犯罪に関係しているという噂があり、マレイとのロマンスが取り沙汰されていた。誰がマレイ・グランドを殺したのかという疑問は公式には未解決のまま、ついに捜査が打ち切りになるまでを、記事は追っていた。

コークは、前庭の芝生に立つマレイの写真と熊の皮以外を、慎重にトランクに戻した。写真をポケットに入れた。しばらく熊の皮を手に持って、中身の重さを測った。サム・ウィンター・ムーンはかつて、偉大な精霊ギチマニドーによって創られたすべてのものには、多くの目的があると語った。樺の木は動物に避難所を与え、カヌー用の樹皮になり、かまどの火のたきぎとなる。湖は魚の棲《す》み処《か》であり、飲み水を与え、暑い日の涼み場所となる。しかし、銃はどうか。殺す以外、なんの役に立つだろう？

コークは熊の皮を戻し、トランクを閉じると、もう一つの答えの出ない疑問に背を向けた。

5

十五分後にシャワーから出たとき、電話が鳴った。

「コーク？　ウォリー・シャノーだ」

コークはタオルで胸をふいた。タオルはかびたような臭いがし、洗濯をしなければと思った。

「やあ、ウォリー。どうした？」

「わたしの事務所に来られるか？　早めに？」

「どのくらい早めだ？　夕飯がまだで、腹がぺこぺこなんだ」

「ハンバーガーを持ってこい。ここで食べればいい」

「おれは一日じゅうハンバーガーを食っているんだぞ。なんの用だ？」

「あんたにいつ会うかはこっちが決める。とにかく来い」

「『頼むよ』と言ったらどうだ？」

保安官ウォリー・シャノーは電話の向こうでしばし黙った。「頼むよ」ようやく言った。

二十分後、コークはブロンコをタマラック郡保安官事務所の駐車場に乗りつけた。夜勤のマーシャ・ドロス保安官助手が、電子ロックを解除して彼をドアから入れた。

「みんな保安官のオフィスにいるわ」彼女は閉まったドアのほうにうなずいてみせた。

「みんなとは？」

「FBIじゃないかしら、犯罪情報局《BCA》かも。ちょっかいを出しにきたに決まってるわ」

「何が目的なんだろう？」

彼女は肩をすくめた。「知るわけないでしょう。だけど、保安官は外をのぞくたびに、腸が一回余計にねじれたみたいな顔をしてるわよ」

コークがドアをノックして開けると、ウォリー・シャノーが中からうなるように答えるのが聞こえた。

シャノーは、八年間コークのものだったデスクにすわっていた。長い時間がたったので、自分にとってかわった男に対して彼はもうなんの反感も抱いていなかった。どのみち、シャノーは引退目前だった。ルーテル教会信徒、忠実な共和党員、そして悪い保安官ではない。大柄で特注の靴をはき、大きな手の指は長くふしくれだっている。今日は、白いシャツにグレーのズボンを黒いサスペンダーで吊っている。疲れているようだが、いつもそんなふうに見える。妻のアーレッタはアルツハイマー病を患っていて、選挙民への義務と妻への義務の両方で、彼の大きな手は満杯だった。

いらいらしながら交通整理をしている警官のように、彼はコークを手招きした。「ドアを閉めろ」

「ていねいなご挨拶《あいさつ》で嬉しいね、ウォリー」コークは言った。

オフィスにはシャノーのほかに三人の男がいた。二人は黒人で、一人は白人だった。スーツを着ていたが、二人は上着をぬいでタイをゆるめ、袖をまくっている。窓は閉じられていた。オフィスの中は暖かく、心配そうな男たちの汗でよどんでいた。彼らは、シャノーのそばの壁にテープで留められた地図の前に集まっていた。コークが入っていくと、三人は振り向いた。彼らの視線がじろじろと自分を値踏みするのをコークは感じたが、まるで一陣の風が入ってきたにすぎないかのように、三人の顔にはなんの表情もあらわれていなかった。

いちばん背の低い男がまず近づいてきて、手を差し出した。「ミスター・オコナー、主任特別捜査官のブッカー・T・ハリス、FBIだ。来てくれてありがたい」

よく響く落ち着いたその声と同じく、ハリスの握手は自信にみちていた。命令するのに慣れている人間だ。髪は短く、大部分は黒かったが、こめかみに沿って白髪がまじりはじめている。皮膚は楓《かえで》の木のような淡い茶色だ。

「どうも、ハリス捜査官」コークはうなずいた。

ハリスは近くにいるほうの仲間に向き直った。「こちらはスローアン捜査官」

シナモン・ティーのような、いくぶん赤みがかったこげ茶色の肌の男だ。コークは大学時代に知っていたラインバッカーを思い出した。低く構えた頑丈な男。だが、もしスローアンが実際フットボールをやっていたとしても、絶頂期は三十年前だったろう。筋肉のほとんどは脂肪になっている。それでも、厚い胸と肩からはまだ充分に力が見てとれた。コークとスローアン捜査官は礼儀正しく握手をかわした。スローアンの目は澄んだ茶色で、疲労をたたえていた。まくった袖から突き出た前腕には、マホガニーについた長い引っかき傷のような白い傷痕が走っている。

「それに、グライムズ捜査官だ」

白人のグライムズは痩身で愛想がよかった。赤褐色の髪を軍隊風のクルーカットにして、あごの骨はなたのように鋭く、白っぽい青の目は熱した鋼鉄のようで、指はふしくれだっている。その顔には、太陽の下で多くの時間を過ごす者特有の褐色のしわが深く刻まれている。

「すわってくれ」シャノーが言った。

コークは腰を下ろし、壁の地図を眺めた。バウンダリー・ウォーターズの地形図だった。

「すぐ要点に入らせてもらうよ、オコナー」ハリスが言って、シャノーのデスクにくつろいだ様子でもたれかかった。ここを早くも自分の縄張りにしたような、場になじんだポーズだった。「保安官は、きみが信用できる男だと保証してくれた。われわれは問題を抱えている、きみの協力が必要になるはずだ」

「それで」コークはうながした。

ハリスは床のブリーフケースに手を伸ばし、折りたたんだタブロイド新聞を取り出してコークに渡した。〈懸賞金一万ドル!〉という見出しが躍っている。その下には、シャイローと呼ばれている女の大きなカラー写真が載っていた。その写真は、男であれ女であれ、誰もが燃やしてほしいと頼むようなものだった。シャイローの肌は紅潮して汗ばみ、眼差しは憤り、フラッシュの光に捉えられた瞬間の顔は、相手を罵ってゆがんでいる。逆上しきった様子で、今日の午後アーカンサス・ウィリーがコークに見せた、CDジャケットのやさしげなシャイローとは似ても似つかなかった。写真の下のキャプションには、〈シャイロー発見にご協力を、一万ドルはあなたのもの!〉とあった。

「こいつはでたらめだ」ハリスは言った。「二ヵ月前にシャイローが消えて以来、この三文新聞は彼女の目撃情報を更新しつづけている。ニューヨーク・シティ、パリ、サンタフェ、プレスリー記念館。じつのところわれわれには、この女性はどこかこの近くにいると信じるに足る理由がある」

「どんな理由が?」コークは新聞をハリスに返した。

「もっともな理由が」ハリスはそれ以上答えなかった。

「いいだろう。彼女がこのあたりにいるとして、おれに何をしてほしいというんだ?」

「彼女は少し前に、インディアンの案内でバウンダリー・ウォーターズ・カヌー・エリア・ウィルダネスへ行ったことがわかっている。彼女を見つけるために、その男が誰なのか知りたい。シャノー保安官は、きみがその点で助けになると言っている」

部屋の中は暑すぎた。窓を開けて涼しい夜の空気を入れ、不安の匂いを追い出してくれと、コークはシャノーに頼みたかった。

「あんたは彼女が消えたと言ったが、自発的だったのか?」コークは尋ねた。

「そうだ。われわれは広報担当とマネージャーから話を聞いた。二人とも、雲隠れは彼女の意思だが、それ以上はわからないと言っている。どうやらこんどの件に関して彼女は極端に秘密主義で、しかも唐突だったようだ」

「だったら、なぜ探しているんだ? プライバシーがほしいなら、彼女にはそうする権利があると思うが」

「こちらにはこちらの理由がある」それがハリスの答えだった。

「もっともな理由が、か」コークは付け加えてやってから、立ち上がって出ていこうとした。「諸君、面白い話だったが、勝手にやってもらおう」

「これは連邦当局の捜査なんだぞ、オコナー」ハリスは警告した。

「じゃあ、おれを法廷に引っ張っていくんだな」

「なあ、彼に協力してほしいなら、どういうことなのか説明したほうがいいぞ」シャノーが口をはさんだ。「腹を割って話すんだ」

ハリスは鋭い目つきでシャノーを一瞥《いちべつ》した。その忠告には、苦い薬同様そそられないようだった。彼はほかの二人の捜査官をちらりと見て、三人は無言のうちに相談しているふうだった。ハリスは不承不承《ふしょうぶしょう》うなずいた。「わかった。この件における連邦捜査局の関心および管轄権は、RICO法に基づくものだ。なんだか知っているかね？」

「もちろん。事業への犯罪組織の浸透を取り締まる法律だ。バウンダリー・ウォーターズにいる女性と、それがどう関係しているんだ？」

「十五年前、この女性シャイローは、母親殺害の唯一の目撃者だった」

「そのことはみんな知っている」コークはまた椅子に腰を下ろした。「母親はここの出身だった」

「では、その晩の出来事を思い出せないと彼女が主張しているのも知っているだろう。外傷後健忘症だ。ときどきあるらしい。三ヵ月ほど前、彼女は麻薬濫用で治療を受けるように裁判所命令を受けた。パトリシア・サトペンという精神科医にかかっていたんだが、聞いたことがあるんじゃないか。有名人の患者がいっぱいいる。〈オプラ・ウィンフリー・ショー〉にも出たよ。サトペンの心理学的手法の中には、退行セラピーも含まれていた。治療を受けるあいだに、シャイローはとうとう母親が死んだ夜の記憶を取り戻したんじゃないかと、われわれは考えている」

ハリスはタブロイド新聞をシャノーのデスクの上から取り上げて、ぴしゃりと叩きつけた。

「このくずは二週間ほど前に出た。ほとんどすぐに、この記事を書いた記者が――この種のジャーナリズムに身を落としているやつを、記者と呼べるならだが——エリザベス・ドブソンという女性から連絡を受けた。彼女はシャイローのスタジオ・ミュージシャンだ。ヴァイオリンを弾いている」

「カントリーでは、フィドルというんですよ」グライムズがにやにやしながら穏やかに訂正した。

「なんでもいい」ハリスは手を振って続けた。「エリザベス・ドブソンはシャイローからの手紙を持っていると言ったんだ。その手紙には居所ばかりでなく、かなりおいしい暴露ネタも含まれていると。記者はサンタモニカのレストランで彼女と会う約束をした。ところが、相手は現れなかった。記者は電話帳で住所を調べて彼女のアパートを訪ねたが、ノックしても応えがなかった。管理人に鼻薬をきかせてドアを開けてもらい、彼女が寝室の絨毯《じゅうたん》の上で死んでいるのを見つけた。絞殺だった。強盗に入られたらしく、たくさんのものがなくなっていた。持っていると言っていた手紙も含めて。ロサンジェルス市警は捜査の過程で、死ぬその日までつけていたエリザベス・ドブソンの日記を発見した。それによると、シャイローはバウンダリー・ウォーターズのどこかにいるらしい。食料などの補給をしてくれる男について、シャイローが言及しているのはただ——ええ——」

「マイインガン」スローアン捜査官が言った。

捜査官の発音が正しかったので、コークは驚いた。

「狼という意味だ、オジブワ語で」スローアンはさらに言った。

グライムズはシャツのポケットからジューシーフルーツ・ガムを出して、何枚か口に放りこんだ。「あんたはまったく百科事典並みだな」ガムのかたまりのせいで、グライムズの口調は不明瞭だった。

ハリスは仲間をきびしい顔で見てから、ふたたびコークに向き直った。「この女性を殺したのが誰であるにしろ、シャイローを追っているんじゃないかとわれわれは心配している」

「それが〝誰〟なのか、何か考えは？」コークは聞いた。

「そこでRICO法が関係してくるんだ。マレイ・グランド殺しの重要容疑者はヴィンセント・ベネデッティという男だった。ラスヴェガスにカジノを持っている」

「〈パープル・パロット〉か」

「そうだ」ハリスは驚いたようだった。「どうして知っているんだ？」

「まぐれ当たりさ。それで」

ハリスはシャノーを見たが、保安官は無表情に視線を返しただけだった。そこで、主任特別捜査官は止められない乗り物に乗ってしまったかのように先を続けた。「死ぬ前、マレイ・グランドとベネデッティは恋仲だった。彼女が殺されたとき、ヴィンセント・ベネデッティは脅迫罪で取調べを受けていた。われわれはずっと、この二つの件は関係があると考えてきたんだ。いま、ベネデッティの所在は不明だ。もしシャイローがあの晩何が起きたか思い出したのなら、彼女が証言するチャンスを確かなものにしたい。そのために、われわれはここへ来たんだ」

「どうして、おれが手を貸せると思うんだ?」コークは尋ねた。

「日記のおかげで、シャイローがバウンダリー・ウォーターズにいて、ガイドしたのがインディアンの男であることはかなりはっきりした。シャノー保安官に事態の全容を説明したところ、その男を特定するにはきみがもっとも適任だと勧められたんだ」

「おれがオジブワ族の血を引いているから?」

「それに」ハリスはあてつけるように付け加えた。「きみは有能で信頼できると、保安官がおっしゃるんでね」

「有能?」コークはシャノーににやりとした。「ほんとうにそう言ったのか、ウォリー?」

「それでだ」ハリスはさえぎった。「きみをあてにしていいのか?」

「日記を見せてもらえるか?」

「コピーを見せてやれ」ハリスはスローアンに命じた。

スローアンは椅子の上の高そうな革のアタッシェケースを持ち上げて開くと、フォルダーを取り出した。ケースを閉じ、慎重に元の場所に戻した。コークに歩み寄って、フォルダーを渡した。〈ドブソンの日記〉と小さなきちんとしたブロック体で書かれたラベルが貼ってある。

日記は五、六ヵ月前までさかのぼっていた。すでに誰かが読んで、シャイローに関係した記述には黄色のマーカーできちょうめんにしるしをつけていた。エリザベス・ドブソンはロマンティストらしい書きぶりだった。書体は華やかで、文字の輪形部は大きく、文の終わりは手のこんだ飾り文字になっていた。大きく右に傾いた書き方。楽天主義者なのだろう。マーカーがついていない箇所にはありふれた事柄がつづられている。寂しさ、猫を飼うべきかどうか、心配ごと――これはたくさんある――母親の健康状態や介護にかかる費用のことなど。コークはマイインガンについての記述を見つけたが、ざっと読んだだけでは、ほかに手がかりになりそうなことはあまりなかった。

「引き受ける前に、シャノー保安官と二人だけで話したいんだが」

ハリスは首を振った。「これはわたしの事件だ。きみが何を言うにしろ、聞いておきたい」

「あなたの事件で、わたしのオフィスだ」シャノーが指摘した。「コークがここでわたしと二人だけで話したいというのなら、二人だけで話す。みなさんは外で待ってもらいたい」

ハリスはその決定について一瞬考えたが、ぐいとあごをしゃくり、ほかの二人についてくるように合図した。彼らが外に出ると、コークはドアを閉めた。

「あいつらには頭にくる」シャノーは言った。「わがもの顔でここに押し寄せてきたんだ」

「身元は確認したか？」

「ああ、とにかくハリスはな。なぜだ？」

「奇妙じゃないか、支局からの紹介もなくこんなふうにここに現れるなんて？」

「わたしもそう思った。だから、ダルース駐在事務所のアーニー・グッデンに電話したよ」

「知っている。いいやつだ」

「彼はロサンジェルス支局でしばらく働いていた。この捜査に関しては聞いていないと言っていたが、ハリスのことは知っていたよ。二人は電話でちょっと話をして、ハリスが必要なら手を貸すとグッデンは約束していた。なあ、コーク、ここらを考えあわせれば、納得がいくだろう。もしその女が彼らの言うようなトラブルに巻きこまれているなら、放っておくわけにはいかない」

コークは窓ぎわに立った。通りの向こう側に、シオン・ルーテル教会の鐘楼が投光照明に照らしだされ、暗い夜空に白く輝いている。くっきりとした色彩とまっすぐなラインはみごとなまでに簡潔で、コークはしばらく見つめていた。アーカンサス・ウィリー・レイのことを、シャノーに話すべきかどうか迷った。

「まだ何かあるのか？」シャノーが聞いた。

「なさそうだ」コークは答えた。

彼がドアを開けると、ハリスとスローアンだけが入ってきた。

「さて、それで？」ハリスがうながした。

「できることはする」コークは言った。「だが、手を貸す場合にはおれのやり方でやらせてもらう」

「説明してくれ」

「話をする相手はオジブワ族だ。あんたたちのことは信用しないだろう。だからおれだけで話しにいく」

「一人は同行させてもらいたい」ハリスはこだわった。

「あんたたちはよそ者だ」コークは指摘した。「そのうえ、連邦法執行機関だ。あの人たちにスカンクを投げつけるようなものだよ——気を悪くしないでくれ。やるなら、おれ一人でやらなければだめだ」

「彼は正しい」シャノーがあと押しした。

ハリスは腕組みをした。拳を握りしめ、曲げたひじのあいだに突っこんでいる。夕食に押しかけてきたものの、今日のごちそうは糞一皿だと気づいたかのようだった。

「わかった」ようやく、不満そうにうなずいた。「だが覚えておいてくれ、ドブソンを殺したのが誰であれ、いまここに来ているかもしれない。この瞬間もシャイローを追いかけているかもしれないんだ。時間はあまりない」

「だったら、すぐに取りかかろう。あんたにはどうやって連絡したらいい?」

「〈ヘクェティイコ〉というところにキャビンを借りた。これが電話番号だ」ハリスはＦＢＩの名刺の裏に番号を書きこんだ。「もう一つ、オコナー。われわれはこいつに蓋《ふた》をしようとしてきた。しかし、シャイローの居所に懸賞金をかけたタブロイド紙が、ドブソン殺しの一面記事を載せようとしている。週のなかばには、この小さな町はサーカスの中心になっているだろう」

「心に留めておくよ」コークは答えて、エリザベス・ドブソンの日記のコピーを取り上げた。「これを持っていてもいいか?」

ハリスは了解のしるしに手を振った。「コピーはほかにもある」

シャノーのオフィスの外のデスクで、マーシャ・ドロス保安官助手がコークに茶色の紙袋を渡した。「フライドチキンよ」そう言って笑った。「保安官が注文しておいたの」

郡庁舎の外に出ると、グライムズがコークを待っていた。コークのブロンコに寄りかかって、彼が近づいてくるのを見守っている。

「ひとこと忠告しておくぜ、オコナー」グライムズは進み出て彼の前に立ちふさがった。

コークは立ち止まり、相手の言葉を待った。

グライムズはしゃべりながらガムを嚙みつづけ、ジューシーフルーツのかたまりを嚙み煙草のように口の中でこねくりまわした。「おれはもう思い出せないくらい何回も、地元の警官がへまをやらかすのを見てきたんだ。連中と仕事をするのは、水中用のひれをつけてバレエを踊るようなもんだよ。わかるか? だから、一つこっちの頼みをきいてくれ。言われたことだけやって、あとはできるだけ邪魔するな。わかったか《コンプレンデ》?」グライムズはジューシーフルーツを口から出して地面に捨てた。

コークは、相手の白みがかった青い目をまっすぐに見た。「わかった《コンプレンデ》。じつによくわかったよ」駐車場のコンクリートの上に落ちたガムのほうにうなずいてみせた。「気をつけろ。自分のクソを踏んづけるかもしれないからな。わかったか《コンプレンデ》？」

彼はグライムズを押しのけた。グライムズは後ろでにやにやしていた。

6

〈グランドビュー〉は、たんなるサマーハウスなどではない。松の丸太でできた山荘で、スノーシュー・コーヴと呼ばれるアイアン湖の南側の入江を独占している、巨大な二階建ての建物だ。マレイ・グランドの全盛期に建てられたものだが、彼女はほとんど使う機会がなかった。いまは、ツイン・シティかシカゴから来る裕福な家族に夏だけ貸していることが多い。コークが知るかぎり、殺人事件以来マレイ・グランドの関係者は泊まっていない。建物は、おもに楓《かえで》の広葉樹林でさえぎられて道路からは見えない。〈グランドビュー〉に近づいていくと、樹間を風が吹き抜けて紅葉した葉が舞い落ち、まるで血のしずくのようにヘッドライトの光の中に飛びこんできた。

玄関のドアをノックして待ち、もう一度ノックした。腕時計を確かめる。七時を少しまわったところだ。

「ウィリー」カーテンの閉まった正面の窓に呼びかけた。「コーク・オコナーです」

〈グランドビュー〉の裏手の湖から、モーターボートの低いエンジン音が聞こえ、それはやがて遠ざかっていった。彼は敷石の道を歩いて裏のテラスへまわった。テラスからは、長々と暗闇に横たわる夜のアイアン湖が見えた。反対側の岸では、湖畔に新しくできたリゾートいる。〈クェティコ〉の明かりがまたたいている。コンドミニアム、テニスコート、パースリー・ゴルフコース、プレキシガラスのドーム内のプール、貸しボートがずらりと並んだ大きなマリーナ、ツイン・シティ以北で最高の炭火焼きレストラン。森の中に点在するキャビンもあって、それぞれに、ジャクジー、サウナ、百二十五チャンネルもある大型テレビが完備している。

アイアン湖岸の大部分は、このように俗化しつつある。〈クェティコ〉のような成功は、ひとえに〈チペワ・グランド・カジノ〉の成功がもたらしたものだ。カジノは、アニシナアベ族のためにも白人のためにも金を集めた。しかも、巨額の金を。新たな富からは多くのよいものが生み出される——行政のサービスが向上し、保留地の人々の健康状態や教育のレベルが上がり、タマラック郡全体の景気もいい。それを見てコークは嬉しい反面、不安でもあった。金はものごとを変えてしまう。たいていは最悪の方向へ。彼がオーロラを愛している理由の一つは、町が孤立していることだった。外の世界がじょじょに侵入してくるのを悟って、彼は深い悲しみを感じていた。

栈橋《さんばし》のガス灯の明かりはほの暗く、大きなピクニック・テーブルでロマンティックな夕食をとるにはふさわしい光を投げかけている。テーブルの上には何ものっていない。コークは階段を登ってガラスのスライド・ドアに近づいた。ドアは閉まっているが、カーテンは少し開いている。

「ウィリー?」ふたたび呼んで、ガラスをたたいた。

カーテンが完全に閉じていないすきまからのぞいてみた。大きな茶色の革のソファ、コーヒー・テーブル、ベージュ色のカーペット、真鍮《しんちゅう》のランプ、火の気のない暖炉。〈グランドビュー〉はがらんとしている。

そのとき、彼はかすかにテラスが揺れるのを感じた。そして、何かの音が聞こえた。

彼はスライド・ドアに手をかけた。簡単に開いた。

キャビンの奥からふいにがたんと音がして、続いてくぐもった叫び声が聞こえた。コークは音をたどって廊下を歩いていった。バスルームのすぐそばに重そうなヒマラヤ杉のドアがあり、横の壁に温度設定コントローラーが取りつけてあった。サウナだ。サウナのドアと廊下の反対側の壁のあいだにツーバイフォーの木材を支《か》って、ドアが動かないようにしてある。コークが状況を確かめていると、向こう側からの一撃でドアが揺れた。サウナの中で、ウィリー・レイが大声でひとしきり罵り声を上げた。コークは木材の下に入り、肩でつっかいをはずした。ドアが開くと、ウィリー・レイが裸で飛び出してきた。銀色の髪が額にぺったりと貼りついている。彼の年齢にしては驚くほどひきしまった力強い体は、汗でしとどに濡れている。むなしくドアに体当たりしていた右肩が赤くなっている。彼は廊下の冷たい空気をあえぐようにして吸いこんだ。

「こんちくしょう、訴えてやる」ぜいぜいいいながら息まいて、肩をさすった。「このサウナときたら。くそっ、殺されかねん、ドアがはまりこんじまうんだから」

「はまりこんだんじゃないですよ、ウィリー」コークは木材を持ち上げてみせた。「誰かがこれを使って出られないようにしたんだ」

レイは木材を見つめた。「なんてこった」恐ろしい考えがぱっと浮かんで、彼の表情が一変した。「わしの荷物は」コークの横をすり抜けて、階段へ向かった。

コークがあとを追うと、レイは二階の寝室の戸口で立ちつくしていた。

「くそ」レイはつぶやいた。

部屋はめちゃくちゃだった。引き出しは開けられ、ウィリー・レイの服が床に投げ散らかされている。

「こっそり持っていきやがった」彼は信じられないように言って、たんすのいちばん上の引き出しを調べた。「残ってるのは……財布もロレックスも盗まれてないぞ」さっと踵《きびす》を返して、開けっぱなしのクローゼットに行った。何列もの服は手つかずのようだったが、ウィリー・レイは憤って拳を壁にたたきつけ、裸の体を震わせた。「くそったれのどちくしょうども。ブリーフケースを持っていきやがった。クローゼットに入ってたんだ。盗っ人野郎、ブリーフケースをかっぱらいやがった」床に落ちている衣類の山から、彼はボクサー・ショーツ、ソックス、ジーンズ、白のプルオーヴァー・セーターを拾い上げた。急いでそれらを身につけた。

「どうしようっていうんです？」コークは尋ねた。

「決まってる、やつらを追うんだ」

「無駄でしょう、ウィリー」

「きみはわかってない」レイは言った。「シャイローの手紙があのブリーフケースに入ってたんだ」

「誰が盗んだにしろ、もう逃げたあとだ」

ウィリー・レイはどっかりとベッドにすわりこんだ。「どうしたらいい？」

「手紙の中で、シャイローはこのあたりの人間の名前を挙げていましたか？」

「いいや。そうしないように相当気をつけていたようだ」

「マインガンという名前は？」

「そいつは名前か？」

「そうかもしれない」

「聞いたことがないな」

コークはゆっくりと部屋を歩きまわり、どこに指紋が残っている可能性があるか、自分がまだ捜査をゆだねられていたらどこの指紋を取らせるか、考えた。「シャイローは手紙でどんなことを？」

「だいたいは昔のことだ。わしたちのな」

「母親については？」

「いいや。母親のことはあまり覚えていないんだ」

「ウィリー、エリザベス・ドブソンという女性を知っていますか？」

「知らん。知ってるはずなのか？　なぜそんなことを聞くんだね、コーク？」

コークはクローゼットの前に立った。大きなウォークイン・クローゼットだ。〈サムの店〉のキッチンより広い。壁はヒマラヤ杉でできている。彼はアーカンサス・ウィリー・レイに向き直った。

「さっきFBIの捜査官と話しました。やはり、ここへ娘さんを探しにきている」

「FBI？　いったいまたなんで？」

「エリザベス・ドブソンはシャイローの友人だったらしく、彼女も手紙を受け取っていました。そして殺されたんです、ウィリー。FBIは手紙のせいだと思っている」

「よくわからんが」

コークは部屋の中を歩きつづけた。窓のそばでかがみこみ、絨毯《じゅうたん》の上に落ちていたキハダ樺《かば》の葉をじっと見つめた。

「シャイローが受けていたセラピーは、マレイが殺された夜の記憶を取り戻させたかもしれない。少なくとも、FBIはそう推測していました」彼は葉を拾い上げた。「彼女がバウンダリー・ウォーターズを出られないように誰かが仕組んでいるのではないかと、彼らは考えているんです」

「まさか、マレイが死んだのは十五年前だ。シャイローはたった六つだったんだぞ。いま役にたつような何を覚えてるというんだ？」

「覚えていることが何かは重要ではないのかもしれない。重要なのは、覚えているのではないかと誰かが恐れているということでしょう」

ウィリー・レイの視線は、コークがまだ片手に持っている木材に釘づけになった。彼はぽかんと口を開けて息を呑んだ。「なんてこった。わしは運がよかったんだな」

「エリザベス・ドブソンよりは」コークはうなずいた。「そのへんを見てきます」

コークは〈グランドビュー〉の屋内を調べてから外に出て、湖へカーブして降りていく敷石の道をたどっていった。木材が積んである樺の林を抜けた。木材の多くはツーバイフォーで、建築資材の残りらしかった。やがて、栈橋に出た。漆黒の闇の中に、湖面が横たわっている。いちばん近い人間界のしるしは、対岸の〈クェティコ〉の明かりだ。着いたときに聞こえた船外機の音のことを考えた。小さなボートなら誰にも見られず容易に乗りつけ、また去っていくことができる。ちょうど向こう側にハリスやほかの捜査官が滞在しているのは、なかなか興味深い。それに、シャノーのオフィスでFBIと会っていて彼が遅れたために、何者かが〈グランドビュー〉から手紙を盗んでいく余裕ができたわけだ。

コークが戻ると、レイは身づくろいをすませてスライド・ドアから外を見ていた。

「失礼して、手を貸してくれそうな者に話をしてきます」

「誰に？」

「知っている男です。あなた一人でここは大丈夫ですか？」

「大丈夫だ。しかしコーク、シャイローが追われてるとすると、わしたちにはあまり時間がないぞ」アーカンサス・ウィリーの面長な顔は、心配の重みでますます垂れ下がっているように見えた。

コークは手を伸ばして、安心させるように相手の肩に置いた。「彼女を見つけますよ、ウィリー」スライド・ドアから出ていきかけたところで振り返った。「もう一つ」

「なんだ？」

「あなたは葉巻を吸いますか？」

「吸わんよ。あれは下品な趣味だ。なぜだね？」

「いや、ちょっと。鍵をかけておいてください」彼は言って、ガラスのドアの掛け金をたたいた。

一年ほど前、コークはヘビースモーカーで一日一箱は吸っていた。しかし、心から愛していた人間に改心すると約束した。いまは毎日走り、九ヵ月禁煙している。煙草の匂いには極端に敏感になっていた。レイの寝室にはかすかだがはっきりとその匂いがした。誰があそこにいたにしろ、葉巻の愛好者であることは間違いない。

7

コークは車でオーロラから北へ向かった。〈チペワ・ベスト・ウェスタン・ホテル〉、〈ジョハンセン・サルベージ・ヤード〉を過ぎ、町で最後の街灯も遠ざかっていった。五キロ先で郡道に右折し、アイアン湖の沿岸を走った。十分ほどで、樹間に隠れた古いリゾートに続く砂利道に出る。その道を最後に通ってから、長い時間がたっていた。砂利道に近づくと彼は速度を落とし、やがて車を止めてエンジンを切り、外に出た。

暗い松林の上にかかる月は欠けて傾き、空気のもれている風船のようだ。夜は静かで、音一つしない。古いリゾートの建物は見えなかったが、位置はわかっている。大きなキャビンは岸から引っこんで建っている。六つの小さなキャビンは湖へ下る小道の両側にある。そして、黒い水が砂と接しているところに、サウナがある。全部、モリーの父親でフィンランド系のエイブル・ヌルミが建てたもので、彼が死んだときモリーに遺《のこ》された。モリーが死んだとき、受け継ぐ者は誰もいなかった。いま、古いリゾートはただそこにあって、季節ごとに朽ちていきつつある。木は腐って柔らかくなり、いつかはばらばらになって土に還るだろう。そして、モリー・ヌルミが生きていたことを示すものは何もなくなる。

白人の冷徹な科学がアイアン湖に入ってくる前、アニシナアベ族は湖には底がないと信じていた。アイアン湖のオジブワ族には伝統がある。結婚するとき、男女は髪を一房切ってひもを編む。結婚する日に、そのひもを石に結び、湖のまんなかへカヌーを漕ぎ出して石を沈める。石は編まれた髪で魂を結ばれたまま永遠に落下しつづけ、二人がともに在《あ》る思い出を抱いた物体が永遠に残っていく。彼らはそう信じていた。そんなふうに、コークもモリーと自分のことを考えていた。魂において永遠に結ばれていると。彼に思い出があるかぎり、モリーはずっと生きているのだ。

彼は車に戻り、古いリゾートをあとにした。三キロ先で、道の右奥に幹が二叉《ふたまた》に分かれた樺の木が見えた。路肩に車を止めた。グラヴ・コンパートメントから懐中電灯を出してブロンコをロックし、樺のほうへ歩きだした。木は、森を抜けてヘンリー・メルーのキャビンへ続く小道の目印だった。

メルーは、オジブワ族の呪い師《ミデウィウィン》だ。それに、魔術師《チサーカン》でもある。もっとも、メルー自身は一度もそうだと認めたことはない。コークの知人の中でいちばんの年寄りだが、出会って以来ずっと同じ年に見える。コークが知るかぎり、犬のウォールアイは別として、クロウ・ポイントと呼ばれるアイアン湖の岩だらけの小さな半島で、ずっと一人でキャビン暮らしをしている。

懐中電灯は持ってきたが、つけなかった。小道をたどるのはたやすかった。月が明るいし、老人の助けや忠告を求める彼のような人々の踏み跡がはっきりとついていたからだ。森の静寂の中を三十分歩き、その途中で国有林を抜けてオジブワ族アイアン・レイク・バンドの保留地に入った。キャビンに近づくと、窓から明かりがもれているのが見え、木を燃やす匂いがした。立ち止まり、ウォールアイが吠えて彼の来訪を告げるのを待った。

キャビンから何も聞こえないので、コークは近づいていった。

「ヘンリー！」彼は叫んだ。「ヘンリー・メルー！　コーコラン・オコナーだ！」

左側の森で動物の小さな鳴き声がした。月光のもと、小さな開墾地に黒くぽつんとある建物が見える。コークはそっちへ向かった。

メルーの老犬ウォールアイが、ドアのそばにうずくまっていた。コークが近づくとひょいと頭を上げて、ぱたぱたと尾を振った。犬の背後のちっぽけな建物から、長い放屁の音がした。

「ヘンリー？」

「早いな」中から老人が非難するように答えた。

コークは黙っていた。誰かが自分のもとに来るのをメルーが前もって知っているのを、とっくの昔に悟っていたからだ。

「こんなんじゃ、落ち着いてくそもできない」

「すまない」

ドアの向こうで布地のこすれる音がしたあと、グレーのオーバーオールの最後のボタンを留めながら、老人が屋外便所から出てきた。「いいんだ」コークの謝罪を手で振り払うようにした。「どのみち、たいして出なかったよ」

メルーは、ウォールアイを従えてキャビンのほうへ戻っていった。キャビンの内部は質素だ。一つだけの部屋に、寝台、古い鋳鉄のストーブ、荒削りのテーブル、椅子三脚、ポンプのついたシンクがある。壁にはいろいろなものが掛かっている――スノーシュー、葦材のかご、呪い師《ミデウィウィン》の太鼓、大きな熊罠、それに一九四八年のスケリー・ガソリンのカレンダー。ぴっちりしたショーツをはいたグラマーな女が、口紅を塗るためにサイドビュー・ミラーのほうにかがみこんで、意図せずにガソリンスタンドの男たちを楽しませている絵が描かれている。キャビンは二つのケロシン・ランプで照らされ、燃えるオイルの匂いには燃やしたヒマラヤ杉の香りもまざっている。

「清めていたのか、ヘンリー？」コークは尋ねた。

老人は答えず、椅子のほうにうなずいてコークにすわるよう示しただけだった。シンクからこまかい斑点模様の青いカップ二つを取り上げて、コーヒーポットが保温してあるストーブの前に行った。熱いコーヒーをカップに注いだメルーが戻ってきてテーブルにつくと、コークはフィルターなしのキャメルの箱を差し出した。メルーはにっこりして受け取り、うなずいた。箱を開けてコークに勧め、自分も一本取った。台所マッチがテーブルの上の粘土製の容器に入っている。メルーはマッチをすり、煙草に火をつけた。

コークはためらいがちに煙草を持っていた。モリーが死んで以来、一本も吸っていない。それは彼女にした最後の約束で、彼は守りたかった。だが、メルーと一緒に吸わなければ失礼になるだろう。老人にとっては、中毒性の習慣とは無縁なものなのだ。

メルーは無言でじっとコークを見守っていた。ついにコークはマッチに手を伸ばし、煙草に火をつけた。ほんの九ヵ月なのに、煙が肺に届くやいなや、まるで九年ぶりのような気がした。自分がどれほどこの昔からの習慣を恋しく思っていたか、はじめてわかった。彼は目を閉じ、煙草は昔の楽しい悪友のもとを訪ねたように感じられた。

二人はしばらく黙って吸っていた。ウォールアイは年季の入った木の床にぺったりと寝ころび、大きないびきをかいている。

「おれが来たとき、ウォールアイは吠えなかった」コークはふと気づいて言った。「もう年寄りだ、ヘンリー。耳が遠くなったのかな?」

「聞こえなかったと思うのか?」老人はにやりとして首を振った。「聞いていたよ。気に留めなかっただけだ。あいつはわしのように年をとった。ようやく、来るものは来ると悟ったのさ。吠えてなんになる?」

老呪い師《ミデウィウイン》はふうっと煙を吐いて、それが天井に立ちのぼるのを眺めた。「おまえは走る愚か者だそうだな」

「走る愚か者? まあ、走ってはいるがな、ヘンリー」

「狼は鹿を追って走る。鹿は狼から逃げて走る。その場合、走るのには理由がある」

「信じられないかもしれないが、おれが走るのにも理由があるんだ。走っていると、自分にとって多くのことがはっきりしてくる」

メルーはしばし、相手の答えを考えた。「森を歩いていても、多くのことがはっきりする」

「説明するのがむずかしいんだ、ヘンリー。言ってみれば、おれの人生をもっと健全なものにするという、モリーにした約束の一部なんだよ」

「ああ、モリー・ヌルミか」それですべての説明がつくかのように、彼は納得した。

ヒマラヤ杉とケロシンの匂いがまざりあった沈黙が、ふたたび心地よく垂れこめた。そろそろ来訪の目的を告げる頃合いだと、コークは思った。しかし、彼が口を開く前にメルーは言った。「自分の頭をはっきりさせるために、空気を清めていたんだ。ここ何日か、風が語っていた、わしには理解できない警告を。木々がうめくのも聞こえたが、彼らの訴えはわからなかった」彼はコークを見た。しわの寄った皮膚に深く埋もれたその暗い目の奥には、憂いがあった。「マジマニドー」と、老人はしめくくるように言った。

「悪い精霊」コークはオジブワ語を言い換えた。

メルーはうなずいた。「力が強い。とても強い」彼は警告した。「おまえがここに来たのはそれか？」

「たぶんそうだと思う、ヘンリー」

「何が必要だ？」

「情報。行方不明になった女がいる。ヌーピミングで」コークが言ったのは、アニシナアベ族がバウンダリー・ウォーターズを呼んでいる名前だった。北にある森の中の奥地、という意味だ。その方角に手を振った。「女をガイドしたのはアニシナアベ族だ。その男は、しょっちゅうあのへんを行き来している。どうやら女は危険な目にあっているらしくて、おれはそのガイドを見つけなければならない」

老人は煙草を置いてコーヒーを一口飲み、小さくおならをした。ウォールアイが眠りながらうなった。

「ウェンデル・ツー・ナイヴズがよくあのあたりに行っていると聞いた」

「ウェンデル・ツー・ナイヴズか」コークはその名を聞いてほっとした。いい人間だ。それに手紙の話とも合う。ウエンデル・ツー・ナイヴズは狼の一族なのだ。マイインガンだ。

「この悪い精霊《マジマニドー》はわけがわからない」老人は言った。「ヒマラヤ杉の煙をもってしても、その声を聞くことはできなかった。気をつけろ、コーコラン・オコナー。水にはとくに気をつけるんだ。水の上を渡ってくる風に注意しろ。いろいろなことを教えてくれる」

「来るものは来る」コークは最後に深々と煙を吸いこんで、煙草を終わらせた。「あんたはそう言ったじゃないか？」

「この老いぼれには適切な忠告だ。だが、もしわしがおまえなら」呪い師《ミデウィウィン》は戒めるように続けた。「よく吠える犬を飼っておく」

8

湖を抱く長く狭い通廊の奥、そこにある岩壁の上に、欠けた月が昇るのを彼女は見つめた。あっちが東だ、と思った。情けないほどちっぽけな情報だが、すべてがこうまで不確かな状況では、一つでも確固たる事実があるのは心強い。ずっと東へ行けば、スペリオル湖と文明に突きあたるとわかっている。そのためにはどれほどの距離、どれほどの時間を進まなければならないかは、何一つ指標がなくてわからない。

ウェンデルは地図を置いていった。複雑なもので、ごちゃごちゃの線や輪が白黒の全面をおおっている。道路地図とは似ても似つかなかった。中国語で書かれた本をくれるのと同じよ、と彼女は笑いながら言ったのだ。万一のために、湖や、水路間を歩くときの陸上迂回《ポーテージ》を彼は説明しようとした。彼女は聞いているふりをしていた。

ばかだったらない、といま彼女は思った。正しい人の言うことを聞いたためしがないんだから。

湖のかなたの岸に沿った崖のどこかで、フクロウが鳴いている。どこなのか、彼女は暗闇をすかして探そうとした。月の光のせいで、通廊の灰色の岩は荒涼として不気味に見える。その色は、墓石を思わせた。森の中に一人でいて、彼女は死について多くを考えた。みずからの命を絶とうとした瞬間を、こまかに検証した。松の香りと湖水の甘美な匂いにすっぽりと包まれ、風と鳥の音楽に耳を傾けていると、自殺未遂はぴんとこない他人ごとのように感じられた。自分をゆだねれば森が癒してくれる、とウェンデルは言った。ほかのすべてにおいてと同様に、彼は正しかった。

もっとよく聞いておけばよかったのに、と彼女は地図を思い出しながら悔やんだ。どこへ行くか誰にも知られないように、万全の注意を払ってここに来た。逃亡はみごとなまでに抜かりなく、完璧だった。だが、ある意味で自分の墓を掘ったようなものだった、と彼女は悟った。

そのとき、最後のほうに彼が言ったことを思い出した。見送るために、彼と一緒に湖まで降りていく途中だった。そのときの訪問で、ウェンデルは彼女の母親のこと、母親について覚えていることを語ってくれた。いい思い出で、聞かせてもらったのがありがたかった。カヌーで漕ぎ去る前に、彼は言った。「われわれは死なない。子どもたちに伝えていくものを通して、生きつづける。おまえの中には、お母さんの多くが生きている」

そのことを考えて、彼女は気力をふるいたたせ、無益な自己批判を押しやった。永遠にすわりこんでウェンデルを待っているわけにはいかない。食料は底をつきかけている。もうじき、ウェンデルが恐れていた雪も降るだろう。自分でここから出ていく方法を考えなければならない。

岩の中の秘密の場所で、フクロウがまた鳴いた。誰《フー》？
暗闇の中で、彼女は立ち上がった。わたしよ。シャイローよ。

9

アイアン・レイク保留地を通る長い帰り道を、コークは選んだ。途中で、ウェンデル・ツー・ナイヴズのトレイラーハウスに寄った。ノックしてもウェンデルは出てこなかった。コークはドアを試した。思ったとおり、鍵はかかっていない。アニシナアベ族はドアをロックしても無益だと考えている。彼は中に向かって呼びかけた。返事はない。外からトレイラーをざっと点検したが、不安を誘うようなものは何もない。洗車のレシートの裏側に、自分の電話番号を書きこみ、〈連絡乞う。緊急。コーク・オコナー〉と付け加えた。それから、ブロンコにあった銀色のダクトテープでそのメモをドアに貼りつけた。

保留地をあとにして、アイアン湖の南端をまわって〈グランドビュー〉へ向かった。コークが敷石の歩道を歩いていくと、ウィリー・レイがドアを開けた。

「何かわかったかね？」レイは聞いた。

「誰がシャイローをガイドしたか、わかったように思います。ウェンデル・ツー・ナイヴズという男で、いい人間です」

「いい人間か」レイはほっとしたようにうなずいた。「それはよかった」

「今晩、彼の家に寄ってみたが誰もいなかった。電話してくれるように、メモを残してきました」

「電話してこなかったら？」

「明日の朝いちばんで行ってみますよ」

「わしも一緒に行こう」レイは申し出た。

「それはいい考えとはいえないな」コークはかぶりを振った。「保留地では、人々は知らない人間に対して疑りぶかいし、口を開かない」

「あの子はわしのたった一人の家族なんだ、コーク。ここにただすわって、待ってるなんてできんよ」

ふたたび、自分がレイの立場で、いなくなったのがアニーかジェニーなら、とコークは想像してみた。

彼は譲歩した。「いいでしょう。ウェンデルが電話してきたら、知らせますよ。そうでなければ、八時半にここへ来てあなたを拾う」

「ありがとう」レイはコークの背後に広がる夜の闇を眺めた。「朝になっても、彼がいなかったらどうする？」

「そのときは、甥のストーミーに聞いてみます。ウェンデルの居所を知っているとしたら、ストーミー・ツー・ナイヴズだから」

待っているだけで消耗したかのように、レイはドアの側柱に寄りかかった。

「できたら、少し眠るといい」コークは忠告した。

〈サムの店〉に着いたときには、もう遅い時間になっていた。寝支度をととのえて明かりを消し、横になった。彼が暮らしているのはかまぼこ型プレハブ小屋の広いワンルームで、設備は簡素なものだ。ガスレンジと古い冷蔵庫とシンクがあるキッチン。サム・ウィンタームーンが樺の木でこしらえた、小さなテーブルと椅子二脚。シングルベッド。ライティングデスクと棚三つの本棚。トイレとシャワーブースのある狭いバスルーム。すべてに、フライドポテトとハンバーガーの匂いがしみついている。あと二週間もすれば、たぶん冬に備えて店じまいをすることになるが、気が進まなかった。彼は商売が好きだった。大いに気に入っていた。保安官だったころに選挙民を満足させるより、お客さんを満足させるほうが簡単だった。まずいハンバーガーは、単純に捨てればいい。まずい法律はそうはいかない。娘たちが手伝ってくれるのも楽しかった。自営業であるのも好ましかった。好きなときに店を閉めて釣りにいくことができる。あるいは、行方不明の女を探しにいくことも。

バウンダリー・ウォーターズにいる女のことを考えた。好むと好まざるとにかかわらず、いま女は彼の関心事になった。

なかなか寝つけそうもない。吸っていたころには、こういうときは煙草に火をつけたものだ。そうはせず、彼は起き上がってコーヒーを沸かし、エリザベス・ドブソンの日記を前に樺のテーブルに腰を下ろした。全部を注意深く読んでいった。まず気づいたのは、多くの部分が抜けていることだ。何日分も。エリザベス・ドブソンがそのとき日記をつけるのをやめていたのか、あるいはコークのもらったコピーにそのページが欠落しているだけなのか、どっちだろう。彼はいまの状況が気にくわなかったし、ハリス捜査官たちも信用できなかったし、何か重要なものの核心から逸《そ》らされているような感じが強くしていた。しかし、なんだろう？〈グランドビュー〉の侵入事件を通報しなかったのは——自分が受けた職業的訓練には完全に背く行為だが——実質的なものは何も見つからないだろうと思ったからだけではない。自分が対処しているものがほんとうはなんなのかがもっとはっきりするまで、ＦＢＩを信頼するのはいやだったからだ。

いつものように、メルーはたっぷりと考える材料を与えてくれた。マジマニドー。悪い精霊。いったいどういう意味だろう？

コーヒーが入った。カウンターへ行ってカップにつぎ、窓から湖のほうを眺めた。メルーが警告していたのはなんだった？　水の上を渡ってくる風に注意しろ？

月は高く昇って、小さくなっていた。いまその光は弱く、さっきほど啓示的ではない。静かな夜には、黒いチョコレートにふりかけた砂糖の結晶のように、湖面に星が反射しているのが見える。しかし、今夜は微風が水にさざなみを立てているので、空から映るものは何もない。岸辺から広がる湖は、惑星間の広大な無の空間のような闇に沈んでいる。

そのとき、星が一つ、湖面に現れた。赤みがかったオレンジの星。コークが見ていると、それは新星のように輝きを増し、やがてかすんでいった。

湖の約十五メートル沖合で、誰かが煙草を吸っているのだ。

コークはソックスをはき、懐中電灯をつかんで、急いで外へ出た。水ぎわで懐中電灯をつけ、吸いさしが光ったところに向けた。あまりよく見えなかった。ボートが遠すぎるのだ。しかし、見張っているのが誰にしろ、コークが監視の目を返してきたことにさして当惑した様子はなかった。船外機の音がして、ボートはゆっくりと懐中電灯の光の輪のはるか向こうの闇へ遠ざかっていった。コークはスイッチを消した。寒さに震えながら、エンジンの音が遠すぎて聞こえなくなるまで耳を傾けていた。

確かではなかったが、湖を渡ってくる微風には、ほのかに葉巻の香りが漂っているような気がした。

10

シャイローはよく眠れなかった。悪夢を見て、はっと目が覚めた。昔からの敵、〝闇の天使〟が訪れたのだ。

これまでほとんど、彼女の夢は——とにかく最悪の夢は——顔のない恐ろしい黒衣の天使で占められていた。夢の中では必ず、罠にかかって行き止まりに追いつめられる——街の袋小路や、出口のない不毛の峡谷や、うすぐらい廊下や、洞窟など。〝闇の天使〟が彼女に近づいてくる。死神や『クリスマス・キャロル』の未来を見せる幽霊のように、〝闇の天使〟は決してしゃべらず、決して彼女に触れない。〝闇の天使〟が自分に手を置くようなことがあったら死ぬのだと、シャイローは深いしびれるような恐怖をもって信じていた。いつも汗びっしょりになって、悲鳴を上げながら飛び起きるのだった。ドラッグをやるようになるまで、〝闇の天使〟が訪れたあと眠りに戻ることはできなかった。

セラピーが救ってくれた。サトペン医師のていねいなカウンセリングで、彼女は自分にまとわりつくこの恐ろしい影を理解できるようになった。悪夢は鎮まっていった。森の中にいたあいだは一度も、〝闇の天使〟に悩まされることはなかった。

いままでは。夢の中で、〝闇の天使〟は突き破ることができない木々の壁に彼女を追いつめた。木々の赤い葉は紅葉だと思ったが、葉が落ちたとき、彼女の足元には血だまりができた。

汗をかいて目覚め、もう眠れなかった。夜明けの最初の光が射しても、休んだような気は全然しなかった。起き上がって、コーヒー、レーズン入りオートミール、トーストの朝食を準備した。キャビンの古い鋳鉄のストーブを使って料理した。朝ごとにキャビンは寒くなっていくようで、小さなストーブでは一つの部屋さえ暖まらなくなっていた。

コーヒーの入ったブリキのカップで手を温めながら、荒削りのテーブルの上にウェンデルがくれた地図を広げ、自分の居場所と向かうべき場所を検討しようとした。ウェンデルはキャビンの位置を×印で地図に記し、帰路の方向を矢印で示していた。矢印が陸地にぶつかるところでは、小さな×印をつなげて陸上迂回《ポーテージ》を表している。ポーテージは全部で七ヵ所あった。等深線、矢印、×印がまざりあっていて、彼女にはよくわからなかった。絶望が重い空気のかたまりのようにのしかかってきて、息がつまりそうになった。

「ここにいるわけにはいかないでしょう」ほかの人間からの忠告のように、声に出して言った。「ウェンデルは来ない。来られないの、さもなければもうここに来ているはずよ。こういうときのために、彼は地図を置いていったの。万一のために」

彼女はまじりあった線を見下ろして、地図の右下隅の大きな×印の横に、〈ウェンデルの家〉と書かれているのに気づいた。そこまでは遠い道のりのようだし、ルートはパズル本の迷路のようにいりくんでいる。彼女は目を閉じ、もうそこに着いている自分を思い浮かべた。彼女が近づいていくと、ウェンデルは微笑する。彼を抱きしめる場面を想像すると、彼がいつも着ている古いベストの革の匂いまで嗅げるような気がした。

「できるよ」力強い声がそう言うのが聞こえた。

目を開けると、彼女はやはり一人ぼっちだった。


サーマル素材の下着を荷物に入れた。バウンダリー・ウォーターズに連れていく前に、暑い夏だったにもかかわらず、ウェンデルはその下着を買うように強く勧めた。大気がひんやりしてきたいま、彼女はその先見の明に感謝した。ザックに、小さいフライパン、調理器具、防水容器に入れた台所マッチ、スイス・アーミーナイフ（ウェンデルからの贈り物）、懐中電灯、最後の包装された食料（乾燥野菜のスープ二袋、林檎《りんご》チップ一袋、グラノーラ・バー三本、ツナの缶詰一個）を入れた。着替え一式も詰めた。地図はサイドポケットにしまって、巻いた寝袋をザックにくくりつけた。

ギターを置いていかなければならないのはわかっていた。孤独をいやしてくれるいい友だちだったが、脱出行には重すぎる。ボール箱いっぱいの録音ずみのテープを、テーブルの上のびっしり書きこまれた大判ノート四冊の横に置いた。ポーテージのときに荷物とカヌーを運ばなければならないことを考えた。やはり、これ以上は持っていけない。ウェンデルの家に着いたら、ギターとテープとノートを回収するように手配すればいい。床の隅に一段下げて作られたキャビンの食料庫は、もうからっぽだった。ボール箱とノートをその中に入れ、ヒマラヤ杉の樹皮で編んだ古いマットを食料庫の上にかけて隠した。

最後にもう一度あたりを見まわした。この隠されたキャビンは、すばらしい場所だった。ウェンデルが初めて彼女を森へ招いたときに、約束してくれたとおりだった。狭くて質素で、たった一つの部屋には水道もなかったが、森の外に持っている大きな家のどれよりも、彼女には好ましかった。昔からの素朴な友のように、ウェンデル自身のように、ここは本質だけに削ぎ落とされた場所であり、彼女が心を澄ますのを助けてくれた。

ザックを持ち上げて重さを確かめ、外に出てドアを閉めた。鍵はなかったが、こわいと思ったことは一度もなかった。

「さよなら」この場所に呼びかけるのがばかばかしいとは、まったく思わなかった。すべてのものには魂がある、とウェンデルは教えてくれた。そして、この場所の魂はよい魂だった。「ありがとう」

彼女は向きを変え、小川をたどって湖へ歩きだした。

朝日はまだ灰色の岩壁の上に昇っておらず、湖は冷たい影の中に横たわっている。湖岸の大部分は、きりたった崖になっている。反対の端へ行くために、シャイローは松林と巨岩の続くけわしい山道を、尾根の上へとたどっていった。空気はさわやかに澄みきっている。もう手が冷たくなってきたので、手袋をはめて登りはじめた。森はしんとしていて、彼女の荒い息遣いとブーツの足音は、静寂を邪魔しているように思えた。なぜか、常緑樹の香りがいつもより強く感じられた。すべてをあとにしようとしているいまになって、それがどれほど五感にしみわたる芳香だったか、ふいにわかったのかもしれない。山道を一キロ近く歩き、幅の狭い湖の反対端に出た。昔そこから、尾根の小さな裂け目を通って湖水が自由に流れ出していた。いまはごろごろした巨岩が裂け目をふさいで、かつてはちょっとした峡谷を満たしていた流れにダムを作ってしまっている。水は巨岩のすきまからしみ出て、ぬるぬるした緑色の藻におおわれた石の上を流れている。はるか下の森で流れはまた一つになり、五百メートルほど先で別の湖にそそぎこむ。その湖は巨大で、島や樹木の生えた岬が重なりあっているので、対岸を見ることはできない。対岸がどこであれ、シャイローとのあいだには何キロも距離がある。彼女はウェンデルとカヌーで漕ぎ出した日のことを思い出した。ほとんど一日中、島々のあいだを縫うように進み、しまいにはどこへ向かっているのか、どこから来たのかさえわからなくなった。

太陽が巨大な湖を照らし、そのきらきらした反射がまぶしくて、彼女は目をそらした。ウェンデルがニキディンと呼んでいた小さな湖に視線を戻す。そこはあまりにも慣れ親しんだ場所だったので、帰ってもう少し待っていれば、最後にはウェンデルが来ると信じたかった。しかし、そこで長いこと真実を探し求めたあとでは、自分に嘘はつけなかった。ウェンデルは来ない。神だけがそのわけを知っているが、彼女は一人ぼっちだ。

すべりやすい石をつたって慎重に下りはじめた。尾根の下に着くと、汗びっしょりになっていた。どさりとザックを下ろし、手袋とジーンズ・ジャケットをぬいだ。ジャケットの袖を腰のまわりに結びつけ、またザックを背負って流れをたどっていった。

流れが巨大な湖にそそいでいるところは、なめらかな小石の岸辺になっている。シャイローはザックを下ろし、近くの蔓《つる》植物の茂みに行って、細長い隠し場所から蔓のおおいを取りのぞいた。そこには緑色のカヌーが伏せて置いてあり、二本の丸太が架台として舷縁《ガンネル》（ふなべり）を支えていた。彼女が望めば湖を探検できるように、ウェンデルがカヌーの置き場所を教えておいてくれたのだ。パドルを操るのがへただったし、迷子になるのがこわかったので、遠くまで行ったことはなかった。舳《へ》先《さき》を持ち上げて、カヌーの下に入った。中央の横木には、陸を運ぶとき楽なように詰め物をした枠《ヨーク》がはめてある。詰め物が肩のところに来るように調整し、カヌーを傾けて、かつぐために重量のバランスを測った。カヌーを湖に下ろすと、パドルを取りに戻った。荷物を積み、岸辺からカヌーを押し出して、艫《とも》（船尾）に乗りこんだ。

湖面から見ると、眼前の島々は湖に屹立《きつりつ》する壁のようだった。向こう側に太陽があって島の木々や傾斜が影になっているため、壁は暗く突き抜けることができないように見える。彼女は地図を出して、こんがらかった等深線の上にウェンデルが記した矢印をじっと眺めた。

「直接、水の上に矢印を書けなかったのが残念だわ、ウェンデル。漫画の中みたいに」笑いがもれたのに、われながら驚いた。
地図をザックに戻し、静かな湖面にパドルを漕ぎ入れた。
こうして旅が始まった。

11

コークは朝の最初の光で目覚め、スエットの上下に着替えてランニングに行った。空気は爽快だった。草や茂みは霜で凍っている。太陽は赤みがかったオレンジ色で、アイアン湖東岸沿いの樹間からこぼれる溶岩流のようだ。溶岩流と穏やかな湖水の合流点はきらきらと輝いている。

センター・ストリートを北へ走り、町はずれへ向かった。早朝の通りは静まりかえり、人の姿もほとんどない。彼はこの時間の町が好きだった。まるで生きもののように、ゆっくりと目覚めて飾らない無垢な顔を見せる様子は、眠りから覚める子どものように美しい。父親のカールが運転するステーションワゴンのテールゲートから、日曜版の新聞を下ろして配達しているルー・ナトソンの横を走り過ぎた。そして、保安官事務所のパトカーで巡回しているサイ・ボークマンに手を振った。雪かきをしていて冠状動脈血栓に襲われ、熟練した技術に終止符が打たれるまで、ハロルド・スヴェンセンがオーロラの車やトラックを長年修理してきたガレージの前を過ぎた。ガレージは何年も放置されていたが、デモインから来た若い夫婦がそこを買いとって、建物を改造し、焼きたてのパンやサンドイッチやしゃれたコーヒーを出す店にした。夫婦はその店を〈マークとイーディのガス・ポンプ・グリル〉と名づけた。コークが子どものころ、ハロルド・スヴェンセンのガレージのあたりはどろどろした黒いエンジンオイルの匂いでむっとしていた。いまは、前を通るといれたてのコーヒーとクロワッサンのいい香りがする。

　昔の町境まで来たところで、新しい〈ベスト・ウェスタン〉に行きあたり、コークは足を止めた。〈チペワ・グランド・カジノ〉でギャンブルをしにオーロラを訪れる観光客を受け入れるために、モーテルは作られた。大きなモーテルが建つ敷地の大部分は、かつてエリー・グランドのものだった。そこにあった古い家は彼女の暮らしの場であり、仕事場でもあった。モーテル建設のためにブルドーザーがその家を取り壊したときには、コークは深い悲しみを感じた。だが、町の新たな運命が大勢の人々をうるおすなら、彼に何が言えただろう。新興住宅地が造成され、オーロラの町境は遠く森の中にまで広がった。商売は繁盛し、〈サムの店〉でさえ、このシーズンは好景気だった。見慣れない顔が、毎日通りに増えていく。観光客やギャンブラーと永住した新来者を区別できず、コークはしばしばとまどった。商売を始めるつもりで都会から逃れてくる新来者の数は、増えるばかりだった。いまや、オーロラには少なくとも三軒のしゃれたコーヒー屋がある。ジョニー・パップでさえ、〈パインウッド・ブロイラー〉でカプチーノを出しているほどだ。

　エリー・グランドが買ったとき、古い家は長いあいだほったらかしになっていた。ペンキの塗装はふくれて剝げ落ち、板のほとんどは日に焼けて白っぽく変色していた。ポーチときたら、意気消沈した老いぼれ馬の背のようにたわんでいた。窓の多くはガラスが入っていなかった。周囲の庭には、オオアワガエリとアザミがぼうぼうに茂っていた。

改装工事は、おもにコークの父親とウェンデル・ツー・ナイヴズが受け持った。コークの父親は、エリーのいとこである妻にせきたてられて、ウェンデルはエリー・グランドの妹レノーラと結婚していたので、家族のために働いた。当時この地方の男たちがみなそうだったように、コークの父親もウェンデルも大工仕事はお手のものだった。〈エリーのパイ・ショップ〉開店を手助けするにあたって、二人はすばらしい腕前を発揮した。

店の裏手に、エリー・グランドは、ラズベリー、苺、カボチャ、ダイオウでいっぱいの広い菜園をこしらえた。収穫を迎えたものが彼女のパイの中身になった。毎年アイアン湖にやってくる観光客は、〈エリーのパイ・ショップ〉に必ず立ち寄った。コークも新聞配達でかせいだ小遣いを、ずいぶんエリーのパイに費やした。しかし、彼が店に行ったのはパイのためだけではなかった。大勢のオーロラの若者たちと同じく、マレイが母親を手伝ってカウンターの向こうで働いていたから行ったのだ。

若者が、ときにはもっと年上の男たちまでもがうろうろしていることに、エリー・グランドは容赦しなかった。これほど男に対して——なんに対しても——手厳しい女が、どうしてこれほど甘くておいしいパイが焼けるのか、コークは不思議だった。彼の知るかぎり、エリーが悪魔のやからと見なしていない男は二人しかいなかった。彼の父親と、ウェンデル・ツー・ナイヴズだ。セント・アグネス教会のケルジー神父でさえ、信用していなかった。神父は聖水が沸騰しそうな目つきでマレイを見ていると、彼女は断固として言い張った。

あるとき——父親がまだ生きていたから、コークが十二か十三のときにちがいない——彼はテーブルにすわっていて、マレイはカウンターで働いていた。夏も終わりに近いころだった。彼は苺とダイオウのパイを食べていた。マレイはハミングしていた。美しいハミングだった。いつものように、コークは彼女の一挙一動を目で追っていた。マレイは十五か十六だった。腰まで伸びたまっすぐな黒い髪。東インドの王女のような浅黒い肌。カットオフ・ジーンズをはいて、ぴったりした赤いジャージーのトップを着ていた。三人の若者が店に入ってきた。観光客か、その息子たちのようで、十八か十九くらいに見えた。彼らはマレイにお勧めのパイを聞いた。彼女はいくつかの種類を答えた。彼らはブルーベリーを選んだと、コークは記憶している。

「今日、仕事が終わったら何するの?」金を払った若者が尋ねた。

「それは気分次第よ」彼女はほほえんではいなかったが、その金粉をまぶしたような瞳には誘いの色があるとコークは確信した。

「おれたち、モーターボートがあるんだ」別の若者が言った。「乗りにおいでよ」

「それとも泳ぐか」もう一人が言った。「水着姿のきみはすてきだろうな」

「そりゃ、もちろんよ」マレイは答えた。ちらりと相手を見て付け加えた。「あなたもね、と言えないのが残念だけど」

ほかの二人が笑った。

最初の若者がもう一押しした。「で、どう？」

彼女は三人にパイとおつりを渡した。「煙草ある？」

「ああ」二人目がシャツのポケットに手を入れ、マールボロの箱を出した。

彼がマレイに箱を差し出したとき、エリー・グランドがパイ・サーバーをふりかざしてキッチンから飛び出してきた。

「出ていって」彼女は叫んだ。「店から出ていって。あんたたちみんな」

「おい、ちょっと待って——」最初の若者が言いかけた。

エリーはマレイを脇に押しのけ、カウンターに身を乗り出すと、煙草を持っている若者の心臓から数センチのところにパイ・サーバーを突きつけた。「出ていけと言ったのよ。そして、二度とわたしの店に顔を出さないで」

彼らはあとじさり、ちらりとマレイを見たが、彼女は肩をすくめてかすかな同情を示しただけだった。若者たちは出ていった。

「ボートに乗らないかって誘われただけよ」マレイがさりげなく言った。

「男はいつだってささいなことから始めるの、でも最後には全部ほしがるんだから」エリー・グランドはパイ・サーバーを娘に向けた。「だまされたらだめよ、マレイ。絶対に利用されたらだめ。自分が利用するの。わかった?」

「わかったわ、ママ」

エリー・グランドがキッチンへ戻っていくと、マレイはコークを見てこっそり笑い、目を白黒させて言った。「ギイワナーディジ、ニシイメ」ママはおかしいわね、小さな兄弟。

マレイ・グランドがテレビのスターだった時代、町議会は町境に〈マレイ・グランドのホームタウン〉と謳《うた》った看板を立てる決定をした。彼女が死んで十年後、町の境界線が隣接した土地にまで広がったときに、射撃の的に使われて二二口径の穴だらけになった古い看板は撤去された。

コークは走りつづけ、ふたたび州道になったセンター・ストリートから離れて、湖と並行している郡道に入った。町から二キロ近く離れた地点で、黒いリンカーン・タウンカーが寄ってきて、後部座席のスモークガラスになった窓がするすると下がった。

「オコナー?」

窓から顔を出した男は、二十代の終わりか三十代のはじめだった。ふさふさとした黒い髪で、裕福な人間特有の日焼けした肌をしている。左の耳にはダイヤモンドらしいピアスが光っている。一度も見たことがない男だった。

「そうだが?」コークは腰に両手を当て、息をはずませて道路脇に立った。

「乗らないか？」日焼けした男は微笑して言った。歯は真っ白だった。不自然なほど整った歯並びだが、微笑は気安げで本物に見えた。しかし、コークの母親は、知らない人の車に乗っては危ないと早いうちから教えていた。いま、それを無視する強力な理由もこれといって見当たらない。

「いま取りこみ中でね」彼は答えた。

「シャイローについて話をしたいんだが」男は言った。

それは、かなり強力な理由だった。次の瞬間、男はリンカーンの窓から大きな拳銃をコークの鼻先に突き出した。それはかなり強力な二番目の理由になった。ドアが開いて、コークは乗りこんだ。

運転席のもう一人の男は三十代半ばくらいで金髪、首の筋肉だけでふつうの人間の筋肉全部を合わせたくらいあった。必要とあればこの大男から逃げることはできるが、いったんこいつに捕まったら骨などストロー並みにへし折られてしまうだろうと、コークは思った。

ハンサムな男はにっこりして、拳銃を二人のあいだの座席の上に置いた。「失礼した。ほんとうは友好的な訪問なんだ。あんたの関心を全面的にこっちに向けてもらいたかったのでね。長くはかからない。終わったら、ランニングの続きをやってくれ」

「シャイローについて話したいと言ったな」コークは銃にちらりと目をやった。手を伸ばせば簡単に届くが、男の話を聞いてみることにした。

「あんたが知っておくべき事柄がいくつかあるんだ。あんた自身のために」ハンサムな男は運転手の肩をたたいた。「車を出せ、ジョーイ。注意を引きたくない」

幸運を祈る、とコークは思った。オーロラでは、堂々たるリンカーンは尼僧のストリッパー同然に注目の的だろう。

ジョーイは湖に沿って北へ車を走らせた。

後部座席の男はきれいにひげを剃り、高級なアフターシェーヴ・ローションの匂いをほのかに漂わせていた。子牛革のブーツに細身のジーンズ、赤いシャモアのシャツの上にダークグリーンのセーターを合わせている。

「ぼくはアンジェロ・ベネデッティ。この姓は聞いたことがあるんじゃないかな。ぼくたちについて、ＦＢＩと話したろう？　ゆうべのことだと思うが」

「そうだとしたら？」

「だったら、連中は山ほどの嘘をあんたに話したはずだ、とくに父について」

「ヴィンセント・ベネデッティか？　どんな嘘を話したというんだ？」

「父がシャイローの母親を殺したとかさ。いいか、連中は長いあいだ父を、家族を追いまわしているんだ。そうだな、ジョーイ？」

「長いあいだです」リアビュー・ミラーに向かってジョーイが答えた。

「何一つつかむことはできなかったのに、懲《こ》りないんだ」ベネデッティは言った。「まるでハエだよ。まとわりついて離れない厄介ものさ」

「厄介ものにすぎないなら、どうしてあんたはここにいるんだ？」

「あんたを手助けするためだよ。それにシャイローを」

「そう」ジョーイが太い首をまわして肩ごしにコークに言った。「おまえは糞だめにはまりこんでる」

「黙っていろ、ジョーイ」彼は軽くジョーイの後頭部をたたいた。

「わかりました、アンジェロ」

「捜査官はリビー・ドブソンのことを話しただろう」ベネデッティはコークが認めるのを待ったが、視線を返されただけだったので続けた。「ドクター・サトペンのことは言っていなかったはずだ。シャイローの精神分析医の」

「どうかしたのか？」

　前の席で、ジョーイが男の子のよくやるような音を立てた。何かが爆発するときの音を真似してスティーヴィがやるのを、コークもたびたび聞いている。ジョーイがひとり笑いをもらした。

「彼女は死んだ」劇的な間を置いてから、ベネデッティは先を続けた。「パームスプリングズの診療所でガス爆発があったんだ。診療所は焼け落ちて、カルテは全部焼失したよ。警察は、公式には事故としているがね」

ジョーイは車回しでUターンして、来た方向へ引き返しはじめた。

「あんたは事故だとは思わないんだな」コークは言った。

「あまりにも偶然すぎないか？　あんたのことはわからないが、コーク、ぼくは偶然を信じない」

「おれをコークと呼ぶのは友人だけだ」

「それを言いたくてここに来たのさ。この件では、誰が友人なのかあんたにはわからないだろう」

「FBIは嘘をついているというのか。彼らがなぜ？」

「連中は誰かをかばっていると、父は考えている。誰か大物を」

「誰だ？」

「父は知らない。誰であれ、そいつがシャイローの母親殺しに責任があるんだ。あのころ、マレイ・グランドには地位のある友人がいた、彼女のために大いにコネを使った友人が。父にはそれが誰なのかついにわからなかったが、そのつながりを表沙汰にしないためにマレイは殺されたと思っている。そして、こんどそいつはシャイローを殺そうとしているんだ」

「どうして？」

「おいおい、コーク。FBIはそこのところは説明しただろう。精神分析医のおかげで、シャイローは母親が殺された夜の記憶を取り戻したんだ」ベネデッティは、さしてうしろめたそうでもない様子で両手を上げた。「こういうことを探りだすのはむずかしくはないんだよ。警官は公務員で薄給だからね」

「あんたの父親は、なぜ自分でこの件を処理しないんだ？」

「あまり丈夫じゃないんだ。ここまでの飛行機の移動がこたえて、休養している。だが、ぼくの言葉は父の言葉だよ」

コークはまっすぐベネデッティの目を見た。金色の斑点がまざった緑色だ。女たちは間違いなく魅力的だと思うだろう。「おそらく、エリザベス・ドブソンはシャイローから受け取った手紙を探していた何者かによって殺されたんだ。シャイローが書いた別の手紙も、やはり昨晩盗まれた」

ベネデッティはまばたき一つしなかった。「ぼくはあんたに嘘はつかない、コーク。そう、盗みのテクニックに通じている人間をぼくは知っている。火事を起こして事故に見せかけられる人間も知っている。あんたやぼくが歯を磨くように、いとも簡単に人を殺せる人間もね。しかし、それならFBIも同じだ」

コークはベネデッティから視線をそらして、朝の穏やかなアイアン湖を見つめた。「どうしてあんたを信じなくちゃならない？」

ベネデッティは、祈るかのように両手を唇に当てた。大きなリンカーンの車内に広がったつかのまの沈黙の中で、ジョーイの風船ガムがふくらんで破れた。

「あんたは珍しいタイプだと聞いている、コーク——正直な人間だと。誠実な男だと。もしFBIがシャイローを追って森に入れば、彼女は生きては出てこない。ぼくの見るところ、あんただけが頼りだ。たとえぼくを信じられなくても、彼女を助けることにはなんの不都合もないだろう？」

「どうやって彼女を助けるというんだ？」

「森へ入って、FBIより先に彼女を連れ出してほしい。それだけだ。ほかには何も条件はない。そうしてくれたら、父が五万ドル支払う」

「五万ドルね」コークは驚きを隠さなかった。「彼にはどういう利害があるんだ？」

「もしシャイローが母親を殺したのが誰か思い出したなら、父はそいつの名前を知りたがっている」

「問題が一つある。おれは彼女の居場所を知らない」

ベネデッティは、コークの抵抗を思いとどまらせるかのように手を上げた。「あんたについて耳にしたことが全部ほんとうなら、あんたは見つけ出すよ」彼はセーターの下に手を入れて、シャツのポケットから名刺を出した。「ジョーイ、ペンを貸せ」

ジョーイが金のボールペンを座席ごしに渡した。ベネデッティは名刺の裏に何か書いて、コークに差し出した。片面には金の籠に入った紫のオウムのリトグラフと、その下にアンジエロ・ベネデッティの名前があった。裏面にはベネデッティの電話番号が書きこまれていた。

「ぼくの携帯の番号だ。何かわかったら、連絡してもらいたい」

リンカーンはコークを拾った場所に戻った。ジョーイが車を止めた。

「言ったように、シャイローが無事に出てこられるようにしてくれ、そうすれば父は大いに感謝する。ジョーイ、ぼくのおやじは恩を知る人間だな?」

「彼の感謝にはかぎりがない」ジョーイは請け合った。「金をもらうんだ」そう忠告して、座席ごしにコークににやりとした。「アンジェロのおやじさんを喜ばせておけ。さもないと、とんでもなくおっかない男だと思い知ることになるぞ」

ベネデッティがこんどは黙れと言わないことに、コークは気づいた。

「金をしまっておくようにおやじさんに言え。おれが何をするにしても、それは自分だけの理由のためだ」コークはドアを開けて外へ出た。

ベネデッティがドアから身を乗り出した。「ぼくは、これまでの誰に対してより率直にあんたに話をした。シャイローを助けてくれ。頼む」

ドアが閉まった。大きなリンカーンは走りだした。

コークはふたたび走りだし、〈サムの店〉への帰路についた。走るとものごとがはっきりすると、彼はメルーに語った。だがいまの状況では、いまいましい月まで走りつづけたところで、すべてはあいかわらず混沌としているだろう。

12

〈グランドビュー〉の前で、ウィリー・レイはコークのブロンコのドアを開け、乗りこんできた。

「おはよう」快活にうなずいた。

「ヴィンセント・ベネデッティのことを話してください」コークは言った。

レイは驚いたようだった。「ベネデッティ？ なんだってあいつについて知りたいんだね？」〝あいつ〟という言い方には、たっぷり毒が含まれていた。

けさの出来事について、コークは説明した。

「ベネデッティ一族の一人たりとも信じちゃいかん」レイはキャビンを外部の目からさえぎっている木立を見つめ、昔の苦い思いを嚙みしめているかのようにあごを動かした。「マレイを殺したのがあの男だと断言はできない。しかし、彼女に死んでほしいと思えば、あいつはやり方を心得てる」

「彼について、知っていることは？」

「もう何年も会ってない。いつ以来だろう――ああ、マレイの葬式以来だ。あの野郎、あつかましくも来やがった、子羊みたいに罪のない顔をしてな。ああいうやつは」レイはオザーク山地の人間らしい辛辣な言い方で続けた。「面《つら》の皮は鉄みたいに固いし、心臓のところにはクソ溜めの穴があいてるだけだ」

ウェンデル・ツー・ナイヴズのトレイラーハウスは小さな芝地に建っていて、ゆるやかな傾斜を下っていくと青空を映すアイアン湖に出る。窓の下にはプランターがいくつかあって、赤いゼラニウムがまだ満開だ。幹がつららのように白い樺の木に周囲を囲まれ、鋳造されたばかりの金貨を思わせる葉がまぶしく輝いている。

前夜コークが残したメモは、ウェンデルのドアに貼られたままだった。コークはノックしたが、ウェンデルの応えはなかった。ウェンデルがガレージとして使っている、芝生の向こうの波型鉄板でできた大きな納屋に行って、窓からのぞきこんだ。手招きしてウィリー・レイを呼んだ。

「ウェンデルはダッジラムのピックアップを使っている」コークは言った。「ピックアップはない。だが、かわりにそこに置いてあるものをちょっと見てください」

小屋の床には樺の幹の断片が敷いてあり、内部は、ウェンデルが生涯を通じて磨きをかけたバーチバーク・カヌー（樺の樹皮でできたカヌー）造りに使う道具でいっぱいだ。槌《つち》のみ、手桶、木挽《こび》き台、刷毛《はけ》——すべてラックに掛かるか、台の上に置いてある。中央には、トラックが止められるだけのスペースがあけてある。ウェンデルのトラックのかわりにそこにあるのは小型の赤いスポーツカーで、納屋の反対側の窓から射しこむ朝日に照らされている。車のぴかぴかのワックスの上には、うっすらとほこりが積もっていた。

「シャイローはスポーツカーが好きなんだ」レイが言った。

コークは納屋の裏にまわり、カヌーが四艘たてかけられるラックを確認した。ふさがっているのは一艘分だけだ。

「どう思う？」レイが尋ねた。

「しばらく出かけているようだな」

「シャイローのところへ？」

「そうであることを祈りましょう。行きますよ」

「どこへ？」コークについてブロンコに戻りながら、レイは聞いた。

「ストーミー・ツー・ナイヴズの家へ。シャイローの居場所がどこなのか知っているとしたら、おれが思いつくのは彼だけです」

三キロほど先の、アロウェットの町はずれを過ぎたあたりで、コークは植林されたストローブ松の中に建つ小さなログハウスの私道へ車を乗り入れた。私道の脇の看板には、〈たきぎ売ります〉と広告が出ている。家のそばで、物干し綱の前に立った女が濡れたシーツを広げている。かすかな北西風が出てきて、干されたリネン類の端がぱたぱたと揺れている。女はシーツの隅を洗濯ばさみで留めおえると、太陽に手をかざして二人の男が近づいてくるのを眺めた。

「こんにちは《アニン》、セアラ」コークは挨拶《あいさつ》した。

「アニン、コーク」彼女の返事は礼儀正しかったが、親しみは感じられなかった。三十代はじめの小柄な女だ。高い頬骨、長く伸ばした暗褐色の髪。ナイキのスポーツシューズをはき、折り目のついたジーンズ、青いデニムのシャツを着ている。ちらりとレイを見て、すばやくコークに視線を戻した。

「ウェンデルを探しているんだ」コークは説明した。「彼の家に行ってみたんだが、いなくてね」

一瞬、影のようなものが彼女の顔をよぎった。「ストーミーと話したほうがいいわね」

「おれもそう思ったんだ。どこにいる？」

「あの人はルイスとたきぎを切りにいっているわ。ウィドウズ・クリークの橋のところの、昔の林道」

「ありがとう、セアラ」

「あの人があなたに教えるとはかぎらないわよ」彼女は警告した。

「わかっている」

道路に戻る途中で、レイが尋ねた。「どうしてきみに教えないんだ？」

コークはアロウェットから東へ向かい、深い森を抜ける未舗装の道を走りはじめた。「ストーミーはかんしゃくもちでね。だいぶ前に、争いで人を殺してしまった。そのあとでこわくなって逃げ出し、アイアン湖の北の掘っ立て小屋にたてこもって、近づく者は誰でも殺すと脅した。保安官がなんとか小屋に入って、投降するように説得した。公平な裁判を受けさせると言って。ところが、受けられなかった。ストーミーはスティルウォーター刑務所で五年つとめるはめになったんですよ」

「それでも、彼がきみに教えない理由にはなってないじゃないか」

コークは小川にかかった古い木の橋を渡り、道ばたに止められたほこりだらけの青いフォード・レンジャーの後ろで停車した。「おれがその保安官だったんです」

チェーンソーの鋭いうなりが、川辺の森の静寂をつんざいた。コークが音をたどっていくと、無数の枯れた大きな樅《もみ》が常緑樹の中に茶色く立っている場所に出た。何本かはすでに倒されて、乾いた枝が地面の上で裂けている。ストーミー・ツー・ナイヴズは水平になった幹の上をすばやく動きまわっていた。手袋をはめた手に持った大きな黄色のチェーンソーで、大枝を切り払い、幹を分断している。あたりはオイルとガスとおがくずの匂いがした。十歳くらいの少年が地面をはいまわって枝を集め、山にしている。最初に少年が気づいた。

日だまりでコークが待っていると、ストーミー・ツー・ナイヴズはチェーンソーを止めて安全ゴーグルを上げた。少年が見ているのにツー・ナイヴズは気づいて、彼もこちらを見た。倒れた木から彼は降りた。

「アニン、ストーミー」コークは呼びかけた。「アニン、ルイス」少年にも声をかけた。

ツー・ナイヴズはチェーンソーを置いた。かぶっていた野球帽をぬいで、勢いよく頭を振った。水浴びをしたあと体を震わせる犬のように、汗が飛び散った。「おれに向かってインディアンのふりをしなくてもいいんだぜ、オコナー」

「アニン」ルイス・ツー・ナイヴズが挨拶した。

父親はじろりとにらんだ。

ストーミー・ツー・ナイヴズはコークよりいくらか背が低いが、体重は二十キロ以上は重い。背中の筋肉が発達しているため、かすかに前かがみの姿勢になっている。ほとんどの歳月を木を切って過ごした男たちに、共通する特徴だ。刑務所にいたあいだ、ツー・ナイヴズは肉体の残りの部分を強化することで時間を過ごした。その胸は盛り上がり、チェックのフランネル・シャツの袖は折り返されて、たくましい腕がのぞいている。だが、刑務所暮らしはツー・ナイヴズの筋肉だけでなく別の性向も強めてしまい、それは暗い目の冷ややかな表情にあらわれていた。

「セアラがここだと教えてくれた。話がある、ストーミー」

「忙しいんだ」

「重要なことだ。伯父さんについてだが」

ツー・ナイヴズはかがみこんで、切り株の上の魔法瓶に手を伸ばした。魔法瓶の蓋《ふた》に冷たい水をついで飲んだ。それから、息子に蓋を渡した。

「ウェンデル？ 彼がどうかしたのか？」

「最近会ったか？」

「なぜだ？」

「彼とだいじな話があるんだ」

「会ってないな」

ルイス・ツー・ナイヴズが父親に蓋を返した。「バウンダリー・ウォーターズにいるよ」

「ルイス」ストーミー・ツー・ナイヴズはぴしりと言った。

「長いあいだ行ったきりだ」父親の厳しい顔を無視して、少年は続けた。

「ストーミー」コークは口調を強めた。「彼は厄介ごとに巻きこまれているかもしれない」

「インディアンにとって唯一の厄介ごとは法律だけだ。伯父が何かしたっていうのか？」

「バウンダリー・ウォーターズへある女性を案内した。何者かがその女性を狙っていて、居所をつかむためにウェンデルを利用しようとするかもしれない。おれたちはそう思っている」

「おれたち？」ツー・ナイヴズは、アーカンサス・ウィリー・レイを冷たい視線でじろじろと見た。相手の目を直視するのは、オジブワ族にしてはめずらしいことだった。だが、刑務所はいろいろな意味でストーミー・ツー・ナイヴズを変えた。「あんたは知っているよ」

「アーカンサス・ウィリーと呼んでくれ」レイは手を差し出したが、ツー・ナイヴズは一瞥《いちべつ》したただけだった。

「前にテレビで見た」ストーミー・ツー・ナイヴズは言った。「まだ生きていたとはね」関心をコークに戻した。「伯父のことは何も知らないぜ」

「ストーミー、この女性の命がかかっているかもしれないんだ。伯父さんの命もだ」

「伯父は、自分の面倒は自分で見られる」

「彼はバウンダリー・ウォーターズにしょっちゅう出入りしているそうだな。この女性に必要な品を運んでいたにちがいない。ルイスの話では、彼は長いこと行ったきりらしいじゃないか。だとしたら、心配だ」

「いいか、おまえになんの関係がある？　もう保安官じゃないだろう。このあたりの法律を作ってるのはおまえじゃないんだ」

「おれは法律を作ったことはないよ、ストーミー」

「言っただろう」ツー・ナイヴズはチェーンソーを取り上げた。「忙しいんだ。そのバールをよこせ、ルイス。このチェーンを締めたい」

「金を払うよ」ウィリー・レイが言った。「いくらだ？」

ツー・ナイヴズは手を止めた。

「いまはカジノの利益割り当てがある」彼はチェーンソーを持ち上げて、張りぐあいを見るためにチェーンを引っ張った。「千ドルぽっち、くそくらえだ」

「千ドル」

ウィリー・レイは一歩前に出た。「きみを侮辱するつもりはなかったんだ。わしはもう不安でしかたがないんだよ、ストーミー。かわいい娘が、猟犬だらけの犬小屋に放りこまれた目のあかない子猫みたいに、途方にくれてるんだ。あの子の無事を確かめるためなら、きんたまの片方だってくれてやる。家族をなくしたら、ほかの何を持っていようがだめなんだ。何も持ってないのと同じだ。わしを助けなきゃならない理由はきみにはない。全然ない。それができるのはきみだけだということ以外には」

ストーミー・ツー・ナイヴズはじっと相手を見た。「父親なのか？」

「父親なんだ」

立ったまま考えているツー・ナイヴズの顔は無表情だった。ルイスが手を伸ばして父親の腕に触れた。ツー・ナイヴズがかがみこむと、少年はひそひそとささやいた。

静けさの中、小枝を踏みつけて誰かが昔の林道のほうから近づいてくる音をコークは聞いた。まもなく、ブッカー・T・ハリスとドワイト・スローアンが現れた。コークとレイが立っているところへ歩いてくると、ハリスがストーミー・ツー・ナイヴズに言った。

「きみの名前はヘクター・ツー・ナイヴズか？」

ツー・ナイヴズの目のまわりの皮膚が、古い革のようにぴんとこわばった。「みんなストーミーと呼ぶぜ。おまわり以外はな」

「あそこに駐車してあるのはきみのレンジャーだな？」

「おれのだ」

「ミスター・ツー・ナイヴズ」ハリスは上着のポケットから手錠を取り出した。「きみを逮捕する」

13

「なんの容疑だ？」「逮捕するだと？」ツー・ナイヴズの目がコークに向かって光った。

「スローアン」ハリスはうながした。

スローアン捜査官が両手を差し出した。黒い手袋をはめて、大きな拳銃を持っていた。そのサイズと四角いトリガー・ガードからすると、おそらくルガー・スーパー・ブラックホーク44マグナムだ、とコークは思った。それほど珍しくない拳銃だ。

「おまえのトラックの後ろの道具箱で、これを見つけた」スローアンは言った。

「道具箱の中を見る捜索令状を持っているのか？」コークは尋ねた。

「蓋《ふた》は開いていた」スローアンは答えた。

「それはおれのじゃない」チェーンソーを持ったまま、ストーミーは体を堅くして立っていた。

「留置場で議論してもらおう。これは仮釈放の遵守《じゅんしゅ》条件違反だな、ヘクター。こんどはこっぴどい目に遭うことになるぞ」ハリスは言った。「チェーンソーを置け」

ストーミーは動かない。「おまえらは、そいつをおれの道具箱の中で見つけたんじゃない」

「宣誓して証言してもいい」スローアンは答え、拳銃をビニールの証拠品袋に入れた。

「どういうことなんだ、ハリス？」コークは詰め寄った。

ストーミーは怒りの眼差しをコークに向けた。「こいつらを知っているのか？」

「ＦＢＩだ」コークは答えた。「こちらはブッカー・Ｔ・ハリス主任特別捜査官。そしてドワイト・スローアン捜査官だ。彼らもその女性を探している」

「彼らも？」ハリスが聞きとがめた。「この件については、われわれは協力してことに当たっていると思ったが、オコナー」

「おれもさ。おれはおれのやり方でやることで合意したと思ったが」

ストーミー・ツー・ナイヴズは殺意のこもった目でコークをにらんだ。

「権利を読み上げろ」ハリスはスローアンに命じ、伸ばした手に手錠を持ってストーミーに近づいた。「女性がどこにいるか教えるなら、話は別だぞ」

「どこにいるのか、おれは知らない」ストーミーは言った。

「だったら、これをどう説明する？」ハリスはスローアンから別の証拠品袋を受け取った。中には、横二十二センチ縦三十センチほどの茶色い封筒が入っていた。ハリスは黒い革の手袋をはめて、袋からそっと封筒を出し、隅を慎重に持って中身を取り出した——百ドル札の束とタイプ用紙一枚だった。「なんと書いてあるか知りたいか？　なんなら声を出して読んでみてくれ」彼はコークにタイプ用紙を差し出した。

「〈約束どおり。かわいい樹木の妖精が森から出ないようにするために。好きなようにストーミーと分けてくれ〉」

「二万五千ドルある」ハリスは札束を振ってみせた。

「どこで見つけた？」コークは詰問した。

「きみが行ってきたトレイラーだよ。ドアは開いていた。封筒はキッチンのカウンターにあった」

「なんとも好都合だな」

ストーミー・ツー・ナイヴズは札束をにらみつけた。「おれは何も知らない。それに、伯父はそんなことには絶対かかわりあわない」

「ウェンデルのトレイラーの捜索令状はあるんだろうな？」コークは尋ねた。

「捜索するまでもなかった」ハリスは答えた。「それに、疑う理由があった。たとえ法廷では通用しなくても、ツー・ナイヴズがまたしゃばの空気を吸えるようになるまでにはしばらくかかる。この女性を見つけるのに手を貸す決心をしなければな」

「あんたがいるのは保留地だ」コークは指摘した。「ここの司法権は地方自治体にある。あんたにこの男を逮捕する権利はない」

「たわごとをぬかすな、オコナー。保留地は連邦の管轄下にあるんだ」ハリスは言い返した。

「この場合は違う」コークは言った。「ここの司法権はミネソタ州にある。議会に承認された。

ている。公法二八〇条、一九五三年成立だ」

「わたしはRICO法に基づく捜査のためにここに来ている。銃の携行に関する仮釈放遵守条件違反でぶちこむ権限は、充分にある。ツー・ナイヴズが司法権について争いたいなら、檻の中でやることだ」

「そんな真似をさせるか」コークは、男たちとストーミー・ツー・ナイヴズのあいだに立った。

スローアンが上着の下のホルスターから銃を抜いた。「おまえたち全員を逮捕するぞ、必要とあらばな」彼は気遣うような真剣な口調で言った。「黙って協力したほうが身のためだ」

「女がどこにいるのか、おれは知らない」ストーミーはふたたび言った。

「残念だな。スローアン」ハリスはストーミーのほうにうなずいた。

「おまえには黙秘する権利がある」スローアンが始めた。

「どこにいるか知ってるよ」

全員が動きを止めて少年を見た。

「黙ってろ、ルイス」ストーミーは言った。

「いや」ハリスはうながした。「続けろ、坊主」

「ルイス」ストーミーは叱った。

「刑務所に戻ってほしくないんだ」少年は言った。

「連中にはそんなことは――」ストーミーは言いはじめた。

「もちろんできるさ」ハリスはさえぎった。「おまえが族長《ジェロニモ》に言いつけにいく前にパパをぶちこんでみせるよ、坊主」

ルイスは連邦捜査官を怒りに燃える目でにらんだ。「ジェロニモはチリカワ・アパッチだ。ぼくたちはオジブワ・アニシナアベだ」

ハリスはもう少しで笑いだしそうだった。「そうだろう、そうだろう」彼はひざまずいて少年と目を合わせた。「協力が得られなければ、ルイス、おやじさんをムショへ逆戻りさせるぞ。ほかに道はないんだ。女性の居所を知っているのか?」

ルイス・ツー・ナイヴズはうなずいた。

「どこだ?」

「ニキディン」

「なんだって?」

「外陰部という意味だ」コークは口をはさんだ。

「外陰部だと?」ハリスは笑った。「ヴァギナか?」

「わからないな」スローアンが言った。

「場所のことだろう。バウンダリー・ウォーターズのどこかだ」コークは言った。

「場所?」ハリスはまだ面白がっているようだった。「場所にヴァギナって名前をつけるの

「どこなのか示せるか？」

か。あきれたな」

「どこなのか教えられるか、坊主？」スローアンが聞いた。「地図でどこなのか示せるか？」

少年は不安そうだったが、肩をすくめた。

「地図を持ってこい」ハリスはスローアンに命じた。

スローアン捜査官は銃をホルスターにしまい、急いで林道を引き返していった。

コークはハリスに言った。「おれたちを尾行していたんだな。どうやった？」

「テクノロジーだよ、オコナー」

「発信機か何かか？ ブロンコに仕掛けたな？」コークはストーミーを見た。「おれは知らなかった。誓う」

スローアンが地図を持って戻ってきた。地図を広げると、切り株の上に置いた。

「来て、見てみろ、ルイス」ハリスは少年を手招きした。ストーミー・ツー・ナイヴズは息子のほうへ行きかけたが、スローアンが前に立ちふさがった。ハリスは少年の肩に手をまわした。「いくつだ、ルイス？」

「十歳」

「これが何かわかるか？」

「もちろん。地図だ」

「地図。その通り。バウンダリー・ウォーターズ・カヌー・エリア・ウィルダネス全体の地図だ。この地図の読み方がわかるか?」

ルイスは長いあいだ地図を見ていた。しまいに首を振った。

「時間をかけていい。手助けしてやろう。われわれがいるのはここだ」ハリスは下部中央あたりを指でたたいた。

「ぼくたちは地図なんか使わない」少年は言った。

「ぼくたち?」

「ウェンデルおじさんとぼく」

「おまえはそこに行ったことがあるのか?」

「あるよ」

コークは言った。「ルイス、その女性のところに行くとき渡った川や湖の名前を覚えているか?」

ルイスはうなずいた。「アーイタワービク。ジーグワナービク。バクウジガナーブー」

「ちょっと待て」ハリスは両手を上げた。「そんなのはこの地図のどこにもないぞ」

「オジブワ語だ」コークは言った。「ルイス、ウェンデルおじさんはその川や湖のお話をしてくれたか?」

「うん」

コークは説明した。「ウェンデル・ツー・ナイヴズは、なんといってもアーディズークウイニニなんだ。物語作者という意味だ。川や湖の物語を作って、ルイスに話したお話に合うような名前をつけたんだと思う。アニシナアベ族に伝わるほんとうの名前かもしれないし、ウェンデルが思いついただけかもしれない。そのへんはちょっとわからないが」

「では、そこへの行き方をルイスは教えられないということか?」ハリスはふたたび少年に関心を向けた。「どのくらい遠いんだ?」

「カヌーでまる一日かかるよ」

「そこへわれわれを連れていけるか?」

ストーミーが怒りを爆発させた。「だめだ! 息子はどこへも連れていかせないぞ。法律だって、強制して行かせることはできない」

「ほう?」ハリスはスローアンのほうを見た。「銃を貸せ」

スローアン捜査官は、道具箱の中にあったという四四口径の入った袋を渡した。ハリスはまたひざまずいて、少年と同じ高さになった。

「ルイス、この銃が見えるな? これはおやじさんのトラックで見つかったんだ。この銃を彼が持っているのは法律違反で、また刑務所に戻らなくちゃならない。だが、取り引きをしようじゃないか。女性の居場所へ連れていってくれたら、おやじさんは大丈夫だと保証する。銃のことは誰にも言わないよ」

「こんちくしょうが」ストーミーはつばを吐いた。コードをぐいと引っ張るとチェーンソーが息を吹きかえした。彼はそれをハリスのほうに突きつけた。「おれの息子から離れろ、でないとまっぷたつにしてやる」

またたくまにスローアンの銃がホルスターから抜かれた。「そいつを落とせ、ヘクター」チェーンソーの音に負けない大声で彼はどなった。

長く感じられる一瞬、誰も動かなかった。ストーミー・ツー・ナイヴズは微動だにせず、たくましい腕の血管が、緊張のあまり地図の上の川のように浮き出していた。スローアンは垂直に立ち、腕を水平に突き出して、銃口をまっすぐストーミーの額に向けていた。まるで、恐ろしい相似形のような光景だった。そのときハリスが動いて、全員がはっとした。彼はゆっくりと立ち上がり、同情に近い眼差しでストーミーを見ると、チェーンソーのうなりの中でかろうじて聞きとれる声で尋ねた。「こんなのを本気で息子に見せたいのか？」

ストーミーはちらりとルイスに目をやった。少年は、ハリスの後ろで怯えきったように立ちつくしている。ストーミーはチェーンソーのスイッチを切って下に置いた。

そのあとのほっとしたような静けさを、コークが破った。「この子が行くなら、父親も一緒だ」

ストーミーはコークを横目で見て、かすかにうなずいた。

ハリスはちょっと考えた。「いいだろう」

「それに、こいつもだ」ストーミーは手袋をはめたままの手でコークのほうを示した。

「オコナーも？」

コークはすぐに理解した。ストーミーは、いますでにハリスに有利な状況に直面している。森の中に入ってしまえば、ハリスは好きなようにできるのだ。その場合、誰が彼に対抗できるだろう？

「そう、おれもだ」コークは言った。「それに、彼も」ウィリー・レイにうなずいてみせた。

「なんと」初めてレイをまじまじと見て、ハリスはつぶやいた。「驚いたな、アーカンサス・ウィリーじゃないか。あなたはもう死んだと思っていましたよ」

「ああいった記事はうんと誇張されてるんでね」レイはにこりともせずに言った。

「ここで何をしているんです？」ハリスは尋ねた。

「シャイローはわしの娘だ」レイは答えた。

ハリスはユーモアのかけらもない笑みを浮かべた。「そうなんですか？　前に聞いたことがあるが、あなたは夫のつとめを果たすふりをするのがうまかったとか」

アーカンサス・ウィリーの顔がトンネルに入ったかのように翳《かげ》った。別人のような、悪意に満ちたけわしい表情になった。「あれはわしの娘だ、この野郎。わしを置いてあとを追えると思うな」

「だめだ」ハリスはきっぱり首を振った。

コークは言った。「アーカンサス・ウィリーが行かないなら、おれも行かない。おれが行かなければ、ストーミーも行かない。ストーミーが行かなければ、この子も行かないぞ。はるばるやってきて、目的の場所にも着けないわけだ、ハリス」

ハリスは全員をねめつけた。「ええ、くそ」彼はその場を離れて、考えるあいだ男たちに背を向けた。

ストーミーがルイスをそばに呼んだ。少年は従って、父親の腕の下に避難した。レイは声に出さず「ありがとう」とコークに言った。スローアンは銃口を下げて待っていた。

「いいだろう」ついにハリスは振り向いて承知した。「ただし、こうしてもらう。命令を下すのはわれわれだ。きみたちは言われた通りにする、さもないと後悔することになるぞ。わかったか?」ハリスはスローアンに向かって林道のほうへ合図した。「無線で連絡だ。手はずを整えろ」

14

「ああ、もう」

ジョー・オコナーはキッチンの明るい陽射しの中に立って、ローズがカウンターの上に広げた料理の本のページからその完璧な出来ばえを示している、チェリー・パイをにらみつけた。粉と生地が本のまわりに散乱し、まるで戦闘があったパン屋のようなありさまだ。ジョーの指には生地がこびりつき、ジーンズには手の跡が白くついている。けさのローズとの会話が、振り払うことのできないひどい旋律のように頭の中で繰り返されている。

「ほんとうは、こんなことやってみたくはないんでしょ」姉のために懸命に逃げ道を開こうとして、ローズは言ったのだ。

「やりたくなければ言いださないわ」ジョーは答えた。

「せめて、少しアドバイスをさせてくれない？」

「アドバイス？　わたしは三十八よ、ローズ。ちんぷんかんぷんの法律書を解読して生計を立てているのよ。料理の本どおりにやるくらい、できるに決まっているでしょう」

「でも――」ローズはなんとか説得しようとした。

「でも、じゃないわ。これはわたしのパイなんだから」

ローズはさらに言いかけてから肩をすくめ、キッチンのほうへ腕を広げると、最愛のものを略奪していく軍隊を招き入れるかのように、暗い口調で宣言した。「それならいいわ。ご自由に」

ジョーは腰に拳をあてて、自分がめちゃめちゃにしたキッチンを見まわした。「なんてことかしら」そうつぶやいて、ローズに強情を張ったことを後悔した。

姉妹の守備範囲は、早いうちに確立されていた。陸軍の看護婦だった母親は娘たちが育つあいだに十数回も引越しをしたので、新参者になるという苦労に二人は十数回も直面したのだった。ローズはずんぐりとしてにきびだらけで、ほかの子どもたちにひどくいじめられたが、気がやさしくて優柔不断な性格だったので反撃もできなかった。ジョーが二人のために闘う役まわりを担った。十三歳のとき、フォート・サム・ヒューストンでジョーは大佐の息子の鼻を折った。その男の子はローズをからかい、彼女のバッグをつかんでタンポンを引っ張りだすと、「きたないアソコに栓をしな!」とあざけったのだ。姉妹が「大尉《キャプテン》」と呼んでいる母親が怒るのではないかと、ジョーは怯えた。大尉は怒らなかった。大佐の息子はローズにあやまったばかりか、ジョーを映画に誘った。ジョーはふってやった。

ローズにとってはどの家も避難所で、移るたびに彼女はそこをていねいかつ上手に管理するすべを学んだ。小さいうちから、料理もした。ジョーは水漏れのする蛇口を修理した。ローズは洗濯をした。ジョーは車のオイル交換をした。ローズは縫い物をした。ジョーは芝を刈った。学校では、ローズはとくに目立ちもしない成績で進級するだけで満足だった。ジョーはトップになろうと奮闘した。二人はあまりにも対照的だったので——外見も興味の対象も——おたがいを熱烈に愛しているという事実がなければ、姉妹だとはとても思えなかっただろう。

ジョーは奨学金を得てノースウェスタン大学へ進んだが、三年生のとき、大尉が脳卒中を起こして左半身不随になった。地元のイースタン・イリノイ大学で経済学の専攻を始めたばかりだったローズは、母親の世話をするために退学した。その後七年以上も、それが彼女の生活の中心になった。ジェニーが生まれる数ヵ月前に、大尉はこの世を去った。また発作を起こし、こんどは致命的だったのだ。ジョーはシカゴ大学ロースクールの最終学年を始めようとしているところで、ローズはそっちへ行って赤ん坊の面倒を見ようと申し出た。それ以来、ローズはオコナー家のなくてはならない一員となった。

ジョーは、粉まみれで生地のかすがあちこちについた自分の体を見下ろした。パイ作りに挑むと言って譲らなかったのを悔やんだ。だが、彼女の気まぐれには動機があった。セント・アグネス教会の女たちが用意するほかのデザートとともに、パイはイリージア・ノットのために開かれる今夜の集会で出されることになっていた。地元出身のその若い女性は、トーゴ共和国のベネディクト修道会伝道所を率いており、一時帰国して故郷の教区を訪問しているのだった。教会の女たちがずっと前からローズを迎え入れているのを、ジョーは知っていた。彼女の親切心、堅忍不抜《けんにんふばつ》の穏やかな気性、女たちが賞賛する家事全般にわたる有能さは、オーロラでは新参者であるというハンディをあっというまに克服してしまった。いつもローズが自分からそう言うのだが、太っていて魅力がなく、夫たちに立ちまじっても心配がない点も、女の友情の邪魔にはならないのだった。理由がどうあれ、ローズは自分の居場所を見つけた。この孤立した北の果ての町に、ずっと前から住んでいたかのように。だが、ジョーがそんなふうに受け入れられていると感じたことは一度もなかった。オーロラの女たちはつねに温かかったが、ジョーはそこに見えない壁が存在しているような気がしていた。これは女たちがジョーを理解していないためだ、とローズは信じていた。それに、ジョーが最初からオーロラの人々とはたびたび利害が対立するアニシナアベ族の代理人になったからだ。ローズはそう主張した。また、一般的に男が多い分野で働いていて、そこで大成功をおさめているせいもあった。そして、なんといってもジョーはとても魅力的だった。だから、障害は山のようにある、とローズは姉に率直に言った。

もし壁があったとしたら、去年の出来事のせいでそれは崩れはじめていた。いまや町じゅうの知るところとなったコークとモリー・ヌルミの恋愛は、ジョーに大勢からの同情をもたらした。彼女はうしろめたく感じていたが――人々がことの全容を知ったら、同情は得られなかっただろう――突然示されるようになった心温まる気遣いに感動した。そして、ぎごちないことが多かったが、お返しをしようといつしか努力しはじめた。

パイは、苦心惨憺《くしんさんたん》して考えたあげくのお返しの一つだった。

パラフィン紙の上で平らになるという単純なことすら拒否しているパイ皮の残骸を、彼女は見下ろした。声を出さずに罵った。

「ローズは死んじゃったのか？」

ジョーが振り向くと、コークがキッチンの入口に立って修羅場を眺めていた。

「一日じゅう教会よ。わたしが料理しているの」ジョーはしかつめらしく答えた。

「きみが？」

「前にも料理したことはあるわ。覚えている？」

「もちろん」コークは言った。「覚えているよ」

彼女の悪名は高かった。シカゴ時代の友人のあいだでは、生焼けやだまや黒焦げを作る天才という評判だった。結果的に、ローズが一緒に住む前はおもにコークが料理を受け持っていた。彼はなかなか上手で、彼女はいつも進んでそれを認めていた。

コークはキッチンに入ってきた。「何を作っているんだ？」

「チェリー・パイ。今晩のセント・アグネス会のためよ」

コークはカウンターの惨状を見まわし、ジョーは彼がアドバイスするのではないかと心配になった。彼はそうしなかった。うなずいただけで、シンクに落ちているジャガイモの皮に目をやった。「夕食も？」

「ええ」そのニュースを聞いた子どもたちの顔に浮かんだ恐怖を、彼女は思い出した。「インスタントのチキンと、マッシュポテトと、缶詰のコーンと、壜詰のグレイヴィ」彼女は告白した。「食べていきたい？」

「だめなんだ」

「弱虫ね」

「いや、ほんとうなんだ。ジェニーとアニーに、今日は〈サムの店〉を開けないと伝えるために寄っただけだ」

ジョーは厄介なパイ皮に向き直り、延べ棒を手にかがみこんだ。「釣りに行くの？」

「狩りというべきかな。バウンダリー・ウォーターズで女性が行方不明なんだ。捜索の手助けにいく」

延べ棒が磁石であるかのごとく、パイ皮が金属のように巻き上がった。

「ジェニーはショーンの家に行ったわ。そこに行けばいるわよ。アニーは教会でローズのお手伝い。もうすぐ帰ってくるでしょう。〈グランドビュー〉にアーカンサス・ウィリーが来ているんですってね。きのう〈サムの店〉に寄ったって、アニーが言っていたわ」

「彼は、マレイや昔のことを話したかったんだ」

「まだ生きていたことすら知らなかったわ」

「生きているどころか」コークは言った。「ぴんぴんしているよ」

彼はガスレンジに寄りかかって、ジョーがパイ皮と格闘するのを見守った。彼女はパウダーブルーのトレーナーを着て、袖をまくりあげていた。小さな汗が、ブロンドの髪から額の柔らかなうぶ毛に、そして頬に流れていく。動きにあわせて揺れる彼女の腰の曲線を、彼は見つめた。昔の欲望がめざめるのを感じた。もう長いこと感じなかったもので、誘惑的であると同時に恐ろしかった。

「行ったほうがよさそうだ」彼は言った。

コークが動く前に、スティーヴィが裏口から駆けこんできた。走ってコークの腕に飛びこんで、「パパ！」と叫んだ。

コークは息子に鼻を押しつけた。太陽と枯れ葉の匂いがした。

「フットボールやる？」スティーヴィがねだった。

「ごめんよ。今日はだめなんだ」

スティーヴィの小さな顔いっぱいに失望が広がった。

「ちょっと出かけなきゃならない。一日か二日だ。帰ってきたら、腕が痛くなるまでボールをトスしよう。それでどうだ？」彼はスティーヴィの黒い髪をくしゃくしゃにした。

スティーヴィはコークの腕の中から抜け出した。「いいよ」だが、その声からがっかりしているのはあきらかだった。

ジョーは延べ棒を置いて、スティーヴィの前にしゃがんだ。「ねえ。晩ごはんが終わったら、ママとあなたでフットボールの形をしたクッキーを焼きましょう。それから、腕が痛くなるまでクッキーを口の中にトスするの。どう?」

「クッキー?」スティーヴィの黒い目はいかにも心配そうだった。「ママのクッキー?」

「一緒に作るのよ。だからわたしたちのクッキー」

「いいよ」ようやく彼はうなずいた。身をひるがえすと外へ戻っていった。

「おみごと、弁護士さん」コークは微笑した。

「交渉ごとは得意なのよ。とくに、相手が六歳ならね」

彼女は玄関までコークを見送った。まるで初めてのデートのときのように、二人はぎごちない雰囲気で一瞬立ちどまった。

「帰りしだい寄って、スティーヴィとの約束を果たすよ」

ジョーはうなずいた。「そうね」

コークは歩道を歩きだした。ゆったりとしたカーキ色のズボンに赤いTシャツを着ている。去年彼は減量し、いまはスマートでたくましく見えた。煙草もやめていた。ほかの女との約束だった——ジョーは知っていたし、受け入れていた。

二週間ほど前、ジョーは娘たちとスティーヴィをツイン・シティへ連れていき、コークのマラソンの応援をした。誰にも何も言わなかったが、彼女はコークをたいしたものだと思った。四十半ばの男が、初めてのマラソンを走ったのだ。最上の意味で、彼は昔のコークのようだった。あまりにも多くのことが起きて夫婦を引き裂き、お互いに別の恋人の腕に飛びこむ前のコークだ。

「コーク」彼女は突然呼びかけて、ブロンコの横に立つ彼のもとへ急いだ。

彼は振り向いた。その顔全体に太陽が当たっていたが、影になっているもの、語られていないものが、二人のあいだにはたくさんあるような気がした。

「どうした？」

何を言うつもりだったのかわからなくて、彼女はばかな真似をしたように感じた。「その――気をつけてね、と言おうと思って」そして、自分も彼も驚く行動に出た。身を乗り出して、相手の頬に軽くキスしたのだ。

「ありがとう」彼は少しとまどったようだった。「ああ――ええと――気をつける」

ブロンコが出ていくのを彼女は見送った。通りは静かだった。バターがたくさんのパンケーキの上で溶けていくように、陽光が近所の家並みに降りそそいでいる。通りの向こうから、バーディー・フランクの酢漬け牛肉の煮こみ《ザウアーブラーテン》のおいしそうな匂いが漂い、バーディーがキッチンで〈ザット・オールド・ブラック・マジック〉を口ずさんでいるのが聞こえる。ジョーは虚脱して、自分がいるべき場所にいないような感じがした。

すぐに、ローズの呼ぶ声がした。振り向くと、妹とアニーがブロックの反対端から歩道を近づいてくるのが見えた。

「あれはパパ？」アニーが聞いた。

「そうよ。〈サムの店〉に来なくていいと言いにきたの。今日はお休みですって」

「夕食に誘いもしなかったんでしょう」ローズが言った。

「誘ったわ」ジョーは答えた。「断られたの」

「賢明ね」アニーが言った。そして、母親にぶたれるかのように首をすくめた。

「罰として、テーブルの用意をしなさい」ジョーは家を指さして命じた。

アニーが入っていったあと、ジョーは陽光の下でローズの横に残った。ブロンコが去った方角を見ていた。

「戻ってきてと言ったらいいじゃない」ローズは言った。「彼はたちまち戻ってくるわよ」

「彼が戻るのは子どもたちのためよ。わたしはそれは望まないの」

「彼の目を見てごらんなさいよ、ジョー。あなたのためでもあるわ」

「救いがたいロマンティストね、ローズ」ジョーは踵《きびす》を返して、家のほうへ向かった。急に疲労を感じた。まだ昼前だというのに。

「一度自分の胸に聞いてみれば、ねえ――」ローズはまた始めた。

言い終わる前に、ジョーは玄関のドアを閉めた。

ローズは彼女のあとから勢いよく入ってきた。「あなたときたら、頑固すぎるわよ」ジョーについてキッチンまで来たところで、彼女ははたと立ち止まり、信じられないように周囲を見まわした。「なに、これ。どうしようっていうの?」

「チェリー・パイを作るのよ。皮にちょっとてこずっているところ」

ローズはにやにやした。それからくすくす笑いになって、ついに止めようのない大笑いになった。まるで子犬を詰めこんだ袋のように、彼女は身を震わせた。苦しそうに笑いながら両足をよじった。「もらしちゃいそう」

「何がそんなにおかしいのよ?」

ローズは冷蔵庫の前に行き、奥のほうから箱を出してジョーに渡した。箱には、丸い――完璧に丸い――平らな――完璧に平らな――できているパイ皮が二つ入っていた。

「あたしだって、もう何年も自分で皮なんか作ってないわ、ジョー。ピルズベリー社がかわりにやってくれるのよ。自分でやるよりもはるかにうまくね」

15

泥と砂利の道は、ミクリとガマが密生した広い草地に沿って走っていた。遅い午後の日ざしの中で草は黄色く、揺れるガマの上にハゴロモガラスがとまっている。コークは空を見た。羽のような雲が青空に長く尾を引いている。高巻雲。大気中の氷の結晶だ。

「まだだいぶ遠いのか？」ウィリー・レイが聞いた。

「あと二マイルくらい」

「ここが確かにシャイローの通った道なんだね？」

「ルイスはそう確信しています」コークは亀を避けるためにハンドルを切った。「バウンダリー・ウォーターズに来たことは？」

「ないね」

「国境までずっと続いています。向こう側にも続いているが、カナダ人はクェティコと呼んでいる。二百万エーカー以上にもわたって、あるのは高い木と青い湖と流れの早い川だけですよ」

白いRV車がこちらへ近づいてきた。狭い道をぎりぎりですれ違うとき、コークは相手に手を振った。

「おかしなものだ」彼は続けた。「春はダニとの闘いだし、夏は蚊、そのあとは黒バエ。酸性雨のせいで魚や木は死につつある。それなのに、まるでここがディズニーランドであるかのように、人々は許可証を求めて列を作る。地球上にこういうところはほかにないと思わせる、何かがあるんでしょう」

「きみはバウンダリー・ウォーターズにはよく来るのかね？」

前はよく来た。子どもたちやジョーと。みんなここが大好きだった。

「もうあまり来ません」コークは答えた。

ブッカー・T・ハリスはすでに道の終点の駐車場にいた。スローアンとグライムズも一緒だった。二人の捜査官はジーンズと長袖のウールシャツを着ていた。ハリスは趣味のいい青のセーターとドッカーズのチノパンツというスタイルで、荒野へ分け入る格好にはとても見えない。ストーミー・ツー・ナイヴズとルイスはセアラと来ていて、三人だけでかたまっていた。コークが車を止めると、ウォリー・シャノー保安官が、タマラック郡保安官事務所の記章がドアについたランドクルーザーから降りてきた。シャノーはブロンコを駐車した場所へぶらぶらと歩いてきて、窓からのぞきこんだ。

「ハリスは残る」彼は告げた。「スローアンとグライムズが同行する。連中はもうカヌーを出して荷物を積んでいるよ」

コークは助手席に向き直った。「ウィリー、先に降りて。すぐに行きます」

アーカンサス・ウィリー・レイはブロンコの後部座席から大きなダルースのザックを取って、ほかの人々がいるほうへ向かった。

シャノーは彼をしげしげと見送って、口を開いた。「あれは——」

「そうだよ」

「ここで何をしているんだ?」

「その女の父親なんだ」

「なんだってこのことを聞きつけた?」

「話せば長くなる。要するに、彼も一緒に行く」

コークのそっけない説明に、シャノーは不満そうだった。自分の知らないところでほかに何が起きているのかと思っているのだろう、とコークは察したが、ウォリーはそれ以上追及しなかった。「あの捜査官たちがどうやってツー・ナイヴズを脅したか、聞いたよ。オジブワ族が法の執行官を信用しないのもむりはないな」ウォリー・シャノーはちらりと空を見上げた。「最新の気象予報を聞いたか? 明日は雨だ。おそらく、夜までには雪に変わる」

砂利を敷いた駐車場の向こう側を、ハリスがストーミー、ルイス、セアラのほうへ歩いていった。三人は身を寄せあって彼と対峙《たいじ》した。家族が結束していることに、コークは心を動かされた。彼らを引き裂いたかもしれないさまざまな出来事があったにもかかわらず、これまで結束してきたのだ。どうしてそれができるのだろう? 白人であれ、オジブワ族であれ、どうやって？

シャノーが砂利を蹴った。「このなりゆきはまったく気にくわないぞ。ルイスのような子どもをこういうことに連れ出すなんて。あの捜査官たちから目を離すなよ、コーク。子どもの面倒をみてやってくれ」彼は身を寄せてささやいた。「持っているな？」

「三八口径を。ゆうべ、掃除して油をさした」

「よし」シャノーはカーキパンツのポケットに、大きな手を所在なくつっこんだ。「よし」ふたたび捜査官たちを横目で見た。「ハリスは無線定時連絡の態勢を整えたそうだ。こっちでは彼が自分でモニターする」

「連中、保安官事務所に司令所を設けたのか？」

「いや。われわれ地元の警察とは関わりたくないそうだ」

「オコナー！」ハリスがコークを手招きした。

コークはブロンコの後ろから自分の荷物を降ろして、ほかのメンバーに加わった。

「この先はスローアン特別捜査官が指揮をとる、オコナー。必ず彼の言うことに従ってくれ。いいな？」

「ああ」コークは答えた。

「結構。カヌーは浮かべたし、他の荷物は積んである。出かける時間だ」ハリスはストーミーとルイスを指さした。「ツー・ナイヴズ、おまえと息子が先だ。あとはすぐ後ろからついていく」

セアラがストーミーの腕に触れた。それだけだった。だが、彼女はかがみこむとしばらくのあいだ息子をぎゅっと抱きしめた。「お父さんに言われたとおりにするのよ、いい？　アキーグ‐オウ‐ワッサ」〝気をつけて〟という意味だ。

丈の高いミクリとガマで見えない湖に続く丸太道を、ストーミーが先導していった。ルイスがすぐあとに続いた。

「きみたち二人が次だ」ハリスがコークとレイに言った。

「セアラとちょっと話したい」コークは言った。「あんたたちが行ってくれ」

ハリスは渋い顔をしたが、コークは背を向けてセアラ・ツー・ナイヴズのほうへ歩きだした。「早くしろ」ハリスは不機嫌に言い、スローアンとグライムズに頭を振って合図した。彼らはストーミーと少年のあとを追っていった。

セアラは、高い草むらに分け入っていく捜査官たちを見つめていた。無表情だったが、目は怒りに燃えていた。「あの銃はストーミーのじゃないわ」

「わかっている」コークはうなずいた。

「何ごとも起きないようにして」

「大丈夫だ、誓うよ」

「あの男たち——彼らは悪い精霊《マジマニドー》よ」

「ああ」コークはザックを持ち上げ、うなりながらストラップに腕を通した。「二、三日だ、セアラ、そうすれば終わる」

「あたしたちはアニシナアベなのよ」セアラ・ツー・ナイヴズは彼に思い出させた。「その事実は永遠に終わらないわ」

それに対してコークが言えることはあまりなく、彼は向き直って、ほかの者たちがたどっていった草むらの中の長い道を下っていった。ウィリー・レイが最後尾だった。

草むらを百メートルほど進むと、小さな入江に出た。そこにカヌーがあって、中央と艫《とも》の横木の下に荷物が固定されていた。ストーミー・ツー・ナイヴズとルイスは一艘のカヌーの横に立ち、スローアンとグライムズはもう一艘のそばにいた。ハリスはいらいらしながら腕時計を見ていた。

カヌーの選びかたに、コークは満足してうなずいた。十八フィートのケブラー製プロスペクターだ。レイに言った。「頑丈だが、軽いから水から上げてかつぐ陸上迂回《ポーテージ》にもいい」

「相当ポーテージが必要なのか?」

「どうかな、どこへ行くのかわからないから。だが、バウンダリー・ウォーターズの奥深く入るには、ポーテージなしではむりですよ。これがおれたちのか、ハリス?」コークは最後のカヌーに歩み寄った。

「きみとレイのだ。ツー・ナイヴズと息子はあっちの。スローアンとグライムズはそっちだ。荷物を積んで出発しろ」ハリスは命じた。

「ベトナム時代の軍曹を思い出すね」レイがこっそり言った。「そいつは長生きできなかったよ、殺《や》ったのはベトコンじゃない」

コークは横木の下に荷物を固定した。「パドルの扱いは知っていますね?」レイに尋ねた。

「昔はオザーク山地の川をいくつも下ったもんさ」アーカンサス・ウィリーは答えた。「だが、よかったら艫に行ってくれ」

「いいですよ」

「ツー・ナイヴズと息子が先頭だ」スローアンが言った。「グライムズとおれがそのあと。オコナーとレイはしんがりを頼む」

コークがカヌーを安定させているあいだに、ウィリー・レイが乗りこんだ。

ストーミーとルイスのカヌーが、すばやくなめらかに湖に漕ぎだした。スローアンはぎごちない動きで舳先《さき》に行き、パドルを取る前にもう少しでカヌーをひっくり返しそうになった。グライムズが押し出して、彼らも湖上に出た。

アーカンサス・ウィリーは入江の穏やかな水面にパドルを入れ、肩ごしに尋ねた。「さっきの女は連中をなんて呼んでた? 魔法《マジック》のなんとか?」

「マジックじゃない。マジ。マジマニドーです」

「マジマニドー。どういう意味だね?」

「マジマニドー」入江を出て湖の中央へとほかのカヌーを追いながら、コークはちょっと考えた。「そう、キリスト教的に言えば」ようやく答えた。「悪魔という意味かな」

16

午後になって風が出てきた。強くはないが吹きやまず、カヌーで湖を渡る彼女を苦しめた。南側が切り立った灰色の崖で松が一面に生えている大きな島を、彼女はめざしていた。そこに着いたら、少し止まって休むつもりだった。遠いようには見えないが、風のせいで何もかもが困難だった。

マリブーの家にはトレーニングルームがあった。彼女は毎日欠かさず運動し、トレーナーを雇ってパーフェクトな体づくりに励んでいた。それは仕事のためで、ステージに出る前に、手術用手袋のようにぴったりとフィットする衣装にさっと着替えられるようにだった。バウンダリー・ウォーターズでは、自分がどう見えるかまったく気にしなかった。ハイキングをし、泳ぎ、木を切った。エクササイズとは考えていなかったし、それは一日の中でやらなければならないことだった。そのとき感じるものは、前にやったどんな運動とも違っていたし、もっと気持ちがよかった。

しかし、いま彼女は疲れていた。湖に出てからもう何時間もたつ。たえまない風が舳先《へさき》に水をたたきつけ、カヌーをまっすぐ進めるのは骨が折れた。腕は痛み、手にはまめができていた。それでも、大きな島はちっとも近くならない。

何週間も前に、ウェンデルと一緒に湖を横断したのを思い出した。ウェンデルは彼女を艫《とも》につかせ、反対岸まで漕ぐように命じた。そのときも向かい風だった。

「少し譲るんだ」ウェンデルは助言した。「負け戦《いくさ》にさからうな。風に従うんだ」彼らは迂回して、島の風下に来るまで風向きに沿って進み、島を風よけにしてコースを修正した。

彼女は戦いをあきらめ、北側の小さな岩の島を選んで、風にそこまで運んでもらった。カヌーを半分水から上げて、太陽で温まった岩の上に寝ころんだ。もはや敵ではなくなった風は、彼女の汗をひかせてくれた。空を見上げ、あたりの空気に漂う、いままで気づかなかった自然のすべてに驚嘆した――クモがつむぎだす長い繊細な糸、トウワタの綿毛、黄色い花粉。しばらくして、グラノーラ・バーをザックから出して食べ、水を飲んだ。ギターがあったらいいのにと思った。隠れ家のキャビンで、彼女はふたたび音楽と恋に落ちていた。

若いとき、とくに母親が死んだあとは、悲しむために音楽を使った。それは涙のように彼女から流れだした。ウィリー・レイがそれを見て、励ましてくれた。あのころ、二人はいい関係だった。あとになってけんかするようになり、それもしばしば激しく言いあった。ウィリーは彼女を恩知らずでひねくれていると非難し、じっさいそうだったのだろう。だが、当時はそう思わなかった。彼に遠くの寄宿学校へ行かされて、そこで反抗するために音楽を使うことを学んだ。十五歳で、自分のバンドを結成した。怒りのパンクロックを、テネシーなまりで歌う少女。その種の音楽が好きなわけではなかったが、強力な武器にはなった。最後に、ウィリー・レイがしぶしぶ折れた。音楽をトーンダウンしろ、カントリーのルーツへ帰れ、そうしたら自分がプロデュースしてやる。

彼女はまた自分の音楽を愛するようになり、最初のCDを買ってくれた人々もそうだった。CDはプラチナディスクを記録した。しばらくのあいだ、ウィリー・レイとの関係はまた家族らしくなった。少なくとも、それまではいちばん家族に近かった。しかし、例によってウィリーは自分が仕切らなければ気がすまなかった。ついに、二人はお互いに怒りをぶつけあうという、はじめの場所へ逆戻りするはめになった。あなたはほんとうの父親じゃないし、わたしの人生をコントロールする権利はないと彼女はどなり、おまえは恩知らずだうんぬんのせりふを、彼はみじめたらしく繰り返した。十八歳で、プラチナディスクにあと押しされた彼女は一人立ちしてミズーリ州ブランソンへ旅だった。そして、そこでの彼女の人気はすさまじかった。

ブランソンのあとはロサンジェルスへ行った。そのころ、大酒とドラッグの乱痴気騒ぎが始まった。自分の心から、バウンダリー・ウォーターズの冷たい澄んだ泉のように音楽が湧《わ》きでる場所から、彼女は離れてしまったのだ。ドラッグの霞《かすみ》の中でも歌は作れた。プロデューサーはそれを倍音奏法や器楽奏法でつぎはぎし、彼女はそれを機械的にレコーディングし、ビデオクリップの中で身をくねらせた。彼女の歌は売れた。大ヒットした。しかし、長いこと自分の歌が好きではなかった。大嫌いなくせに、請求書を払ってくれるという理由で男と一緒にいるようなものだった。

彼女は湖の輝く青を見つめ、震える手をこすり、ずきずきする肩をまわした。荷物から地図を取り出し、しばらく見てから湖に視線を戻した。少しすると、多少はわかってきた。南側が崖になっている大きな島を見つけ、自分がいる小さな岩の島も見つけた。ウェンデルが湖の上に描いた矢印の北側に流されてきている。風があるので、もとに戻るのはたいへんだろう。だが、もし譲るなら、風にさからわず東の岸へ向かうなら、陸地の端に沿って南へ進み、ディアテイル川という青い線に突き当たることができる。地図によれば、その川は湖からの出口となるはずだった。

じっとすわっていたので寒くなり、彼女はまたジーンズ・ジャケットを着た。風じたいも冷たくなっていた。空を見上げる。高いちぎれ雲が、青い毛布にくっついたダウンの羽のように空のあちこちに散らばっている。その空はなんとなく彼女を不安にさせた。なぜなのかはわからない。彼女は立ち上がり、カヌーへ戻った。

湖面に出て、少しのあいだ動きを止めた。体じゅうが痛んだが、いまはどうしようもない。やらなければならない仕事があり、それをやるのは自分しかいない。深呼吸して痛みを押しこめ、湖にパドルを入れた。

17

ストーミー・ツー・ナイヴズのペースは速かった。まったく疲れを知らないようだった。それは彼の体格のせいもあった。木を切る作業と単調な刑務所生活の中の鍛錬でつくりあげた、筋骨隆々とした上半身。また、怒りのせいもあった。殺気だっているかのように、彼はパドルを水に突き入れた。ルイスは不平を言わなかった。疲れたときには、舷縁《ガンネル》にパドルを置いて休んだ。カヌーは決して速度を落とさなかった。

コークは二人の捜査官を観察した。グライムズはわかりやすい。犬でいうなら、ピットブルだ。ＦＢＩで勤めあげてきたにしては、変わったタイプに見える。独立心が強すぎるし、軽々しく権威をふりかざしすぎる。この男の勤務記録はどうなっているのだろうと、コークは思った。グライムズが気にもとめない懲戒処分だらけなのではあるまいか。しかし、なぜ彼が今回の任務についているかはわかった。グライムズは荒野を知っている。まるで体の一部のように、パドルを操っている。陸上迂回《ポーテージ》も楽々とこなしていた。カヌーを選び、捜査官たちの装備を整えたのはグライムズなのだろう。格闘のときは味方にほしい男だと、コークは思った。

ドワイト・スローアン捜査官は、グライムズと比べるとわかりにくい。大柄な黒人の仕事ぶりは物静かで思慮深く、控え目ですらある。グライムズの不器用な熱心さに比べると、不思議なほどだ。ひとことも言わずルイスに先導をまかせ、ときどき距離や方向を尋ねるだけだ。ストーミーに対しては、態度が違っていた――手厳しく、警戒している。ポーテージのときは父親と息子を離し、休憩のたびにストーミーに目を光らせている。FBIが見つけたと主張している銃と金はでっちあげなのを、コークは知っていた。自分が警官だったとき、そんな策略を弄したことは一度もなかったが、そういうことをやって、正義のための行き過ぎは間違っていると思わない者は大勢いた。コークは白人の眼差しにインディアンへの不信をたびたび見てきたが、わざわざ〝マイインガン〟の意味を調べたスローアンのような人間に、それを見るのは意外だった。

日没が近づくまでに、彼らは三度ポーテージをし、もっとも長いときは泥だらけの悪路を五百メートルも歩いた。往復のポーテージもあり、まずカヌーを次の水路まで運んでから、残してきた荷物を回収しにいった。それは、スローアンが考えていたより時間も労力もかかった。何も言わなかったが、彼の大きな体は一時間ごとに、ポーテージごとに、動きが緩慢になっていった。

サンディズ・ゴールドと呼ばれている浅い川沿いに最後のポーテージをし、ベア・アス湖という広い湖に到着したときには、空は宵の青に染まり、高く浮かぶ雲はフラミンゴの羽のようなピンクに輝いていた。

「止まろう」スローアンがうめくように言った。食料のほとんどが入っているダルースのザックを下ろし、高いバンクス松にもたれかかるようにすわりこんだ。「何か食わないと。それに無線連絡をする必要がある」だが、そのどちらも彼はしようとしなかった。目を閉じただけだった。

　コークは湖を眺めた。サンディズ・ゴールド川は小さな入江にそそぎこんでいる。その先は、島影一つない水平線まで広がるほぼ円形の水面だけだ。正式には、ばつの悪い《エンバラス》湖という名前で、なぜなら島が一つもなくて恥ずかしい思いをしているからだという。地元では同じ理由から尻丸出し《ベア・アス》湖と呼ばれていた。

「ここからどっちの方角へ行くんだ、ルイス？」コークは聞いた。

　少年は北のほうを指さした。

「だからなんなんだ？」スローアンが尋ねた。かすかに目を開けている。

「進まなくてはだめだということだ」コークは答えた。「暗くなる前に向こう岸に着くには相当漕がなくちゃならない、ことに風向きが変わったら」

「なぜ風向きが変わるんだ？」スローアンは聞いた。

「変わると言っているわけじゃない。だが、もし変われば厄介なことになる」

「そのときは、ここに留まろう」スローアンは言った。

「足を止めなければ、女のところに早く着く」

スローアンは大きなため息をついた。「どっちみち、十五分だったらたいした違いはないだろう。グライムズ、食い物は何がある？」

グライムズはスローアンが下ろした荷物にかがみこんだ。「ジャーキーだな」彼はルイスを横目で見た。「スニッカーズのチョコでいいか、坊主？」

「この湖はなんと呼ばれてるんだい、ルイス？」アーカンサス・ウィリーが聞いた。新しい湖に出るたびに聞いていた。オジブワ族の地名の響きと、ルイスが語るウェンデルから聞いた話が気に入ったようだった。

「〝彼女は泣かない〟」ルイスは答えた。

ウィリー・レイは倒れた松の幹に腰かけ、上腕の筋肉をもみほぐした。「おもしろい名前だな」

「ああ」グライムズは言った。「由来はなんだ？」認めるのは気が進まないようだが、彼はルイスの話をレイと同じくらい熱心に聞いていた。

スニッカーズをかじりながら、ルイスは大伯父から聞いた物語を語った。

「昔、ここで偉大な狩人が妻と子どもたちと暮らしていた。みんなが彼を世界一の狩人だとほめたたえた。ナナボズホがこれを聞いて、自分こそが世界一の狩人だと思っていたので、とても腹を立てた」

「ナナボズホっていうのは誰だ？」グライムズは尋ねた。

「いたずら好きの精霊だよ」ルイスは説明した。「いつも騒ぎを起こしているんだ」

「あんたの親戚だろうよ」レイはグライムズに言った。

グライムズはにやっとしただけだった。「続けろ、坊主」

「ある日、子どもたちだけで遊んでいたときに、ナナボズホは熊に化けてやってきて、彼らをさらった。遠くの洞窟に子どもたちを隠して、こんどは老人に化けて狩人のテント小屋《ウィグワム》へ戻っていった。彼は狩人に、巨大な熊が子どもたちをさらっていったのを見たと告げた。狩人の妻は仰天したが、夫は心配するなと安心させた。自分が熊を仕留める、子どもたちを見つけるまでは帰ってこないと言った。ナナボズホはとても面白がった。狩人についていき、その追跡のたくみさに舌を巻いた。二、三日のうちに、狩人はナナボズホが子どもたちを隠した洞窟を見つけた。ナナボズホは感心した。ところが、洞窟に入っていくと、子どもたちはいなかった。狩人は、いくさ好きのダコタ族の足跡が洞窟から続いているのを見つけた。子どもたちを救いだすまでダコタ族を追うことを、狩人は誓った。まだ老人に化けているナナボズホに、テント小屋に戻って妻に知らせてくれるように彼は頼んだ。恥じながら、ナナボズホは帰っていった。妻は知らせを聞いてもまったく取り乱さなかった。ナナボズホは驚いたが、夫は世界一の狩人だから、たとえ何年かかっても子どもたちを連れ戻してくれると妻は言った。待っているあいだに彼女は年寄りになったが、決して泣くことはなかった。夫を信じつづけていたからだ。とうとう、ナナボズホは彼女を美しい湖に変えた。そこで、夫と子どもたちの帰りを、彼女は一滴の涙も流さずにまだ待っている」

「すばらしい話だね」ウィリー・レイが言った。「話しかたも上手だったよ、ルイス」

暮れゆく午後の光の中で深くとぎれのない青が続く湖を、グライムズは眺めた。「〝彼女は泣かない〟。一滴の涙も流さなかったんだな？　それはつまり、島のことだな？」ちょっと考えた。「じゃあ、教えてくれよ——ヴァギナって名前の場所は、どうしてそう呼ばれるようになったんだ？」彼は笑った。

スローアンが無線で連絡しているあいだ、コークは空を見ていた。「もう出発しないと」スローアンが通信を終えると、コークは言った。

その声の切迫した調子を、スローアンは聞きとったにちがいない。コークが見ている方向に目をやって、彼も了解した。大火事の煙のように水平線にのしかかっているのは、厚い雲の層だった。

「立つんだ、諸君」スローアンは命じた。「とっとと動こう」

18

日没に風向きが急に変わり、雲が出てきた。北西から流れてきた雲は最後の夕日に赤く燃え、怒っているかのようだった。空のまんなかあたりで、雲の色は不吉な黒になった。星々を呑みこみ、昇りかけた月に向かって突き進んでいく。あっというまに暗くなった。シャイローは、大きな湖をやっと離れられるディアテイル川に、まだ着いていなかった。小さな入江を見つけてカヌーを岸に上げると、向きが変わった風が運んでくる冷気から守ってくれる、大きな岩の陰に腰を落ち着けた。たきぎを集め、ナイフを使ってたきつけのための木くずを切った。ウェンデルが最初に教えてくれたことの一つだ。それから火をおこした。持ってきた小さな鍋に水を張り、パックの乾燥野菜スープを入れた。ようやく炎の横にすわってスープが温まるのを待つころには、彼女は疲れきっていた。手には水ぶくれができ、唇は乾燥してひび割れていた。長い黒髪は干し草のようにぱさぱさだった。

だが、自分がいる場所はわかっている。そして、どうやってここに着いたかもわかっている。脱出は可能だと、本気で信じはじめていた。

スープが沸騰してきた。その匂いで唾がわいた。手袋を鍋つかみがわりにして、火から鍋を下ろして平らな石の上に置いた。スープを冷ますあいだ、彼女は高い垂直な岩に映る、自分の揺れる影にもたれかかった。そして目を閉じた。けさ、住み慣れた小さなキャビンを離れるのはこわかったが、あれはもう遠い昔の出来事のようだ。いま、今日一日のこと、独力で旅した距離のことを思って、彼女はほほえみ、歌いだしたい気分だった。「わたしには渡れない。飛び越していく翼もない。二人を運ぶ舟をください。そうすれば二人とも渡れる、シャイロー「ああ、湖は広い」目をつぶったまま、低い声で歌いはじめた。「わたしには渡れない。飛もわたしも」それは、かつて母が歌ってくれた歌で、シャイローが最初に覚えたものの一つだった。これまでずっと、慰めが必要なとき、心の深い平安をあらわしたいとき、つながりを感じたとき——感じたいとき——、そういうときは必ずこの歌を歌った。母のことはほとんど覚えていないが、この歌は二人のあいだの固い絆のようだった。

しばらく歌の余韻を味わってから、彼女は目を開けた。たき火の十メートルほど向こうに、二つの燠火《おきび》のようなものが見える。不思議に思って、身を乗り出して目をこらした。光る目のあいだの濡れた黒い鼻が見え、次の瞬間、白い巨大な犬歯がきらめいた。

ぞっとして、シャイローの目は偉大な森林狼に釘づけになった。暗闇の向こうから、森林狼も見返してきた。

19

月を呑みこんだ闇、闇の向こうで吹きだした風が、状況を変えた。コークはカヌーを進行方向に向け、磁石を使って方位を定めた。最初はまっすぐ進もうとしたが、結局西北西に進んでななめ後方から風を受けた。湖岸は見えず、お互いの舟の姿も見えなかった。コークは艫《とも》の横木に懐中電灯を結びつけ、はぐれないようにほかの舟にもそうするよう呼びかけた。

ルイスは地図上でわかる名前を挙げられなかったが、彼らがめざしているのは、ベア・アス湖の北を流れるリトル・ムース川だとコークは信じていた。バウンダリー・ウォーターズのさらに奥の湖に入るときの、通常のルートだ。リトル・ムースに行くには、ダイヤモンド湾と呼ばれる入江に上陸する必要がある。陸に上がったら、リトル・ムースまでカヌーをかついでいくのはたやすい。だが、暗闇で風と闘いながらでは、どこの岸に着けるかわかったものではない。

コークは疲れていた。ほかの者たちが心配だった。ストーミーは一晩中漕ぎつづけても心配ないだろう。現在しんがりをつとめているグライムズとスローアンは、コークが思うにスローアンが弱ってきているために遅れがちだ。どのくらい来たのか、あとどのくらい進まなくてはならないのか、見当もつかない。しかし、とにかくひと漕ぎ、またひと漕ぎと懸命に努力するしかない。

とっぷりと暗くなってから一時間あまり、彼らは夜の中を漕ぎ進んだ。ようやく、コークは風が弱まるのを感じた。北岸の木々の陰に入って、風がさえぎられるようになったのだ。彼は懐中電灯をはずして前方を照らした。光の両側に、岩と木々がとぎれなく闇の向こうへと続いている。ほかのカヌーも横に現れた。

「どうだ?」スローアンが低い声で尋ねた。もう、ひと漕ぎする力も残っていないようだった。パドルを舷縁《ガンネル》に横たえて、そこにぐったりともたれかかっている。顔は疲労で生気を失っている。

「ダイヤモンド湾の西側だ」コークは答えた。

「あとどのくらいだ?」

「わからない」

スローアンは首をめぐらして東の闇を見た。ほうっとため息をつくと、パドルを持ち上げた。「じゃあ、行こう」

コークが思っていたより遠くはなかった。十五分でダイヤモンド湾に入り、上陸地点はすぐにわかった。カヌーを岸に上げた。スローアンは懐中電灯であたりを調べた。「いいだろう」のろのろと言った。「ここで野営だ」

「リトル・ムース川はあの道を百メートルほど行ったところだ」コークは言った。樺の林を抜ける小道を、懐中電灯で照らしだした。その踏み跡は金色の落ち葉でおおわれ、オズの国の黄色いレンガの道のようだった。「そこなら、バウンダリー・ウォーターズ・カヌー・エリア・ウィルダネス（BWCAW）のキャンプサイトがある」

スローアンはかぶりを振った。「今夜はもういい。ここで泊まる」

「進んだほうがいいと考え直すかもしれないぞ」ストーミーが言った。

スローアンは冷ややかに彼を見た。「それはまたなぜだ？」

「なぜなら、おれたちはつけられているからさ」ストーミーは答えた。

グライムズは広大な暗い湖をしげしげと眺めた。「ばかな」彼は吐き捨てるように言った。コークも湖のほうを見たが、深くはかり知れない空間があるばかりだった。スローアンが横に来て、長いあいだ来た方角をうかがったあと、ストーミーに尋ねた。「どうしてつけられていると思うんだ？」

「ルイスに聞け」ストーミーは言った。

スローアンはひざまずいた。「どうなんだ、坊主？」

「湖面に星がある」ルイスは言った。

「星？　何も見えないぞ」

「出たり消えたりしている」

「星があとをつけている、出たり消えたりしながら」グライムズが笑った。「またインディアンのお話か、ええ？」

コークは湖面の闇を見つめつづけていた。「わからないぞ。誰かが煙草を吸っていて、ルイスはその火を見たのかもしれない」

「どうするんだ？」アーカンサス・ウィリーが聞いた。

「ストーミーの意見が正しいと思う」コークは言った。「リトル・ムースまで陸上迂回《ポーテージ》する。湖のこちら側では唯一の道だ。ほんとうに尾行されているなら、相手も同じようにポーテージしなくてはならない。こっちは待ちかまえていられる」

「ここで命令を下すのはおれだ、オコナー」スローアンが鋭い口調で言った。

「いいだろう。あんたの意見は？」

「後ろに誰かいるとしても、たぶんこっちとはなんの関係もないだろう」

「関係があったら？」

スローアンはちょっと考えた。「グライムズ、おまえはここにいろ。上陸地点の様子を見張れる場所に隠れているんだ。ほかの者はリトル・ムースへ行ってキャンプを張る」

彼は、ポーテージのたびに自分で持っていたライフルをグライムズに渡した。そして、FBIの荷物からパン一斤よりやや小さめの箱を出した。中身はスコープだった。赤外線スコープだろうとコークは思った。あるいは暗視スコープか。

「頭を使うんだ、いいな？」スローアンはグライムズにウォーキートーキーを渡した。「十五分おきに連絡を入れろ」

「無線も置いてったほうがいいんじゃないか」グライムズが言った。「荷物が減るぞ。おれが行くときに持ってってやるよ」

グライムズは自分のザック、ライフル、無線を持って、上陸地点の端にある、ラズベリーの茂みにおおわれた樺の倒木の後ろに陣どった。ほかの者はぶつぶつ言いながら荷物を背負い、カヌーの枠《ヨーク》をようやく肩にかつぎ上げて、リトル・ムースめざしてポーテージを始めた。荷物の食料が重いので、ルイスの腰は曲がっている。小さな少年にはきつい重さだが、弱音は吐かなかった。最後尾について、カヌーをかついだ男たちが歩きやすいように、足もとの地面を強力なランプで照らした。一行はゆっくりと進んでいった。ポーテージの道は平らで濡れているところはなく、よく踏みならされていた。十分もしないうちに、リトル・ムースの川音が前方から聞こえてきた。

コークは以前、その川に来たことがあった。流れが早く、流域の泥沼の水がしみ出しているせいで色はお茶のように濁っている。川の途中には、高い崖のあいだを水が白く漏斗《ろうと》状に渦巻いている難所がいくつかあるが、そこにはポーテージできる陸路がある。シーズン中、川は最北の湖まで行ける手頃なルートになっていた。いまのような遅い季節で最近は雨も降っていないとなると、どんな状態になっているか、コークにはわからなかった。

道の終点まで行くと、川岸にキャンプサイトがあった。一行はカヌーと荷物を下ろした。

スローアンが最初にしたのは、ウォーキートーキーでグライムズと連絡をとることだった。グライムズからの報告はとくになかった。

「火をおこしてもらえるか、オコナー？」スローアンは聞いた。

「そいつはあまりいい考えじゃない」ルイスに聞こえないように、コークは声を低くした。

「たき火のせいで、格好の標的になる」

「言っておくが、オコナー、おれはグライムズの意見に賛成したい気分だ。あの子の話はまゆつばだぞ」

「じゃあ、なぜグライムズをあそこに残した？」

「きちんと確かめないわけにはいかないからな」

「だったら、火をおこす前に確かめようじゃないか」

スローアンは議論に疲れたようだった。「木を取ってこい。たき火をするのは待とう」

コークはザックから小さな斧を出し、さやから抜いた。「ストーミー、少したきぎを切ってきてくれないか」

「その男に斧を持たせるな」スローアンはどなった。

コークはむっとしたが、一瞬間《ま》を置いて怒りが過ぎ去るのを待った。「ストーミーはこいつを手に持って生まれてきたようなものだぞ」できるだけ冷静に言った。

「武器になるものは何一つ持たせないようにするんだ」スローアンは斧に手を伸ばしたが、

コークはひっこめた。

「おれがおまえを殺そうと思ったら」ストーミーが、シャツの袖をまくってたくましい腕の筋肉をあらわにしながら言った。「斧は必要ないぜ」

コークとストーミー・ツー・ナイヴズにはさまれて、スローアンは二人を見比べた。ついに、しぶしぶとそっけなくうなずいた。「いいだろう。だが、あの子はわれわれとここにいてもらう」

ストーミーはコークから斧を受け取ると、息子に言った。「ルイス、テントを立てろ」懐中電灯をつかみ、ジャケットを肩にかけて森の中へ入っていった。

自分のザックから、コークはきっちりと巻いた二人用テント、ヨーレカ・ティンバーラインを出した。「こういうのを立てたことは?」ウィリー・レイに聞いた。

「町の酒場からもそう遠くはないけどよ」オザーク山地のなまりでアーカンサス・ウィリーは答えた。「楽しいオザークの山ん中に、神さまは絶好のキャンプ場をお作りになったのよ。おう、こういうのは立てられるさ」

「よかった。おれはそこの初心者に手を貸してきます」コークは自信なげにテント・バッグを見ているスローアンを指した。

「まずちょっと用足しがあるんだ」アーカンサス・ウィリーは言った。「さっきから自然の呼び声がね。失礼していいか?」彼はザックから洗面具入れを出すと、懐中電灯をつかんで森の奥へ消えた。

コークはスローアンに近づいた。「手伝おう。一度見ておけばむずかしくない。懐中電灯を持っていてくれ」

スローアンは逆らわなかった。

コークはたたんだテントをバッグから出しながら、低い声で尋ねた。「どうしてストーミーにあんなにきつく当たるんだ？」

「あいつはムショ帰りだ」

「彼についてはそれしか知らないのか？」

「それだけ知っていれば充分だ」

コークはテントを開き、ペグと、フレーム用の金属パイプを取り出した。「ルイスのことはどう思っているんだ？」

「あの子は、目的の場所への行き方を知っている」

「それだけ知っていれば充分か？　これを広げるのを手伝ってくれ。最初に、地面にとがったものがないのを確認するんだ」テントを広げながら、コークは聞いた。「あんたは家族持ちなのか、スローアン？」

「おれは目下、法の執行官だ」

「働きバチか。仕事をしているだけってわけか。あの子に何かあったらどうするつもりだ？」

「何も起こらない」

「未来もお見通しなんだな？　向こうで起こることもみんなわかっているつもりなのか？　だったら、尾行しているのは何者だ？」

「そんなやつはいない、賭けてもいい」

「さあ。このペグでその環を地面に固定するんだ」

スローアンは言われたとおりにした。

「どうしてあの子が嘘をついたりする？」

「父親に言われたんだろう」

「いったいなんだってストーミーがそんなことを？」

「ムショ帰りに嘘をつく理由なんかいらないさ。小便をするのと同じで自然なことなんだ」

スローアンは別のペグをやわらかい地面に刺した。「それに、誰がいるか背後を見るときには、ツー・ナイヴズをおれの後ろにまわらせることはない」

コークは指摘した。「彼のトラックで見つけたとあんたたちが主張している銃は、でっちあげだとわかっているんだぞ」

「一万五千ドルはそうじゃない。その件を説明してみろ」

「誰かがウェンデルをはめたんだ。ストーミーも一緒に。理由はよくわからない。だが、これだけは言える。おれはストーミーとウェンデルを絶対的に信頼している」

スローアンは地面にかがみこんだ。「こんどはおれが言ってやろう、オコナー。元警官のくせに学習しなかったとは驚きだ。ムショ帰りには決して背を向けるな。けさあの男は、チェーンソーでハリスをぶったぎると脅したばかりだということを忘れたのか」

コークは頭を振った。「おれはあんたがどういう人間なのかわからない。〝マイインガン〟の意味を調べる手間をかけたのは、興味深いね」

「図書館で二、三時間調べたところで、インディアンに関するかぎりおれのハートが血を流すことはないんだ、オコナー。とくに、殺人で刑をくらったやつに関しては」

「さて、テント・フレームだ」コークは金属パイプに手を伸ばした。「懐中電灯をしっかり持っていろ。ストーミー・ツー・ナイヴズのことを話させてくれ。彼とはずっと知り合いなんだ。彼はかつて自分で伐採事業をやっていた。従業員も十人以上いた、白人とオジブワ族と。まじめに働いてくれれば、彼にとって人種は問題じゃなかったんだ。ストーミーは裕福じゃなかったが、給料や請求書はきちんと支払っていた」

コークはテントを持って、フレームに固定しはじめた。

「二、三年前、農務省の林野部が国有林の伐採を解禁した。入札方式だった。いちばん高値をつけた者が切り出しをやる。保留地の部族会議はストーミーに接触して、入札するように頼んだ。彼はそこの伐採に関心はないと答えたが、部族会議も切り出しには関心がないとわかった。じつのところ、そこには樹齢三百年のストローブ松の原生林が残っているので、伐採から土地を守りたかったんだ。そういう松はニミシューミサグ、〝われらが祖先〟と呼ばれている。古来ギグウィシモウィンの儀式を行なってきた、アニシナアベ族には大切な土地だったんだ」

「なんだ、それは?」

「昔、オジブワ族の少年が成人に達すると、村を出て森に入り、断食をする習慣があった。そのあいだに、少年は生涯を通じて自分を導く幻を見る」

「一種の通過儀礼だな」

「そのとおり。ストーミーは部族会議に協力することを了承し、入札に成功した。林野部で入札を仕切っていたのは、ダグラス・グリーンという男だった。林野部より、伐採会社に忠誠を捧げているという評判だった。とにかく、ストーミーが切り出しをせずに土地をそのままにしておくと聞いて、彼はストーミーの付け値を無効にして、契約を次に高い値を出したベミジの巨大な伐採会社に与えたんだ。連中は、一本百ドルでそのすばらしい松の古木をすべて切ろうとした。

　ストーミーはたいしてオジブワ族の伝統を重んじるほうじゃなかったが、何が正しくて何が間違っているかについては強い信念を持っていたし、ツー・ナイヴズという名前にふさわしい気性だった。彼は怒った。グリーンがでかい製材業者と癒着《ゆちゃく》しているんで、前からストーミーとの仲は険悪だったんだ。グリーンと談判するためにストーミーはダルースへ駆けつけたが、相手は会おうとしなかった。そんなのはどうってことはない。ストーミーは一日中駐車場でグリーンを待った。ついに彼が出てきて、口論になった。先に手を出したのはグリーンで、レンチで殴りかかってきたとストーミーは証言した。駐車場の警備員は、仕掛けたのはストーミーのほうだと証言した。とにかく、グリーンは倒れて電柱のコンクリートの基部で頭を打った。検死官の報告書によれば、ほぼ即死だったそうだ。結局、問題は陪審員がどっちを信じるかということになった——駐車した何台もの車ごしに、離れたところから一部始終を見ていた白人の警備員か、インディアンか」

「陪審は同類だったんだろう」スローアンは言った。

「ところが」コークは答えた。「陪審にアメリカ先住民はいなかったんだ。じつのところ、有色人種は一人もいなかった」

「おれにどうしろというんだ?」スローアンは聞いた。「あの男のために泣けっていうのか?」

「彼をなぶるのはやめろ」

コークはスローアンのテントを立て終わり、後ろに下がった。

「そういえば」スローアンは懐中電灯の光を森の中へ向けた。「ツー・ナイヴズはどこだ?しばらく斧の音が聞こえないぞ」

上陸地点のほうから銃声が響いた。コークもほかの者たちも手を止めて、道の向こうの暗闇を見つめた。一瞬後、ふたたび銃声がした。

アーカンサス・ウィリーがキャンプサイトに戻ってきた。「あれはなんだ?」

スローアンはウォーキートーキーをつかんだ。「グライムズ、聞こえるか? どうした? グライムズ?」

20

「ツー・ナイヴズはどこだ？」スローアンはどなった。

「ストーミー！」コークは森に向かって叫んだ。

スローアンはザックに手を入れて、弾倉と拳銃を出した。「オコナー、息子を見張れ。どこにも行かせるな、いいな？」彼は懐中電灯をつかむと、上陸地点への道を走っていった。

アーカンサス・ウィリー・レイは、立てる途中のテントのそばに凍りついたように立ち、「どうなってるんだ」とつぶやいた。

自分のザックから、コークはスミス＆ウェッソン三八口径ポリス・スペシャルと弾薬の箱を取り出した。装弾し、前の夜に銃を掃除しておいてよかったと思った。

「懐中電灯を消すんだ」彼はほかの者に注意した。ルイスの肩に手をまわし、落ち着いた声で静かに言った。「みんなでカヌーに戻っていよう」

長かった午後のあいだじゅうコークとレイが漕ぎ、いまは伏せてあるカヌーの後ろに、彼らはかたまった。カヌーは防弾チョッキに使われるのと同じケブラーでできているが、弾丸をくいとめるには船体が薄すぎるとコークはわかっていた。それでも、やすやすと標的にされるのは防いでくれるだろう。

「パパは」ルイスがささやいた。

「大丈夫だよ」コークは言った。「彼は、自分の面倒は自分で見られる」

レイがコークの間近に身を寄せてきた。「あっちで何が起きたと思う?」

「ライフルの音だった」コークは言った。「たぶんグライムズでしょう」

「どうしてウォーキートーキーに答えないんだろう?」

「わからない」

彼らは黙ってしゃがんでいた。目の前に開けている道の暗がりにコークは目をこらし、どんな音も聞き逃すまいとした。地面の上はあまり風がないが、頭上の梢は揺れてざわめき、ほかの音をほとんど消し去っている。

背後で空気がふいに動くのを感じて、彼はさっと振り向いた。ストーミー・ツー・ナイヴズが息子のそばにひざまずいていた。

「大丈夫か、ルイス?」ストーミーは尋ねた。

ルイスはうなずいた。

「銃声が聞こえた」ストーミーはコークに言った。「何が起きたんだ?」

「わからない。おれが呼んだとき、なぜ答えなかった?」

「誰かがおれたちを狙っているのなら、自分がどこにいるか知られたくはないからな」彼は手の中に斧を握りしめて構えた。

小枝を踏みつける足音がした。誰かが上陸地点から足早に近づいてくる。夜の闇より黒い人影が樺のあいだの小道から現れ、すばやく地面に伏せた。コークはその場所に三八口径の銃口を向けた。

「オコナー?」

スローアンの声がそこから聞こえた。

「ここだ」コークは低い声で答えた。

スローアンは立ち上がり、彼の懐中電灯のぎらぎらする光が全員を照らしだして、コークは目が見えなくなった。

「ツー・ナイヴズ!」スローアンは叫んだ。「斧を捨てろ、この野郎!」

ストーミーは伏せたカヌーの底に斧を置いた。先端の重みで斧は滑り、竜骨《キール》にぶつかった。

コークは手を上げて光をさえぎろうとした。「どうした、スローアン?」

「向こうを向け、ツー・ナイヴズ」スローアンはぎらつく光の背後から命じた。「両手を後ろにまわすんだ。さっさとしろ、さもないとこの場で殺すぞ」彼は銃を光の中に突き出した。

ストーミーは言われたとおりにした。

「手錠をかけろ、オコナー」船体の上の斧の横に、手錠が置かれた。「かけるんだ、従わないなら二人とも撃つ」

「やれ、コーク」ストーミーが言った。「こいつは本気だ」

コークは手錠をかけ、怒ってスローアンに向き直った。「いったいどうしたっていうんだ？　グライムズはどこだ？」

「グライムズに会いたいか？」スローアンの甲高くなった声が震えた。「グライムズを見せてやろう。こっちへ来い」彼は上陸地点の方向に懐中電灯を振り、先に立って歩いていった。

ルイスは父親のすぐ後ろから、懐中電灯の光についていった。コークは少年の肩に手を置いた。「これは間違いだ。すぐにはっきりさせるよ」

荷物がないと、彼らの足どりも早かった。たちまち、湖に着いた。右側には、グライムズが隠れていたラズベリーの蔓《つる》でおおわれた樺の倒木がある。スローアンは茂みを照らしだした。一見したところ、ラズベリーは収穫期を迎えているようだった。葉のあいだに、濡れたような赤い色がちらちらしている。光の中で、露を帯びた果実のように見える。しかし、収穫はとっくに終わり、蔓に生《な》っていた果実はなんであれ、何週間も前にすべて鳥や熊の餌になっている。

「おまえのお手並みを拝見しようじゃないか、ツー・ナイヴズ」スローアンは言って、ストーミーを自分の前に押しやった。

「ルイス、ウィリーとここにいるんだ」コークは言い、スローアンとストーミーのあとから茂みの向こう側へまわった。

グライムズが、とげのあるラズベリーの蔓の上にうつぶせに倒れていた。

「ここを見ろ」スローアンはかすれた声で言うと、懐中電灯をグライムズの首に近づけた。

傷は深く、首は胴体から切断されかけていた。一撃で決まったようだ。熟練した手による、力強い斧のひと振りだったのだろう。飛び散った動脈血が、まだラズベリーの蔓からしたたっていた。

「ストーミーがやったんじゃない」コークは言った。

「こいつに決まっている」スローアンは言い返した。「やった者は、グライムズが待ち伏せしていること、そしてどこにいるかを正確に知っていた。それに、これを見ろ」懐中電灯を動かして、グライムズの足元の地面にできた光の輪の中央に、壊された無線機を捉えた。「ライフルもなくなっている。たぶん、残ったおれたちを殺《や》ろうと決めたとき取りにこられるように、どこかに隠してあるんだろう。さっきの銃声は、おれたちの注意をそらすためにこいつが自分で撃ったんだ、ライフルを隠す時間をかせげるように」

「おれたちをつけている者が湖にいた」コークは指摘した。「グライムズは赤外線スコープを持っていた。たぶん、尾行者もスコープを持っていて、先に彼を見つけたんだろう」

「あそこには誰もいなかったんだ、オコナー」

「いいか、スローアン」コークは説得しようとした。「もしストーミーが殺したのなら、どうして返り血を浴びていないんだ？　あんな傷なら、犯人には血がふりかかったはずだ」

スローアンは一瞬ストーミーを見て、敵意をあらわにして考えこんだ。やがて、冷たい光がその目に戻ってきた。「おまえのジャケットはどこだ、ツー・ナイヴズ？」

「ジャケット？　木を切っていたところに置いてきたんだろう」

「ほう」スローアンは信じていなかった。

「なぜおれが彼を殺したがる？」

「おまえには一万五千ドルに相当する理由があるはずだ。そうだろう？」ストーミー・ツー・ナイヴズにのしかかるように立ったスローアンは、いまにも彼自身が殺人者になりそうだった。「レイ！」彼は叫んだ。「キャンプサイトのおれの荷物からシャベルを出して、ここへ持ってきてくれ」

「何をするつもりだ？」コークは尋ねた。

「遺体を持ち運ぶわけにはいかないし、おれたちは引き返さない」スローアンは言った。

「だから、できる唯一のことをするんだ。彼をここに埋葬する」

「行くな、ウィリー」コークは声を荒らげはしなかったが、スローアンの胸ぐらをつかんで正気に戻してやろうかと思った。「おれの話を聞け、スローアン。二手に分かれるのは狂気の沙汰だ。ライフルと暗視スコープを持ったやつが狙っているんだぞ」

「誰もいやしない、オコナー。やったのはツー・ナイヴズだ、わかっているだろう。あんたはかばっているんだ」スローアンは、茶色の目に非難をこめてコークをにらんだ。「言ったはずだ、ムショ帰りを決して信用するなと。インディアンを決して信用するなと言うべきだったのかもしれん」脅すように銃口をレイに向けた。「さっさとシャベルを持ってくるんだ」

「おれが持ってくる」コークは言った。

「いや、いい」アーカンサス・ウィリーはルイスから離れた。「わしが行くよ、コーク。きみはここにいたほうがいい」彼は怯えている少年のほうにうなずいてみせた。

「じゃあ、これを」コークは三八口径を渡した。「使い方はわかりますね？」

「相手に向けて引き金を引くんだろう？　できると思うよ」彼はコークににやっとして、銃を持って敬礼すると、懐中電灯で道を照らしながらキャンプのほうへ戻っていった。

「スローアン」コークはもう一度説得しようとした。「あんたは大きな間違いをしている」

捜査官は、ラズベリーの蔓を血に染めて死んでいる男を見下ろして答えた。「おれのただ一つの間違いは、ツー・ナイヴズから目を離したことだ」

彼らはグライムズを上陸地点の近くに埋葬した。ストーミー・ツー・ナイヴズが墓穴を一人で掘り、スローアンが見張っていた。穴は浅かった。地面から六十センチほどの深さで、シャベルが灰色の片麻岩に突き当たった。バウンダリー・ウォーターズの生きとし生けるものすべての下に横たわるカナダ楯状地の断片で、あちこちに顔を出している。遺体に土をかぶせ、動物に掘り返されないように三十センチほど石を積んだ。

「信心深い男だったのかい?」終わったあと、アーカンサス・ウィリーが聞いた。

「おれは知らない」スローアンは答えた。

「何か言うべきなんじゃないかな。お祈りか何かを」

「祈りは生きている者の慰めにすぎない」スローアンは懐中電灯で石の塚を照らした。光が反射して彼の顔が灰白色になり、まるで死神のように陰気で無慈悲に見えた。「この任務が終わったら、自分の家族のそばにきちんと埋葬してやろう。そのときに好きなだけ祈りもあげられる。いまは、キャンプに戻って少し眠るぞ。まだ道のりは遠いんだ」

レイ、ルイス、ストーミーは小道を引き返していった。コークは残り、静かにスローアンに言った。「ツー・ナイヴズのことでは、あんたは間違っている。つまり、殺しに慣れた人間が近くにひそんでいるってことだ」

「おれは間違っていない」スローアンは言い張った。

「確信があるのか? 百パーセント?」

「百パーセント」スローアンは歩きだした。

「提案が二つある」コークは言った。

スローアンは足を止めた。

「やはり、たき火はやめたほうがいい。それから、夜のあいだ、あんたとおれで交替で見張りに立とう」

スローアンはちょっと考えた。振り返らずに答えた。「わかった」

彼らは温かいもののない食事をとった──ピーナツバターをつけたクラッカー、ビーフスティック、ドライフルーツ、グラノーラ・バー──冷えきった沈黙のうちに。食事は水で流しこんだ。食べ終わったとき、コークは言った。「ストーミーのジャケットを探しにいってくる」

スローアンは反対しそうに見えたが、結局うなずいた。

「どこで木を切っていたんだ、ストーミー？」

「川沿いに小道があって、五十メートルくらい行ったところで支流に出る。そこのポプラの林に、乾燥したいい木がある。丸太の上にジャケットを置いてきた」

「見つけてくるよ」

「時間の無駄だ」スローアンがぶつぶつ言った。

レイは三八口径をコークに返していた。コークは銃と懐中電灯を取り、ストーミーが言った小道を歩いていった。入江とポプラの林があった。ストーミーが切ったにちがいない倒れた木数本と、山にした枝が見つかった。しかし、ジャケットはない。

支流に懐中電灯を向けた。深さ五、六センチ、幅一メートルほどの澄んだ流れだ。ポプラの落ち葉が、巨大な黄色ナメクジのようにゆっくりと水底を運ばれていく。コークは、ブーツの足跡が岸に薄く残っているのに気づいた。近づいて見ると、足跡は支流に沿った消えかけた道をたどっている。下藪をかきわけながら、彼は注意深く進みはじめた。懐中電灯で照らしだされた道は、ベア・アス湖のほうへ続いている。

数分で、湖岸に着いた。湖水が足もとの岩に打ち寄せている。周囲の木々を風が揺らし、枝がこすれあって、コークには理解できない言葉で話しているように聞こえる。岸に沿ってじりじりと進み、三十メートルほど行くとグライムズが殺された上陸地点に出た。

自分の足跡をたどって、消えかけた道のほうへ戻った。支流と出会う地点に着く前に、何かが湖面に浮かび、丸石のあいだにひっかかっているのが見えた。かがみこんで拾うと、ストーミーのジャケットだった。水は布をきれいにしてはいなかった。ジャケットの正面には暗い色の飛沫が飛び散り、濃紺のデニムにしみこんでほとんど真っ黒になっていた。

「何か見つかったか?」コークがキャンプに戻ると、スローアンが聞いた。

「いや」コークは答え、目をそらしたままスローアンの脇を通り過ぎた。

「面倒なことはせずにおれの言うことを聞いていればよかったんだ、オコナー」

「ポプラの林はあったろう?」ストーミーが不思議そうに尋ねた。

「あったよ。そこにジャケットはなかった」

「絶対にあるはずだ。確かなのか、コーク?」

「ああ」

スローアンはしんどそうにうめきながら立ち上がった。「テントに入ろう、寝るんだ」

「おれのジャケットはあそこにあるはずだ」ストーミーはなおも言った。

「誓うよ、ストーミー」コークは疲れたように言った。「あんたのジャケットはポプラの林にはなかった」

「行け、ツー・ナイヴズ。おまえのテントへ。手錠はかけたままにしておくぞ」スローアンは言い、「それから入口は開けておけ」と、父親と一緒にテントへもぐりこむルイスに命じた。「そいつは見えるところに置いておきたい。やっぱり見張りに立つつもりか、オコナー？」

「ああ」

「いい考えかもしれん、そいつから目を離すな」

そのとき、狼の遠吠えがリトル・ムース川の向こう岸の森から聞こえてきた。スローアンはそちらの方角に懐中電灯を向けて、何もない森を照らしだした。「すばらしい。このうえさらに、狼の心配までしなくちゃならないとは」

「狼のことは心配しなくていいよ」ルイスがテントの中から挑むように言った。「彼らはいいしるしだ。ぼくたちは〝マイインガン〟、狼の一族だ。彼らは兄弟なんだ」

「坊主」スローアンは冷ややかに答えた。「あいつらはおれの兄弟じゃない」

21

九時前には、ジョーは居眠りを始めていた。スティーヴィの部屋のロッキングチェアにすわり、膝の上に『リトルベアー 小さなインディアンの秘密』を開いたまま、頭を垂れ、目を閉じていた。

つかのま、彼女は夢を見た。

ロウソクが灯された教会の長い通路、誰かの影が暗い赤色の壁にのびている。そのとき、通路は森を抜ける小道に変わり、赤色の壁は血に染まった木々に変わった。

はっとして目が覚め、階下で玄関のドアが開く音が聞こえた。ジェニーがローズ叔母さんに楽しそうにただいまと言っている。そこにアニーが加わって、ジョーには聞きとれないことを何か言った。三人はどっと笑った。

ジョーは本を閉じて、ロッキングチェアの上に置いた。すやすやと眠っているスティーヴィに毛布をかけてやり、ナイトスタンドを消して、ドアのそばの常夜灯をつけた。夕方になって風が出てきた。雲が青空をおおい、一日を陰気にしめくくった。いま、裏庭の楡《にれ》の木は音を立ててしなり、葉が金色の涙となって落ちている。

一階では、ローズがテレビのチャンネルをＡＭＣに合わせていた。バート・ランカスターの映画だ。彼は若く、笑うと真っ白な歯がいまにも生肉を嚙みちぎりそうだ。

「娘たちは？」

「キッチンよ」ローズの膝の上には電子レンジで作ったポップコーンがある。「いまショーンが送ってきてくれたの」

「聞こえたわ。なんの映画？」

「『殺人者』」

娘たちはキッチン・カウンターのクッキー入れの前にいた。クッキー入れは、〈セサミ・ストリート〉のアーニーの陶製レプリカになっている。もう何年も前、ジェニーがアーニーを世界でコークの次の二番目に好きだったころ、彼が買ってきたものだ。蓋《ふた》は開いていた。それぞれチョコレート・チップ・クッキーを一つずつ手に持って、何かについて笑いあっていたが、ジョーが入っていくと笑い声はやんだ。

「ショーンとのデートは楽しかった？」ジョーは二人のあいだに割りこんで、自分もクッキー入れに手を伸ばした。

「そりゃもう」ジェニーはうっとりとほほえんで答えた。

ジョーはクッキーをかじった。「何をしていたの？」

「しゃべってたの、だいたいは。ママ、彼はとても……敏感なのよ。なんていうか、何も言わなくても、あたしが何を考えているか彼にはわかるの」

「彼が何を考えているかは、わたしにはよーくわかるわよ」アニーがいたずらっぽく目をくりくりさせた。

「そんなんじゃないの」ジェニーは妹を軽く突いた。

「あら、そう？　じゃ、どんななの？」

ジェニーは助けを求めるように母親を見た。

「あなたの言っていること、わかるわよ」ジョーは請け合った。

ほんとうだった。恋は、ことにそれが初恋なら、全世界にとってまったく新しい出来事のように感じられるものだ。コークとの恋もそうだった。もうずっと昔のことだ。

「あなたが幸せそうで嬉しいわ」唐突にジェニーをぎゅっと抱きしめたので、クッキーを持っていたジェニーの手が二人のあいだにはさまれた。ジョーはセーターの前にクッキーのかすをつけて身を離し、笑った。

玄関のベルが鳴った。ジョーはガスレンジの上の時計に目をやった――九時十五分、お客が来るには遅い時間だ。ローズが応対に出るのが聞こえ、誰が来たのかジョーも見にいった。

セアラ・ツー・ナイヴズがポーチから入ってきた。それと一緒に風が乱暴な客のようにさっと吹きこんできて、セアラの髪をかき乱し、服をばたつかせた。ローズが急いでドアを閉めた。

ジョーはセアラ・ツー・ナイヴズを知っていたが、親しくはなかった。アニシナアベ族アイアン・レイク・バンドの弁護士として、保留地に関する議題で部族会議に呼ばれたとき、たまに言葉はかわしていた。知っているかぎりでは、セアラのことは好きだった。夫がスティルウォーターの刑務所に入っているあいだ、一人で息子を育てた強い女だ。

セアラは悩みがある様子だったが、閉められた玄関のドアを振り返った。「誰かがお宅を見張っていたみたいだけど」

ジョーは彼女の視線を追った。「ほんとう?」

「トラックを駐車したとき、お宅のライラックの茂みの陰に誰かいるのが見えたわ」

ジェニーとアニーも、セアラを通した居間についてきた。アニーは窓に行って、カーテンの隙間から外をうかがった。

「何か見える?」ジェニーがささやいた。

「風で何もかも揺れているわ。生きているみたい」アニーは窓から離れた。「外に出て見てくる」

「みんなで行きましょう」ジョーはドアのほうへ向かった。「ローズ、ここにいてくれない。スティーヴィが起きるといけないから」

「電話のそばにいるわ」ローズは言った。「保安官事務所にすぐ電話できるように」

「そんなことにはならないわよ」ジョーは答えた。

外に出ると、風が彼女たちの顔を打った。ジョー、セアラ、ジェニー、アニーは、一緒にライラックの生け垣のほうへ歩いていった。

「そこよ」生け垣が私道のほうへ直角に曲がっている暗がりを、セアラ・ツー・ナイヴズは指さした。

風にあおられて、隣の家の庭にある高いポプラが、生け垣のほうにかしいでいる。その長い影が伸びたり縮んだりして、絶えず生け垣の影とついたり離れたりしている。それを背の高い男が潜んでいると見誤ったのかもしれない、とジョーは思った。

「そこに誰かいたとしても、もういなくなったわね」彼女は言った。

「お隣の人かも」ジェニーが言った。

アニーは顔から髪の毛を払おうとした。「そうね、ミスター・ガンダーソンかも。ときどき自分がどこにいるかわからなくなって、死んだ兄弟たちと立ったままお話ししているから」

「そうかもしれないわ」セアラ・ツー・ナイヴズはうなずいた。だが、納得していないようだった。

「どう？」家の中に戻ると、ローズが心配そうに尋ねた。

「いまは誰もいないわ。たぶんミスター・ガンダーソンがちょっとぼうっとしただけよ」ジョーはセアラ・ツー・ナイヴズに向き直った。「わたしの家をパトロールするために、こんなに遅い時間に出かけていらしたわけじゃないでしょう、セアラ。何かお役にたつことでも?」

「ちょっと話せるかしら」

「もちろんよ。わたしの仕事場で。何かいかが? コーヒーかお茶でも?」

「いいえ、ありがとう」

ジョーは先に立って仕事場へ入っていき、スタンドをつけた。窓が開いていて、母の日にスティーヴィが着色して贈った石のペーパーウェイトがのった書類が、デスクの上を吹きぬける風にぱたぱたしている。ジョーは窓を閉めた。

「すわって、セアラ。どういったことなの?」

セアラはデスクをはさんでジョーの向かい側に腰かけた。背筋をぴんと伸ばしていて、それはジョーが感心するアニシナアベ族の特徴だった。「男たちが数人――FBIよ――今日やってきて、行方不明の女の人を探すために、ルイスとストーミーをむりやりバウンダリー・ウォーターズへ連れていったの」

「むりやり? どうしてそんなことができたの?」

ストーミーのトラックの道具箱で見つけたと彼らが主張する銃のことと、ウェンデル・ツー・ナイヴズのトレイラーハウスにあった金のことをセアラは説明した。

「あいつらときたら」ジョーは毒づいた。そのとき、朝コークが言っていたことを思い出した。彼も、行方不明の女性を探しにバウンダリー・ウォーターズへ行くのではなかっただろうか？

「コークも一緒？」

「ええ」

「その男たちを彼は止めなかったの？」

「止められなかったんでしょう」

ジョーは立ち上がって歩きはじめた。「不法だわ。まったくひどいでっちあげよ」

「とにかく、夫と子どもが無事であってほしいの」

「ほかに誰が一緒に行ったの？」

「ＦＢＩが二人」セアラの目が細くなり、厳しく暗い眼差しがちらりと光った。「〝マジマニドー〟よ、あの二人は。それから、警官じゃない男が一人いたわ」

「彼らが探している女性だけれど。誰なのか知っている？」

「シャイローと呼ばれていたわ」

「シャイロー」その名前を聞いて、ジョーはまばたきした。ばらばらだったパズルのピースがはまりはじめた。

「ＦＢＩじゃなかった男。ウィリー・レイという名前？」

セアラ・ツー・ナイヴズは肩をすくめた。「その女の人の父親だったわ。あたしはそれしか知らないの」

「どこへ向かったかわかる?」

「〝ニキディン〟という場所」

ジョーは小さく手を動かして、意味がわからないと伝えた。

「外陰部という意味よ。ストーミーの伯父が知っている場所なの」

「ウェンデル?」

「そう」

「それでルイスとストーミーはむりやり行かされたのね? 二人は道を知っているの?」

「ルイスが知っているわ」

「あなたは?」

「知っていれば、息子じゃなくてあたしが行っているわ」

ジョーは窓辺に立ち、風がやんでいるのに気づいた。裏庭の大きな楡の木が静かになっている。風のあとに控えているものがなんであれ、すぐにやってくるにちがいない。

「シャノー保安官はこのことを知っているのかしら」

「彼らが今日の午後出発したとき、彼はその場にいたけれど」

ジョーは電話に手を伸ばした。「彼の言い分を聞いてみましょうよ」

夜勤のマーシャ・ドロスは、保安官は帰ったとジョーに告げた。ウォリー・シャノーの自宅にかけてみた。誰も出ない。彼女は留守番電話にメッセージを残し、もう一度保安官事務所にかけてドロス保安官助手に質問したが、コークだか誰かだかがバウンダリー・ウォータ一ズへ行った件については何も知らないという答えだった。保安官助手の言葉はほんとうのようだった。

ジョーはデスクをまわって端に腰を下ろし、セアラ・ツー・ナイヴズのほうへ真剣な眼差しで身を乗り出した。「今晩できることはなさそうだわ。朝になったらまず、いくつか当ってみる。彼らがルイスとストーミーを無事に帰すように、必ず最善をつくすわ」

「ありがとう」

「今晩は一人で大丈夫?」

「ええ」

「よかったらここに泊まらない、セアラ? ゲストルームが空いているから」

「いいえ。自分の家で大丈夫よ」

ジョーは縁石に駐車してあるトラックまで彼女を送っていった。「できるだけのことをするわ」ジョーはもう一度約束した。

「ミグウェチ」ありがとう。セアラ・ツー・ナイヴズは言って、トラックで去っていった。

家に入ると、ローズがテレビの前にすわっていたが、バート・ランカスターではなくジョーのほうを見ていた。

「何があったの？」

「あなたのタブロイド新聞を見たいんだけど」

「いつもは大嫌いじゃないの」

「そうよ。でも、いますぐ知る必要のあることが載っているかもしれないの」

毎週買い物をするとき、ローズはレジの脇に見出しが躍っているゴシップ紙を少なくとも一紙は買う。こそこそと、夜に一人で読んでいる。ページをめくっては奇跡や魔法や誹謗中傷を楽しんでいるローズが、屋根裏部屋でロッキングチェアを揺らしている音を、ジョーはよく聞いていた。上階に上がって、ローズは屋根裏部屋の壁にコークが作りつけたキャビネットを開けた。タブロイド紙の山が六つほどできていた。ローズはばつが悪そうにちらりと笑ってみせた。

「あなたが探しているものがなんなのか、わからないけど」

「最近のものよ。シャイローの記事」

「ああ。これね」

ローズは右側の山から一部を抜いてジョーに渡した。シャイローという女のひどい写真の上の見出しには、〈懸賞金二万ドル！〉とある。ジョーはざっと目を通した。

「ありがとう、ローズ」タブロイド紙を返した。

「家のプールに聖母マリアが映ったのを見たアルバカーキーの女性について、おもしろい記事が載ってるわよ」

「それはいいわ、ありがとう。必要なところは読んだから」

階下で電話が鳴るのが聞こえた。少しして、ジェニーが呼んだ。「電話よ、ママ。シャノー保安官」

ジョーは自分の寝室で電話を取った。

「ジョー、伝言を聞いたよ。どうした?」

「まず、なぜ黙ってFBIのやつらにバウンダリー・ウォーターズへの案内役としてルイス・ツー・ナイヴズを連れていかせたのか、聞かせてくれない?」

「黙っていたわけじゃない」シャノーは言った。「わたしがそのことを聞いたときには、もう話が決まっていたんだ」

「冗談じゃないわ、ウォリー。どうしてそんなことをさせたの? まったく、あの子はどんな危険にさらされるかわかったものじゃないのよ」

「落ち着いてくれ、ジョー。コークが一緒にいるんだ」

「それもまた聞きたいわ。コークはそんなところで何をしているの? もう保安官バッジをつけているわけでもないのに」

「なりゆきでね。コークが望んだんだ」

「あなたがここの保安官なのよ、ウォリー。この郡で起こることはあなたの責任でしょう」

「待てよ、ジョー。第一、なんの犯罪もここでは起こっちゃいない。それに、FBIの捜査についてはわたしに管轄権はないんだ。仕切っているのはFBIで、こっちには何一つできない。いま、彼らは無線で連絡を取りあっている。必要があれば、一時間以内に水上飛行機を飛ばして一行を連れ帰ることができるんだ。誓うよ、ジョー、あの少年に、あるいは一行の誰にも、何も起きないようにする」

二人は黙った。シャノーの背後でテレビの音がするのをジョーは聞いた。ダルースの夜のニュース番組だ。

「何か耳にしたらすぐに知らせるよ。わたしが知ることはすべて伝える」シャノーは請け合った。「それでどうだ？」

「いいわ」ジョーは答えた。

「よし。おやすみ、ジョー」

「おやすみ、ウォリー」

一階に下りて、ジョーはキッチンの引き出しから懐中電灯を取り、外へ出た。ライラックの生け垣が私道へ曲がっている暗がりへ向かった。自分でも、何を見つけようとしているのかわからなかった。だが、いまあまりにも多くの状況が不確かなので、自分の気持ちだけでも落ち着かせておきたかった。地面には何もなかったが、生け垣はそうではなかった。誰かが急いで通りぬけたかのように、枝が折れているふぞろいな箇所がある。さっき、家から女たちが出てきたので逃げたのだろうか？　隣のぼけかけた老人の行動とは思えない。

強風はやんでいたが、まだ北西からかすかに吹いている。冷たく、湿った感じがする。落ち葉が私道のコンクリートの上を飛んで、骨がこすれあうような音を立てた。ジョーは心配で、そして怒っていた。どうしてコークは説明してくれなかったのだろう？　なぜ信頼してくれなかったのだろう？　なぜ黙ってルイスとストーミーをあんなふうに連れていかせたのだろう？

変だ。

誰かが家の外の暗がりに潜んでいたのと同じくらい変だ。

彼女は体が震えるのを感じた。できるだけ急いで、家の中に戻った。

22

真夜中ごろ雨になった。こまかい霧雨で、音もなく降っている。月と星が隠れてしまったので、あたりは深い闇に包まれていた。コークはなんとか三つのテントを確認できたが、テントが作る三角形の外側はまったく見えない。彼は裏返したカヌーの船体に寄りかかった。リトル・ムースの無頓着な大きな水音が、背後から聞こえる。雨とそれに伴う冷たい湿気に備えて、彼は服を着替えていた。サーマル素材の下着、ウールのパンツとセーター、それに雨具。頭には、つば広の古いフエルト帽。雨はつばの縁をつたって、彼の鼻先を絶え間なくしたたっている。

煙草が吸いたくて、どうにもたまらなかった。しかたなく、松の小枝を噛みだしたが、代わりというわけにはいかない。

湖に投げておいたジャケットのことを、彼はずっと考えていた。法律の執行者だったときにたたきこまれたことすべてに違反する行為である。何をおいても証拠を集める。犯罪の現場では過度なまでに慎重にふるまう。真実を暴くためには労を惜しまない。いかに長いあいだ、それらの必要性を信じてきたことか。しかし、奇妙だった。血まみれのジャケットを手に持って、それがおそらく証拠ではあっても真実とはなんの関係もないのが、彼にはわかった。

アーカンサス・ウィリーと共用のテントのジッパーが開く音がした。レイが——コークがレイだろうと仮定した黒い影が——出てきて立ち上がった。

「コーク？」アーカンサス・ウィリーがささやいた。

「ここです」

ウィリー・レイは向きを変え、コークのほうに手をかざした。「こりゃあ」彼はつぶやいた。「まるでヨナが呑みこまれた鯨の腹の中みたいだ」

「まっすぐ。三歩か四歩」コークは教えた。

レイはそれを信じて三歩進んだところで、小さく「おお」とうなずいた。コークの隣に腰を下ろし、同じようにカヌーの船体に寄りかかった。

「ずっと降ってるのか？」

「一時間くらい。眠れないんですか？」

「ああ」レイは見えない空を見上げた。「降りつづくと思うか？」

「ええ、たぶん」

レイは黙ってすわっていた。霧雨は二人の頭上の松の枝にたまって滴《しずく》になり、不規則に叩く神経質な指のようにカヌーに落ちてきた。

「なあ、コーク、わしはグライムズを殺したのがストーミー・ツー・ナイヴズだとはどうしても信じられないんだ。彼は冷酷な殺人者のようには思えんよ。だってなあ、息子をかわいがってるあの様子を見りゃ」

「おれだって一瞬たりとも疑っていませんよ」

「だったら――」アーカンサス・ウィリーは周囲の暗闇を見つめた。

「そう」コークはうなずいた。

ウィリー・レイは深く息を吸い、ゆっくりと吐き出した。「まあ少なくとも、そのへんにいるやつらもわしたち同様に手探り状態だ」

「そうであってほしいが、ウィリー。そこにいるやつらは、グライムズから奪った赤外線スコープをライフルにつけている。おれたちは、ネオンの的《まと》を着《つ》けているのと同じくらいはっきりと見えているはずですよ」

ウィリー・レイは胸を守るかのように膝を立てた。

「誰なんだろうな？」

「誰だと思いますか」

「ベネデッティか？」

「というより、彼に雇われた連中でしょう」

「汚い仕事をやらせるのに人を雇ったのは、これが初めてじゃあるまいよ」レイはそのあとで低く罵り言葉を吐いた。

「マレイのとき?」

「警察は証明できなかった、だがあいつじゃないというんなら、地球は平らだしロバート・E・リー将軍は北軍のスパイ野郎だ」

寒くてたまらないかのようにレイが身を震わせるのを、コークはカヌーの船体を通して感じた。

「どうして何も仕掛けてこないんだろう?」アーカンサス・ウィリーは尋ねた。

コークはかぐわしい松の小枝のかけらを吐き出した。「そのことを考えていました。上陸地点で、彼らはおれたち全員をやっつけることもできた。そのあとでもいつだって。きっと、おれたちに死んでほしくはないんでしょう。たんにオーロラとの連絡を絶ちたいんだ。ここでこちらを孤立させて、正確な位置を誰にも知らせられないようにしているんじゃないかな」

「そのわけは?」

「わけは、彼らがこちらを必要としているから。あるいは、とにかくルイスは必要だから。彼らもシャイローの居場所を知らないんだ。彼女のいるところまで案内してほしいんですよ」

コークは何か見えないかと闇にじっと目を凝らしたが、稲妻のような小さな火花が散って目が痛くなっただけだった。彼は緊張をといた。

「言ったように、彼らは好きなときにおれたちを襲える。線路の上の瓶を撃つようなものだ。しかし、撃ってこないところを見ると、シャイローを見つけるまではこれ以上何もしてこないでしょう」

「いまのところは、シャイローは安全ってことか？」

アーカンサス・ウィリーの顔を明るくしているにちがいない希望の色を、コークは思い浮かべた。

「そう願いますよ、ウィリー」彼は答えた。「あなたのために、彼女のために、そしてあそこの岩の下に眠っている男のために」

後ろで水のはねる音がして、二人は飛び上がった。コークは三八口径を構え、カヌーで腕を支えてリトル・ムース川の方向の暗闇に銃を向けた。耳をすましていると、空気を吹きだすラッパのような大きな音がした。

「うわ、なんだあれは？」レイが聞いた。

コークは三八口径をしまった。「川の名前の由来ですよ、ウィリー。ヘラジカ《ムース》だ」

ウィリー・レイは笑いだし、声を抑えようと苦労した。コークもちょっと笑った。

「少し寝ておかないと」コークは注意した。「今日は大奮闘したんだから。よくがんばりましたよ。パドリングはたいしたものだ」

「じいさんにしてはだろう」レイはまたカヌーにもたれかかった。それから付け加えた。

「それにホモにしてはだ」

「ほんとうですよ」

「気にしないってことか、じゃあ?」

謝罪ではないのをコークは理解した。レイは了承ずみ事項かどうかを確認しているだけだ。

「あなたの人生だ」コークは肩をすくめた。

アーカンサス・ウィリーは突然、今日の疲労に打ちのめされたかのような口調になった。

「前はこうはいかなかった」

「質問してもかまいませんか?」

「いいとも」

「マレイを愛していましたか?」

「そういう意味じゃ愛してなかった」アーカンサス・ウィリーは小枝を折り、コークは暗がりの中でその横顔を見て、彼もまた松のかけらを噛んでいるのがわかった。「わしらは友だちだった。最良の。そして無二の。結婚、そいつはわしらを二人とも苦しい立場から救ってくれるものだったんだ。テレビの契約交渉をしているときだった。あのころ、芸能界の通常の契約には道徳条項が含まれてた。スターが素行で問題を起こしたら、映画会社もテレビ局もレコード会社もアウトだったんだ。わしについては噂が立ってた、つねにつきまとってたんだ。だが、わしは気をつけていたからあくまで噂だった。そのときマレイのほうは、本物のクソ溜めにはまりこんでたんだ。サインする直前に妊娠したのさ。中絶は考えるのも拒否した。彼女は否定してたが、たぶんにカトリック的なところがあったんだ。結婚するのが完璧な解決策だとわしらは決断した。テレビ向きのいいカップルになったよ」

「あなたはシャイローの父親じゃないんですね」不意をつかれたので、コークは言わずもがなのことを口にした。

「実の父親じゃない。だが、ほんとうの娘のように育てたよ。血のつながった父親だって、わしよりもあの子を愛することはできないさ」

「誰が彼女のほんとうの——失礼——血のつながった父親なのか、知っていますか？」

「マレイは決して言おうとしなかった。自由恋愛の時代だったんだ、わかるだろう。そういう点じゃ、マレイは自由そのものだったからな。やれやれ」レイはため息をついた。「シャイローは、じつに多くの点で母親そっくりなんだ。つまり」急いで続けた。「がむしゃらで。美人で。ところが自分の思うようにならないと、野生の豚みたいに手に負えなくなる。オザーク・レコードを経営しながら子育てをしてて、わしは手いっぱいだった。ああ、できるだけのことはしたよ——乳母をつけたり、尼さん学校や寄宿学校にやったり。シャイローはトウモロコシ畑を走る特急列車みたいに、そういうものをなぎ倒していった。ついにわしは、仕事をさせることが、少なくともあのエネルギーをほかの道に向けさせる手段になるだろうと考えたんだ。あの子には才能があった、母親よりもあったくらいだ。十五歳のときに、オザークで最初のアルバムを出した。プラチナディスクになったよ。そのあとあの子は、そう、わしを越えていったというのかな。わしらは——疎遠だったんだ——もう三年近く」

アーカンサス・ウィリーの黒いシルエットが前かがみになって、彼は膝をかかえた。愛しているものから、自分が何者であるかを決めてくれたものから離れているのがどんな気持ちか、コークには理解できた。それは孤独の中でも最悪の孤独だった。

ウィリー・レイはまた口を開いた。「ここからシャイローの手紙が届きはじめたときには、驚いた。ひどく嬉しかったよ。あの子はとても——なんというか——ようやく内面の平和を見つけたような感じだった。わしが与えられなかったものを、ここで見つけたようだった。もしわしがほんとうの父親だったなら、もっとちゃんとやれたんじゃないかといつも思ってきたが」

「父親はみんな間違いをおかします、ウィリー。いい父親だったら誰でも、自分が正しい育て方をしているのかどうか悶々《もんもん》と考えて眠れないものだ、それが当たり前ですよ」

「そうかな？」レイは考えた。「そうかもしれん」

少し強い風が吹いた。ほんの一瞬だったが、枝が揺れて雨がざっと降ってきたかのように滴が落ちた。おさまると、レイは言った。「彼女を見つけたら、どうなるんだろう？」

「心配しないで、ウィリー」コークは励ました。「おれはいくつか手を考えている。さあ、できれば少し寝ることです。明日はまた先に進まなくちゃならない」

レイは立ち上がって、テントへ戻っていった。コークはすわったまま松の小枝を嚙みしめた。

いくつか手を考えている、か。彼は思った。まったく、猿も赤くなるな。

23

十二時五十六分に、ジョー・オコナーはとうとう眠るのをあきらめた。何時間も起きたまま、ルイスとストーミーとセアラ・ツー・ナイヴズのことを心配していた。それにコークのことを。弁護士として、状況的な事実だけに埋没して心配にとらわれないようにすることに、彼女は慣れていた。あらゆる角度から現状を細密に検討し、相手の動きを読む能力が、彼女の強さの秘訣だった。しかし、いま事実はわからないし、相手もわからない。あるのは心配だけだ。

ベッドから出てローブをはおり、階下へ行ってカモミール・ティーをいれた。大惨事の不安なくジョーがキッチンでできる、数少ないことの一つだ。ケーブル・テレビのカントリー・ミュージックの局をつけて、バウンダリー・ウォーターズでの騒ぎのもとであるシャイローが出ていないかと、腰を下ろして見た。シャイローの母親についてのオーロラの伝説は、彼女も知っていた——マレイ・グランド、数々の大ヒットを飛ばし、ギャングと駆け落ちし（という噂）、暴力的な謎の死を遂げ、それを娘が（たぶん）目撃していた。

カモミールを半分近く飲んだところで、シャイローのビデオクリップが放映された。若い女が快活でいきのいいカントリーを歌っている。映像の中で女は、いかさないトラック野郎で、ビール好きで、風呂嫌いで嘘つきで女泣かせの浮気男に、〝……あたしのベッドに来ないで、だってハニー、シーツがくちゃくちゃになるじゃない〟と警告していた。ジョーはシャイローが気に入った、少なくとも、ビデオクリップの中のシャイローは。その女には風変わりな魅力があった。遺伝子が妙な混ざり方をしているようだ。長くて黒い髪は、裏切り男にさっと背を向けるとき鞭《むち》のようにぴしりとはね、アイアン・レイク保留地のどの女にも魅力を添えるだろう。顔は美しいというよりエキゾチックだ。長くほっそりした鼻の鼻孔は平らに広がり、小鳥の小さな羽を思わせる。目には電気のような輝きがあり、怒りと尊大さを強烈にたたえているので、この若い女はたいした女優か、あるいは女たちが結局は体験するように、愛の裏切りを真実苦しんだことがあるのだろう、とジョーは思った。シャイローの肌の色は、光のかげんによって違って見えた。乱れたベッドのある部屋の影の中では、その肌の色はアーモンドのように浅黒い。だが、古い家と心を踏みにじった男を捨てて外に出ていくと、陽光に揺らめくその顔に輝く色は、夏の火事が森を焼いてすべてが煙った赤茶色を帯びる、夕暮れの空のようだった。

ビデオがフィーチャーしている曲は深い含蓄のあるものではないが、そのストレートな感性がジョーは気に入ったし、これまでカントリー・ミュージックをほとんど無視してきたのはもったいなかったかもしれないと思った。

ベッドに戻り、タイマー付きラジオが六時を告げるまでうとうとと眠った。外はまだ真っ暗で、小雨が窓を打つ音がしていた。バウンダリー・ウォーターズにいるコークのこと、そこで彼や子どもたちと過ごした雨の日のことを考えた。一日中テントの中で、ゲームをしたり――〈二十の扉〉や〈スペード〉――本を朗読したり、一人で静かに読んだり、お話をしたりして過ごした。どういうわけか、決して退屈しなかった。

いまコークには、テントの中で雨を避けている余裕はない。ルイスを含む一行の全員が、どうしても前へ進まなければならない目的を持っている。権力をかさにきてストーミーに圧力をかけ、ルイスに先導させた男たちに対して、ジョーはあらためて憤りを感じた。すべてが終わったら、セアラ・ツー・ナイヴズのために必ず訴訟を起こすつもりだった。法律は完全ではないが、それをねじ曲げる力のある者が実行に移したときには、さらにおかしなものになる。だが、たとえ不備があっても、彼女はまだ法律を信じていた。これまで法律をうまく働かせる役割を担ってきた結果、法律は、一般の人々が使える数少ない有効な武器の一つに最終的にはなりうると、固く信じていた。

朝食のしたくのために、ローズがどたどたと階段を降りていく音がした。ジョーは毛布をはねのけて、子どもたちを起こしにいった。

オーロラ・プロフェッショナル・ビルの駐車場に着いたのは、ジョーの車が最初だった。彼女は自分の鍵を使ってビルの中へ入った。照明のスイッチを入れ、長い無人の廊下に明かりをつけた。あたりには湿った毛織物の匂いが漂い、この週末にカーペットがクリーニングに出されていたのを思い出した。自分のオフィスへ向かいながら、濡れた足跡をカーペットに残すのがうしろめたかった。ジョーは明かりをつけてコートを掛け、ブリーフケースをいったん秘書のデスクの上に置いた。寒い雨の朝には、たまらなくコーヒーがほしくなる。コーヒーメーカーからポットを取り、廊下の先の女性化粧室に行って水を入れた。戻ってくると、カーペットに残っているのがもう自分の足跡だけではないのに気づいた。いくつかの別の足跡が彼女の足跡の上を踏んでいて、そのあいだに謎の深いくぼみが四つある。全部彼女のオフィスまで続いている。

入っていくと、白髪の男が車椅子に腰を下ろしていた。椅子の腕木をつかんだ細い手は、激しく震えている。頭は少し揺れていたが、男はしっかりとジョーを見据えた。二人の男が両脇に立って、うやうやしく前で手を組んでいる。三人とも趣味のいいダークスーツを着ている。

「おはよう、ミセス・オコナー」白髪の男が挨拶《あいさつ》した。こんなに震えがきている体から発せられたにしては、驚くほど明瞭で力強い声だった。「わしはヴィンセント・ベネデッティだ。話し合ったほうがいいと思う」

朝早くオフィスに見知らぬ人間がいたので驚いただけなのか、あるいは闖入者《ちんにゅう》たちの持つ雰囲気のせいなのか、ジョーにはさだかでなかったが、目下の状況も胃をぎゅっとしめつけられる感覚も気に入らなかった。

「約束はおありですか?」彼女は聞いた。

「約束だと?」立っている男の片方が――作り笑いを浮かべた、大柄で肩幅の広い金髪の男――しゃがれた笑い声を上げた。

「黙れ、ジョーイ」白髪の男はじっと彼女の目を見た。「あんたは恐れている。誰かにベネデッティに気をつけろと言われたんだね」

背後でドアが開けっぱなしだった。ジョーは落ち着いて後ろを向くと、ドアを閉めた。

「恐れてなどいませんわ、ミスター・ベネデッティ。恐れなければならないわけでも?」

「わしに関してはない。はるばる旅してきて、くたくただ。ここに来たのは、あんたの夫を救ってやるためだよ」

ジョーは驚いたのを悟られないように、コーヒーマシンの前へ歩いていった。ポットの水を入れてから、ベネデッティに向き直った。「なんのお話か見当もつきませんけれど」

「夫には秘密があるものだ」視界にとらえた獲物のように、彼はジョーをぴたりと見据えたままだった。「あんたにはわかるだろう」

彼女は突然、とにかくこの男たちを追い出したくなった。「いったいわたしになんのご用?」

「お互いにどういう用があるか、ということだ、ミセス・オコナー」白髪の男が頭で合図すると、ブロンドの大男が車椅子を押してジョーに近づけた。ベネデッティは重大な秘密を打ち明けるかのように言った。「わしは、あんたの夫の命を救える情報を持っている。そのかわり、娘を助けるのに手を貸してほしい」

「娘？　あなたのお嬢さんをわたしは知っているかしら？」

「誰でも知っている。名前はシャイローだ」

まるで葬儀屋のように厳粛な面持ちで見つめられていなければ、彼女は相手が冗談を言っていると思ったかもしれない。「聞き間違いではないんですね？　あなたは自分がシャイローの――あのシャイロー――カントリー歌手の――父親だとおっしゃるの？」

「そう言っただろう」彼はいらだたしげに言った。

「理解が遅いように聞こえたら申し訳ありません、ミスター・ベネデッティ、でもそれはかなり大胆な主張ですわね」

ベネデッティはスーツの内ポケットからぴかぴかの革の財布を取り出すと、一枚の写真を抜き出した。その写真をジョーに渡した。一歳半くらいの小さな女の子が、かわいらしい白のドレスを着て写真スタジオでポーズをとっていた。「裏を見てくれ」

〈ヴィンス――わたしたちの娘よ。もう歩きまわってたいへん。髪と肌はわたし似、目と気性はあなた似よ。マレイ〉

彼女は写真を凝視し、次に白髪の男に目を移した。体は震えているものの、ビデオクリップの女の目の中に見たのと同じ尊大さが、彼の目には感じられた。ジョーは写真を返した。

「彼女は知っているのですか?」

彼はかぶりを振った。「マレイは決して話さなかった。シャイローにとっては、ウィリー・レイが父親だ」

「あなたはなぜ何も言わなかったのですか?」

「約束した。マレイに。わしの妻のテレサにも」

「え? 奥さまはご存じですの?」

「ああ、そうだ。どうしてかわからんが、妻は知っていた。シャイローのことでわしが何かしたら、別れると脅かしたよ。マレイが殺されたあとは、レイがまだ小さいあの子をナッシュヴィルへ連れていくのがいちばんいいように思われた。あれはあきらかにホモだが、もっとひどい父親はいくらでもいるからな」

「そういうことが、夫とどういう関係があるんです?」

ベネデッティは横にいるもう片方の男を手招きした。見るからに二枚目だった。濃い茶色の髪は波打ち、形のよいレザーカットに整えられている。がっちりしたあご。右頬にはほくろ。左耳にはダイヤモンドのピアス。目と完璧にマッチしたエメラルド色のタイ。緑色の目。そこにたたえられた自信。彼女は男の視線を意識していた。さっきから彼女のあらゆる動きを追っている。男はよくそういう目で見る。彼女の能力を高く買い、仕事仲間として話しているときでさえ、男たちの視線は彼女のスカートを持ち上げようとしている。

「息子のアンジェロだ」ベネデッティは紹介した。「説明しろ、アンジェロ」

「あなたのご主人はきのうバウンダリー・ウォーターズに入りました、ミセス・オコナー」アンジェロ・ベネデッティは告げた。「何人かの男たちと一緒です。そのうちの二人はFBI捜査官だとご主人は信じているが、違います」

「違う？」

背後でコーヒーメーカーが突然音を立て、ジョーはびくっとして飛び上がった。同時に、彼女の秘書のフランが入ってきた。フランは人がいるのに驚いてぴたりと足を止め、腕時計を見た。

「いいのよ、フラン」ジョーは言った。「予定外の早朝ミーティングなの。いまわたしのオフィスに移ろうとしていたところ。お願いしていい？　コーヒーができたら、持ってきてくれる？」

「いいわ、ジョー」

「みなさん、こちらへ」

ジョーは先に立ってオフィスへ入った。大きな部屋の壁は本棚になっていて、シカゴから持ってきた大きな桜の木のデスクが中央を占領している。弁護士業を軌道に乗せようと苦闘していたオーロラでの最初の二年間、デスクは倉庫にしまわれていた。その間《かん》、彼女はグズベリー・レーンの家の狭い仕事場から脱け出すべく働いた。タマラック郡で看板をかかげた初めての女性弁護士が、オーロラの住民にとってコーク・オコナーの妻以上の存在になるには長い時間がかかった。不可能と思えるケース、誰もやりたがらないケースを引きうけることによって、彼女は名を上げた——たとえば、アニシナアベ族に関わるケースだ。法廷での成功は念願の職業的評価をもたらしたが、彼女はいまだに、おそらく決して開かないであろう扉が開いてくれるのを待っているように感じていた。

「おすわりになる？」立っている二人の男に、彼女は椅子を示した。二人は断り、ヴィンセント・ベネデッティの両脇に衛兵のように立ちつづけた。ジョーはデスクについて、身を乗り出した。「夫に同行しているのはFBIではないとおっしゃったわね」

「ええ」アンジェロ・ベネデッティは言った。

「では、何者？　そして、なぜあそこへ向かったんです？」

「彼らの一人、ドワイト・スローアンという大男はカリフォルニア州警察です。もう一人、ヴァージル・グライムズは警備コンサルタントと自称している。二人とも、十五年前のマレイ・グランド殺害事件の捜査に関わっていた人間ですよ」

「関わっていたというと？」

アンジェロ・ベネデッティはシャツのカフスを直した。「グライムズは、パームスプリングズ警察で捜査を担当していた刑事の一人。スローアンは州警察のほうの担当でした。いまオーロラにいる本物のFBI捜査官は一人だけ。ブッカー・T・ハリスという男です。ロサンジェルス支局にいて、十五年前、FBIとして事件の捜査に加わった」

彼はかすかに頭を傾け、彼女に考える余裕を与えた。それは計算された、率直さを装う仕草だった。女に誘いをかけたあとこの男はよくこういうポーズをとるのではないかと、ジョーは思った。

「ぼくを信じられないなら、調べてごらんなさい」彼は屈託なく言った。「そのときには、今回の捜査に関するFBIの立場も確認してみるといい。公式の捜査は何も行なわれていないことがわかりますよ、ミセス・オコナー。ただ一人の本物のFBI捜査官、ブッカー・T・ハリスは休暇中ということになっている」

「あいつらは自分たちのケツをかばうために来たんだ」ヴィンセント・ベネデッティが口をはさんだ。「マレイの事件を捜査したとき、連中は買収されたんだ、賭けてもいい。いまは、自分たちに都合が悪いことをシャイローが思い出すんじゃないかと、あわてふためいている」

「誰に買収されたんです？」

ベネデッティは咳《せ》きこみはじめ、やせ衰えた体が痙攣《けいれん》した。アンジェロが上着のポケットから白い清潔なハンカチを出して、父親の手の中に押しこんだ。ヴィンセント・ベネデッティは、それでマスクのように顔をおおった。

「誰に買収されたんですか?」咳がおさまったとき、ジョーはまた聞いた。

「マレイは利口だった。高い地位にいる友人を開拓していると、いつもわしに言っていた」なんとか笑ってみせた。

「何がおかしいんです?」

「マレイには友だちなんぞいやせん。みんな、階段を登るためのたんなるステップにすぎなかった」

「高い地位にいる友人たちの誰かを知っていました?」

「彼女は用心して名前を挙げなかったよ。全員男だ、もちろんな」

「マレイ・グランドはご都合主義者だったと?」

ベネデッティはまた笑って、うなずいた。それが同意なのか、筋肉がひきつったにすぎないのか、ジョーにはわからなかった。「娼婦と呼ぶ人間も多いだろうが、わしはそんなふうに思ったことはない。才能あふれる人間ばかりの業界にいた、才能あふれる女だったよ。成功を確かなものにするために、自分のありとあらゆる才覚を使ったのさ。そのことで彼女を責めたことは一度もない」彼はハンカチで軽く唇をたたき、くちゃくちゃになった布をしげしげと眺めた。「エゴとセックスを満足させてやれば、男なんぞ弱いものだ。厳しい現実だが、彼女はそれを受け入れていた」

別のときだったら、その発言でジョーは彼を追及したかもしれないが、いまはそんな場合ではない。「あなたが言いたいのは、その……友人たちの……一人が彼女を殺したのではということですね？」

「あるいは、殺させたか」

「そして、捜査陣を買収した」

「そう、それがわしの言いたいことだ」

「誰なんです、はっきり言うと？」

老人は一瞬目を閉じた。息子がかがみこんだ。「大丈夫、パパ？」

「疲れただけだ」

ドアがそっとノックされて、フランがコーヒー・サーバーとカップをのせたトレイを持って入ってきた。彼女はそれをデスクのそばの小さなテーブルに置いた。

「どうもありがとう、フラン」

「どういたしまして、ジョー。ほかに何か？」

「いまはとくにないわ」

フランが出ていったあと、ジョーはコーヒーを勧めたが、受けたのはアンジェロ・ベネデッティだけだった。ジョーがカップを渡したとき、彼女の手に触れて彼はにっこりほほえんだ。完璧な歯並び。当然だ。

「誰が犯人か、わしには考えがある、ミセス・オコナー、しかしそのことは言いたくない。

「すべてあんたの夫に手を貸して、娘を無事に連れ出してもらいたいだけだ」

「できれば言っていただきたいわ」ジョーは自分のコーヒーにクリームを入れた。「すべての事実を知っておきたいんです。とにかく、事実でなくてもなんでも」

「父は疲れている、ミセス・オコナー」アンジェロ・ベネデッティが言いかけた。

ヴィンセント・ベネデッティは手を上げて制止した。「いや、いいんだ。当然のことだが、予断を持たずに聞いてもらいたい」

ジョーは椅子にかけた。「予断はなしですわ、どうぞ」

「FBI捜査官、ブッカー・T・ハリスには弟がいる。マレイが殺されたとき、このことをわしは知らなかった。ハリスがここに来ていると知って、彼の背景を徹底的に調べさせるまでわからなかったんだ。弟はネイサン・ジャクソンだ。知っているかね？」

ジョーは知っていた。カリフォルニア州の法務長官だ。公民権運動で全米に知られている。シカゴでアメリカ法律家協会の総会があったとき、彼の講演を聞いたことがある。たいした雄弁家だった。盛り上げるのがうまく、ハンサムでもあった。そして、マスコミの情報が正しければ、次の州知事選における民主党の最有力候補だった。

「どうして名字が違うのかしら？」

「二人の母親は、夫に死なれたあと再婚したんだ。父親が違う」

「なるほど。それで」

「マレイがテレビ局と最初の交渉にのぞんでいたとき、ウィリアムズ委員会に召喚された。覚えているかな？」

「ぼんやりとは。芸能界の腐敗を調べていたんでしょう」

「そのとおり。マレイはわしとの関係を噂されていたので、証言を求められた。そう、噂だ」おもしろいと思ったらしく、彼はぜいぜいいいながら笑った。「出頭したら、テレビ局側が手を引くんじゃないかと、彼女は恐れた。それで、委員会側の誰かと接触した。彼女の名前は証言者リストからはずされたよ。ウィリアムズ委員会の首席法律顧問は誰だったかわかるかね？」

「ネイサン・ジャクソン？」

「当たりだ」

ジョーはコーヒーに口をつけた。オフィスに着いたときほど、カフェインが必要とは思えなかった。目はすっかり覚めていた。「そのことをしゃべらせないために、ネイサン・ジャクソンがマレイを殺したとおっしゃりたいの？」

「いや、マレイが別の何かを求めて、また彼に圧力をかけようとしたんだと思う。死の直前、彼女はレコード会社を作るためにわしからかなりの額の金を借りていた。オザーク・レコードだ。おいしい事業ができるはずだと断言していた――税制上の優遇措置や、事業報奨金が受けられる――なぜなら彼女はインディアンだし、そういったことが確約されるコネを持っていたから。ジャクソンは法務長官の一期目だった。たぶん何かがうまくいかなくて、マレイは脅迫したんだろう。そしてジャクソンが彼女を殺させた」

「その告発の証拠になるものがおありですか？」

「一日前までは、告発しようなどとは思ってもみなかったさ。名字が違ったから——ハリスとジャクソン——だまされていた。前はつながりにはまったく気がつかなかったんだ。しかし、どうだ。殺人事件を捜査した人間たちがいまここに集まっている。それも非公式に。臭いと思わないか」

ジョーは椅子をまわして彼らに背を向け、無言で窓の外の灰色の朝を見つめた。何台もの車が通りを行きかっている。濡れたコンクリートの上を走り過ぎるタイヤの音が聞こえる。

「わたしに何をしてほしいとおっしゃるの？」彼女は尋ねた。

「このあたりの当局者に話をしてもらいたい」白髪の男は言った。「向こうへ誰かをやって、シャイローが見つかるまでご亭主を援護させるんだ」

「どうして自分で言わないんです？」

「ブッカー・T・ハリスはよく見える。みんな彼を信じる。わしは」震える体を手で示した。「腰の曲がったよぼよぼじじいだ。しかし、ここの人たちはあんたなら知っている。言うことを聞くだろう。アンジェロの話では、あんたは誠実だと評判らしい。どこであれ、めずらしいことだ」

彼女はアンジェロ・ベネデッティを見た。相手はかすかにうなずいてみせた。

「ミセス・オコナー」ヴィンセント・ベネデッティは続けた。「シャイロ－がここにいると大勢が知るようになったら――とくにあの三文新聞のやつらが――娘はハンターどもの餌食にされてしまう。人々が殺到して、この小さな町は大騒動の中心になるだろう。あんたは迅速に行動すべきだ。名刺を置いていく。アンジェロ」彼が指を鳴らすと、アンジェロ・ベネデッティが上着から名刺を出して裏に数字を書き、彼女に渡した。「電話して、様子を知らせてくれ」

彼女は名刺を見た。紫のオウムが印刷され、その下にアンジェロ・ベネデッティの名前が金で浮き彫りになっていた。裏には、電話番号が書かれていた。

「どこに滞在していらっしゃるの？」彼女は尋ねた。

「とにかく電話してもらいたい」ベネデッティは言った。「以上でいいかな？」

「わたしのほうでも調べてみます。あなたがたが真実を言っていると思ったら、連絡しましょう。そうでなければ、警察に通報するわ。よろしい？」

ヴィンセント・ベネデッティは、ポプラの葉のように震える手を差しのべた。「結構だ」

24

テントの垂れ幕をそっと持ち上げる音で、コークは瞬時に目が覚めた。

「もう明るい」スローアンがメッシュの仕切りの向こうから言った。「動きだす時間だ」

スローアンの後ろで火がはぜる音がした。たきぎの煙といれたてのコーヒーの匂いが、開いた垂れ幕から流れこんできた。

「日が出てすぐ、ルイスが火をおこしたんだ」スローアンは説明した。「いまならそうして悪い理由もあるまいと思ってな。コーヒーができている。それからオートミール用の湯もわいている。さあ、動こう、諸君。まだ先は長いぞ」

小雨はやんでいたが、厚い雲が梢の上をおおい、取り残された灰色の霧の筋が、迷った魂のように木の幹や川岸を漂っている。たき火のはぜる音とそばに立つストーミーとルイス・ツー・ナイヴズがときおりかわす言葉以外は、森は静まりかえっていた。

レイがコークに続いてテントから出てきた。彼は背中を丸めて腕を伸ばした。「なあ、ルイス」彼は小さくにやりとして言った。「わしは一晩中、マジマニドーに追いかけられる夢を見たよ」

ルイスはホット・チョコレートをちびちびと飲んでいた。カップを口から離すと、若々しい目が真剣な憂いを帯びた。「マジマニドーについて、何を知っているの?」

レイはプラスティックのマグにコーヒーを注いだ。「たいして知らない。あのスローアン捜査官にそっくりだって、きみのお母さんが言ってた以外はね」マグを鼻の高さに持ち上げて、熱いコーヒーの香ばしい匂いを嗅いだ。

「マジマニドーとはなんだ?」スローアンが聞いた。すでに自分のテントをたたみはじめている。少年が答えないでいると、彼は手を止めてストーミー・ツー・ナイヴズのほうを見た。「なんなんだ?」

ストーミーは肩をすくめた。「息子はオジブワ族の伝統にくわしい。おれはたんに血が流れているというだけだ」

「マジマニドーとはなんだ、ルイス?」スローアンはまた聞いた。

「黒い邪悪な精霊だよ」ルイスはしぶしぶと答えた。

「おれの肌の色を言っているのか?」

ルイスは首を振った。「精霊だよ。悪い精霊なんだ」

「悪魔ってことさ、スローアン」レイが説明した。「オジブワ族の悪魔だよ」

「この森に悪魔がいるなら」スローアンはストーミー・ツー・ナイヴズに冷たい視線を向けた。「そいつは確かにおれを同類だと思ったほうがいい。さあ、おしゃべりは終わりだ。腹ごしらえして出発するぞ」

コークはボウルの中のインスタント・オートミールをかきまぜていた。「オーロラの上司に無線連絡を入れないと、どうなるんだ?」

「しばらくは、どうってことない」スローアンは答えた。

「そのあとは?」

「そのあとは、おれが連絡した最後の地点へ誰かをよこして、捜索を始めるだろう」

「ベア・アス湖の向こう側だったよな。探しはじめるころには、あそこからはずいぶん遠くまで進んでるはずだぞ」レイが言った。

ルイスが聞いた。「その人たちは道しるべの見方を知ってる?」

「道しるべ?」

「木につけた刻み目とか、直線に置いた石とか、そういうもの」ルイスは説明した。

スローアンはめずらしく微笑した。「それは彼らにはちょっと原始的だな、坊主」彼は肩をすくめた。「だが、やってみる価値はある。道しるべはおまえにまかせよう、ルイス」

一時間後には、彼らはリトル・ムース川にカヌーを浮かべていた。流れは速く、舟の下は澄んだ淡褐色、前方は銀色がかった灰色をしている。リトル・ムース以北で最初にして最大の湖であるウィルダネス湖までには、二十キロ近い距離と航行不能の二つの急流が横たわっている。コークがパドリングしていき、先頭をとった。ストーミーとルイスが続いた。レイとスローアンが最後尾についた。

誰がグライムズを殺したのか、コークはずっと考えていた。誰にしろ、いま進んでいることの森を相当知っている。ルイスが湖上で一瞬見た火を除けば、自分たちの存在を隠しおおせている。こちらから見られないためにはかなり後方にとどまっていなければならないはずなのに、方向転換や合流の要所要所で確実に尾行してきている。ルイスがどこへ連れていこうとしているのか、知っているのかもしれない——少なくともある程度は。しかし、全部は知らないはずだ、シャイローがいる正確な位置までは。ゆうべレイに話したように、尾行しているのが誰にしろ、シャイローが見つかるまではこれ以上手を出してこないにちがいない。

そのあとは、追っ手が何者だろうと、マジマニドーであろうがなかろうが、襲いかかってくるとコークは確信していた。

25

シャイローは、はっと身を起こして聞き耳を立てた。まっすぐ前を見つめ、まばたきして眠気を追いはらった。一筋の白い煙が足もとの灰から立ちのぼっており、火が燃えつきてしまったのを悟った。あわてて、樹間の闇から彼女を見ていた森林狼の黄色い目が光っていないかと、周囲を見まわした。湿った靄《もや》が森と湖をすっぽりとおおい、十メートル先は何も見えない。彼女は夜のあいだ握りしめていたナイフを探した。ウェンデルがプレゼントしてくれたスイス・アーミーナイフだ。刃は長くないが鋭く、彼女の持ち物で武器になるのはそれだけだった。靄の向こうを透かし見ながら、目が覚める原因になった音をもう一度聞こうと耳をすませた。

昨夜、彼女が目撃してからすぐ狼は立ち去り、現れたときと同じように静かに姿を消した。たきぎを拾うために一瞬危険をおかして目をそらしたすきに、狼の目は見えなくなっていた。ナイフをきつく握ると、伸ばした刃がたき火にきらりと光った。すべてを一度に見ようとした——左、右、後ろ。一人だけなのに、見られているような気がした。一晩中、見られているような気がしていた。長い時間がたってから、この先の寒さと湿気に備えなければならないのに気づいた。ウェンデルが忠告したとおりに、体から湿気を逃がすためにサーマル素材の下着を着た。その上にウールを重ねた――セーターとパンツを。それからジャケット、最後に雨具を着たところで、雨がしとしとと降りだした。身支度を終え、手袋をはめてナイフを持ち、背後の大きな岩に寄りかかった。いつのまにか、寝入っていた。

眠りは浅く、狼の恐ろしい夢ばかりでなく、昔の悪夢にも苦しめられた。彼女はウェンデルのキャビンにいた。安全な場所。外では弱い雨が降っている。窓に雨が当たる音が聞こえる。ストーブをつけているので暖かい。燃えているまきの樹液がしゅうしゅうぱちぱちとはぜる音が、まるで歌のようだ。ドアにノックがあって、彼女は不審に思う。こんな遠くまで、誰が来たのだろう？　こんな秘密の場所を、誰が見つけられたのだろう？　夢ではよくあるように、来たのがウェンデルではないこと、ドアを開けてはいけないことを、彼女は前もって知っている。しかし、夢は勝手に恐ろしい展開になっていく。彼女は自分がキャビンを横切って掛け金に手を伸ばすのを見る。ドアを開けたとき、〝闇の天使〟が黒い翼を広げて入ってくる。シャイローはあとじさる。いつものように、〝闇の天使〟に顔はなく、そのあるべき部分には、星のない夜のように黒く深い空洞があるだけだ。その空洞から、彼女を虚空に引きこもうとする竜巻のような強い力が放射される。抗《あらが》おうとするがむなしく、死だとわかっているところへ引きずりこまれていくのを感じる。

呑みこまれる前に彼女は目を覚ました。音がして、眠りから瞬時に脱けだしたのだ。

湖を包む灰色の靄の向こうから、その音はまた聞こえてきた。さっき彼女を起こしたのと同じ音だ。湖上のどこかで、耳ざわりな咳のような音。彼女は立とうとしたが全身が拒否し、あらゆる筋肉が痙攣《けいれん》した。そろそろと、痛みをこらえながら体をのばし、用心して立ち上がった。

なんとか見えるこの狭い空間は、まるで刑務所の独房のようだ。どんよりとした灰色で威圧的。岩の向こう側に、湖は鉄板のように固く平らに横たわっている。風のない朝に、靄は自分の意思があるかのようにゆっくりと動いていく。

灰色の世界のどこかで、カラスが突然カアカアと鳴いて彼女を驚かせた。じっと耳をすませた。

なんだ、カラスだ、と思ってほっとした。

次の瞬間、ちゃぽんと水音がして声が続いた。「くそ、ロイ、まん前にある手が見えないぜ。魚だってなんにも見えないに決まってるよ。おれたちのツキときたら、三本足の競走馬なみだな」

一分もすると、リールから釣り糸が繰り出される音、そして大きな魚がはねる音が聞こえた。

「かかった！」勝ち誇ったような叫び声がした。

「よし、おいおい、カヌーを傾けるなよ、サンディ。逃げられるぞ」

「傾けてなんかいないさ。反対側に体重を移せ、こんちくしょう」

「魚を遊ばせて弱らせるんだ、サンディ」相手が言った。「ほんとにやつを引っかけたぞ」

「傾いてるよ、ロイ！」サンディが叫んだ。

「こっちでコントロールしてる。おれのケツはもう水につかりそうだ。さっさとその魚をフネに上げろ！」

二人はお互いにどなりあい、やがてはねる音がやんだ。

「どうだ、ロイ？　八、いや十ポンドはあるかな？」

「ホラを吹くなよ。だが、ここには大物がいるって言ったろ？」

「ああ、だけどカヌー・フィッシングがこんなにケツが痛いものだなんて言ってなかったぞ」

シャイローは靄の中に呼びかけた。「ハロー？」

沈黙が返ってきた。

「助けてもらえませんか」彼女はもう一度呼びかけた。

灰色の靄の中から、警戒しているような声が尋ねた。「誰だ？」

「助けて、お願い」

「ええくそ、サンディ、女性だよ、わからないのか？　その魚を置いてパドルを持つんだ」

せっせとパドルを漕ぐ水音がした。すぐに、彼らは靄の中から現れた。ひげをはやした大男二人で、フィッシング・ベストを着てひさしのある帽子をかぶっている。急いで岸へ近づき、岩にぶつからないようにあわてて後ろへ漕いだ。前の男が心配そうにシャイローを見上げた。

「大丈夫かい？」

「ええ、いまのところは」彼女は答えた。

ほっとしたあまり彼女が泣きくずれると、二人の男はとまどったように視線をかわした。

26

ウォリー・シャノーを見ると、ジョーはエイブラハム・リンカーンを思い出す。偉大な奴隷解放者に似ているからではない。もっとも、背が高くてやつれた感じは共通点と言えなくもないが。シャノーは、リンカーンが若いときにさんざん作ったという横木に似ているのだ。細くて、充分枯れていて、頑丈。何かを囲う建造物の材料にぴったりだ。リンカーンの横木は柵だった。シャノーの場合は、彼自身がタマラック郡を仕切る法律なのだ。

訪れたジョーのために玄関のドアを開けたとき、彼は白いシャツ、ダーク・タイ、グレーのサスペンダーで吊ったグレーのズボンといういでたちだった。手にはコーヒーのカップを持って、アフターシェーヴ・ローションの匂いを漂わせていた。

「こんなに朝早くからごめんなさい、ウォリー」

「いいんだ、ジョー。ちょうど朝のコーヒーを飲みおわったところだ」カップを持ち上げてみせた。「入ってくれ」彼は脇によけて、指を口に当てた。「アーレッタは眠っているんだ」

「具合はどう？」玄関広間でジョーは尋ねた。

シャノーは彼女のコートを受け取って、クローゼットにかけた。「あいかわらずだよ。あまりひどくならないようなのが救いだと思っている。ガナー先生の話だと、アルツハイマー病はそういうときもあるらしい。安定期というやつだ」

アーレッタ・シャノーは、ジョーの知り合いの中でも最高にすぐれた美しい女性の一人だ。病気になるまで、教師をしていた。アニーとジェニーは二人とも彼女のクラスに入り、二人とも三年生がオーロラ小学校でいちばん楽しい学年だったと、いまだに言っている。

「いまメイが来てくれている」アーレッタの妹のことだ。「とても助かるよ」

メイがキッチンから出てきた。五十代はじめの、黒みがかった髪の女だ。ヒビングに住んでいて、ジョーはあまりよく知らなかった。いかめしい感じで、アーレッタのようににこやかではない。だが、あきらかに有能で、喜んで手助けをしている。善意は、どんな外見であろうとも善意だ。

「お茶かコーヒーでもいかが？」メイが聞いた。礼儀正しい申し出だが、心がこもっているとはいえない。

「ありがとう、でもいいわ、メイ。ちょっとウォリーと話しにきただけだから」

「そう、それじゃ」まるで吸いこまれるように、彼女はさっとキッチンへ戻っていった。

二人は居間で腰を下ろした。シャノーは大きな安楽椅子に、ジョーはソファの端にすわった。

「バウンダリー・ウォーターズへコークと一緒に行った男たちだけれど。彼らは自称しているような人間ではなさそうよ。あなたは話をしたんでしょう。身分証明を求めた？」

「もちろんだ。だが――」彼のひょろ長いやつれた顔が厳しくなった。

「どうしたの、ウォリー？」

「確かなことは言えないんだが、今回の件はどうも胸騒ぎがする。なぜ身分証明のことを聞くんだい？」

ジョーはベネデッティとその仲間の訪問について語った。シャノーはずっと黙って聞いていた。彼が神の名を汚すのをジョーは聞いたことがないが、彼女の話が終わると言った。「くそ《ジーザス》」きれいにひげを剃ったあごをさすった。「カミソリの刃のどっち側をつかむか、決めようとするようなものだな」

「この男たちのことを調べる方法があるはずだわ」

シャノーはすわり直してちょっと考えた。「アーニー・グッデンに電話してみるよ。ダルース駐在のＦＢＩ捜査官だ。何かあったら手を貸すと約束してくれた。きみはどこでつかまる？」

「午前中は法廷なの。裁判所に伝言を残して」彼女は立ち上がり、シャノーと並んでクローゼットへ向かった。彼がコートを渡すと、ジョーは言った。「ゆうべ、いざとなったらコークたちのところへすぐ行けると言ったわよね」

「一時間以内に」

ジョーはいくらか安心した。「よかった」

シャノーは大きな手を彼女の肩にそっと置いた。「何かおかしなことになっていたら、すぐさま連れ戻す、約束するよ」

27

靄《もや》は上がったが、バウンダリー・ウォーターズに垂れこめる重い灰色の雲は動かなかった。シャイローは、ロイ・エヴァンズとサンディ・セブリングについてキャンプへ行った。大きな湖から、ディアテイル川が南東へ流れ出している地点だった。彼らはカヌーを陸に上げ、ロイはすぐに乾いた木で火をおこしはじめた。

「なあ」サンディがひげを引っ張りながら言った。「あんたはどこかで見たことがあるな。会ったことがあったっけ？」

「ないと思うわ」シャイローは答えた。

彼女はたき火のそばの岩にすわり、ロイがかがんで燃えさしに息を吹きかけると煙が上がりはじめるのを見守っていた。まもなく、炎が勢いよく立ちはじめた。

「その長い髪」ゆっくりと彼女の後ろへまわりながら、サンディがつぶやいた。

シャイローは雨具のフードをかぶった。

「ここへ一人で来たのかい？」

「べちゃくちゃしゃべるのをやめろ、サンディ。何か食い物を持ってくるんだ、おれがこの人に何か作るから」

「わかった、わかったよ」サンディは近くの木の下へ行き——落雷で無残に傷ついた松——ロープをほどくと、高い枝からぶらさがっていた袋を下ろした。「熊がいるんでね」彼はシャイローに説明した。「ベーコンは好き?」袋の中を探りはじめた。

「ベーコン、いただくわ」彼女は答えた。

「卵も?」ロイが聞いた。「乾燥卵だけど、スクランブルにしちまえば違いはわからないよ」

「なんでも」

靄が消えたので、彼女は湖の遠くまで見通すことができた。一面の水は、突然巨大でとても太刀打ちできないもののように思えた。浮かんでいる島々は、闇の獣がうずくまって見張っているかのようだ。ここまで無事に来られたのが驚きだった。

「おれとロイはミラーカに住んでるんだ」サンディが言った。「そこのライト製材会社で働いてる。ロイに誘われたんだよ。森を一人じめできるぞってな。腿《もも》ほどもあるでかいパーチが釣れるからって」彼はロイに食料を渡した。「シャイローだ!」ふいに叫んで、ベーコンを持った彼の手が空中で止まった。

「いったいなんだっていうんだよ?」ロイが言った。

「こりゃ驚いた」サンディは大きく笑みくずれ、厚い唇がぼうぼうのひげに隠れた。「あんたはシャイローだ。かみさんはあんたのアルバムを全部持ってるよ。その髪になんか見覚えがあったんだ。ロイ、ここにいるのは本物の有名人だぞ」

ロイがスキレットにベーコンを落とすと、すぐにじゅうじゅういいはじめた。「シャイロー？　あのカントリー歌手の？　この人はシャイローじゃないよ、サンディ。シャイローっていったらな――」彼はベーコンから顔を上げた。「あんたはシャイローじゃないだろう？」

シャイローは首を振った。「間違えられたのは初めてじゃないわ」

「そうかい？」サンディは彼女の隣へ来てじっと見つめた。「じゃあ、シャイローじゃないとすると誰なんだ？」

「ナガモンよ」それはウェンデルがつけてくれた名前だった。〝歌〟という意味だ。

「ナガモン？　そりゃどういう名前だ？」

「オジブワ語なの」

「インディアンか？」

「少しまじってるわ」

「へえ？」サンディは彼女をじろじろ見て忍び笑いした。「どのへんに？」

「サンディ、黙らないか」ロイが言った。「すまんね、お嬢さん。こいつはキャンプ仲間としちゃいいんだが、とんと無神経なんだ」

「いいのよ」シャイローは言った。

ベーコンの匂いはたまらなかった。その音も。じゅうじゅうとはじけている。音楽のようだ。彼女は思わずほほえんだ。もう大丈夫だ。あとに残してきたものを取りに戻れるかどうか、彼らに聞いてみようか。キャビンに残してきた大切なもの。一日あれば行って帰ってこられるだろう。お金を払えばいい。充分なお金を。食べおわったら、頼んでみよう。〝歌〟のためならそうしてはくれないかもしれないが、おそらくシャイローのためだったらやってくれるだろう。

「朝飯ができるまでコーヒーでもどう?」ロイが聞いた。火の上からポットを取って、プラスティックのマグにコーヒーを注ぎ、湖を見て手を止めた。「またお客さんだぞ、サンディ」

湖から、黄色い舟が近づいてくる。灰色の水に鮮やかに映えている。乗っている男はダブル・パドルを漕いでいて、小さな舟は水生の昆虫のような速さでこちらへ近づいてくる。岸から一メートルほどのところで、男はぴたりと舟を止めるとパドルをしまい、水の中を歩いてきて、用心深く舟を岩の上に上げた。

「おはよう」男は声をかけた。

「そいつはなんだい?」サンディが聞いた。「あひるちゃん《ダッキー》ボートってやつかい?」

「そう呼ぶ者もいる」男は微笑した。「ふくらませる《インフレイタブル》カヤックだよ」

男は迷彩服を着ていて、軍人のような格好だった。迷彩のフローティングベストをつけ、ダークグリーンのひさしがついた海兵隊のキャップをかぶっている。大柄ではないが、大男の持つような自信が感じられた。

彼はまだポットを手にしたままのロイを見た。「たき火が見えて、コーヒーの匂いがしたんでね。一杯もらえないか？　夜明け前からあの寒い湖にいたんだ。体じゅうの骨が凍っちまったみたいだ」

　ロイは肩をすくめた。「少しなら分けてやるよ。こっちへ来な」

　男はシャイローに笑みを向けた。「おはよう、お嬢さん」

「演習かなにかか？」サンディが聞いた。

「もう退役したんだ」男は答えた。「だが、野外に出るときはこの服装のほうがやはり落ち着く」

「わかるよ」サンディが言った。「おれもちょっとばかし兵隊気分が抜けきらないんだ」

「そうだな」ロイもうなずいた。「製材所じゃ、こいつを将軍《ジェネラル》って呼んでるのさ。みんなの将軍《ジェネラル》やっかいものだ」ロイは笑った。

　男はコーヒーを一口飲んでうなずいた。「うまいコーヒーをいれるな」

「あのゴムのあひるちゃんはどうだ？」サンディが尋ねて、にやにやした。

「操作性では負けないよ。ポーテージのときは、羽を運んでいるみたいに軽い」

「釣りの道具がないな」ロイが気づいた。「景色を楽しみにきただけなのかい？」

「ああ」

　サンディが手を突き出した。「おれはサンディ。サンディ・セブリングだ。こいつは相棒のロイ・エヴァンズ」

「はじめまして」男はシャイローを見た。

「ああ、こちらは……」サンディは一瞬口ごもり、あきらめたように言った。「ああくそ、あんたの名前が思い出せない」

「シャイローだろう？」男は言った。

「ほら。ほらみろ、ロイ。そう思うのはおれだけじゃないぞ」

「その話をしていたんだ」ロイが説明した。「彼女はシャイローじゃない。だがよくシャイローに間違われる。そうなんだろう？」

男は嘘を知っているかのように彼女を見据えた。彼の目は、茶と緑がまざったアースカラーだった。金色の斑点も少し散っている。「それはほんとうじゃないな？　あんたはシャイローだ」

彼女は答えずに顔をそむけた。

「なんとね」ロイが言った。「そうなんだな？」

「たまげた！」サンディがわめいた。「こいつはたまげた！　言っただろう？　シャイローだ。有名人にお料理してやってるんだぜ、ロイ」こんどは小躍りしはじめた。

ロイは笑った。「勘弁してくれ、ミス・シャイロー。こいつは世間知らずでね」

男はかぶりを振った。「あんたのような人がこんな人里離れた場所にいるとは。まさかね。どうだろう、写真をとってもいいかな？　そうじゃなきゃ、誰も信じてくれない」

「こんな格好じゃいやだわ」シャイローは言って、よごれた髪を手で示した。「頼むよ」男はにっこりした。「ここじゃ、誰だってちょっとは薄汚れて見える」彼は黄色のカヤックのほうへ戻っていった。

「お願い、やめて」シャイローは、彼を止めようとするかのように手を伸ばした。

「そうか、じゃあ」男は足を止め、ベストのジッパーを開けた。「あんたがだめなら、お友だち二人のショットをいただこうかな」

男は腰に手を伸ばし、その手が何か黒いものをつかんで突き出された。男がサンディのほうを向くと、サンディはジョークがよくわからなかったかのようにちょっと笑った。いきなり拳銃がびしっと音を立てた。赤い爆発がサンディの背中の真ん中を引きちぎり、彼はシャイローのそばにどさりとくずおれた。

ロイは目を丸くした。「いったい……なん……」口ごもりながら言ったとき、また拳銃が火を吹いた。丸太で殴られたかのようにロイは低くうめき、うつぶせに地面に倒れた。

銃口がすっとシャイローに向けられた。「探したんだぜ」男は言った。

28

フライパンでベーコンがじゅうじゅうと音をたてている。男は銃をホルスターにしまい、シャイローのカヌーへ歩いていった。彼女のザックを出して、水ぎわの岩の上に中身を全部ぶちまけ、しばらく吟味していた。「くそ」低い声でののしった。たき火に近づいて、ベーコンを嬉しそうに眺めた。

「かりかりだ。すばらしい」

熱い油から慎重に一切れつまんで、食べはじめた。

シャイローは、まずロイを、次にサンディを見た。「ああ、なんてことを」彼女はつぶやいて、男に目を上げた。

「あんたも食べるんだ」彼は言った。

「食べる?」

脳への血液の流れが止まってしまったようだった。彼女は考えることができず、この数分間の唐突な出来事の意味が、まったく呑みこめずにいた。体を動かすこともできなかった。

「まだ先は長いようだ。あんたはくたくただろう。食べれば気分がよくなる」

「むりよ」彼女はぼんやりと答えた。

「好きにしてくれ。おれは朝飯がまだなんだ」彼はもう一切れベーコンを食べ、ロイが飲んでいたコーヒーカップを持ち上げると、彼女に差し出した。「少なくともコーヒーぐらい飲め。しゃきっとする」

彼女は相手が持っているカップを見た――ダークブルーのプラスティック製――そして無意識のうちに行動した。手をさっと上に払って、熱いコーヒーを男の顔にぶちまけ、立ち上がると森へ向かって駆けだした。五、六歩も行かないうちに、長い黒髪をつかまれてぐいと後ろへ引き戻された。

男は彼女の腕を取ってすばやく背中でねじり、動けないようにした。もう片方の手で、引き抜かれるのではないかと彼女が怯えるほど髪を引っ張った。シャイローは悲鳴を上げた。

「おれが怒っているから痛めつけていると思うだろう」彼女の耳元で、男は静かに言った。「怒ってなんかいない。あんたのやったことは自然な反応だ、予想していたよ。馬を馴らしたことはあるか?」

わずかに彼女の髪をつかむ力をゆるめ、次の瞬間荒々しく引っ張った。「ないわ!」彼女は叫んだ。

「ない?　あんたみたいなカントリー・ガールが?」

シャイローの頭は燃えるように痛んだ。悲鳴を上げようとしても声が出ない。巻きついた男の腕にしめつけられて、ほとんど息ができなかった。

「馬を馴らすコツは、人間を振り落としたり、逃げ出したり、人間より長生きしたりすることはできないと、徹底的に理解させることだ。おれの言っている意味がわかるか?」

彼女は答えようとしたが、かぼそい獣じみた音が出てきただけだった。

「ちゃんと答えろ」男はまたぐいと髪をつかんで、彼女の頭をのけぞらせた。

「わかるわ!」彼女は叫んだ。

「よし。こんどあんな真似をしたら、別の方法で痛めつけてやる」

彼が手を離すと、シャイローはくずれ落ちた。地面をおおう金色の樺の葉の上に吐いた。しばらくのあいだ、冷たく湿った朝の空気に湯気を上げている嘔吐物のそばにしゃがみこみ、泣いた。

「さあ」男はふたたび脇に来て、死んだ男のコーヒーをもう一度差し出した。「さっき言っただろう、しゃきっとするぞ」

彼女はカップを見て首を振った。

「たき火のところへ戻れ」

彼女は動かなかった。

「そのゲロのそばから離れたいんだ。話ができるように」

男は彼女の腕に手をかけて、むりやり立たせた。シャイローはよろよろと身を起こし、先に立ってふらつきながらたき火の前へ行った。ベーコンは焦げて、スキレット同様に固く真っ黒になっていた。すすけた煙が立ちのぼり、たき火の灰色の煙と混じりあっている。

「ここにはすわれない」彼女は言って、二人の死体から顔をそむけた。

「だったら、湖の側に立っていろ。おれにとってはどっちでも同じだ」

シャイローは、カヌーが引き上げられて出番を待っている岸辺へ歩いていった。湖と、水上に死んだもののように横たわる島々を見渡した。

背後で男の声がした。「おれはあんたを殺すために来た。それをまず知っておいてもらおう。だが、その前に渡してほしいものがある。だから、あんたは生きていてお友だちはそうじゃない。というわけで、少し時間がある。そのあいだに選ばせてやろう。殺すとき、おれはうんとすばやく苦しみもほとんどなくやることができる。約束するよ。また、長引かせることもできる。そうなったら、あんたは殺してくれと懇願するだろう。おれはどっちでもいい。選ぶのはそっちだ」

「何がほしいの?」相手に背を向けたまま聞いた。

「二つある。一つはもう言った——あんたの命」

「もう一つはたいして問題じゃないんでしょう」

「ところが、そっちが大事なんだ。ここにいるあいだ、あんたは何かをやっていた。たしかそれをこう呼んでいたんだったな——ちょっと待て」

彼女がちらりと後ろを見ると、男はシャツのポケットから折りたたんだ手紙を出していた。

「〝過去の発見〟」男は読み上げた。「〝前には決して見なかったものを、いまわたしは見ています。直面することのできなかった真実を〟」

自分が書いた言葉だとわかった。「その手紙をどこで？」

「女を殺して手に入れた」

シャイローの胸はしめつけられた。まるで、男にまたつかみかかられたかのようだった。

「まさか、リビーじゃないわね」

「名前はどうでもいい。入り用なものを持っていた女にすぎない」

「わたしと同じ」

「そのとおり」

雪がひらひらと舞いはじめた。雪片が頬にそっと触れるのを彼女は感じた。完璧な結晶が溶けてゆっくりと消えていく、冷ややかな一瞬。

「どうやってわたしを見つけたの？」

「手紙だ。そのあとは、あんたの友だちが途中まで手助けしてくれた」

「友だち？」

「おそらくあんたにとって、これまでいちばんの友だちだろう。彼がどれほど懸命にあんたを守ろうとしたかを見ればな」

彼女ははっと息を呑んだ。「ウェンデル？」

「いままで大勢の強い男たちを見てきた。だが、ウェンデル・ツー・ナイヴズほど強い男はいなかった」

「彼はどこ？」

「それは、あんたの信じる宗教しだいだな。おれの考えでは、彼の同族なら〝魂の道〟を歩んでいると言うだろう」

「殺したのね」

「殺した」

彼女は膝ががくがくして立っていられなかった。顔をおおった手は、ウェンデル・ツー・ナイヴズへの涙であふれた。

男は自分のカヤックへ行き、手を伸ばして小さな無線機を取り出した。

「パパ・ベア、こちらベイビー・ベア。聞こえるか？」

少し雑音がしてから、応答があった。「こちらパパ・ベア。どうぞ」

「ゴールディロックス（昔話に登場する、熊の家で寝てしまう少女）を発見。繰り返す、ゴールディロックスを発見。そちらが追っていた鹿の群れだが、倒す潮時だ。わかったか？」

「よくわかった、ベイビー・ベア。パパ・ベア通信終わり」

男は彼女に近づいて、髪にさわった。彼女は飛びのいた。

「よし」彼はうなずいた。「お利口になったらしいな。そろそろ出発の時間だ」

「どこへ？」シャイローはやっとのことで尋ねた。

「どこであれ、あんたが過去と、なんであれ未来への希望を隠した場所だ」

彼はにやりとして、彼女に手を差し出した。

29

リトル・ムース川を二時間と少し進んだとき、ストーミーとルイスがコークのカヌーの横に並んだ。

「ルイスが、岸に着けなくちゃだめだと言っている」

「どうした？」コークは尋ねた。

「次の曲がり目のあたりで急流になっている」

「ウェンデルおじさんはいつもあそこで舟を止めてた」ルイスが東岸の松林に切れこんだ入り江を指さした。

コークはスローアンとレイについてくるよう大きく合図して、上陸地点へ向かった。

「ここで休憩だ」スローアンが叫んだ。

彼らは水からカヌーを上げて、湿った松葉におおわれた上陸地点にひっくり返しておいた。地面はぬかるんで、周囲にはとっくに開花の終わったアツモリソウが生えていた。コークは松の倒木の上に腰かけ、ザックから水筒を出した。

「全員、水を取ったほうがいい」彼は一行に注意した。「こういう天候のときは、渇きを忘れて脱水症状を起こしがちだ」

スローアンは疲れたようだった。赤松の幹にもたれかかり、情けなさそうに空を見上げていた。その顔を霧雨が濡らしている。白い雪片がひらひらと落ちてきて、彼の皮膚の上で溶けて消えた。

「この天気ときたら」呪うかのように彼はつぶやいた。

「あんたはどこの出身だ？」コークは聞いた。

スローアンは目を閉じて答えなかった。

「おいおい。そいつまで極秘じゃないだろう」

スローアンはゆっくりと目を開けた。「カリフォルニアだ」ようやく答えた。

「ゴールデン・ステイトだ」ルイスが言った。

「その通りだよ、坊主」

「ハリウッドから来たの？」ルイスは尋ねた。

スローアンはちらっと笑った。「残念ながら違う。ワッツと呼ばれているところで育った」

「ディズニーランドに行ったことある？」

スローアンは答えるのをやめようかと思ったらしかった。「娘たちがおまえくらいの年のころ、よく連れていった。行ったことがあるのか？」

「ないよ」ルイスは答えた。

「いつか、きっと行けるさ」スローアンは希望をもたせるように言った。

「この陸上迂回《ポーテージ》はどのくらいだ？」レイは、これまででもっとも急な登り坂を眺めていた。

「どうだったかな」コークは言った。「ここを通ったのは何年も前なんだ。ルイス？」

「ぼくとウェンデルおじさんは三十分くらいかかった」ルイスは答えた。「遠くはないけど、急だし岩だらけだからちょっとたいへんだよ。いつもここで休んで、モカシン・フラワーを見るんだ」

レイは不思議そうな顔をした。「モカシン・フラワー？」

「アツモリソウのことだ」ストーミーが教えて、空き地のまわりに生えている草を指さした。「花が、インディアンのはくモカシンに似ていると思われている」

「これを楽しみでやるやつがいるとは、信じられない」スローアンがひとりごとのように言い、うんざりして首を振った。

「川が終わるところは大きな湖なんだ。女の人はそこにいるよ」ルイスは言った。

「とにかく進まなくては」コークは促した。「川に戻りさえすれば、ウィルダネスまではあと一時間かそこいらだ。それが、ルイスの言う大きな湖だよ」

小型飛行機の音が、川下の灰色の空から聞こえてきた。近くを通過したが、一面の雲で機影は見えなかった。黄色のデハヴィランド・ビーヴァーだとコークにはわかっていた。農務省林野部所属の水上飛行機だ。

「わしたちを探しているのかな？」レイが聞いた。

「いや」コークは首を振った。「高度が高すぎる。捜索救難任務でなければ、四千フィート以下には降りてこない。たとえわれわれを探しているのだとしても、この天気では見つける可能性はゼロですよ」

スローアンはうめき声を上げてなんとか立ち上がった。

「大丈夫か？」コークは声をかけた。

「ああ、オコナー」スローアンは答えた。「大丈夫だ。自分の心配をしろ」彼は前方の道を見た。「こうしよう。オコナー、先頭を頼む、次はツー・ナイヴズ、それからレイ。あんたたちでカヌーを運んでくれ。そのあとはおまえだ、ルイス。おれがしんがりを行く。オコナー、あんたとツー・ナイヴズはザックを各一個。ルイス、おまえも一個持て。残りはおれが運ぶ。そうすればポーテージは一回ですむ」

「あんたの荷が重くなるぞ」コークは指摘した。

「言っただろう、オコナー、自分の心配だけしていろ」

スローアンは背中に自分のザックを背負い、ルイスに手伝わせて食料と調理道具の入ったザックを胸の前に掛けた。彼に重量がのしかかるのがコークにはわかったが、自分で決めたことだ。ほかの者たちはそれぞれの荷物を背負い、カヌーを肩に担ぎ上げた。スローアンが指示した順番で、彼らは道を登りはじめた。進み方がのろいのは、坂が急なためばかりではなく、地面が岩だらけなのと、すべてを濡らす霧雨のせいで足元が滑りやすいためでもあった。森はしんとしている。滑ったりころんだりしないように苦労している後続の連中がときどき洩らすうなり声が、コークの後ろから聞こえてきた。いまは視界からさえぎられているリトル・ムース川の瀬音も聞こえる。両側の岩の壁に押しこめられ、散在するごつごつした巨岩に流れを裂かれ、航行不能の急流となっているのだ。霧で湿った冷気の中、周囲を取り囲む松の匂いが強く鼻をつく。

登りながら、コークはいつのまにかアツモリソウのことを考えていた。ずっと昔、バウンダリー・ウォーターズを旅したことを思い出した――マレイ・グランドと話らしい話をしたのは、あのときが最後だった。

コークが十代のころ、毎年夏の終わりに、セント・アグネス教会青年部はバウンダリー・ウォーターズへカヌー・ツアーに行った。八人から十人のティーンエイジャーに、二、三人の大人が付き添っていった。コークが初めて行った年、マレイは最後の参加になった。彼は十五になったばかり、マレイはオーロラ・ハイスクールを卒業したところだった。その年はほかに四人の少年が参加し、全員コークより年上だった。誰がマレイのカヌー・パートナーになるか、彼らは競いあっていた。結局、マレイはコークを選んで自分で決着をつけた。後方を受け持ってくれと言われて、彼は誇らしかった。その位置なら、つねに彼女を見ていられる。午後の暑いさなか、彼女はよくシャツをぬいでタンクトップになって漕いだ。マレイの髪は黒く長かった。肌は、つややかに磨きぬかれた胡桃《くるみ》材のようだった。コークは彼女の肩甲骨にみとれた。ひと漕ぎするごとにくっきりと浮き上がり、骨のあいだの溝を髪が流れていく。ときどき、カヌーの上で彼女は歌い、お馴染みの曲でほかの者たちをリードしたり、自分の作った歌を独唱したりした。一日ごとに、コークはさらに深く恋に落ちていった。

その年のツアー最後の夜は美しかった。彼らは、サガナガ湖に突き出した岬のキャンプサイトに泊まった。あと半日も漕げば、帰路であるガンフリント・トレイルに出る。空には雲一つなく、コークはこれほど明るく輝いている星々を初めて見た。暗くなってだいぶたってから、月が昇った。満月だった。そのまわりの星は光を失って消えうせた。まるで、月が星をすくいあげるバケツで、銀色の光を縁からあふれ出すほど集めたかのように。夜が更け、キャンプファイアに水をかけて、全員がテントに入った。コークは長いこと起きたまま横たわり、テント仲間のいびきを聞いていた。デュエイン・ヘルグソンという少年で、肥大した扁桃腺のせいで、さかりのついた牡のヘラジカのようないびきをかいた。一瞬めずらしく彼が静かになったとき、コークは誰かがテントの垂れ幕を上げてキャンプから出ていく足音を聞いた。隙間からのぞいてみると、月の光でそれがマレイであることがわかった。

ポプラの林を縫って岬の反対側へ続く小道を、彼はついていった。林を抜けたところに、アツモリソウが咲き誇っていた。水ぎわの大きな石の上にすわるマレイを、彼は花のあいだにしゃがんで見守った。彼女が少し前かがみになった。マッチの火でその顔がぱっと照らしだされた。彼女は煙草を吸いはじめた。

向こう側では月光が川面を銀色に変え、マレイのシルエットがくっきりと浮かびあがっていた。彼女はすわりなおし、煙を吐いた。コークにとって、それは彼女の魂の影が唇からさまよい出るのを見ているようだった。マレイが自分を愛してくれたら。これほど切実な願いを抱いたのは初めてだった。戻らなければいけないとわかっていたが、そちらのほうへ体を動かすことができなかった。そうはせずに、われながら驚いたことに、彼は前へ進み出た。

一人の時間を邪魔されたのを、彼女は怒っているようには見えなかった。

「アニン、ニシイメ」そう呼びかけた。一瞬彼を見て、それから川に視線を戻した。

コークは腰を下ろした。あまり近すぎないところに。

「吸う？」彼女が聞いた。

「うん」

彼女はシャツのポケットから煙草の箱を出して、彼に渡した。コークは一本抜いて返した。受け取ったマッチをすって火をつけた。それまで吸ったことは一度もなかった。肺に深く吸いこもうとしたが、激しく咳きこんでしまった。自分がばかみたいな気がしたが、マレイは何も言わなかった。彼女ははだしだった。両足を水に浸すと、くるぶしのあたりで月光がきらめいた。

湖のどこかで、アビが鳴いた。

「聞いた？」彼女が言った。「あんなふうに鳴く鳥はほかにいないわ。わたしの音楽も、あんなふうでありたい。誰かが聞いたとき、その音楽はわたしにしか作れないんだってわかってもらいたいの」

「あなたの音楽、好きだよ」彼は言った。

「わたしの歌で、物語を語りたいのよ。ホメロスは女だったと信じている人がいるの、知ってた？　そして、あの『イリアス』と『オデュッセイア』は音楽に合わせて語られるようになってるって？」

彼は暗がりでかぶりを振り、もう一度小さく煙を吐こうとした。

「〈プレイヤーズ〉よ」

「え？」

「煙草。〈プレイヤーズ〉よ。イギリスの。買ってきてくれる友だちがいるの」

友だちって？　コークは嫉妬を感じた。

そのあとしばらく、彼女は黙っていた。何か言ったほうがいいのかどうか、コークにはわからなかったが、とにかくマレイと二人きりでいるだけで幸せだった。

「わたしは何もかも体験するつもりよ」彼女は言った。「自分にできるかぎり。ここへ戻ってくるかどうか、わからないわ」

「きっと戻ってくるよ」彼は言った。「どこへ行くつもりなの？」

月光に呑みこまれていない夜空のほうに、彼女は顔を向けた。「星が見えないところだと思う」

「ぼくもいつか出ていく」

彼女はそっと笑った。「ここが好きじゃないの？」

彼は好きだった。大好きだった。だが、出ていくことが重要だとマレイが考えているなら、それは彼にとってもいい考えに思えた。

「この場所が好きじゃなくて出ていくんじゃないのよ」

彼は指で煙草を持ったが、もう吸いたくはなかった。「だったら、なぜ出ていくの？」

「運命ってどういうものかわかる？」

「ああ。わかると思う」

「それでわたしは出ていくの。運命だからよ、ニシイメ。わたしの運命はここの外にある。ずっとわかってたわ。何かが待ってる、何か偉大なものが。それを見つけにいくの」

「あなたは有名になるよ、マレイ。ぼくにはわかる」

「ほんとうにそう思う？」彼女は煙草を吸いおわり、吸い殻を水に投げこんだ。「わたしもそう思うわ」

彼女はかがみこんで、彼の頬に軽くキスした。

「もう行って」

「なぜ？」キスされたあと唐突に突き放されたことに、彼はとまどった。

「一人になりたいから。行って」

彼は石の上で煙草をもみ消した。そこに残しておきたくなかったし、湖を汚すのもいやだったので、吸い殻はポケットにしまった。


煙の匂いで、ふいに思い出から引き戻された。マレイがくれた煙草のような匂いでもなく、この場にふさわしいたき火の煙の匂いでもない。別の匂いで、かすかであってもたき火の匂いとあまりに違うので、警報が鳴ったも同然だった。葉巻の煙。彼はすばやく反応した。カヌーの重みを左手に移し、自由になった右手を背中のザックにまわして三八口径を探った。同時に、スローアンが背後でうめき、ルイスが金切り声を上げた。

コークはカヌーを道の脇に放り出した。振り向くと、ストーミーも同じようにしていた。彼らの後方、まだカヌーを担いでいるアーカンサス・ウィリー・レイの向こうで、スローアンがひっくり返ったカブトムシのように四肢をばたつかせて倒れているのが見えた。その少し後ろで、ルイスが軍の迷彩服を着た大男につかまれて、子犬のようにもがいていた。男の身長は二メートル近くあり、体重は百キロを超えていそうだったが、全身がひきしまっていた。洗剤の広告のミスター・クリーンのように頭をさっぱりと剃って、たいていのスキンヘッドの男と同じく耳が異常に大きく見えた。あいているほうの手でピストルを構えている——四五口径コルト軍用モデル、とコークは見てとった。ミスター・クリーンは、短くなった葉巻をくわえた口元をゆがめてにやりとした。

「全員カヌーを置け」彼は命じた。「顔が見たい」

ウィリー・レイは従った。ゆっくりとカヌーを置き、男に向き直った。

「よし」ミスター・クリーンはルイスを下ろしたが、銃口は少年の後頭部に突きつけたままだった。

「起こしてくれ」スローアンがウィリー・レイに手を差し出した。立ち上がると、彼はミスター・クリーンをにらみつけた。「おまえは何者だ？　目的はなんだ？」

「おれが誰かなんてことはどうだっていい。目的については、そうだな、もう達したと言っておこう」

女だ、とコークは思った。くそ。三八口径はザックの中、フラップのすぐ下のいちばん上に入っている。そこに入れたのは——間違いだったといまになってわかった——ホルスターを持ってこなかったし、ほかに身につけておく楽な方法がなかったし、シャイローを見つけるまではこんな待ち伏せにあうことはないと確信していたからだ。こうなっては、ミスター・クリーンがルイスに弾《たま》をぶちこむ前に、そしてたぶん彼ら全員を同じ目にあわせる前に、銃を抜く方法はない。

「ルイスか?」スローアンはめんくらって聞いた。

ミスター・クリーンは目をぐるりと回した。「シャイローに決まってるだろう、間抜け」

「誰のさしがねだ?」

「まったく。おまえらときたら。おれが殺したあと、三叉《みつまた》の所持許可はあるのかと悪魔を問いつめるにちがいないな」

「おれの息子に手を出したら、ただじゃおかないぞ」ストーミーが言った。

「こっちのほうに一歩でも近づいたら、インディアン、この子の頭を吹き飛ばすぞ。その次におまえだ」

コークとミスター・クリーンのあいだには、ストーミー、レイ、スローアン、ルイスがいる。彼らの背後に一瞬でも姿を隠せたら、ザックから三八口径を出せるかもしれない、とコークはやぶれかぶれの気持ちで考えた。じりじりと、ストーミーの陰に隠れはじめた。

「おい、ハンバーガー屋。どこへ行こうっていうんだ?」

「ザックを下ろそうとしただけだ。重くなってきた」

「重いのもそう長いことじゃないさ」ミスター・クリーンはにやついた。

「女をどうするつもりだ?」スローアンが聞いた。

「ビジネスさ。こいつはみんなたんなるビジネスなんだ」ミスター・クリーンは吊るしていたライフルを肩から振り落とし、道の端の切り株に立てかけた。

「そのライフル」スローアンは気づいた。「グライムズから取ったな。きさまが殺したのか」

「あったりまえだろう。初めて斧で人を殺してみたが、なかなか気に入ったよ」

「どうやってあとをつけた？」コークは聞いた。関心もあったが、起ころうとしていることを阻むために何かを思いつくあいだ、男をしゃべらせておきたかった。

「訓練さ、ハンバーガー屋。学習がすべてだ」

「シャイローはどこだ？」レイが尋ねた。

「おれたちが望む場所にいる」ミスター・クリーンはふいにまじめな顔になった。「さて、おしゃべりはもう充分だ」

　コークはそのときが来たのを悟った。何をしても、避けることはできない。彼は責任を感じた。若いルイスに申し訳なかった。

　次の瞬間、少年の目が森のほうを向いた。視界の端に、コークもルイスの注意を惹きつけたものを見た。灰色のものが揺れた。

　ミスター・クリーンも見た。ぎょっとして、銃をすばやくそちらへ向けた。スローアンは、チャンスを逃さず少年をひったくり、ウィリー・レイの腕の中に押しこんだ。スローアンは、ミスター・クリーンとほかの者たちのあいだに立ちはだかった。銃口が彼を狙った。続いた銃声で彼は後ろへよろめいた。どさりと倒れ、ころがると前後にくりつけた大きなザックにはさまれて動かなくなった。スローアンが身を挺したおかげで、ストーミーはその隙をついて迷彩服の大男に体ごとぶつかっていった。コルトがまた火を吹き、頭上の低い雲に銃声が吸いこまれていった。ストーミーは相手より頭一つ以上低く、三十キロ以上軽かったが、彼のがっしりとした体軀と荷物の重量のせいで、二人はもつれこむように後退した。一瞬、ストーミーが男を圧倒したかに見えた。そのとき、ミスター・クリーンがナイフのような鮮やかな一撃をストーミーの首に見舞った。計算された強打で、ツー・ナイヴズはひるんだ。力強い樵《きこり》の手で、銃を持ったたくましい腕の手首をつかみ、空へ向けさせた。

あとにはコークが控えていた。走って頭突きをくらわすと、大男は二、三歩下がって地面から突き出た大きな灰色の石につまずいた。コークはそこに飛びかかった。相手のあごに右のクロスをかまそうとしたが、背中のザックに邪魔されて動きが遅れた。ミスター・クリーンが先に拳《こぶし》を突き出した。その一撃はコークの耳の真後ろをとらえ、砲弾のように強烈なパンチとなった。コークは倒れた。立ち上がろうとしたが、ブーツの先で横隔膜を激しく蹴られ、完全に息が止まった。

空気を求めてあえいでいると、ストーミーがふたたびミスター・クリーンに飛びかかるのが見えた。ストーミーは後ろから大男にがっちりと抱きつき、地面から抱え上げた。ボディ・スラムに入ろうとしたときに、ミスター・クリーンの腕が蒸気機関のピストンのように勢いよく飛び出して、ひじがストーミーの鼻に命中した。不意をつかれて出血しながらも、ストーミーは持ちこたえようとがんばったが、ミスター・クリーンは身をもぎ離した。みぞおちに蹴りを入れられて、ストーミーは吹っ飛んだ。

コークはもがきながら立ち上がったが、遅すぎた。ミスター・クリーンはストーミーの頭を後ろへ引き、のどをむきだしにした。右手で大きなハンティング・ナイフを振りかざした。

「もう始末をつけるぜ」彼はどなった。手がストーミーののどに向かってさっと動いた。刃は、ストーミーに触れなかった。三発の銃声がたて続けに轟いた。ミスター・クリーンが着ていた迷彩ジャケットが、布地と血のしぶきになって飛び散った。からになった粉袋のように、男はくずおれた。

そのあとの深い静寂の中、息を整えるほかになすすべもないあいだに、コークの耳に入ってきたのは、ちょうど視界から隠れているリトル・ムース川の荒々しい瀬音、まだウィリー・レイの腕の中に抱えこまれているルイスの小さなすすり泣き、苦痛のあまり体を折り曲げて地面に横たわる男のあえぎ、なんとかザックを開け、銃を手にして凍りついたように立っているスローアンの信じられないようなつぶやきだった。「まったく。なんてこった」

ストーミーがようやく起き上がった。ルイスが駆け寄って、父親に腕をまわした。ストーミーはぎゅっと息子を抱きしめた。鼻からは血がどくどくと流れ、上の歯が赤く染まっている。彼はスローアンを見て言った。「助かった」

スローアンはぐらついたかと思うと、がっくりとすわりこんだ。

コークは痛む体でできるだけ急いで彼のところへ行った。「撃たれたのか？」

「わからん」スローアンは自分の胸をじっと見下ろして、ジャケットの下に手を入れて探った。「血は出ていない」コークを見た顔は、土気色だった。「どうしてだろう？」

アーカンサス・ウィリー・レイが、スローアンが運んでいたザックの脇にひざまずいた。

「あんたは信心深いかね？」

「なぜだ？」

「だって、ここを見てみろよ」レイは、ちょうどまんなかに銃弾が穴を開《あ》けたザックに手を入れた。そして、重い鋳鉄のスキレットの砕けた断片と、片側に大きな虫食いのように開いている穴から小麦粉がこぼれている袋を放り出した。レイは指を二本袋につっこんで探っていたが、ぺしゃんこになった銃弾を取り出した。

「何かが――」スローアンは森のほうに目をやった。「何かがあいつの銃を引きつけた」

ルイスは父親の腕の中から振り返った。「マイインガンだ」

「狼か？」スローアンは尋ねた。

「おれも見た」コークは言った。

地面の男が声をもらした。言葉にはならなかったが、何か言おうとしたようだった。あおむけになって、脇を押さえた。屠られたばかりの肉のように、その両手は真っ赤だった。

「ストーミー、ルイスを道の向こうへ連れていけ」コークは言った。「顔を洗って、骨が折れていないかどうか調べるんだ。そこで待っていてくれ」

親子は自分たちの荷物を拾い上げた。ストーミーがカヌーを担ぎ、二人は離れていった。

スローアンは地面の男の横にひざまずいた。傷を調べ、コークに首を振ってみせた。「この出血からすると、どうやらおれは動脈を撃ち抜いたようだ」

「おれたちにできることは何もない」コークは、そばに立って瀕死の男を見下ろしているウィリー・レイをちらりと見た。「ストーミーとルイスと一緒に、先に行ったらどうかな」

「いや。この男がシャイローのことを知ってるなら、聞いておきたい」

「あまりしゃべれるとは思えないが」スローアンは湿った地面にすわった。男は空を見上げていた。

「こっちの言葉が聞こえてるのかね?」レイが尋ねた。

「わからない」

「シャイローのことを聞いてくれ」

スローアンは男にかがみこんだ。「シャイローの居場所を知っているか?」

男の目が――透明に近い水色で、朝の光に照らされた雪のようだ、とコークは思った――ゆっくりとスローアンのほうへ向けられた。スローアンはすぐそばまで顔を近づけ、耳を傾けた。

「なんと言った?」レイが聞いた。

「くたばりやがれ、とさ」

瀕死の男の顔がゆがみ、体がひきつったかと思うとふっと力が抜けた。

「死んだのか?」レイが尋ねた。

スローアンは頸動脈に触れた。「まだだ」

コークは男の横にひざまずき、ポケットを探った。「身分を明かすものはないな。何一つ」

彼は大儀そうに腰を下ろし、蹴られたところにそっとさわった。骨が折れている様子はない。「少し時間がかかるかもな」スローアンに言った。

手の中に、スローアンはまだ銃を握っていた。それを、まったく理解できない道具であるかのように、さまざまな角度からためつすがめつ眺めた。「三十年おまわりをやっていて、いままで人を撃ったことは一度もなかった」

「おれたちを殺そうとしたんだ」コークは言った。

スローアンは銃を下ろした。「くそ、煙草が吸いたい」

「おれもだ」コークはうなずいた。

スローアンは口を閉じて、低い灰色の雲をじっと見ていた。コークは自分たちが来た方角を振り返った。待ち伏せについて、考えをめぐらした。

「どうして黙って撃たなかったんだろう?」

「なに？」スローアンは遠いところから引き戻されたようだった。

「こいつはおれたちを殺すつもりだった、それは間違いない。こっちがカヌーで手がふさがっているあいだに、どうして撃たなかったんだろう？　数秒ですんだはずだ」

スローアンは考えこんだ。「たぶん、死ぬ前に相手を怯えさせるのが好きだったんだろう。そういう殺人者のプロファイリングをしたことがある」

「やつらはシャイローを捕まえているんだぞ」ウィリー・レイが懇願するように口をはさんだ。「この男はどのみち死ぬんだ。わしたちにできることはないと、言ってたじゃないか。先に進むべきだ。いますぐに進むべきだよ」

「彼の言うとおりだ」コークは言った。

「それはどうかな」スローアンはためらった。「おれは傷ついた獣をこんなふうには死なせない」

「もう一度撃ったらどうだ」アーカンサス・ウィリーは言った。

コークとスローアンは同時に彼を見た。

「傷ついた獣にはそうするだろう」レイは続けた。「そうするか、放っておくかだ。ちくしょう、娘はまだあそこにいるんだ。そしてこいつが言ったことがほんとうなら、娘を捕まえているんなら、急いで見つけないと。この男がのんびり死ぬのを待ってなんかいられない」

コークは静かにスローアンに言った。「シャイローを救うチャンスはある。生きている者のためにあらゆる手を打つべきだ」

「もう一度撃つつもりはない」スローアンはザックからセーターを出して丸め、瀕死の男の頭の下にあてがって枕にした。「たいして違いはないだろうが」彼は銃をしまい、グライムズが奪われた赤外線スコープ付きのライフルを取り上げた。

荷物を担ぎ上げ、ふたたび重荷を背負って、彼らはポーテージを続けた。荒野の捜索行を死で彩る人間を、また一人あとに残しながら。

30

タマラック郡裁判所は、一八九六年に林業を財源にして建てられた。百六十キロ南のサンドストーンというミネソタ州の町から切り出された、薄いクリーム色の角石でできていて、三階建ての建物の上には美しい時計塔が立っている。塔の時計が示す時刻に従っていたら、オーロラの町は三十年間時が止まったままでいただろう。三十年のあいだ、塔の時計は十二時二十七分を指しつづけている。言い伝えによれば、コーコラン・オコナーの父親が死んだ瞬間に、針が止まったのだという。ほんとうかもしれない。時計もウィリアム・オコナーも、保安官事務所の警官たちとセント・クラウドの州立刑務所からの脱獄囚二人との激しい撃ち合いで、銃弾を受けた。カナダ国境へ逃げる前に、囚人たちはシチズンズ・ナショナル銀行を襲うためにオーロラに立ち寄ったのだ。ウィリアム・オコナー保安官と二人の保安官助手は、盗難警報機の呼び出しで駆けつけた。コークの父親は、盗まれた鹿撃ち銃の弾丸と、銃撃戦の中へのこのこと現れたルイーズ・グレゴリーという耳の聞こえないかんしゃく持ちの老婦人とのあいだに、身を投げ出した。何年かおきに、時計を修理しよう——古い裁判所のあちこちを改修しよう——という話が町議会で持ち上がったが、いつも先のばしになった。高潔で英雄的なものの、一種の象徴に時計がなっているからであり、また修理するにはかなりの金がかかるからでもあった。というわけで、オーロラではだいたいそうなのだが、ものごとは昔とほぼ変わらないまま続いている。しかし、町議会名簿には新しい名前があるし、カジノの事業でもたらされる新しい収入もある。そして人々は、以前よりも進んで――熱心に、といってもいいほど――町の顔を新しくすることを考えているようだ。保安官事務所も郡拘置所も一緒になった、新しい郡裁判所ビルの建設計画も浮上している。

その可能性はある、とジョー・オコナーは認めている。だが、灰色の十月の朝、年代もののスチーム・パイプがガスと水を通しながら老人のように咳きこんだり不満げな音を立てるのを聞きながら法廷にすわっていると、オーロラではなにものも迅速には変わらないとわかるのだった。そして、われながら驚いたことに、そのほうが彼女にも好ましかった。

法的手続きを行なったあとでフランク・ジェジック判事が警告していたとおり、うるさいスチーム・パイプは悩みの種になりそうだった。判事は法廷に謝罪し、暖房は現在調整中なので、辛抱して審理を進めていただきたいと述べた。昼直前にウォリー・シャノーが法廷の後ろに現れて合図するころには、ジョーは休廷を要求するのが待ちきれないほどだった。要求する必要はなかった。相手側弁護人のアール・ノルドストロムが、アイアン・レイク保留地部族会議のサインがある地役権の放棄証書を証拠に加えようとしているあいだに、やかましい金属音に声をかき消され、とうとういらだちのあまり手の中の書類を握りつぶしたのだ。ジェジック判事はノルドストロムの続行要求を、暖房の修理が終わってからということで認めた。

ジョーは自分の書類をまとめ、原告席へ近づいてくるシャノーに向き直った。

「いくつか興味深いニュースが入ってきた」彼は言った。「知り合いのFBIが調べてくれたんだ。少なくともきみが聞かされたことの一部は、ほんとうだったよ。ロサンジェルス支局のブッカー・T・ハリス主任捜査官は、公式には休暇中だ。いまのところ、エリザベス・ドブソンあるいはパトリシア・サトペンの死に関する捜査に、FBIは関わっていない。それに、現在ヴァージル・グライムズ、ドワイト・スローアンという名前の捜査官はいない」

ジョーはぱちりとブリーフケースを閉じた。「ハリス主任捜査官はバウンダリー・ウォーターズへは行かなかったんでしょう?」

「行かなかった、〈クェティコ〉にいる」

「会いにいってみるべきだと思うけど、どうかしら、ウォリー?」

シャノーは保安官事務所のパトカーにジョーを乗せていった。雲と寒気《かんき》をもたらした前夜の風が、木々から紅葉を吹きはらっていた。湿った落ち葉が道路をおおっている。アイアン湖の岸に立ち並ぶ樺やポプラの枝は、丸裸になっていた。窓ごしにジョーは木々を眺めたが、裸の枝のせいで風景は悲しげだった。

〈クェティコ〉という新しい大規模リゾートのキャビンは全部そうなのだが、ハリスのキャビンはアイアン湖の水ぎわに建っていた。周囲を広葉樹と常緑樹に囲まれているために、一軒だけ独立しているような感じだ。美しい松材の二階建てで、正面には網戸で仕切られたポーチ、側面には幅広のガラス窓がいくつもある。石造りの煙突から煙が上がっていた。カーテンは全部閉まっている。

ジョーはポーチのドアを開けて中に入った。シャノーも続いた。ポーチには籐椅子とテーブル、曲げ木のロッキングチェア、真鍮《しんちゅう》のフロアランプがあった。キャビンの中の暖炉で燃えている、たきぎの匂いが漂ってくる。ジョーは玄関ドアをノックして五秒待ち、もう一度ノックした。三度目に叩こうとしたとき、ドアが開いた。ブッカー・T・ハリスが戸口に立ちふさがった。

「ハリス捜査官」シャノーが声をかけた。「話がある」

ハリスは答えなかった。視線がジョーのほうへ動いた。

「こちらはジョー・オコナー。コーコラン・オコナーの奥さんだ」シャノーは説明した。

「どうも、ミズ・オコナー」捜査官は礼儀正しくうなずいたが、その態度には険があった。

「いくつか質問がありまして」ジョーは言った。

「それは少しお待ちいただかないと。いま取りこんでいましてね」彼の視線はまたシャノーに戻った。「あとで、きみのオフィスで話すわけにはいかないかな、保安官？　一時間後にでも？」

「すぐに答えてもらわなければならない質問なんだ」シャノーは言った。

「いま、話をするのは不可能だ」

「不可能？」ジョーは言い返した。「何が不可能か教えてあげましょう。あなたが言うことを何もかも信じること、それこそ不可能だわ。これまで、あなたがたは事実をねじ曲げ、無実の人間を陥れ、それにまた、子どもを含めた数人の命を危険にさらしているはずです」

シャノーも続けた。「ここでいま話をする。さもなければあんたを逮捕して、みんなでわたしのオフィスへ行ってそこで話すことになる」

「なんの容疑で逮捕するつもりだ？」ハリスは尋ねた。

「犯罪的違法行為ということになるだろうな。ＦＢＩの監察部が調査を始めるまでのあいだは。わたしはダルース駐在の捜査官に問い合わせたんだ。あっちはＬＡの支局に連絡した。ここでは公式の捜査は行なわれていないそうだ」

「ほう」ハリスは背後を、次に左側を見た。「ちょっと待ってくれ」ジョーにもシャノーにも見えないものを目で追うあいだ、彼は間を置いた。「だったら、入ってもらったほうがいいかもしれない」ついに言った。

ハリスはドアを大きく開けて、脇に下がった。キャビンの中は豪華だった。壁には虫食いの羽目板が装飾として使われ、厚いベージュのカーペットを敷きつめた部屋には、褐色砂岩でできた暖炉に面した茶色の革のソファと、ラブシートが備えつけられている。正面の壁の大部分はガラス張りで、アイアン湖の灰色の湖面と低く垂れこめた灰色の空が溶けあって、境目のない陰鬱《いんうつ》なカーテンになっている。室内は、ランプの明かりと暖炉で燃えるたきぎの炎で照らされている。

キャビンにいたのはハリスだけではなかった。もう一人、五十代前半のやせた男がいて、長く伸ばした銀髪をポニーテイルにしていた。フード付きのグレーのトレーナーの胸には〈スタンフォード〉と記されており、フードはかぶっていなかった。ジーンズにはきちんと折り目がつき、高価なリーボックをはいている。立っている彼の横、暖炉のそばの虫食い壁には地図が張ってあった——バウンダリー・ウォーターズの部分地形図だった。広いガラス窓の近くのテーブルには大きな無線機、ノートパソコン、いくつかの電子機器が置いてある。

部屋には燃える松の匂いが充満していたが、ジョーがあまり好きではない別の匂いもした。葉巻の匂いだ。

「こちらはジェローム・メトカーフ」ハリスが銀髪の男を紹介した。

「やはり捜査官なのか？」シャノーが疑わしげに尋ねた。

「コンサルタントだ」ハリスは答えた。「通信やエレクトロニクスなどの専門家でね。ジェリー、こちらウォリー・シャノー保安官とジョー・オコナー。コーコラン・オコナーの奥さんだ」

「どうぞよろしく」メトカーフは軽く上品な会釈をした。

「こちらこそ、と言いたいところだがね」シャノーは無愛想だった。「あいにく釣り上げられてバタバタしている鱒《ます》の心境なんだ。はっきりと答えてもらいたいことがいくつかある」

「ご要望に沿えるかどうかうかがおうか、保安官」ハリスは言った。

暖炉の火で、彼の褐色の肌はうっすらと汗を帯びて光っていた。青いワークシャツの襟元は湿っている。部屋は暖かいがそれほどではない、とジョーは思った。この男は怯えているのだ。

「まず単純な質問からいきましょう」ジョーは口を切った。「エリザベス・ドブソンとパトリシア・サトペンの死について、FBIは公式な捜査を行なってはいません。なのにどうして、あなたがたはここにいるんです？」

その砂色のてのひらに何も隠していないのを見せるかのように、彼は両手を広げた。「保証しますよ、われわれはカリフォルニア州のしかるべき筋の要請でここに来ているのです」

「しかるべき筋とは？」ジョーは尋ねた。

「は？」

「あなたが関与しているのは、ある筋の要請によるものでは？　あなたの異父弟であるネイサン・ジャクソンの？」

「どこでそんなことを？」

「そうなんでしょう？」

「わたしは答えるわけには——」ハリスは言いかけた。

「そして、十五年前のマレイ・グランド殺しの捜査にあなたが関わったのも、弟さんのためなのでは？　マレイ・グランドと弟さんの関係の、尻拭いをしようとしていたんじゃないのかしら、ハリス捜査官？　彼の政治生命を救うために？　もしかしたら、殺人罪から逃れるのに手を貸すためですらあったのかもしれませんわね？　ここにいるのもそういうわけですか？」

彼女は危うい状況に立っていることを自覚していた。反対尋問で学んだ最初の教訓は、自分が答えを知らない質問は決してするな、ということだった。

「それは重大な告発ですな」ハリスは警告するように言った。

「あんたの否定をまだ聞いていないな」シャノーが言った。

ハリスは窓の前へ歩いていった。灰色の外の景色に対して、考えこみながら立っている彼は影のように見えた。しかし、階段の上にちらりと差した光にジョーは一瞬気をとられた。廊下で誰かが、すばやくドアを開け閉めしたかのようだった。

「あなたは公民権運動を強力に推し進めていらっしゃるそうですな、ミズ・オコナー」ハリスは振り向かずに、ジョーが目の前のガラスの向こうにいるかのように話した。「ここのチペワ族の支援においては、錚々《そうそう》たる実績を残しておいでだ」

「彼らはアニシナアベ族と呼ばれるほうを好みます」ジョーは教えた。「あるいはオジブワ族と。チペワというのは白人がつけた呼び名よ」

「なんでもかまわないが」彼はゆっくりと振り向いた。「わたしが言いたいのは、あなたは公民権問題の重要性をよく理解しているということです」

「実際問題、わたしはあなたが何を言おうとしているのか、よく理解できません」

「保安官、さしつかえなければ、ミズ・オコナーと二人だけで話したいのだが？」

「さしつかえるとも」シャノーは答えた。

「ミズ・オコナー、わたしとしてはあなたと内密で話したい。重要なことです。それに約束します、あなたの質問にはお答えする」

ジョーはかまうものかと思った。「ウォリー？」

「わたしは気に入らない」

「頼む」ハリスの口ぶりは真剣だった。

「席をはずせというのか？」シャノーは聞いた。

「いや。わたしたちが二階へ行く。ジェリー、保安官にコーヒーでもなんでもお好きなものを。ミズ・オコナー、こちらへどうぞ」

ハリスは階段を上がり、廊下を曲がると二番目のドアをノックした。中から落ち着いた声で返事があった。「どうぞ」

中の寝室で待っていた男は、一メートル八十センチ以上あった。五十代のはじめで、こざっぱりとして健康そうだった。インディゴ・ブルーのジーンズに黄色のラムウール・セーター、首には金のチェーンが光っている。両手を背中で組んで、まるで新兵を評価する士官のように彼女を値踏みしている。眼差しは俊敏で知性を感じさせ、顔色は薄く目鼻立ちもやわらかなので、アフリカ系アメリカ人というより、南太平洋諸島在住の白人で通りそうだった。髪に白いものがまじっているのを除けば、ジョーがずっと前にシカゴで初めて見たときと変わっていなかった。

「ミズ・オコナー」ネイサン・ジャクソンは言った。「そのうちお会いできると思っていましたよ」

ハリスが椅子を勧めたが、ジョーは立っていることにした。

「では、あなたとマレイ・グランドが関係があったというのはほんとうでしたのね」

ネイサン・ジャクソンは左手に葉巻を持ち、話しながら煙で空中に文字を書くように動かした。「マレイとわたしはいっとき恋人同士でした、たしかに。だが、彼女の殺人事件にはまったくなんの関わりもありませんよ。また、兄に対しても尻拭いなど頼んではいない。どうしてそのような非難をされるに至ったのか、ぜひおうかがいしたいものですな」

「けさ、ヴィンセント・ベネデッティの訪問を受けました」

ジャクソンはぴたりと動きを止め、兄に冷ややかな視線を向けた。「ここに？　彼が来ているのか？」

「それで多くのことの説明がつく」ハリスはむっつりと答えた。

「なんの説明です？」ジョーは聞いた。

「ベネデッティはなんと言いました？」ハリスはジョーに迫った。

ジョーは二人を見くらべた。兄弟にしては、あまり似ていなかった。ハリスは小柄で浅黒く、顔の造作が幅広だった。ジャクソンは背が高く、シャモアクロスのような淡い黄褐色のなめらかな肌をしている。たしかに父親は違う。だが、二人ともジョーを見る熱心で不安そうな眼差しは共通していた。

「こういう取り決めにしましょう」ジョーは申し出た。「あなたがたがなぜここにいるのか話してください。そうしたら、知っていることを言います」

ハリスは異父弟にすばやく首を振ったが、ネイサン・ジャクソンは言った。「選択の余地はあまりないようだよ、ブッカー。ミズ・オコナー、条件を出したい。この場だけの話にしていただきたいということだ。率直に申し上げるが、この情報を内密にするというあなたの確約が——言質が——ほしい」

「それには同意しかねますわ」

「われわれ双方が大切に思う人々の命がかかっているんだ」ジャクソンは言った。「あなたにとっては、ご主人の」

「あなたにとっては？」彼女は尋ねた。

答える前に、ジャクソンは長いあいだ抱えこんでいたものを解き放つかのように、気を落ち着かせた。「わたしの娘、シャイローの」

「あなたの娘？」自分の顔が驚きをさらけだしているのがジョーにはわかったが、相手の言葉には完全に虚を突かれた。

空がますます暗くなってきた。寝室の窓に、雪まじりの霧雨が吹きかけはじめている。ハリスがベッド脇のランプをつけた。

ネイサン・ジャクソンはランプの横の灰皿に葉巻を置き、財布から出した写真をジョーに渡した。古いものだったが、ビニールコートして保護してあった。

「マレイとわたしが一緒に写っている唯一の写真ですよ。彼女が有名になって、わたしたち二人とも用心に用心を重ねなくてはならなくなる前です」

彼らは若く、ほほえんでいた。マレイ・グランドは白いサマードレスを着ていた。長い黒髪は一つに編んで右肩に垂らしている。肌はこんがりと日に焼けているように見えるが、黄昏の光とマレイのオジブワ族の血のせいだろうと、ジョーは思った。二人は白い柵の前に立っていた。その向こうでは、糸杉の木に一部隠れた藍色の海が下方に広がり、夜に溶けこんでいる。彼らは手をつないでいる。

「いつ撮ったんですか？」

「一九七〇年の夏。逮捕された黒人活動家アンジェラ・デイヴィスの救出資金集めの集会で会ったんです。そういった種類の集まりで、わたしたちはしょっちゅう出くわした。わたしは演説し、マレイは歌うために。二人の違いは、自分の言葉をわたしは信じていたということです」

ハリスが、こわれたパイプから蒸気が噴き出したような音を立てた。あざけるような表情を、隠そうともしなかった。「おためごかしはよしておけ、ネイサン。ここには選挙民はいないぞ」

ジャクソンは聞こえなかったかのように続けた。「マレイは、人々が聞きたいと思うものならなんでも歌った。耳を傾けて、彼女のことを覚えてくれるなら。ああ、たしかに彼女はうまかったし、それは美しかった。彼女がスターになるだろうということは、一目瞭然でしたよ。人々が何を望んでいるのか、あれほど正確につかんでいた人間を、わたしは知らない」

「それは、あなたがたが恋人同士だったときの話ですか？」

「最初につきあったときです」ジャクソンは写真を取り戻した。墓石のかすれた文字を読みとろうとしているかのように、彼は目を細くして写真を眺めた。「そのあと、別々の道を進んだ。マレイは仕事上のパートナーのウィリー・レイとラスヴェガスでショーがあったし、わたしはワッツ暴動の被告たちを弁護していたし、それは出世の糸口だったんです」彼は写真を財布にしまった。

「それから三、四年後のウィリアムズ委員会の公聴会まで、彼女と会うことはなかった。証人リストに自分の名前が上がっていて、わたしが委員会の首席法律顧問をつとめていたので、彼女はわたしのところへ来たのです。証言したら、自分とアーカンサス・ウィリーのテレビ局との契約がだめになるのではないかと、心配していた。リストから名前をはずしてもらえないかと頼んできましたよ」

「あなたはそうなさったのね」ジョーは言った。

彼は薄く笑ってうなずいた。「どのみち、委員会は噴飯ものだった。ジェイムズ・ジェイ・ウィリアムズ下院議員版の、マッカーシー聴聞会ですよ。一時的にはウィリアムズを有名にした。わたしは政治的な足がかりを得た。マレイとわたしはよりを戻しました、つかの間極秘の関係だったが。やがて、彼女は妊娠したと言った。だが、わたしには何も求めなかった。テレビのショーをやるためにナッシュヴィルへ行く、アーカンサス・ウィリーと結婚するから子どもには父親ができると言った。それでかまわないかと。わたしに何が言えました？　彼女と結婚するのは論外だった。生き方があまりにも違っていたし、ああいう状況であのとき関係をおおやけにしたら、わたしは破滅していた。で、かまわないと答えました。かまわないと」彼は吐き捨てるように言った。「生涯でもっともつらい体験だった」指にはさんだ葉巻をまわして長くなった灰をじっと眺め、かすかに頭を振った。「彼女は自分の言葉をたがえなかった。わたしに何一つ求めてはきませんでした。だが、たまに小さなシャイローの写真を送ってきた。これです。最初の一枚だった。二十年以上、肌身離さず持ち歩いています」

彼はビニールコーティングした別の写真を取り出した。写真スタジオで撮られた、白いドレスを着た一歳半のシャイローだった。これとそっくりの写真を、ジョーはヴィンセント・ベネデッティの震える手の中に見ていた。彼女は写真を裏返した。ベネデッティのものに書かれていたのと同じ筆跡で、こう記されていた。

〈ネイサン――この子はフルバック並みに猪突猛進して、なんでもひっくり返します。あなたからは鼻と知性を、わたしからは肌の色を、母からは目を受け継いでいるわ。マレイ〉

ジャクソンは続けた。「殺される直前に、マレイはパームスプリングズへ移った。テレビに飽きて、何かほかのことをしたがっていたんです。彼女とウィリー・レイは結婚生活を終わらせようとしていたと思います。長いあいだ仮面夫婦を演じて、うんざりしていたんでしょう。マレイは新しい事業に乗り出そうと思っていた。レコード会社です。彼女は頭がよかった。万事研究して、カリフォルニアには少数民族によるビジネスを対象にした報奨制度がたくさんあると知っていたんです。その多くはわたしが推進していた。彼女はわたしに会いにきました。資格を得るために必要なことはなんでもすると言った。彼女はそんなことをする必要はなかったし、自分でもわかっていましたよ。たんにわたしを試していたんです。彼女はシャイローを連れてきた。娘を見たのは初めてだった、その手に触れたのも。どんな気持ちだったか、想像もつかないでしょう」

「どんなでしたの」ジョーは尋ねた。

「シャイローが生まれて、その出来事をわたしは共有できないとマレイが知らせてきたときから、心がばらばらになったような気がしていた。ところが、ふいにすべての破片が元通りになった。またシャイローと会うためなら、わたしはマレイの頼みはなんでも引き受けたでしょう。そのあと、マレイは殺された」

「あなたとシャイローが親子であることを、どうしてその時点であきらかにしなかったんです？」

「わたしはこわかった。状況がひじょうに混沌としていたので」

「それに、あなたは政治的キャリアを脱線させるわけにはいかなかった」ジョーは言った。

「冷淡に聞こえるのはわかっている。わたしはドワイト・スローアンに事件を担当させた。ドワイトとはワッツ時代からのつきあいです。兄弟同然といっていい。それから、コネを駆使してFBIがブッカーをよこすようにした。ベネデッティが組織犯罪との関連を疑われていたので、彼らは喜んでRICO法にもとづいて介入してきました。捜査の進みぐあいを、わたしは知っておかなければならなかったので」

「進みぐあいはどうだったんです？」彼女はまっすぐハリスを見た。

「だらだらとした、結局は実のない捜査だった」ハリスは答えた。

「犯人はベネデッティだ」ジャクソンは主張した。「証拠がないだけだ」

「動機は？」ジョーは聞いた。

「彼らは以前関係があった。彼はまたやり直したがった。オザーク・レコードを創るにあたって大金を借りたら、利息をセックスで払ってもらってもいいとほのめかされたと、マレイは言っていました。彼女のほうは、ビジネス上にかぎったつきあいにしておきたかった。二人はけんかした――おおやけの場で、人々が見ている前で――彼女が殺される前日のことですよ。殺しはプロによるものだったんだ、ミズ・オコナー。手配したのはベネデッティです。何も証明することはできなかったが。もしここにベネデッティがいるなら、それはシャイローを黙らせるためだ。あの晩について思い出したことをしゃべらせないようにするためだ」

「あなたと一緒にここにいる人間は、みんな当時の捜査に関係していました。彼らはなぜ、いまここに？」

「彼らは事件を知っている。わたしに借りがあるし、わたしは騒ぎになるのを好まない。タブロイド紙の連中がこのことを知ったら、大西洋のこちら側にいるあほうどもがこぞってシャイローを見つけようとするだろう。それに、ベネデッティにも知られずにことを進めたかった。どうやら失敗したようだが。

もしベネデッティの配下がバウンダリー・ウォーターズにいるのなら、あなたのご主人も少年もほかの人々も、全員が危険にさらされている」彼はからっぽの両手を差し出した。「これで全部だ。誓いますよ。さあ、あなたの番だ」

「けさベネデッティと話しました」ジョーは言った。「あなたがたったいま話してくださったのと同じくらい、興味深い話を聞きましたわ。ただ、彼の話では自分がシャイローの父親で、マレイを殺したのはあなただと」

「なに？」

シャイローの出自とマレイの死に関するベネデッティの説を、ジョーは語った。ネイサン・ジャクソンは、憤怒を原動力にした音のしないエンジンのようにあごを前後に動かしながら聞いていた。

「嘘つきのくそったれが。やつの娘だと？」

「彼の話は、あなたのと同じくらいまことしやかに聞こえました」

ジャクソンはシャイローの写真をジョーに突きつけた。「見てくれ。この子はわたしに似ている」

「ヴィンセント・ベネデッティは、彼女は自分に似ていると確信していましたわ。人は信じたいことを信じるものでしょう」

「もしベネデッティがここにいるなら、ネイサン、話をする必要がある」ハリスが言った。「おそらく、あそこで何が起きているのか、もっとはっきりするはずだ」

「どういうことですの、あそこで何が起きているかって？」ジョーは二人を交互に見た。

「あなたたちは知らないんですか？」

兄弟はちらりと視線をかわした。ハリスが言った。「問題がある」

「どんな問題が？」ジョーは詰問した。

「下へ行ったほうがいい」ハリスはドアへ向かった。「メトカーフなら説明できる。それにネイサン、そろそろ保安官をこの輪に加えるべきだ、そう思わないか？」

ジャクソンはシャイローの写真をすがるように見ていた。これが最後の食事ではないかと、心配している男のようだった。

階下では、シャノーとメトカーフが地図を眺めていた。シャノーはネイサン・ジャクソンを見たが、誰だかわからないようだった。不機嫌そうにジョーのほうを向いた。

「問題が起きた、ジョー」

「そうらしいわね」

「彼に話したのか？」ハリスがメトカーフに聞いた。

「要点だけ」メトカーフは答えた。

「お願いだから、誰かわたしに教えて」ジョーは言った。

メトカーフは壁の地図へジョーを手招きした。

「ドワイト・スローアンと最後に連絡をとったのはきのうです。午後五時八分だった。ここ」彼はエンバラスという湖を指さした。「彼は四時間後に、また連絡を入れることになっていました。ところが連絡はなかった。夜が明けてすぐに、わたしはヘリで一行が最後に確認された地点へ向かいました。彼らはそこにはいなかった。あたりを旋回しましたが、残念ながらこの天気で、あまりよく下が見えなかった」

「ではこういうことなんだな、あんたたちはほとんど最初から彼らと連絡がとれないでいる」シャノーはむっつりと言った。

「要するにそういうことです」メトカーフは認めた。「おそらく、機械の故障でしょう。最後の確認地点になんの痕跡もないということは、彼らはまだ移動中だということです」

「しかし、どこにいるのかあんたたちにはわからない」シャノーは言った。

「わかりません」メトカーフはふたたび認めた。

シャノーはあごをこすって、ゆっくりと頭を振った。「エンバラス湖か。気に入らないな」

「なぜだ？」ハリスが尋ねた。

「その湖はほぼ円形だ」シャノーは説明した。「湖岸には、さまざまな場所とつながっている道が軽く半ダースはある」

ハリスは言った。「では、彼らが見つかるまでそれぞれの道を空から捜索しよう」

「この中をか？」シャノーは、ガラス窓を通して見える天候を指し示した。「これじゃ、エッフェル塔だって見つかりっこない」

「何か提案は？」動じずにハリスは言った。

「タマラック郡捜索救難隊にすべての道を探させる」シャノーは答えた。

「どのくらい急げる？」ネイサン・ジャクソンが聞いた。

シャノーは彼を見て、相手が誰であるにしろ、ほかの連中と同様に関係者なのだろうと思ったらしい。「二時間で、エンバラス湖沿岸に行ける。すぐに出発させないと。この雲の様子では、すぐに暗くなるだろう。昼間の光はもうあまり期待できない」

「すわって待っているよりはいい」メトカーフが口をはさんだ。

「そうしてくれ」ジャクソンはジョーに向き直った。「ベネデッティと話をしたいんだが」

「手配しましょう」ジョーは答えた。

31

水面は灰色の地面のように見え、彼女の手の中のパドルは鋤《すき》のように感じられた。ひとかきごとに、シャイローは自分の墓を掘っているような気がした。

カヌーの艫《とも》にいる男は、方向を教えろと迫る以外は口をきかなかった。彼女は嘘をついて間違った方向へ誘導し、時間をかせごうとしていた。「あっちよ」指をさして、二つの島のあいだの隘路《あいろ》へ舟を向けさせた。「こんどはあっち」

ときどき靄《もや》と霧雨が視界を閉ざし、周囲五十メートルほどの平らな水面しか見えなくなったが、男の方向感覚は一分の狂いもなかった。「それだと、円を描くことになる」彼は後ろから静かに言った。「二度とやるな。どっちだ?」

「そっち」死を意味する方向へ、彼女はのろのろと手を上げた。

これまでずっと、シャイローは絶望と闘ってきた。人々が自分を羨《うらや》み、うわべだけを見てすべてを持っていると思っていることは知っていた。それは間違いだった。彼女の人生は、外側にたくさんのリボンがついてはいるが、中はからっぽの大きな美しい箱だった。愛してくれたのは母親だけで、それもずっと昔に奪い去られた。父親はなんでも与えてくれたが、愛だけは別だった。乳母《ナニー》やシスターや家庭教師や家政婦に育てられ、ほんとうの友だち、心の底から信頼できる相手は一人もいなかった。ずっとともにあったのは、音楽だけだった。

わたしが死んだからといってどうなるだろう？　この森から二度と出られなかったとしても、誰が気にかけるだろう？　彼女は舷縁《ガンネル》にパドルを置き、頭《こうべ》を垂れて泣いた。カヌーのスピードは少しも落ちなかった。

「がっかりだな」男は言った。「人間はみんな、いつか死ぬんだ。ウェンデル・ツー・ナイヴズにはそれがわかっていた。おれが知る誰よりも高潔に死んでいった。あんたが立派に死ぬことは、彼の名誉になる」

「死ぬ理由がなかったら、死には名誉なんかないわ」彼女は泣きつづけた。

「死ぬことに理由なんかあったためしはない。おれの考えでは、生きることについても同じだ」

死ぬことについては違う、と彼女は思った。ウェンデルの死には理由があった。彼はシャイローのために死んだ。そして、彼女が死んでしまったら、彼の名誉には決してならないと感じた。

彼の名をささやいた。ウェンデル。それで勇気がみなぎったわけではなかったが、自己憐憫からは脱け出すことができた。

ジーンズのポケットに入っているナイフのことを考えた。たいした助けにはならないが、小さくともそのナイフに希望を託している自分に気づいた。ベストには地図が入っているし、コンパスと防水容器に入れたマッチもある。あと必要なのはチャンスだけだ。

彼女は涙をぬぐい、パドルを取り上げた。

「あなた、名前はあるの？」

「カロンと呼べ」

「カロン？　カロン。どこかで聞いたことがあるけど」

男は背後にいる。彼の声に注意して耳を傾けた。言葉は石のように固く、口ぶりは厳しい。しかし、感情がないわけではない。むしろ、言葉は感情がその裏に隠されている壁のように思えた。

「ウェンデルは高潔に死んだと言ったわね。どんなふうに？」

「最後には、おれがのどをかっ切った。さっと、苦痛のないように。やり方をわきまえていれば、むずかしくない」

「そういうふうに、わたしも殺すつもり？」

「それはあんた次第だ」

「お金をあげる」

「金ならこっちにもある」

「お願い、殺すのをやめてくれたら、見合うだけのことをするわ。別の方法で」

「セックスか？　ほしければ、おれは黙って奪う」

「こんなことって。こんなこと、とても理解できない」彼女はパドルで水面を叩き、灰色の左舷に銀色の水しぶきが上がった。

「〝われわれの文明は屍《しかばね》の野の上に成り立っている。あらゆる個人的存在は、救いようのない孤独な苦悶の発作のうちに消え果てる〟。ウィリアム・ジェイムズ（アメリカの心理学者、哲学者）はそう言った。この意味が、おれにはわかりかけているのさ」

「子どものとき、あなたは小さな動物を虐待したでしょう」

彼はしばらく答えなかったが、カヌーのスピードは落ちなかった。「小さな動物だったのはおれだ」彼は言った。

「用を足したいの」彼女はパドルを上げた。「止まって」

「だめだ」

「死ぬなら、清潔な下着で死にたいわ」

少しして、カヌーが左側の小さな島へ寄っていくのが感じられた。舳先《へさき》が岸に着いたとき、彼は言った。「逃げようとしたら、髪で木の枝からぶらさげるからな」

彼女はカヌーから降りた。「ちょっとそこまで行くわ」十メートルほど離れた低い松の近くにあるグズベリーの茂みを、彼女は指さした。「プライバシーがいるの」

「そこで充分だ」彼女が立っている湿った地面を、男は示した。

こいつのどをかっ切ってやる。

男がそうしたら、ナイフをつかめると彼女は思っていた。ウェンデルと同じように、こいつのどをかっ切ってやる。

「そうすれば、おれを石でぶちのめせるか？」

ジーンズのボタンをはずすのを、彼は見ていた。彼女はジーンズを下ろし、彼のほうを向いてかがんだ。

男はカヌーの中で立ち上がり、ジッパーを下げて湖に放尿しはじめた。

周囲のこまかいことに気を配るのが大切だと、ウェンデルはよく言っていた。カロンと名乗る男が割礼を受けていないのに気づいて、これは重要だろうかと彼女は思った。

「おなかがすいたわ」小用を終えて、シャイローは言った。

「だから言っただろう」彼はまた艫に腰を下ろして、彼女が乗るのを待った。

「死刑を言い渡された犯罪者でも、最後の食事は与えられるわ」

彼は後ろを向いて、曳航《えいこう》してきた黄色のカヤックに手を伸ばした。ザックを持ち上げて、中から出したハーシーズのバーを彼女に投げてよこした。ナッツの入っていないタイプだ。

「これが最後の食事？」

「おれも最後の食事ってやつを食ったことがある。薄いパン一枚だった。かちかちの薄いパンと、錆《さ》びたブリキ缶に入った水がちょびっとだ」

彼女はハーシーズの包み紙を開けた。「どうして死ななかったの？」

男は自分もバーを取って包み紙を破り、食べながらまたすわりこんだ。「脈をチェックしなかったのさ。ほかの死体の山の上に放り投げただけだ。ハエがおれの血を舐めやがるのをまる一日我慢してから、こっそり這い出した。そら」水がいっぱい入ったプラスティックのボトルを、彼女に投げた。

シャイローは一口飲み、彼の視線が一瞬チョコバーに落ちたすきに、ボトルにつばを吐いた。キャップを閉めて、投げ返した。

「どうして人は、あなたのようになるの？」彼女の声は敵意で煮えくりかえりそうだった。

「業《カルマ》を信じるなら、おれには選択の余地はなかったってことだ」彼はボトルから飲んだ。

彼女は苦い笑いを浮かべた。「信じなかったら？」

「だったら、遺伝や環境うんぬんということになる。おれは子どものころ苦労した。たぶんそのせいなんだろう。あるいは、たんに遺伝的なものかもしれない。苦労した人間が全員こういう職業につくわけじゃないからな」

「あなたには教育があるみたいね」

「二十四時間、人殺しをしているわけじゃない」

「いままで何人くらい殺したの？」

「それを多少なりとも重要だと思っていたら覚えているが、あいにくそうじゃない。重要なのは、最初の一人だけだ」

「お父さんでしょう、違う？」

男は一瞬彼女を見つめてから、放たれた鳥のような勢いで笑いだした。「まさに典型的ってわけか、ええ？」彼は包み紙を丸めると、ザックに入れた。「よこせ」手を出して彼女の包み紙も要求した。

「誰かが見つけると思うの？　それでわたしが助かるとか、あなたが危険になるとでも？冗談じゃないわ、なんだっていうの？　けさもう死体を二つ残しているのよ」彼女は紙を地面に捨てた。

「どうなるか、わかったものじゃない。拾え」これで最後だという断固たる冷ややかさで、彼は命じた。

彼女は紙を拾い、相手に投げつけた。

「乗れ」同じ口調で彼は言った。「出発の時間だ」

「カロン」彼女はふいに口を開いた。二人は黙ったまま一時間近く漕いでいて、沈黙を破るのは湖水をくぐるパドルの音だけだった。雨にはどんどん湿った雪がまじりだし、まつげについて溶けた雪で彼女の視界はくもった。「思い出した。冥土の川の渡し守の名前。シスターたちに教わったわ。カロン。笑えない冗談ね。でも、ほんとうの名前じゃないでしょう」

彼は答えなかった。

「ほんとうの名前は何？」

「聞いたところでは、オジブワ族にはいくつか名前があるそうだな。夢占い師によって与えられる名前、自分自身の夢の中で啓示される名前、あだな、親族名。どれがほんとうの名前だ？」

「頭がいいのね」焦りと怒りがふたたび湧《わ》きあがってきた。「それに、お金もいらないんでしょう。だったら、なぜこんなことをしているの？」

重要な事柄であるかのように、彼は注意深く答えた。「あんたの音楽。なぜやっている？」

こんどは彼女が黙る番だった。

「じゃあ、言わせてもらおうか。あんたの音楽はあんた自身だ。あんたが何者かをあきらかにする」

「自分が何者かをあきらかにするために、人を殺すの？」

「おれは困難な仕事を引き受ける。ときには、殺しがその一部になる」

「これが仕事？　信じられない、これはたんなる仕事なの？」

「いや。言っただろう。これはおれ自身だ」

「雇ったのは誰？」

何回か漕いでから、彼は答えた。「来世を信じるか？」

「それがどうだというの？」

「あんたが信じていてそれが正しければ、疑問は来世ですべて解けるだろう」

奇妙だ、なんて見慣れた気がするのだろう。馬たちが頭をもたげるように、西へ向かって高く連なる山々。一片の灰色の裸岩にすぎない島。その百メートルほど先に、霧と雨の筋に隠れるように、流れが大きな湖に注ぎこむ場所がある。こんなに簡単に見つかったのが、自分でも驚きだった。

岸辺近くの岩に舳先が近づくと、男はカヌーから降りてカヤックをたぐりよせた。二つとも陸に上げると、彼は促した。「先に立て」

彼女は頭をはっきりさせようとしたが、ふわふわと漂っているような感じだった。道をおおう松葉のやわらかな寝床を歩く足は、自分のものではないようだった。大きな常緑樹の下の、頬をかすかにちくちくさせる冷気も遠くに感じられた。息はしていても、体内には何も入っていかないようだ。

心はどんよりとしてからっぽだった。ポケットのナイフのことを考え、使うべきだろうかと思った。しかし、それはリアルな考えでも思いでもなかった。彼女は、はっきりとはわからない、あまりにも巨大で絶対的なものに向かって進んでいた。もうすでに死んでいるような、精神的には終わりを迎えているような気持ちで、あとは肉体がついてくるのを待っているだけのようだった。

「あそこの上か？」彼が尋ねるのが聞こえた。

ずっと昔に流れをせき止めて、ウェンデルがニキディンと呼んでいた秘密の湖を創りだした高い岩壁の下に、二人は来ていた。彼女は押し黙って岩壁を見上げた。深い絶望の井戸の底から、上を。

ブーツの先で、彼は岩のあいだに足がかりを探った。いたるところから水がしみ出て、岩はぬるぬるした緑色のものにおおわれている。

「ふむ」彼はつぶやいた。「滑りやすいな」

32

〈クェティコ〉の七番キャビンの前にリンカーン・タウンカーが乗りつけ、ウォリー・シャノーのパトカーの横に止まったときには、二時を過ぎていた。リンカーンは静止したままだった。スモークガラスで車内の様子は何も見えない。

「何を待っているんだ?」ネイサン・ジャクソンが聞いた。

ジョーは答えた。「わたしだったら、ガラガラヘビの巣に足を踏み入れるような気持ちがするでしょうね」ジョーは玄関のほうへ行った。

「どこへ行くのかね?」

「彼を呼んできます」

「わたしが行こう」シャノーが言った。

「彼は撃ってきたりしないわ、ウォリー。それに、向こうはあなたを知らないし。わたしが連れてくる」外に出る前に、窓のブラインドの隙間からリンカーンを観察しているハリスに警告した。「ばかなことはしないでいただけるわね?」

外からの一条の灰色の光がハリスの目に当たっていて、ジョーはその目がどれほど疲れているかを見てとった。「ミズ・オコナー、もうばかなことはたくさんだ」

彼女はポーチから階段を降りていった。空気はひんやりと湿り、吐く息が白い。彼女がリンカーンに近づくと、後部座席の窓が下がった。ヴィンセント・ベネデッティが座席にうずくまるようにすわっていた。広々とした黒い車内にぽつんといる、小柄な白い男。

「何が待っているのかな？」彼は尋ねた。

「話し合いです」ジョーは答えた。寒くて、自分を抱きしめるように腕を組んだ。「おそらく、とうの昔にやっておくべきだった話し合いですわ」

アンジェロ・ベネデッティが身を乗り出してきて、彼女の視線を捉えた。「あそこにいるのは誰です？　ジャクソンのほかには？」

「話をしたいのか、したくないのか、どっちです？」

「わしがあいつに話す」ヴィンセント・ベネデッティは言った。

「パパ、罠かもしれない」

「罠なのか？」震えながら、小さな男はジョーを見上げた。

「いいえ」

「じゃあ、行こう」

ジョーイと呼ばれていた大柄な金髪の運転手が車から出てきて、ヴィンセント・ベネデッティのためにドアを開けた。「トランクから車椅子を下ろします」

ベネデッティは手を振って断った。「ブレイスだ。ブレイスを取ってくれ。自分で歩いて入っていきたい」

アンジェロ・ベネデッティが反対側から降りてきた。車のルーフ越しに、彼とジョーイが視線をかわすのに、ジョーは気づいた。若いベネデッティは肩をすくめてうなずいた。トランクから、ジョーイが腕を支えるブレイスがついた松葉杖を二本出した。アンジェロと二人で老ベネデッティに装着し、彼が一歩一歩苦労してキャビンへ進んでいくあいだ、辛抱強く待っていた。父親の苦闘を見守るアンジェロ・ベネデッティの顔は痛ましげだった。だが、手を貸そうとはしなかった。キャビンの階段でベネデッティは立ち止まり、ぜいぜいと息をした。エベレストの頂上を仰ぐように階段の上を見て、うなり声をもらすと、右足を持ち上げ、次に左足を引きずり上げた。あえぐように空気を吸いこんでは吐き出す彼の頭が、白い蒸気に包まれた。二分ほどかけてポーチに登りつくと、ウォリー・シャノーがスクリーン・ドアを開けて待っていた。

「ありがとう」ベネデッティはようやく言った。

息子はすぐ後ろについていた。

シャノーは手を差し出したが、アンジェロ・ベネデッティがすばやくきっぱりと断った。

「いや、父は大丈夫です」

松葉杖を木の床にコツンコツンと交互につきながら、ベネデッティは体を引きずるようにしてポーチを横切った。シャノーが玄関のドアを開け、ほどなくヴィンセント・ベネデッティは中に入った。

「ここへ、パパ」アンジェロ・ベネデッティが父親にハイバックの椅子を勧めると、彼はクッションに崩れ落ちるようにすわりこんだ。二本の松葉杖が床を滑って左右に開き、かつては彼の羽だったものがいまは骨しか残っていないように見えた。

ベネデッティはびっしょりと汗をかいて震えていた。

「水をお持ちしましょうか、ミスター・ベネデッティ？」ジョーは聞いた。

彼は首を振り――震えながらも、ひじょうにはっきりとした意思表示だった――そして目を上げると、力をふりしぼってネイサン・ジャクソンをにらんだ。

「このくそったれが」しわがれた低い声で吐き捨てた。

「きさまが立っていたら」ジャクソンは言った。「ぶちのめしてやる」

「順調な滑りだしですわね」どちらにともなくジョーは言い、二人のあいだに入った。「ごたごた言うのはよしましょう、みなさん。大事な人たちが危険な目にあっているんですから」

「こいつのせいだ」ベネデッティは手を上げてジャクソンに非難の指先を向けようとしたが、まだブレイスが腕についたままだった。「これをはずしてくれ」

アンジェロがブレイスをはずして、椅子の背に立てかけた。そして、父親の後ろに立った。

「両者とも相手の責任だというわけですね」ジョーは言った。

「どういうわけでシャイローが自分の娘だなどと言い張るんだ?」ジャクソンはジョーを無視して、ベネデッティのほうに身を乗り出した。

「一目でわかる」ベネデッティは言い返した。「あの子を見てみろ。目がわしにそっくりだ」

「あれはあの子の祖母から受け継いだんだ」ジャクソンは譲らなかった。「それに、あの肌を見ろ」

「地中海の人間のものだ」ベネデッティは言った。

「ばかな。シャイローはわたしの娘だ」ジャクソンは胸を叩いた。「マレイがそう言った」

ベネデッティはにたりと笑った。「彼女は嘘をついたんだ。ほしいものを得るためなら、彼女はどんな嘘でもついた。おまえを手玉にとるなんぞ、たやすいことだ」

「きさまこそ嘘つきだ」

ネイサン・ジャクソンはジョーをまわりこんでいこうとしたが、アンジェロ・ベネデッティが進み出てさえぎった。修羅場のダンスといった趣《おもむき》で、こんどはハリスが飛びこんできてベネデッティにすごんだ。「ひっこんでろ」

二人の男はにらみあった。両者とも拳を握りしめ、全身をぴんとこわばらせていた。背が高くひきしまった、鍛えられたシャノーの体が二人のあいだに立ちふさがった。「下がるんだ、双方とも。今日の午後ここで行なわれるのは、話し合いだけだ。下がれと言っているだろう」

ベネデッティは、ハリスから目を離さずに答えた。「また父に手を出そうとする者があれば、あんたが保安官バッジをつけていようが遠慮はしないぞ」

「誰もあなたのお父さんを傷つけたりしないわ」ジョーは言った。

「そうかな？」ネイサン・ジャクソンは、ヴィンセント・ベネデッティにすさまじい視線を浴びせた。

「わたしがここにいるあいだは、誰かを傷つけるような真似は誰にもさせん」シャノーは大きな手で両者を離れさせた。

ヴィンセント・ベネデッティは椅子の上でそろそろと身を乗り出し、できるだけ威嚇的な姿勢になると、ジャクソンに毒舌を吐いた。「シャイローはわしの娘だ、このくそったれ。マレイを殺したようにおまえが彼女を殺すのを阻止するために、わしはここへ来た」

「わ、わたしがマレイを殺しただと？」その非難に、ジャクソンはあっけにとられたようだった。「なぜわたしがマレイを殺す？」

「彼女はいちどきにあまりにも多くを要求した。ついには、おまえが認められないようなことを頼んできたんだろう。きたならしい関係を全部おおやけにすると脅かしたにちがいない、それで殺させたんだ」

「マレイはわたしにむりやり要求する必要などなかった」ジャクソンは反撃した。「わたしたちは愛しあっていたんだ」

ベネデッティは敷き物の上につばを吐いた。「政治家どもときたら。あきれたもんだ。自分は誰からも愛されると思いこんでいる」

「きさま」ジャクソンは銃を突きつけるようにベネデッティを指さした。「きさまこそがマレイと争っていた。彼女が殺される前の晩だ。目撃者がいるんだぞ。暴力沙汰になっていただろうが」

「暴力だと？　彼女がわしを平手打ちしたんだ。いつだってそうだった。わしに本性を知られたから、彼女はヒステリックになった」

「わたしの考えを言おうか？　きさまは彼女をもう一度むりやりベッドへ連れこもうとしたんだ。肘鉄をくらわされると、そのネアンデルタール人の自尊心を傷つけられて彼女を殺させた」

このやりとりで、ヴィンセント・ベネデッティはかなり消耗したようだった。椅子にすわりなおし、激しく体を震わせた。

「大丈夫、パパ？」アンジェロがかがみこんで、父親の腕に触れた。

老ベネデッティはジャクソンを見上げたが、燃えさかっていた炎は衰えつつあった。「わしはマレイに誘いをかけてなんぞいなかった。わしたちは取り決めをかわしていたんだ。オザーク・レコードを立ち上げられるように、わしは金を貸した。利息を払うかわりに、彼女は娘と引き合わせることになっていた。マレイは約束を守らなかった。だから言い争ったんだ」

「きさまは彼女を脅かしていた」ジャクソンは言った。

「かんしゃくをおこしただけだ。正気を失ってはいない。マレイを殺したりはしていない」

ブッカー・T・ハリスが近寄ったが、動きは慎重でアンジェロ・ベネデッティを警戒していた。「おまえがいま言ったことは、警察の調書にはひとことも書かれていないぞ」

ヴィンセント・ベネデッティは椅子の背に頭をもたせかけ、大きく息を吸った。「あのとき、わしはできるかぎり娘を守ろうとした。おまえらデカが、あほらしくもわしを疑っているのは知っていたさ。小さなシャイローはもう充分ひどい目にあっていた。なんだっていうんだ？　わしがあの子を親権争いの場に引き出して、さらに厄介ごとをふやすとでも思うのか？　それに、女房のテレサは、わしがシャイローのことをひとことでも口にしたら出ていくと脅かしやがった」

ジャクソンは気を落ち着けるためにうろうろと歩きまわり、考えこんでいた。やがて、ふたたびベネデッティに向き直った。「マレイはわたしを愛していた。彼女はきさまをこわがっていた、自分のほんとうの気持ちを知られたら何をされるかわからないと」

「彼女は誰もこわがってなんかいなかった。誰も愛してなんかいなかった――自分と娘以外は」ベネデッティはため息をついた。やりとりに疲れ果てたようだった。「おまえは、彼女のごたごたを片づける掃除機のように使われただけだ。あの女は、相手の聞きたがっていることをなんでも言ったのさ」

「嘘だ」

「堂々めぐりだわ」ジョーが口をはさみ、ネイサン・ジャクソンのほうを向いた。「行方不明の女性がほんとうに心配なんですか?」

彼はショックを受けたらしかった。「もちろんだ」

「あなたは?」彼女はベネデッティに尋ねた。「本気で生きて帰ってきてほしいと願っているんですか?」

「あの子のためなら死んでもいい」彼は答えた。

「わかりました」ジョーは自分の考えについてこいと指示するように、指を立てた。「いまのところは、先へ進むために、あなたがたのどちらもマレイ・グランド殺害や、いまここで起きていることには関係がないと仮定しましょう。問題は、あなたがたでないのなら誰なのか? ということです」

二人の男はその考えに少し驚いたようで、まもなくにらみあうのをやめ、お互いの怒りもしぼんでいくように見えた。ベネデッティは、考えをめぐらすように頭上の木の梁《はり》を見上げた。ネイサン・ジャクソンはポケットに両手をつっこんで広い窓のほうを向き、灰色の景色をじっと眺めた。ハリスは唇に指をあてて、軽く叩いた。メトカーフが暖炉に新しい丸太を一本足すと、すぐ樹皮に火がついて、紙を丸めるような音を立てて燃えはじめた。

「シャイローの場合は、誰かプロがいるはずだ」とうとうハリスが口を切った。

ジャクソンは振り向いて聞き耳を立てた。

ハリスは続けた。「エリザベス・ドブソン殺しはきれいな仕事だった。プロの仕業だ。あとになんの証拠も残していない」

「それにあの精神分析医」ヴィンセント・ベネデッティは言った。「あの女と記録を燃やしたやつは、誰であれやり方を心得ている」

ジャクソンは、ハリスからベネデッティへ視線を移した。「同じ人間だというのか？」

「二人組でしょう」アンジェロ・ベネデッティが言った。「協力しているんだ。異なった才能で、お互いを補いあっている」

この間《かん》ずっと電子機器ののったテーブルにすわっていたメトカーフのほうを、ハリスは見た。「現在わかっていることを、LA支局のコンピューターにぶちこんでくれ。何が出てくるか見てみよう」

メトカーフはノートパソコンの前へ行った。

「アンジェロとわしは、独自に調べてみる」ベネデッティは言った。

ジャクソンは、ヴィンセント・ベネデッティのすわっている椅子の前に立ち、休戦の言葉を述べた。「わたしは十五年間、きさまをマレイ殺しの犯人だと思ってきた。シャイローのためなら、喜んで考えなおすつもりだ。だが、まだそうはいかない」

「古いシチリアの言い伝えがある」ベネデッティは答えた。「〝自分で作ったワインを飲んでいる男は、苦い一杯を味わうことがない〟。たぶんわしらは、自分たちのワインばかり長く飲みすぎたんだろうよ」彼はアンジェロのほうへ身をかがめて言った。「連れ出してくれ」

アンジェロ・ベネデッティは父親を腕の中に抱き上げた。シャノーが松葉杖を持って、ドアを開けた。ジョーも彼らのあとから見送りに出た。ジョーイはリンカーンのエンジンをかけたままで、車内を暖かくして待っていた。彼は後部座席のドアを開け、ベネデッティが父親をすわらせるのを手伝った。それから、シャノーが松葉杖を入れられるようにトランクを開けた。

「わたしはオフィスにいます」ジョーはアンジェロ・ベネデッティに言った。「でなければ家に。何かわかったら知らせて」

「そうしますよ」彼はキャビンを振り返った。「あの話を信じたりしないでしょうね?」

「わたしは真実を知りたいだけよ、ミスター・ベネデッティ。できるだけ先入観は持たないようにしています」

アンジェロは彼女に失望したようだった。「連絡します」

リンカーンが遠ざかっていくあいだ、シャノーはジョーの横に立っていた。「どう思うかね?」彼は聞いた。

「わからないわ、ウォリー。ここでは、嘘と真実が蛇の巣みたいにからまっている感じ」

「そうだな。それじゃ、わたしは保安官事務所に戻って捜索救難隊に指示を出さないと。もうすぐエンバラス湖に着くはずだ。きみはどうする？」

「ちょっとオフィスに戻ってから、セアラ・ツー・ナイヴズに会いにいくわ。彼女には、どういうことになっているのか知らせておくべきだと思うの」

「きみには、どういうことになっているのかわかるか？」

ジョーはキャビンを横目で見て、ハリスがブラインドの隙間からこちらをうかがっているのに気づいた。「わかる人がいる？」

33

夕方近くなったころ、ルイスが手を上げて言った。「女の人はあそこにいるよ」

男たちはパドルをフェザリング（水から抜いて水平に返すこと）し、霧を透かして山々のぼんやりとした暗いシルエットを背景にした尾根を見つめた。コークはこれまで何度もバウンダリー・ウォーターズに来ていた。この土地に脅威を感じたことは一度もなかったが、いま湖岸を眺め、灰色のベールの奥を見透かして、上陸したとき自分たちを何が待ち受けているかと考えると、初めて脅威が迫ってくるのを意識した。

「川があるんだ」ルイスは言った。「四百メートルくらい先に別の湖がある、ほんとうに小さいけど」

コークは地図を取り出して調べた。「ここにはそんな湖はないな」

「ニキディンは地図には絶対に載っていないって、ウェンデルおじさんは言ってたよ。守られているんだって」

「守られている、か」スローアンはつぶやいた。「何に守られているんだ？」

「マニデューンサグ」ルイスは答えた。「小さな精霊たち」

コークは前に出た。「おれが最初に行く。大丈夫なようだったら、合図するから」

「おれが最初に行くべきだ」スローアンが、アーカンサス・ウィリーと一緒のカヌーから言った。

「わしもここで待ってなんかいないぞ」ウィリー・レイは断固として宣言した。「一分一分が大事なんだ。ここまで近づいたら、とにかく行こうじゃないか」

「様子がわかるまではだめだ」コークは彼を制した。「二時間前には、一人の男に全員が殺されそうになったんだ。そんなことは二度とごめんだ。おれが安全だと合図するまで、全員ここにいてくれ」

保安官としての長い年月に培われた威厳のある口調が、いままた自然に現れていた。口答えする者はいなかった。

「彼の言葉に従おう」スローアンはレイに言って、コークに賛同した。

それ以上誰も何も言わず、コークは向きを変えて漕ぎだした。

岸に近づきながら、三八口径を出して準備した。ルイスが言っていた小さな川が見え、河口付近のなめらかな石の上を流れるせせらぎが聞こえた。ほかには音はほとんどしない。鳥も鳴かず、風もない。カヌーが水を分けて進む静かな音と、舳《へ》先《さき》が岸にこすれる音だけだ。彼は上陸地点に着いた海兵隊員のようにすばやくカヌーから降り、身を低くして水辺の木々を見渡した。現れるものはなく、動くものもない。流れに沿った小道を見つけ、そこの茂みの陰へとダッシュした。

四百メートルくらい先とルイスが言っていた湖に、シャイローはいるのだろう。コークは一度に二、三メートルずつ小道を進み、止まっては聞き耳を立てて周囲の深い森をチェックした。川岸の、散り敷かれた松葉がえぐれて泥が出ているところに来た。泥は足跡だらけだった——鹿、アライグマ、ウサギ、リス。水を飲みに来る動物たちのものだ。ほかにも足跡はあった。うね状のブーツの底。コークはひざまずいて注意深く調べた。はっきりと二組に分かれている。一つは小さくて、女のものだろう。もう一つはもっと大きくて深いが、けさ待ち伏せしていた男の足跡にしては小さい。歩幅もそれほどではない。足跡の人間が誰であるにしろ、まったく急いでいる様子はない。この二人が一緒に歩いていたのか、あるいは女がつけられていたのかは、わからなかった。

右側でさっと動くものがあって、彼はすばやく首をめぐらした。三八口径を腹の高さで森に向けて構えた。その体勢で身じろぎもせず、全神経をはりつめて目をこらし、耳をすませた。目に映るのは樹間の深く空虚な灰色、聞こえるのは音もなく降る霧雨が木々の葉にたまり、大きなしずくとなってあちこちからまた落ちてくる音だけだった。嗅ぎ慣れた匂いがしてきて、彼は一瞬希望を抱いた。木が燃える匂い。だが、火は見えない。

また何かが動いた。大きなものが左から右へ走っていく。コークは引き金をしぼった。そのとき、飛ぶように逃げていく鹿の白い尾が見え、ほっとして足から力が抜けた。

小道をさらにたどっていくと、森を抜けて高い尾根にぶつかった。一度は流れが尾根を通って下っていたのがわかるが、現在はぎっしり詰まった岩のかけらが三十メートル近い高さでぎざぎざのダムになって、通路をふさいでいる。水が岩のあいだからしみ出てふたたび川になり、さっきの湖にそそいでいるのだ。コークは岩の壁の下でまた足跡を発見した。尾根の上では、最後の紅葉が揺れているのが見える。風は弱いが間違いなく吹いていて、ここからは見えない西のほうから、壁を越えて木の燃える匂いを運んでくる。彼は岸に戻ってほかの者たちに合図した。

「足跡を見つけた」彼は小道のほうを指さした。「シャイローのものだろう、それにほかの誰かのもあった」

「ウェンデルおじさん？」ルイスの顔に希望の光がさした。

「すぐにわかるよ」

「カヌーのところに一人残しておくべきかな？」スローアンが聞いた。

「全員が一緒にいるのがいちばんだろう」コークは答えた。「荷物は置いて、武器を持っていこう」

スローアンはストーミーに自分の拳銃を渡した。「九ミリのグロックだ。扱えるか？」

「大丈夫だ」ストーミーは答えた。

スローアンは自分のカヌーからライフルを取り上げた。

アーカンサス・ウィリーがザックに手を入れてピストルを出し、一同を驚かせた。「二二口径なんだが」彼は弁解するように言った。「これなら扱い慣れてるんだ」

コークは彼らを岩の壁まで先導した。

「湖は向こう側か？」彼はルイスに聞いた。

少年はうなずいた。「登らなくちゃならない。尾根の上には道があるよ。キャビンに続いてる」

「匂いがするな」ストーミーが言った。

「火だ」コークは尾根を仰ぎ、向こう側が見えたらと思った。

「誰かが料理をしているのかな？」スローアンが言った。

「それが夕食で、たっぷりあることを祈ろう」コークは彼にちらりとほほえんでみせた。

彼らは一度に一人ずつ、お互いをカバーしあいながらゆっくり登っていった。上に着くと、ポプラが生えた険しい岩に囲まれた、細長い湖が横たわっていた。反対岸は霧に隠れている。

「あの道だ」茂みがわずかに分かれた場所を、ルイスが手で示した。

コークはひざまずいた。「ここを見ろ」

ブーツの足跡があちこちについた泥の地面を指さした。そこには別のものもあった。

「犬かな？」アーカンサス・ウイリーが聞いた。

「狼だ」コークは答えた。

「どういうことなんだろう？」

「いいしるしだよ」ルイスがきっぱりと言った。

「そうであることを祈るよ、坊主」レイは言った。「おまえが正しいことを神さまにお願いするよ」

彼らは一列になって道を登った。茂みを抜け、丸石がごろごろしている開けた場所に出た。そのあとやっと、尾根の上のポプラの生えたあたりまで来た。彼らは雲の中へ歩いていった。深く冷たい霧、顔に湿ったキスをする雪片の中へ。下の湖は、地表にあいた暗い灰色の裂け目だった――灰色なのは雲のため、暗いのは底が深いためだ。反対岸の尾根は青っぽい灰色で、裸の木々が見える。湖の端にかろうじて見える松林は、また別の暗い壁のようだ。

コークははっとした。その壁を、黒い蛇が這い上がって雲の中にもぐりこんでいる。

「煙だ」彼は言った。「すごいぞ」

「たきぎストーブにしては多すぎる」ストーミーが言った。

「キャビンが燃えているのか？」スローアンが尋ねた。

「ああ、神よ」アーカンサス・ウィリーがいきなり走りだした。暗い松林に向かって、道を駆け下りていく。「シャイロー！」彼は叫んだ。

「ウィリー！」コークは後ろから呼びかけた。「止まれ！」

だが、遅すぎるのはわかっていた。行く手に何が待っているにしろ、こうなったら迅速に行動しなければならない。

「ストーミー、ルイスとここにいろ。行こう、スローアン」

彼はレイを追って走りだし、尾根を降りて松林に隠れたキャビンへ向かった。アーカンサス・ウィリーの速さと軽い身のこなしに、彼は驚いた。まるでハードルを跳ぶランナーのように、岩を飛び越えていく。下にいるのがアニーかジェニーなら、自分も死にもの狂いで走っていくだろうと思った。だが、下り坂ではスピードを抑えた。何かあったら、すぐに立ち止まって三八口径を撃てる状態でいたかったのだ。

肩ごしに視線を走らせる。スローアンは遅れている。そのほうがいいだろう。攻撃にあっても、一度にやられずにすむ。

レイが松林に消えた。その直後に、コークは銃声を聞いた。スピードをゆるめて道の脇で止まった。一瞬後にスローアンが追いついてきた。大きな黒い蒸気機関車のように息をはずませて、競走馬のように汗をかいていた。

「おい……聞いたか……あれを？」息を切らしながら言った。

「小口径のようだった」コークは答えた。「おそらく、ウィリーの二二口径だ」

「何を撃ったんだろう？」スローアンはあえいだ。

「おれは右にまわりこむ。あんたは左だ。大丈夫か？」

「酸素マスクはいらないさ。行け」スローアンは言った。「すぐにおさまる」

コークはまず少し先の大きな岩をめざした。それから尾根が湖へと落ちこんでいる場所を。地面には苔の生えた巨石が散らばり、コークはその一つからまた一つへとすばやく移動して松林の端まで来た。そこで止まって聞き耳を立てた。左前方のどこかから、うめき声が聞こえる。視界の隅で何かがちらりと動くのが見えた。スローアンが大きな松の陰に滑りこんで立て膝になり、ライフルを構えて林を見渡した。コークを一瞥《いちべつ》して首を振った。コークは前進しようと合図した。

アーカンサス・ウィリーが、道の泥の上に倒れていた。顔は苦痛にゆがみ、手で右膝を押さえている。二二口径はそばの地面に落ちていた。

「滑ってころんだんだ」彼は歯をくいしばって言った。「いまいましい。膝をひねった」

「銃声が聞こえたが」コークは言った。

「ころんだときに暴発したんだ」レイはすわった姿勢になったが、まだ膝をぎゅっと押さえていた。

スローアンが聞いた。「歩けるか？」

「あほ抜かせ、必要なら這ってでも行く。彼女のところへ連れてってくれ」

「どうしたんだ？」ストーミーとルイスが後ろから近づいてきた。

「待っていろと言ったろう」コークはぴしゃりと言った。

「銃声は一発だけだった」ストーミーは答えた。「それであんたたち全員が殺されたとは思えなかったんでね」

「いまは固まっていたほうがいいだろう」スローアンは言った。「こうなったら不意打ちはできないいし、お互いにカバーしあえる」

「彼はどうする？」コークはいらだってレイのほうにうなずいてみせた。

「これを」スローアンはコークにライフルを渡した。「さあ、ウィリー。おれにつかまって」

スローアンはレイが立ち上がるのに手を貸し、自分の広い肩に腕をまわさせた。

「すまないな」レイは言った。

「どうってことないさ」

「この先はどうなっている、ルイス？」コークは尋ねた。

「小川がある。キャビンはその向こうだよ」

コークはライフルに弾丸がこめてあるのを確認した。「よし、行ってみよう」

小川はほんの二、三十メートル先だった。岸に着いて、コークは立ち止まった。ほかの者たちも追いついてきて、無言で横に立った。

向こう岸では、キャビンの残骸が霧雨の中にくすぶっていた。焦げて崩れた壁らしきものが、焼け落ちて古い鶏の骨のように黒くなった屋根の梁を囲んでいる。大きなだるまストーブが、中央付近の灰の山の中に残っていて、煙突がむなしく突き立っている。炎はすぐそばの松の低い枝を焼き、幹の樹皮をすすだらけにしていたが、どんよりと湿った空気のおかげで全焼はまぬがれていた。

「嘘だろう」レイはつぶやいた。「シャイロー」

彼女は影も形もなかった。灰と炭のあいだをスローアンが慎重に歩きまわり、長い枝でつつきながら調べた。あたりはまだ余燼《よじん》でほの赤く、あちこちで炎の舌がちろちろと踊っていた。スローアンは高温の場所には近づかなかった。頭をふりふり、彼は残骸から出てきた。

「ここには何もない」

「どういうことだ？」アーカンサス・ウィリーは、たきぎを切った斧のあとが網目状に残っている切り株の上にすわっていた。ひねった膝の痛みとは比べものにならない苦しみを味わっているようだった。

「つまり」コークは低い声で言った。「キャビンが燃えたとき、シャイローがそこにいたことを示すものはないということだ」

「骨はそれほどよくは燃えないし、歯はまったく燃えない」スローアンは説明した。「それに、肉が焼けたときは間違いようのない匂いがする。だから、おれが言いたいのは、ウィリー、まだ望みは大いにあるということだ」

「どうしてやつらはキャビンを燃やしたんだろう？」ルイスが聞いた。

コークは肩をすくめた。「わからないな。たぶん、何かのあとを消そうとしたんだろう」

「あるいは、何かを破壊したかったか」スローアンは補足した。

「あるいは、シャイローをいぶり出そうとしたか」アーカンサス・ウィリーは悶々として言った。

「これからどうする？」ストーミーが尋ねた。

コークは空を見上げた。夕闇が迫っている。気温は下がっていて、雲から落ちてくるものはいまはほとんど白い。「暗くなる前にカヌーに戻って、キャンプを張ろう。次にどういう手を打つべきか、考えようじゃないか」

「まわりを探してみたらどうだ？」レイは言った。「あの子は山に逃げこんだかもしれない。どこかに隠れてることだってある」

「森は広い、ウィリー。それに、すぐに暗くなる。おれたちは空腹だし、くたくただ。態勢を立て直して、どうするか考えるのが第一だ。歩けますか？」

ルイスが、見つけておいた長い樺の木の枝を杖として差し出した。レイは立ち上がり、杖にすがって自信なさそうに数歩歩いた。

「時間はかかるが、なんとかなるよ」彼の声音と猟犬のような長い顔には、絶望がたちこめていた。

彼らがカヌーを上げた場所に戻ってきたときには、雲は炭色になり、松林に這いよる闇は漆黒になっていた。木陰から出て、コークははっと足を止めた。

「カヌーが一つない」

ふたたび三八口径を握り、彼は身をかがめて岸辺沿いの木々を見渡した。

「ここにいろ」背後に手で合図した。

岸に引き上げられている二艘のカヌーに近寄った。

「くそ」

「どうした？」スローアンが呼びかけた。

暗い顔で、コークは振り返った。「斧で船体をやられている」

34

ベネデッティやハリスと別れたあと、ジョーはまっすぐ自分のオフィスへ行くつもりだった。ところが、いつのまにかセント・アグネス教会へ向かっていた。この重大な局面で、祈りが有能な弁護士のすることかどうかよくわからなかったが、正しい選択のような気がした。去年からますます、彼女は法律書には載っていない解答を求めるようになった。教会は無人で、内部は祭壇の上の明かりでぼんやりと照らされていた。

祈っていたとき、正面のドアが低くきしむ音がした。振り向くと、アンジェロ・ベネデッティが入ってくるところだった。彼は十字を切って教会の後ろの暗がりに立ち、うやうやしく待っていた。彼女は祈りを終えた。

「お邪魔をするつもりじゃなかったんですが」彼女が近づいていくと、彼は言った。

「なんですか？」

教会の静けさがベネデッティの心の琴線に触れたようだった。視線が信徒席のなだらかな曲線の上を動き、ステンドグラスの窓にとどまったあと、外側の通路に沿った暗がりへ移った。ジョーは、初聖体のときの少年を連想した。低い声で、彼は言った。「昔、母は毎日教会へ連れていってくれました。セント・ルチアです。イタリアの亡くなった親戚全員のために、母はロウソクを灯していた。ものすごくたくさんいたんですよ。ぼくは信徒席の上でうずくまって、寝てしまったものです。それがどんなに安らかな気持ちだったか、覚えていますよ。大きくて静かな教会。祈りをつぶやく母。天使の舌のようにゆらめいて、母に応えるロウソクの炎。なにもかもがめちゃくちゃに思えるときはいつだって、ぼくはいまだに教会へ行くんです。あなたにとって、いまはかなりめちゃくちゃな状況でしょうね」

「わたしにご用がおありなの、ミスター・ベネデッティ？」

彼の高価な防水のキャンヴァス・レインコートは、外の霧雨で濡れていた。彼が身動きすると、レインコートはかさかさと音を立てた。

「あなたがジャクソンにだまされていないのを、確認しておきたかっただけです。あいつは生牡蠣《なまがき》のように口がなめらかだから」

「だからあとをつけてきたの？」彼女はいらだちを隠そうとしなかった。

「以前、彼の兄に会ったことがあるのを話しておきたかった。ブッカー・T・ハリス。シャイローの母親が殺された直後です」

教会の静けさが変化した。内部の平安は、不吉なものに打ち砕かれた。ジョーは信徒席の最後列にすわり、ベネデッティも横にすわった。

「続けて」彼女はうながした。

「新聞は騒ぎ立てていた。父とマレイ・グランドがニュース種だった昔のことを、全部ほじくり返していた。二人がまたよりを戻したとか、マレイが死んだのは恋のもつれによるものだとか、憶測が飛びかっていました。母にはつらい状況だった。よくセント・ルチアで過ごしていましたよ。ぼくは十六だった。動転して車の運転さえできないありさまだったので、ぼくが連れていきました。幼かったころの忍耐心が、もうなくなっていたんです。たいてい教会まで送ったあとハンバーガーか何かを食べにいって、一時間くらいしてから戻ってきた。母はいつもまだロウソクを灯していて、もう時間だよと催促しなくちゃなりませんでした。

ある日、ぼくが戻ってきて中に入ると、母はロウソクの前にいたが、一人じゃなかった。男が一緒だった。黒人でした。そして、二人は興奮した様子でささやきあっていた。ぼくは何か起きたのだと思って、母を助けにいきました。そうしたら、彼女はぼくをどなりつけた。教会の中でですよ。さっさと出ていきなさいと言いました。ぼくはそうした。外で待ちながら、いったいどうしたのだろうと思っていました。二、三分して男が出てきたので、じっくりと見てやりました。それがブッカー・T・ハリスです。母親の墓に誓って、間違いありません。その少しあと、母が出てきた。いつもなら教会に行くことで気が休まるのに、悪魔の訪問を受けたみたいに震えていました。気味の悪いほど静かだった。家に帰るあいだ、ひとことも口をききませんでしたよ」

ジョーは待ったが、ベネデッティの話は終わりのようだった。「それはどういうことだったと思います?」彼女はついに尋ねた。

「わからない。とにかく、あいつらはぼくの家族を長年悩ませてきたのだと言いたかったんです。それが教会の神聖をおかすほどエスカレートしていたのが、いまになってわかる。あなたは弁護士だから、あいつらの職業を理由に信用してしまうかもしれない。でも、ぼくとしては、あいつらを信用するくらいなら、悪魔と手を結んだほうがましだ」

ジョーは出ようとして立ち上がった。ベネデッティも立った。

「興味深いわ。あなたのようなお仕事だと、誰を信用すべきかどうやって見分けていらっしゃるの?」

「ぼくのような仕事、ですか?」彼の笑い声ががらんとした教会に響いた。「ぼくはたんなるビジネスマンですよ、ミズ・オコナー。父のカジノをまかされています」

「わたしの質問の答えにはなっていないわ」

「信用について? わかりました、誰を信用するか言いましょう。家族です」

「家族ね」ジョーは考えた。「そしてこれは全部ファミリー・ビジネスというわけなのね。なぜなら、もちろんシャイローは家族だから」

「父はそう信じている」ベネデッティは、レインコートから落ちる水滴がカーペットの上につくったしみを見下ろした。「娘同然に愛しているんです、とにもかくにも」

「その愛情の表現のしかたは、これまでずっと変わっていたけれど」

「愛は、いつでも抱きしめたりキスしたりすることだとはかぎりませんよ。愛する者にとっていちばんいいことをすることで、表現する場合もある。彼女の人生はもう充分複雑だから、さらにもう一球むずかしいボールを投げるには及ばないと、父はずっと考えていたんでしょう。彼のオフィスを見るといい。シャイローの写真だらけだし、いつだってシャイローの音楽がかかっている。コンサートには全部行っていますよ」

「あなたは気になさらないの？」

「なんですって？」

外へ出る前に、ジョーは傘を振って広げた。「放蕩息子の話を知っているでしょう？　ちょっと思ったの。父の言いつけをよく聞く孝行息子が、別の子どもに惜しみなくそそがれる愛情を見たとき、どう感じるかしら？」

ベネデッティはがっかりしたように首を振った。「ぼくには当てはまらない」

「あなたの話をわたしが鵜呑《うの》みにするはずがある？　だって、あなたが言うように、信用できるのが家族だけなら？」

「ぼくを信用しようとしまいと、そんなことはいいんです」彼は言った。「大切なのは、ハリスとジャクソンが売りつけようとしているクズを、あなたが買わないことだ」

「でも、彼らを信用するなというのが、あなたの売りつけようとしている商品の一部でしょう。わたしのジレンマがわかる？」

アンジェロ・ベネデッティはしばし彼女を見つめていたが、やがて落胆のようなものがその顔に浮かんだ。彼は肩をすくめた。「信じたいものを信じるといい。ぼくは知りませんよ」彼は離れていった。彼が正面のドアを開けると、一条の灰色の光が教会に射しこんできたが、何一つ明るくはならなかった。

彼女はオフィスに行き、二、三分でスケジュールを片づけた。ローズに電話して、夕食に遅れると言った。オーロラを夕闇がおおうころ、自分のトヨタに乗りこんで、アイアン・レイク保留地に向かった。セアラ・ツー・ナイヴズに、夫と息子をむりやりバウンダリー・ウォーターズに連れ去った男たちは連絡を絶ち、どこにいるかわからないと伝えなければならない。

フロントガラスには牡丹雪《ぼたんゆき》が貼りつきはじめている。ヘッドライトの光で、湿った雪が羽虫の群れの中の蛾のように霧雨に、まじっているのが見える。

アロウェットの郊外で、彼女は車を片側に寄せ、ウェンデル・ツー・ナイヴズのトレイラーハウスへの曲がり角に止めた。トレイラーも外の建物も、暗闇とみぞれのせいでほとんど見えない。だが、その向こう側で、湖岸のヒマラヤ杉の枝を通して光がちらちらしているのに気づいた。

ジョーは道ばたで車から降り、ウェンデルの家の庭へそっと入っていった。真っ暗な無人のトレイラーと、ウェンデルが車とカヌー製作用の道具をしまっている大きな納屋のあいだを、こっそりと抜けていった。収穫の終わったトウモロコシの茎とカボチャの蔓《つる》でいっぱいの、小さな庭を横切る。湖からの弱い風がヒマラヤ杉の枝を揺らし、長いため息のように彼女の横を吹き過ぎた。風とともに、別の音もした。ジョーには叫び声のように聞こえた。

木の後ろに隠れて、太い枝のあいだからそっとうかがった。光は、炎だった。そして、叫び声は歌だった。ヘンリー・メルーがアイアン湖の茫漠とした黒い湖面のそばで切り株にすわり、部族の言葉で歌っていた。彼女が見ていると、メルーは手を上げて何かを風の中にまいた。ふいに動きを止めてじっと耳を傾け、それからまっすぐに彼女が隠れて立っている場所に目を向けた。ジョーは木の陰から出た。

メルーはにやりとした。「ジョー・オコナー」彼は少しも驚いている様子がなかったが、老呪い師《ミデウィウィン》が何かに驚いているのを、ジョーは一度も見たことがなかった。

「アニン、ヘンリー」彼女は伝統的なアニシナアべ族の挨拶《あいさつ》をした。

「アニン」彼は答えて彼女を手招きし、のこぎりで切った太い樺の幹にすわるように勧めた。

ジョーはヘンリー・メルーが大好きだった。老人も、同じ愛情を彼女に抱いているように思えた。それは、去年彼女に命を救われたと思っているからなのだろう。あのときは、運よくライフルの弾が命中し、殺人者がジープでメルーを轢《ひ》くのを防ぐことができた。だが、せっぱつまってメルーを訪れる者は誰でも、彼の愛情に抱かれたように感じるのではないかとジョーは思っていた。メルーに対する彼女の感情は、尊敬の念に深く根ざしていた。老呪い師《ミデウィウィン》は、ジョーがますます大切に思うようになった種類の法を理解している。何も書かれてはいないし、法廷も存在してはいない法だ。

メルーの着ている古い格子縞のマッキノーコートが、炎の明かりの中で雨に濡れて光っている。〈チペワ・グランド・カジノ〉という文字入りの赤い帽子のつばから、水滴がしたたっている。挨拶したとき、彼の息は空気中で白く曇った。血管が川のように浮き出た、浅黒い年老いた手をジョーは眺めた。そして、彼が巾着を持っているのに気づいた。

「何をしているの、ヘンリー？」

「探している」老人は答えた。「精霊たちを」ヒマラヤ杉の樹皮を、炎に投げこんだ。「森のよい精霊《マニドーグ》に、古い友だちのウェンデル・ツー・ナイヴズを無事に帰してくれと頼んでいた。それに、ほかの男たちも無事に帰してくれと」

「ヘンリー、あそこで何が起きているかご存じ？」

突然、風が強くなった。炎が揺らめいてさらに明るくなった。ヒマラヤ杉の樹皮がぱっとはじけ、火花が風にあおられて蛍のように夜の中を乱れ舞った。

「昔からある戦いだ」メルーは言った。「わしがもっと若かったら……」だが、彼は口を閉じた。

「コークやほかの人のことをご存じなのね？」

メルーはうなずいた。

「彼らの行き先も？」

「いいや」空気に触れるように、彼は手を伸ばした。「すべてがつながっていることがわかるだけだ、クモの巣の糸のように。そして、時は風に似ている。風が吹くとクモの巣は揺れるが、つながりは破れはしない。しかし、いまは何かが引き裂いていくのを感じる、何か大きなものだ。糸が切れている。理由はわからない」

ジョーは炎の上にかがみこみ、冷たい手をかざして暖をとった。「何が起きているのかわたしにはわからないの、ヘンリー。悪魔の風下にいるみたいよ。そこに何か恐ろしいものがいるのは感じられるんだけど、それがなんだかも、何を欲しているのかも、さっぱり。理解できないものに対してどう戦ったらいいのか、わからないわ」

「できることをすればいい」メルーは穏やかに言ったが、そこには不屈の気配が満ちていた。「わしはセージの葉とヒマラヤ杉を燃やす。煙草を差し出す。あんたは？　あんたはハンターになった。戦士にもなったんじゃないかな？」

「たぶん」

「戦士としてのあんたをわしは知っている、ジョー・オコナー。命の恩人だ」

「わたしは幸運だっただけよ、ヘンリー」

「信じないね」メルーはセージの葉とヒマラヤ杉の樹皮を少し取って、ジョーの手に押しこんだ。彼の指は細くて固く、皮膚はざらざらして爪は黄色かった。「自分のやり方で、ヒマラヤ杉とセージを燃やしなさい。そして忘れてはいけない、悪魔の業《わざ》は、母なる大地が隠すことを拒む。それは必ずあらわになる。準備を整えておくのだ」

「ベストをつくすわ、ヘンリー」彼女は立ち上がった。「ここからあなたの家は遠いでしょう。送りましょうか？」

老呪い師《ミデウィウィン》は微笑した。「あんたに会えて元気が出た。これを終えたら、自分で家に帰れるよ」

彼女はオーロラへ引き返した。もっとはっきりしたことがわからなければ、セアラ・ツー・ナイヴズと話しても心配の種を増やしてしまうだけだ。今夜できることは何もない。安らかに眠れる者は、眠らせておくのがいちばんだ。

グズベリー・レーンの家のガレージに車を入れた。裏口のドアを開けてキッチンに入ると、フライドチキンの匂いが天国の香りのように彼女を包んだ。シンクの前にローズがスティーヴィと並んで立って、洗いものをしていた。

「ママ！」

スティーヴィがふきんを放り出して、カウンターに届くように乗っていた椅子から飛び降りた。ジョーに駆け寄って、ぎゅっと抱きしめた。ジョーにとって、今日一日で最高の出来事だった。

「ママの分のごはん、取ってあるよ」彼は言った。

「オーヴンの中よ」ローズが言って、エプロンの端で手の石鹼の泡をふいた。「おなか、すいてる?」

「チキンの匂いをかぐまではすいていなかったの。いまはぺこぺこ」

ジョーはガス台のそばのフックから鍋つかみを取って、オーヴンから皿を出した。黄金色の衣がついたチキンの胸肉、ベイクトポテト、インゲン、カボチャ。皿からたちのぼる湯気に鼻をつっこんで、ローズの料理のすばらしい匂いをいっぱいに吸いこんだ。スティーヴィがナイフ、フォーク、ナプキンを渡してくれて、彼女はテーブルに腰をおろした。

「娘たちは?」

「アニーは教会」スティーヴィは答えた。テーブルの端の椅子に丸くなって、組んだ腕の上にあごをのせ、黒みがかった目で母親の一挙一動を見つめている。コークから受け継いだ目だった。アニシナアベ族の、神秘的な用心深い目。

「こんどの土曜日のバザーに出す品物に、値札をつける手伝いをしてるのよ」ローズは説明して、ジョーのためにバターと塩とコショウをテーブルに置いた。そしてスティーヴィのふきんを取って、残っていた皿を拭きはじめた。

「ジェニーはショーンの家だよ」スティーヴィは、自分の知っていることを言いたくてうずうずしていた。

「ショーンの家族が夕食に招待してくれたの。そのあとで勉強をするんですって」ローズは付け加えた。

スティーヴィは塩入れを持つと、卓上に少し出した。父親の真似をして、塩粒の上にななめに塩入れを立てる遊びをしようとしているのだ。塩入れは倒れてしまった。

「今晩、レゴで遊ぶ？」彼は聞いた。

「ママはきっと疲れて——」ローズが言いはじめた。

だが、ジョーはテーブルの上に手を伸ばして、塩入れをうまく一つまみの塩の上に立ててから言った。「もちろんよ。まず食事と着替えをしてからね、いい？　レゴを全部集めて、何を作るか考えておいて」

スティーヴィはさっと消えた。ローズはカップにコーヒーをついで、姉とテーブルを囲んだ。

「おいしいわ」ジョーは口いっぱいにほおばりながら言った。

「ありがとう」小さな満足そうな微笑が、ローズの不器量で幅広の顔に浮かんだ。「基地の病院からママが帰ってきて、あたしが夕食のしたくをしていたのを思い出すわ。テーブルにつくと、あなたはいつだってママに何かおもしろい話を聞かせた。ね、そこから会話が始まったわ。あたし、ああいうときが大好きだった、みんな一緒にテーブルにいるときが」

「ママはそれからお酒を飲みはじめたわ」

「いつもじゃなかったわよ」

「飲む日が多すぎたわ」

「ママは一人ぼっちだったのよ。あたしたちを一人で面倒みてた」

「面倒をみていたのはわたしたちだったのよ、ローズ」

ローズは彼女を見つめた。最初は傷ついて少し怒ったような表情だったが、それはすぐに消えた。

「あなたは厳しすぎるわ」彼女は言った。

「現実的になろうとしているだけよ」

ローズは立ち上がり、姉を見下ろした。「そうじゃなくて、許そうとしてみるべきかもしれないわよ」コーヒーを持ってシンクの前へ戻り、食器の片づけを再開した。

ジョーの口の中の料理は、突然味がしなくなった。「悪かったわ、ローズ。心配でたまらないものだから」

ローズは戻ってきて隣にすわった。「どうしたの?」

「コークやほかの人たちと連絡が取れなくなったの」

「どうして?」

「機械の故障だって、彼らが言うには」

「でも、あなたは信じないのね」

「ああ、ローズ、何を信じたらいいのか、誰を信じたらいいのか、わからないのよ」

ローズは太くたくましい腕をジョーにまわした。彼女が午後の入浴のあとにいつもつけている、ライラック・パウダーの香りがした。

「あなたの勘では？」ローズは尋ねた。

「決して男を信用するな。マル」

二人はなんとか笑った。ジョーは今日あったことを簡単に話した。ベネデッティ親子、シャノーが調べたこと、〈クェティコ〉での対決。

「誰かが嘘をついてるのよ」

「でも、誰が？」ジョーは聞いた。

「コークやほかの人が、ほんとうに危険な目にあっていると思う？」

「わたしの勘では。だけど、どうやって助けたらいいのかわからないわ」ジョーは皿を押しやり、テーブルの上に腕をのせて突っ伏した。「ああ、ローズ、わたしもうくたくたで、頭の中はぐちゃぐちゃで、ものすごく責任を感じるの。あらゆることに」

「長男長女症候群ね。それにカトリックでもあるし」ローズはやさしくジョーの髪をなでた。「許そうとしてみるべきだって言ったとき、自分自身のことも含めてっていう意味だったのよ。ねえ、あなたはあたしが知ってる中でいつでもいちばん賢い女性だったわ。きっと何か思いつくわよ」

ジョーは妹を長いあいだきつく抱きしめた。「あなたがいちばんよ、わかってるでしょ」

「わかってるわ」ローズはようやく体を離した。「お皿を片づけちゃうわね。あなたには、居間で建設工事が待ってるでしょう」

ジョーはその夜スティーヴィとレゴのお城を作った。八時に息子をベッドに入れ、『リトルベアー小さなインディアンの秘密』を読んでやった。アニーが九時に帰ってきて、ジェニーが十時ちょうどに帰ってきた。ジョーはキッチンのテーブルでハーブ・ティーを飲んでいた。ドアから入ってきたとき、ジェニーの顔は満月のように輝いていた。

「勉強はどうだった？」

「うん、楽しかった」

ジェニーは心ここにあらずの様子でほほえんだ。冷蔵庫へ行って牛乳のパックを出し、グラスに半分ついだ。クッキー入れからいくつか取って、カウンターにもたれかかった。

「ママは結婚したとき何歳だった？」

「あなたよりずっと年上よ」

「パパのプロポーズはどんなだったの？」

「最低だったわ」ジョーはハーブ・ティーを一口飲んで、思い出に微笑した。「ミシガン湖クルーズに連れていってくれたの。週給の半分は吹っ飛んだにちがいないわね。そういう船に、彼は乗ったことがなかったのよ。湖はちょっと荒れていたわ。プロポーズしたあと、吐いちゃったの」

「うそ」

「ほんとうよ」

「イエスと言ったの？　つまり、そのときそこで？」

「そうねえ。あんまりかわいそうで、ノーとは言えなかったわ」

アニーがキッチンに入ってきた。心配そうな声だったので、ジョーとジェニーは口をつぐんだ。「ママ、また外に誰かいて見ているの。ライラックの生け垣の陰」

「明かりを消して」ジョーは命じた。

アニーはスイッチを切った。ジョーはキッチンの窓へ行ってのぞいてみた。人影が見えた。薄暗い生け垣の前に黒々と立っていて動かず、ほとんど夜に溶けこんでいる。

「どうしたの？」ローズが聞いた。ローブのひもを結びながらキッチンに入ってきたところだった。「どうしてみんな真っ暗な中に立ってるの？」

「保安官事務所に電話して、ローズ」ジョーは言った。「すぐに誰かよこすように言って」

ローズは理由を尋ねず、すぐに壁の電話へ向かった。

五分もしないうちに、保安官事務所のパトカーが通りをやってきて、ライラックの生け垣のそばに止まった。懐中電灯を持った二人の保安官助手が人影に近づいたが、相手に動く様子はない。ジョーは顔を見ることはできなかったが、ひそんでいた者が誰であるにしろ、抵抗はしていなかった。保安官助手たちにはさまれて、当人がキッチンのほうへ連れてこられた。

「おたくののぞき屋です」マーシャ・ドロス保安官助手が、裏口から侵入者を押しこんだ。

「シューン？」母親の後ろから、ジェニーが顔を出した。

「やあ、ジェン」

「あそこで何をしてたの？」

「何も。ただ——その——きみの家を見てたんだ」

「どうして？」

「ショーン、あなたゆうべもあそこにいた？」ジョーは聞いた。

彼は黒の革ジャン、黒のパンツ、黒のブーツという格好だった。ひょろりとした姿はびしょ濡れで、くやしそうだった。

「いいのよ、ショーン。知りたいだけだから」

「いました」彼は言った。自分の罪の度合いをおしはかるように、ジェニーを見た。「帰りたくなかっただけなんだよ」

「別れはかくも甘美なる悲しみ」キッチンのどこかから、アニーが芝居がかって言った。

「ありがとう、マーシャ」ジョーは感謝した。

「どういたしまして。おやすみなさい」

「すみません、ミセス・オコナー」ショーンはあやまった。

「おやすみなさい、ショーン。家へ帰るのよ」

キッチンの窓から、ジェニーは彼が歩き去るのを見つめていた。彼女は振り返った。「彼、恥ずかしかったでしょうね」

「もっとひどいことになっていたかもよ」ジョーは笑った。「吐くよりいいじゃないの」

ナイトガウンに着替えて、彼女は寝室の明かりを消し、窓辺に立った。雨は完全に雪に変わっていた。朝には、銀世界になっているだろう。地上のあやまちはすべて見えなくなっている。まるで許されたかのように。

自分自身を許しなさい、とローズはアドバイスした。それほど簡単にすむなら、とジョーは思った。与えた傷があまりにも深かったとき、いやす方法などあるだろうか？　自分の魂もずたずたになってしまったとき、元に戻せるものなどあるだろうか？　彼女は目を閉じて、今晩荒野にいる者たちのためにふたたび祈った。そして、ベッドにもぐりこんだ。広いベッドに一人で寝るのに慣れるには、長い時間がかかった。たいていは、一人でも大丈夫だった。でもときどき、とくに横たわったままずっと天井を見ているこんな夜には、ベッドはやはりあまりにも広く、あまりにも空虚に感じられた。

35

彼らは川岸にテントを張り、疲労と失望のあまり押し黙って食事をした。そしてたき火を囲んでいるあいだに、雪があたりの地面を白く変えはじめた。とくに沈んでいるウィリー・レイは、胃けいれんと下痢を起こしていた。湖の水を飲んだと、彼は白状した。たぶん、ときどきビーバーの尿にいる鞭毛虫《べんもうちゅう》がまじっていたのだろうと、コークは説明した。人間にはそういった症状を引き起こす、どれほど不快であっても命にかかわることはない、と彼は保証したが、茂みに駆けこんでいくたびにレイの不信はつのるようだった。

コークはシナノキの枝で所在なく炎をかきたてた。「食料はたっぷりある。それに、昔の林道がいくつもあるから、そのうちの一つを見つけて帰るのは簡単だ」

「シャイローは？」ルイスが聞いた。

男たちは視線をかわした。

「これ以上おれたちにできることがあるかどうか、わからないんだ、ルイス。相手が誰にしろ、追ってこられないように確実を期している」先が赤くなったシナノキの枝で、コークはカヌーのほうを指した。

スローアンは疲れて困惑した表情で、火の前にしゃがみこんでいた。「わからないな。どうしてカヌーを使えなくしておいて、ほかのものは残しておいたんだろう？　いやにご親切じゃないか」

「急いでいたんだろう」ストーミーが言った。「船体に斧を叩きつけていくひましかなかったんだろうよ」

「おれたちの荷物をひっつかんでカヌーに放りこむのに、どれだけの時間がかかる？」スローアンは指摘した。

死んだような顔のアーカンサス・ウィリー・レイが、低い声で言った。「やつらは来た目的を達したんだ。わしの娘をさらっていった。あとはもう逃げるだけだ」

何か希望が見えることが言えればいいんだが、とコークは思ったが、希望に関するかぎり、ついに行き止まりに突き当たってしまったようだ。彼らは遅すぎた。バウンダリー・ウォーターズのような広大な荒野では、女一人の死体など簡単に隠せるし、決して見つかることはない。

とうとうストーミーが立ち上がった。「もう少したきぎを探してくる。手伝ってくれるか、ルイス？」

電灯で道を照らしながら、親子は少し離れた広葉樹の林へ向かって岸を歩いていった。二人の姿を見守っていたコークは、自分の息子スティーヴィに会えたらと思い、心にぽっかりと穴があいたような気がした。グズベリー・レーンの家では、みんなどうしているだろう。

暖かい明かりの灯った居間、鼻腔いっぱいに広がるローズの料理の匂い、おもちゃのトラックかレゴで遊ぶ絨毯《じゅうたん》の上のスティーヴィ。娘たちはたぶん勉強しているだろう。少なくともアニーは。ジェニーは――どうだろう？　あの子はどんどん変わっていくので、いつも自分は取り残されて遠くから見ているような気がする。そしてジョーは？　彼女はすべてを取りしきっているだろう。いつもそうなのだ。自分がいなくても家族がうまくやっているのを痛感するたびに、彼の胸はうずいた。

コークはスローアンに関心をふりむけた。彼は炎に見入り、両手を固く握りしめている。何を考えてるのだろう、とコークは思った。彼は部下をなくした。おそらく友人でもあった部下を。目的の女性を救うこともできなかった。たぶんスローアンは、そのことすべてに思いを馳せているのだろう。みずからのあやまち、間違った判断を反芻《はんすう》しては、責任と後悔を感じているのだろう。コークには理解できた。自分自身がたどった道であり、それもそう昔のことではない。

「見て！」

ルイスが父親と一緒にたき火の明かりの中に戻ってきた。二人は、何か大きくて平たい黄色いものをあいだに下げて持っていた。

「なんだ？」スローアンが尋ねた。

「それを置け」コークは指示した。

たき火の反対側でストーミーとルイスがそれを地面に置き、コークはそちら側に行って電灯を取ると、彼らの見つけたものをじっくりと眺めた。

「インフレイタブル・カヤックだ。それに、ここを見ろ」人差し指を、片側についている十五センチほどの裂け目二ヵ所に向けた。「きれいな切り方だ。おそらくナイフだろう。どこで見つけた？」

「林の中の茂みに突っこんであったよ」ルイスが言った。「隠そうとしたみたいに」

「一人乗りのカヤックだ」コークは言った。

「一人乗りのカヤックだと」スローアンは考えこむように目を細めた。「シャイローの足跡のそばにもう一組あったな。おれたちがここで相手にしているのは、一人だけということか」

「あらゆる点から見て、そのようだな」コークは同意した。

「どう思う？」スローアンは考えながら続けた。「なんらかの方法で、そいつはシャイローの居場所を突き止めた。だから、もうルイスは必要ない。そこで、けさおれたちを襲ったやつに無線で連絡して、邪魔されないように手を打った」

「だとしたら、これはどういうことだ？」ストーミーはナイフの傷で使いものにならなくなったカヤックを指さした。「どうしてこんなことをして、おれたちのカヌーの一つを盗んだんだ？」

「そいつがやったんじゃないのかもしれない」コークは言った。

スローアンはコークを見て、目に光が戻った。「シャイローか」

「言ってることがわからんが」アーカンサス・ウィリーが言った。

「こういうことですよ、ウィリー」コークは説明した。「おれたちが見るかぎり、いまシャイローを追っているのは一人だけだ。シャイローがそいつから逃げられたとしたら？　追ってこられないように、彼女がカヤックに裂け目を入れたのだとしたら？　ここに相手を足止めさせたことになる」

「どうやって逃げた？」スローアンはたたみかけた。

コークはルイスを見た。「彼女は自分のカヌーを持っていたか？」

「ウェンデルおじさんはそう言ってた。ぼくは見たことないけど」

「いいぞ」コークはたき火の前を行ったり来たりして、全容を思い描いた。「誰であれ、そいつはキャビンを燃やした。なぜだろう？　腹いせか？　証拠隠滅のためか？　とにかく、自分が足を奪われたのはわかっている。そこへ、おれたちが来た。こっちが尾根に行くまで隠れていて、追われないように二艘のカヌーの船体に斧を入れ、もう一艘に乗って逃げた」

スローアンは興奮して手をこすりあわせたが、慎重な態度はくずさなかった。「ほとんどが想像の域を出ていないがな」

「どうやら選択肢は二つありそうだ」コークは言った。「あきらめて負けを認めるか。シャイローを見つけるかすかな望みに賭けるか」

「おれは、やるだけやってみるほうに全面的に賛成だ」スローアンは言った。「だが、残念ながら、どんな救助作戦を始めるにしても、相手は巧妙に先手を打っているぞ」壊されたカヌーのほうへ頭をかしげてみせた。

「そうだな」コークはてのひらを拳でたたいた。「くそ。ダクトテープを持ってきていれば、穴をふさげるんだが」

「ルイスがなんとかできるかもしれない」ストーミーが言った。

男たちは少年に視線を向けた。ルイスは幼く見え、下を向くと、たき火の明かりで影になったその顔は自信がなさそうだった。

ストーミーはひざまずいて息子に話しかけたが、彼の暗い目は一度も少年の顔を見なかった。まるで炎に向かって話しているかのようだった。「ルイス、おれはウェンデルがおまえに教えていたことに感心したことは一度もない。アニシナアベ族であることはおよそつらくて、うまくやっていくにはその事実をできるだけ無視するにかぎると思っていた。だがな、おれは間違っていた。おまえが知っていること、ウェンデルおじさんが教えてくれたことは、シャイローの助けになるんだ。どうだ?」

少年は低い声で言った。「役に立つかどうかわからないよ」

「何がだね?」アーカンサス・ウィリーが聞いた。

ストーミーは言った。「伯父はカヌーを作っているんだ。樺の樹皮《バーチバーク》でできたカヌーを」

「おれたちのはバーチバークじゃないぞ」スローアンは指摘した。

「同じようにつぎはぎできるかもしれない。どう思う、ルイス？」

彼らのはるか後方から、狼の遠吠えが聞こえた。全員が闇に包まれた内陸のほうを振り返った。ふたたび遠吠えがして、こんどはどこか見えない尾根の高みからだった。答えを求めているような声だった。

ルイスは男たちに向き直った。「やってみる」彼は言った。

彼らがカヌーを火のそばに持ってきて、ルイスが作業にかかるころには、地面は真っ白になっていた。少年の指示にしたがって、コークとスローアンは広葉樹の林にたくさん生えている樺から樹皮をはがしてきた。カヌーは船体を火の方向に向けてひっくり返されていた。ルイスは最初の傷ついた船体に樹皮を当てた。斧は二回振り下ろされていて、舳先《へさき》の近くに×印をつけていた。ルイスはナイフを使い、五センチほどの余裕を残してそのあたりをおおえる大きさに、樹皮をカットした。錐《きり》がいると、彼は男たちに言った。ウェンデルおじさんはミゴスを使うけど、と付け加えた。鹿の骨でできた錐のことだ。コークは自分のケイス社のナイフを提供した。ついているたくさんの刃の中に、穴を広げたり物を刺し通したりする用途のものがあった。樺の樹皮を船体に縫いつけるために糸になるものもいる、とルイスは言った。バウンダリー・ウォーターズに入るときは、コークはかならず釣り道具箱と折りたたみ式の竿を持ってきていた。ザックから小さな釣り道具箱を出して、ルイスに九ポンド・テストのラインを差し出した。

ルイスはケブラーに錐を通そうとしたが、うまくいかなかった。船体の裂け目のせいで完璧なはずの材質は弱り、彼が押すと全体がへこんでしまった。ルイスは男たちを見上げた。敗北感に傷ついていた。

アーカンサス・ウィリーがどっかりとすわりこんだ。「コルクで栓をするようなわけにはいかんな」

ストーミーは息子のほうにかがみこんだ。「ナイフを貸せ、ルイス」彼はナイフを取り、錐の先端をたき火の端の燠《おき》に突っこんだ。手袋をはめ、少しして燠から錐を抜いて、赤く熱した先端をそっとカヌーに押しつけ、裂け目のそばを溶かして深いくぼみをつけた。「これを内側から押さえていろ」彼は息子に平たい木切れを渡した。スローアンとコークが横からカヌーを押さえ、ルイスが木切れをケブラーの船体に固定した。ストーミーはびしっと錐を突き入れて、溶けたくぼみにきれいな穴をあけた。こうして、三十分もしないうちに、ストーミーとルイスは損傷部分のまわりに輪郭をつけた。コークは釣り針をまっすぐにして、釣り糸に結びつけた。ストーミーは樹皮を船体に押し当てて、そのまま持っていた。ルイスはカヌーの内側から、レイは外側から作業を進め、まっすぐになった釣り針と糸を穴と樹皮に通していった。

　このようにして樹皮を固定したあと、ルイスは先に火にかけておいた鍋を持ってきた。鍋の中には、コークとスローアンが樺の樹皮を切り裂いているあいだに、ルイスと父親が集めてきた松やにおおわれた唐檜《とうひ》の樹皮が入っていた。コークのダウンベストについていたメッシュのインナーポケットで、ルイスは袋を作り、唐檜の樹皮を詰めて水に入れ、ゆでておいたのだ。唐檜の樹皮から松やにがはがれ、メッシュの袋で漉《こ》されて湯の表面に浮いていた。それをルイスはスプーンで慎重にすくいとった。別のもっと小さな鍋に移し、同じように火にかけた。その混合物が沸騰するあいだに、彼は部分的に燃えたヒマラヤ杉から削った炭の粉をすりつぶし、液体になった松やにに加えた。炭の粉は、樹脂の混合物を使用後に固まりやすくするためのものだと、ルイスは説明した。

　彼は父親にシジョキウサガーガンがいると言った。樹脂の混合物を樺の樹皮の縫い目に塗って密閉するための、小さなへらだ。ストーミーは樺の樹皮を裂いて、小さな平たい刃のようなものを作った。ルイスは液体の樹脂混合物を、ストーミーの間に合わせのへらを使って注意深く樺の樹皮の端と穴に塗り、つぎはぎ部分の空気がもれないようにした。

　一艘目のカヌーが終わったとき、彼らは全員後ろに下がって、たき火に照らしだされた作業の成果を眺めた。ウィリー・レイの長い顔は、疲労でさらにやせこけて見えた。「ほんとうにこれでうまくいくと思うかね？」彼は尋ねた。

「見込みは充分ある」コークは答えた。「樺の樹皮は水に強い。それにケブラーは基本的に樹脂から作られたものだ。だからルイスの松やに混合液は、いい接着剤になる可能性が高い。それに、うまくいかなくても、多少睡眠不足になった以外、失うものは何もありませんよ」

「それに、どっちみち寝てなんかいられない」スローアンも言った。

ストーミーは息子の肩に手を置いた。「ルイス、よくやったぞ」

父親にほめられて、少年はにっこりした。そして、ほかの大人たちの注目を浴びたのが恥ずかしいのか、下を向いた。

「次に取りかかる前に、コーヒーでも飲まないか?」スローアンが提案した。

彼がコーヒーをわかし、ルイスを含めて全員が火を囲んで飲んだ。コークは疲れきっていて、ほかの者も同じなのが顔つきから読みとれた。彼らは、長いあいだ苦労しながらパドルを漕いできた。二人の男が暴力的な死をとげた。そして、たどり着いたのがここだ。樺の樹皮の薄い切れはし数枚に、当の女の命がかかっているかもしれない。だが、いまコークは三人の男と一人の少年とともにあって、静かな誇りを感じていた。ひどく不利な状況にもかかわらず、みんなへこたれてはいない。

「あんたが正しかった場合だが、コーク」コーヒーとともに訪れた心地よい静寂を破って、スローアンが言った。「シャイローが逃げたとして、ここからどこへ行くと思う?」

コークは、人差し指でコーヒーに浮かんでいる灰をすくいとった。「それを考えていたんだ。ルイスが知恵を貸してくれるだろうが、もし彼女に少しでも土地鑑があるとすれば、ディアテイル川へ向かったはずだ。昨日おれたちがバウンダリー・ウォーターズへ入った地点へ、ぐるっと一周して戻るルートの起点になっている。川は南東に流れていて、最終的にはスペリオル湖にそそぐ」

「ここに来る途中で、わしたちのそばを通らなかったのかな？」ウィリー・レイが聞いた。

「つまり、あの子を見ていてもいいはずじゃないか？」

コークはかぶりを振った。「この天気で、あれだけ島があれば、クイーンメアリー号が通ったってわからないかもしれない」

「だったら」スローアンは続けた。「そのディアテイル川に行けたとすると、彼女はうまく逃げおおせるだろうか？」

コークはルイスに目を向けた。

「アニムキーカー」ルイスはつぶやいた。

「おまえの言ったことはおれにはわからない」スローアンは少年に言った。「しかし、よくないことのようだな」

「雷っていう意味なんだ」ルイスは言った。

「白人の地図では、〈地獄の遊び場〉と書かれている」コークは告げた。

アーカンサス・ウィリーが首をかしげた。「なんなんだ？」

「バウンダリー・ウォーターズのどこにでもある、激しい瀬が続く場所」コークは答えた。

「難度は四級。近くに行くと、耳が聞こえないくらいすごい水音だ」

「彼女は〈地獄の遊び場〉のことを知っているかな？」スローアンはつぶやいた。

「地図を持っていて、その読み方がわかればな」コークは言った。

ウィリー・レイは不安そうに手で口をこすった。「もし、そのことを知らずに飛びこんだとしたら……」彼はその先を続けられなかった。

スローアンはカップを置いた。「次のカヌーに取りかかったほうがよさそうだ」

彼らは全員作業を再開したが、アーカンサス・ウィリーだけは突然身を二つに折って、みじめそうによろよろと林へ歩いていった。

36

シャイローは炎を小さくしておいた。寒さはしのがなくてはならないが、あの男が追ってくる方法を思いついた場合に備えて、見つからないようにしなくてはならない。カヌーは島の岸から離れた場所まで上げて、常緑樹の枝でおおっておいた。カヌーの陰で火をおこして、そばにかがみこんで暖をとった。

食料は何もない。彼女の持ちものはすべてポケットに入っていた。マッチ、ナイフ、地図。だが、食べられなくてもかまわなかった。彼女は生きている。ありがたいことに、まだ生きている。

カロンと名乗った男の前で滑りやすい岩の壁を登りながら、相手がころべばいいのにと彼女は思っていた。しかし、ころばなかった。重いザックを背負っているのに野生のヤギのように身が軽く、彼女との距離も必ず手が届く範囲に詰めていた。彼女は数秒早く先に登りきった。彼も壁を登りおえてそこにバランスをとって立ち、片側に広がる森と、ウェンデルがニキディンと呼んでいた反対側の細長い湖を見下ろしていた。彼女は男のほうに向き直った。そして、その背後に見えたものに目を丸くした。

彼女の顔を一瞥《いちべつ》して驚きを見てとった男は、さっと振り向いた。

そこには灰色狼がいた。

獣はいまにも飛びかからんばかりに殺気をみなぎらせ、黄色の目に獰猛な光をたたえて男をにらみ、歯をむきだした。威嚇のうなりがのどから響いた。

カロンは銃を取ろうとした。彼の手がベストの内側に消えたとたん、シャイローは飛びかかり、あらんかぎりの力で押した。下方の森に落としてやりたかったが、位置的に湖のほうに押しやるしかなかった。四メートルほど下の水面に彼は落ち、シャイローは背を向けて尾根沿いの道に駆け上がっていった。

道はキャビンまで続いているが、彼女はそのまま走ってはいかなかった。五十メートル近く先の、男が落ちて湖から這い上がろうとしている場所からは充分離れたところで、身を隠した。距離を置きたいのが本音だったが、長いあいだ恐怖とともに生きてきたので、愚かしく振りまわされはしなかった。低いブラックベリーの茂みの後ろの、湿った地面に身を伏せた。すぐ右側で、地面は湖に切り立った六、七メートルの崖になっている。隠れるような場所ではないのはわかっていた——開けているし、逃げ道もない。しかし、脳裏には彼女を通りこして、もっと隠れやすい尾根の上の森へ向かって走っていく男の姿が浮かんでいた。

静かで湿気のある空気の中では、音は容易に伝わってくる。彼が水から岩の上へ這い上がりながら、うめく声が聞こえた。低い声で罵《のの》っている。道を飛ぶようにこちらへ走ってくる男の、濡れた革のブーツが立てるガボガボという音、濡れたジーンズがこすれあう音がする。

彼女は息を止めてぎゅっと目をつぶった。暗く音のない世界に自分を閉じこめることで、彼の視界から消えようとするかのように。息を止めつづけて気が遠くなり、自分の血が耳の中で脈動する音しか聞こえなくなった。

次の瞬間、彼女は限界に達した。息を吹きかえした大きな機械のように、空気を取りこんだ。そして、ふたたび聞こえるようになったとき、カロンと名乗る男が尾根のてっぺんあたりの遠くの道を走っていく音がした。

待つべきだとわかっていた。もっと遠くへ行かせなくてはならない。上の森の中へ永遠に消えてしまうように。だが、抑えていたパニックがついに襲ってきた。彼女ははね起きてブラックベリーの茂みを飛び越え、川をせきとめている岩の壁のほうへできるかぎりの速さで戻った。這い下りるあいだに二度滑ったが、落ちそうになっても怯えたりしなかった。失うものは何もないのだ。下に着いて、振り返らずに森の陰めざしてダッシュした。大きな湖まで来て、カヌーを水に押し出し、ポケットからナイフを出して刃を振り出し、黄色いカヤックを切り離すとその横に長い裂け目を二ヵ所入れた。カヌーの艫《とも》に飛び乗ってパドルをつかみ、ぐいと水面をかいた。

男が岸に立って銃を構えるところを想像した。肩甲骨のあいだを弾丸が射抜くのが感じられそうだった。だが、一度も振り返る危険をおかすことなく、二百メートル近く進んだ。やがて、見えるのは無人の岸だけになった。空気の抜けたカヤックが、溶けたバターのように黄色く平らに水辺を漂っている。川が流れている松林のあいだを、灰色の影が地面すれすれに動いたかと思うと、あっというまに彼女の目の前から消えた。

一度も手を休めずに漕ぎつづけた。体の内側の自分でも存在するとは思っていなかった場所から、力が湧いてきた。二時間たったのか三時間たったのか、わからなかった。途中から、雨が完全に雪に変わり、灰色の光が深い炭の色になって宵闇が訪れた。島に乗り上げて、これ以上は進めないのがわかった。最後の余力をふりしぼって、彼女はカヌーを水から上げた。ナイフで常緑樹の枝を払い、舟を隠した。雨がすべてを濡らしていたが、樺の倒木を見つけて何本か枝を折り、外側の湿った樹皮を剝いで乾いたたきぎを作った。

もう疲労の限界を通り越していた。思考と行動が、原始以来の知識の泉からひとりでにあふれてくる感じだった。ハミングしているのに気づいて、自分の音楽はきっといつもこの同じ場所から生まれてくるのだろうと思った。とにかく、中でも最上のものはそうにちがいない。

最小限にたきぎを足して、炎が大きくならないようにしながら、カロンと名乗る男のことを考えた。なぜ自分を探しにきたのか？　なんのために自分の死が望まれているのか？　誰が望んでいるのか？　それが、キャビンに隠してきたものとどういう関係があるのか？　背後にいる者が誰にしろ、気の毒なリビーに送った手紙からそのことを知ったのだ。殺人に駆り立てるような何を、自分はあの手紙に書いたのだろう？　過去のことだろうか？　セラピーの秘密については、サトペン医師の治療のことも、深い森の中で自分で行なったことも、リビーにはごくあいまいにしか伝えていない。では、未来のこと？　それについては、もっと明確に、抑えられない興奮のおもむくままに書いた。ドラッグもやめ、過去からの逃避もやめ、強風に運ばれるタンポポの綿毛のような存在であることもやめるのだ。自分の未来を自分で決め、人生を変える。そうだ、彼女はそういうビジョンを抱いていた。そして、部族が——ウェンデルの部族、いまは自分の部族でもある——そのすべてに関わってくる。

しかし、いま逃げてきたばかりの脅威から、カロンと名乗る男から完全に自由にならないかぎり、未来はない。あの男はまるで、夢の中から〝闇の天使〟が歩き出してきて生身の人間になったかのようだ。よし、もしあれが〝闇の天使〟なら、過去の恐怖がよみがえってきたのなら、用意はできている。こんどは、彼女は反撃するだろう。

うとうとしはじめて、はっとわれに返った。ついに疲労が襲いかかってきたのだ。だが、眠る前にもう一つやっておくことがあった。

彼女はナイフの刃を出した。長い黒髪をつかんで、頭皮に近いところで切った。またひとつかみ取って、切った。何度も何度もくりかえした。ナイフが頭全体を移動していった。長く美しい髪の束がまわりに散らばって、殺戮《さつりく》現場のようだった。切る。さらに短くする。もう髪をつかめなくなるまで。ほとんど残っていないので、誰も髪をつかめなくなるまで。

37

寝室の電話が鳴って、ジョーははっと目を覚ました。

「ジョー。ウォリー・シャノーだ」

「ああ」彼女はベッドの上に起き上がり、眠気を振りはらおうとした。「どうしたの、ウォリー？」

「こんなに早くからすまない」

ナイトスタンドの時計を見た。午前五時半だった。「いいのよ」

「遺体が見つかった。捜索隊の一人が見つけたんだ。ゆうべ、バウンダリー・ウォーターズで。いま、ヘリで町立病院の死体安置室へ運んでいる」

「身元はわかったの？」

「いや。おおまかな特徴しかわからない」

銃口がぱっと光るのを見て、弾丸に貫かれるのを待っているような気がした。

「言って」

保安官が大きく息を吸うのが聞こえた。「男性。白人。赤褐色の髪。茶色の目。中肉中背。四十代半ばから後半。不確かなんだ、ジョー」

「いいえ、確かよ、ウォリー」弾丸は命中した。彼女の心臓のどまんなかに。

「きみが来る必要はないよ。わたしが――その――」

「すぐに行くわ」

受話器を置いたとき、彼女の血管はどくどくと脈打っていた。呼吸は荒く、苦しかった。のどはこわばり、渇いていた。神さま、誰かほかの人でありますように。

廊下の明かりがついた。ローズが戸口に立っていた。

「電話が鳴るのが聞こえたの」

「見つかったの。バウンダリー・ウォーターズで。一人の遺体が」

「ああ、なんてこと」ローズは急に寒気を感じたように腕を体にまわした。「誰だかわかったの？」

「いいえ」

「どうして――」ローズものどを詰まらせたように、一瞬言葉が出なくなった。「どうして死んだのかは？」

「聞かなかったわ。いまヘリで遺体を運んでいるところなの」ジョーは立って、なんでもいいから着るものを探していた。「病院へ行ってくるわ。遺体が着いたとき、そこにいないと」

ジーンズ、厚いソックス、セーターを身に着けた。ブラジャーは省いた。ふいに立ち止まって、ローズを見た。「特徴がコークに似ているの」

「そんな、まさか、ジョー」

「彼だとはかぎらないけれど」

「違うわよ」ローズは言った。

ジョーはクローゼットの前にかがみこみ、ブーツをつかんだ。床にすわり、足を押しこんだ。ひもがうまく結べなかった。「くそったれ」

「ジョー、大丈夫よ」ローズはそばに膝をついて、腕の中に姉を抱きしめた。

ジョーは妹のシェニール織りのローブに顔を埋めた。「ああ、ローズ。どうしてもっといいことをたくさん口に出して言わなかったのかしら。ひどいことを言ったのを全部、元に戻したい」

「わかる、わかるわ」

ジョーは懸命に気を取りなおし、涙をぬぐった。「子どもたちには何も言わないで」

「もちろんよ」

なんとか立ち上がった。「何かわかったら、電話するから」

「そうして」

ジョーはドアから出て階段を降りた。クローゼットからコートを出し、暗いキッチンを通って裏口へ向かった。ドアを開けたとき、ローズが急いで横に来て、肩に手を置くのを感じた。

「祈ってるわ」

ジョーは一瞬目を閉じた。「わたしも」

夜のあいだに少し雪が降って、オーロラの町は薄い白のベールでおおわれていた。まるで死体にかける布のようだ、と、ジョーはオーロラ町立病院へ車を走らせながら思った。朝焼けが東の地平線を染めはじめている。雪雲はどこかへ移動していた。空は薄い青みがかった白で、湖に張る厚く硬い氷のような色だった。

病院は都会から離れた広大な地域をカバーしているため、建物の東側にヘリポートが設けられていた。とくに夏には、ヘリポートはひんぱんに使用された――斧やチェーンソーでの事故、水難、それに心停止した都会の人間たち。嬉々《きき》としてスーツやネクタイを脱ぎ捨て、現代の冒険者きどりで、コレステロール値の高いたるんだ体には耐えられないカヌー遠征に挑んだ結果だった。

ウォリー・シャノーはヘリポート近くの駐車場にいた。革の保安官ジャケットの背を丸め、両手を深くポケットに入れていた。ブッカー・T・ハリスとネイサン・ジャクソンもいて、青いルミナの中でエンジンをかけっぱなしにして暖をとっていた。ジョーがトヨタを止めると、シャノーは歩いてきた。

「ほんとにすまなかったね」彼女が車から降りると、保安官は言った。「はっきりしたことのがわかるまで、待つべきだったかもしれない」

「知らせてくれてよかったわ」

彼女は空を見上げた。まだ星がたくさん、とくに北のほうに出ていた。ヘリが飛んでくる方向だ。

シャノーは腕時計に目を走らせた。「到着予定時刻は約十分後だ」

「どうやって遺体を見つけたの？」

「捜索隊の一人が、夕暮れにエンバラス湖北側の上陸地点にキャンプを張った。夜中に小用に起きて、積み重ねた岩につまずいた。いくつかどけてみると、下に新しく掘られた穴があった。少し掘り下げてみると、遺体が出てきたんだ」

神さま。ジョーはいつしか祈っていた。どうぞコークではありませんように。

「大丈夫か？」シャノーは気遣った。

「だめ」

「そうだろうな」彼は同情するようにうなずいた。

「ウォリー――」彼女は知りたかったが、聞くことができなかった。

ジョーの心を読んだかのように、彼は言った。「事故じゃなかった、ジョー」一度を越した熱心さで空を眺め、長いあごをぴくぴくさせた。「斧の一撃だった。首に」

「ひどい」彼女はささやいた。「ああ」

ヘリポートの照明がついた。病院の両開きのドアが開き、パーカ姿の二人の看護助手がストレッチャーを押して出てきた。照明のぎらぎらする光の中に入ってきた二人はジョーの知らない顔で、一晩中勤務についていたかのように疲れて見えた。医師はいなかった。ヘリコプターが運んでくる者に、もう治療は必要ないのだ。

「来たぞ」シャノーが北のほうを指した。

ジョーにも音が聞こえた。すぐに見えてきた。木々の上を低空で飛んでくる。ライトが流れ星のように空を横切る。ハリスとジャクソンが車から出てきて待ちかまえた。ハリスはちらりとジョーのほうを見た。ヘリコプターは雪を巻き上げて降りてきた。スキッドに固定した橇《そり》に、遺体袋がのっているのをジョーは見た。二人の男がヘリから飛び降りた。〈タマラック郡捜索救難隊〉と背中に記されたジャケットを着ていた。

「ここで待っていてくれ」ウォリー・シャノーは声をかけた。

ジョーはうなずいた。ほとんど息ができず、言葉は何も出てこなかった。シャノーはヘリに歩いていき、ハリスとジャクソンも加わった。彼らは橇を囲んだ。遺体袋のジッパーを開けて、彼らが話し合っているのが見えた。シャノーが振り向き、ヘリの回転翼が回っている下を、背をかがめたままジョーのほうへ引き返してきた。彼女は顔をそむけた。彼の表情を読みとりたくなかった。

シャノーは彼女の肩にそっと手を置いた。「コークじゃないよ」

ジョーはくずおれそうになった。安堵の涙で、目が見えなくなった。両手でしばらく目をおおっていたあと、保安官に向きあった。「誰だったの？」

「グライムズという男だ」

看護助手たちがグライムズの遺体をのせたストレッチャーを押して駐車場を横切り、病院の中へ消えていった。ハリスとジャクソンが、ジョーとシャノーのほうへ近づいてきた。

「ベネデッティに会いたい」ハリスが言った。「いますぐに」

「まさか、これがヴィンセント・ベネデッティのせいだとでも？」ジョーは聞いた。

「向こうにはまだほかに六人の人間がいるんだ。さらに死人が出ないうちに、早く答えが知りたい。ベネデッティを連れてきてくれ。わたしたちは〈クエティコ〉にいる」

コークは世界が新しくなったように感じた。復活祭の朝のように。希望がふたたび生まれたかのように。

38

太陽が昇った、神の姿のようにまばゆく。湖は天国のように青い。雪が積もった常緑樹は、天使の羽のように真っ白だ。

カヌーのつぎはぎした部分は保《も》っていた。

コークたちは夜明けの光とともに湖に漕ぎ出した——レイはコークのカヌーの舳先《へさき》に、スローアンとストーミーとルイスはもう一艘に乗っていた。ほとんど言葉をかわさず、すべてのエネルギーを漕ぐことに、距離をかせぐことに傾けた。若くて目のいいルイスを見張りに立て、シャイローもしくは追っている男のどんな痕跡も見逃さないようにした。けさは快晴なので、水平線に浮かぶ島々がなかったら、ルイスは何マイルも先まで見通すことができただろう。

コークはコントラストに強い衝撃をおぼえた。魂を震わすような、胸にしみるドラマティックな美しさのただなかにあって、自分たちは得体の知れないはかりがたい悪に対し、競走を挑んでいる。もしシャイローの命がかかっているのでなかったら、彼は追跡のスリルに高揚したたろう。今日は戦いの日だ。神と偉大な精霊《ギチマニドー》が自分たちと一緒に湖上にあることを、コークは感じずにいられなかった。梢の上を飛んでくるカナダ雁の列から大きな鳴き声が上がったときには、大天使ガブリエルがらっぱを吹き鳴らしたかのようだった。彼は確信した――絶対的に確信した、まさに今日が輝かしい日で運が続いているということを根拠に――自分たちは必ず悪を打ち負かすと。昨日までの二日間の疲労と緊張の反動から生まれた、間違った幸福感にすぎないのだろう、と自分でもわかっていた。しかし、それは贈り物のように、前兆のように、啓示のように感じられた。そして、自分たちを導く偉大な意志と思えるものに、彼は自分の意志を添わせていった。

この感覚が、自分だけのものではないのはわかっていた。ほかの者たちも燃えていた。彼らの顔はうつろで疲労に沈んでいたかもしれないが、目にはけさの太陽のように輝く光が宿っていた。彼らは、自身の内奥深くに達していた。戦士たちが並はずれた勇気を求めて到達する深い場所に。こういう男たちと一緒にいることが、コークは嬉しかった――かぎりなく誇らしかった。苛酷ではあったが、ルイスのためにもよかったと思っていた。たしかに、少年は恐ろしい体験をした。だが、このめったにない仲間意識を共有し、彼ら全員を高揚させ、団結して前へ進ませる、この稀有な感情を味わうチャンスを与えられた。

朝のあいだ、彼らは早いスピードで進んだ。湖面は静かで、カヌーは空を飛ぶツバメのように水の上を滑っていった。コークは最初アーカンサス・ウィリーの状態が心配だったが、昨夜の不調は回復したらしく、ウィリーはひとことも弱音を吐いてはいなかった。

午前中半ばに、ディアテイル川に近づいたときルイスが叫んだ。「あそこ！」

彼は前方北寄りの、落雷で裂けた高い松の木が一本生えた岬を指さした。コークは漕ぐのをやめ、太陽の光をさえぎるために額に手をかざしてルイスの示したほうを見た。

「なんだ？」何も見えなかったので、彼は尋ねた。

「キャンプだよ」ルイスは答えた。「テントとカヌーがある」

ルイスの説明で、コークにもわかった。テントは雪におおわれ、背後の雪をかぶった常緑樹に溶けこんで見えにくくなっている。カヌーは、白くなった岸から突き出した長く白い指のようだ。

「人が見えるか？」コークは聞いた。

ルイスは首を振った。「誰もいないみたいだ」

「調べてみよう」スローアンが言った。

「ウィリーとおれがまず行こう。あんたはライフルで援護してくれないか」

スローアンは銃に弾をこめた。「オーケーだ」

彼らは慎重に動いた。舳先が岸に乗り上げると、レイとコークはカヌーから降りた。すべてにうっすらと雪が積もり、多くは鳥かウサギと思われる動物の足跡が、雪の上にジグザグについていた。コークはテントに行き、垂れ幕を上げた。中には寝袋が二つあったが、からだった。彼は落雷で裂けた松に向かい、ずたずたになった袋の切れ端の周囲についた足跡を眺めた。

「食料だ」振り返ってレイに言った。「熊が荒らしたらしい」

しかし、そこにあったのは熊の足跡だけではなかった。松の高い枝から袋を吊るしていたロープを調べた。端はナイフできれいに切られていた。

「これも熊かな？」背後でアーカンサス・ウィリーが聞いた。彼は足元できらきらしている雪のかたまりを見下ろしていた。

コークはレイのかたわらへ行き、ひざまずいて雪をかきわけた。ビー玉のように生命のない目があらわれた。遺体のほかの部分から、用心深く雪をどけた。死んだ男の胸の上で、青いフランネルのシャツが凍った血で固く黒くなっていた。

「熊じゃないな」陰鬱《いんうつ》な口調でコークは言った。「誰かが銃の撃ち方を教えたのでないかぎり」

たき火をするために円形に並べられた石の隣にある、もう一つの雪のかたまりへ行った。雪は死体を完全におおってはいず、片方の腕が白いシーツの上で切断されたようにむきだしになっていた。

「もう一人だ」ラードのようにどんよりと白い顔から、彼は雪を払った。

「死んでどのくらいだろう？」アーカンサス・ウィリーは聞いた。

「判断するのはむずかしいな。少し前でしょう」

コークはほかの者たちを岸に呼んだ。

「ルイス、きみはカヌーにいろ」

スローアンがキャンプに上がってきてコークの横に立った。

「死体が二つ」コークは言った。「白人の男性だ。二人とも、胸に複数の銃創がある。死後……少したっている」

「今日やられたのか？」

コークはかぶりを振った。「雪がつもっていた。たぶんきのうだろう」

「シャイローと関係あると思うか？」

「これまでの死はすべてシャイローに関係していた。これを見てくれ」彼はスローアンをずたずたになった袋のところへ連れていった。「彼女はここにいたんだ。ほら、キャビンにあったのと同じ、小さなブーツの足跡がある」

足跡は岸から袋のところまで続いていて、そこで熊の足跡とまざりあっていた。ブーツの足跡はまた岸へ引き返して、もと来た道を正確にたどっていた。

「食料だ」コークは言った。「彼女は食料がほしかったんだ。木から袋を下ろしてほしいものを取ってあとは残しておいたか、熊に驚いていやおうなく放り出したか」

スローアンは証拠を眺めた。ライフルを背負ってひざまずき、雪をすくった。薄茶色のてのひらの温かみで、雪はすぐに水になり、指のあいだからしたたり落ちた。

「どのくらい前だろう？」彼は尋ねた。

「足跡の端は太陽で溶けているから、二、三時間前だろうな」

「くそ！」アーカンサス・ウィリーが腹を押さえた。「いまいましい、また来やがった」彼は急いでカヌーへ戻り、ザックをつかんで木々の後ろへ駆けこんだ。

ウィリーがいなくなったあと、ストーミーが低い声で呼びかけた。「コーク」彼は岸辺に立って、手招きしていた。

そばに行くと、コークにもストーミーが見たものが何かわかった。水ぎわのシャイローの足跡のそばに、別の足跡があった。

「やつもここに来たんだ」コークは言った。

「跡ははっきりしている」ストーミーは指摘した。「端もきちんと見える。太陽が溶かすひまがなかったんだ。やつは彼女を追ってここに来た。たいして前のことじゃないな」

スローアンは言った。「急いで動こう」

「その人たちのカヌーを使ったら？」ルイスが提案した。

コークは死んだ男たちのカヌーに歩み寄った。「いい考えだ、ルイス、しかし忘れたほうがよさそうだ。やつはこれもだめにしている」

アーカンサス・ウィリーが恥ずかしそうに森から出てきた。「失敬したね」

「自分を責めることはない」コークは励ました。「ここじゃ、よくあることなんです。だが、できればもう少しがんばって。もうすぐのはずだ」彼はディアテイル川のほうにうなずいてみせた。朝の光を受けて銀色に輝く広い流れは、岸から百メートルほど先の松林の中へ続いている。

ている。「やつは、おれたちを片づけたと思っている。勝利は目前だと信じている。だが、おれたちはあの野郎をだしぬいてやりますよ、ウィリー。みごとにだしぬいてやる」

39

彼女は死んだ男たちの食料を食べた。

死体があるのを知っている場所に着くずっと前に、木の枝からぶら下がっていた袋のことを考えはじめていた。これほど空腹を感じたのは初めてだった。からっぽのそこを必死で探るかのように、お腹がぎゅっとねじれた。体も弱っていた。飢えは我慢できるが、弱るのはこわい。ペースが遅くなるだろうし、自分は進みつづけなければならない。どうやってかはわからないが、カロンという男が追ってくる方法を見つけるだろうと、彼女は知っていた。だから、彼女は心を決めた。落雷で裂けた木のある岬が見えたとき――ディアテイル川はもうすぐだ――あらんかぎりの力でそこへ向かって漕いだ。

梢の上にまだ太陽は昇っておらず、キャンプは森の冷たく青い影の中に沈んでいた。ある意味で、運命はやさしかった。雪が降って死体をおおい隠している。ほとんどの部分を。墓もなく、すぐに太陽が剝《は》ぎとるであろうシーツに包まれて横たわる男たちを、彼女は見ないようにしたが、罪悪感でそうしないわけにはいかなかった。一人の男の伸ばした腕をむきだしのままにしている大自然の気まぐれを見て、ぞっとして足を止めた。彼女の死に場所であるはずのところから、手を差しのべているかのようだった。涙を押しとどめ、ふらつく足に力をこめて、稲妻の長い傷跡が走る、袋が下がった松のほうへ必死に進んだ。木の幹に巻きつけてあったロープを切ると、袋はどさっと落ちた。彼女は飢えた動物のようにそれに飛びついた。フリーズドライのシチュー、卵の粉末、ビーフジャーキー、ドライフルーツが入ったビニール袋があった。たちまち唾がわき、口の中が痛いほどだった。ピーナツバターの瓶とパンの入った大きなポリ袋を見つけたときには、喜びのあまり叫びそうになった。

ピーナツバターとパンを手にしたとき、黒い熊がキャンプに入ってきた。テントを嗅ぎまわる熊が濡れた鼻をふんふんいわせるのを聞いて、彼女はさっと振り向き、相手を驚かせてしまった。獣は後ろ足で立って、キャンプの静けさを打ち破る威嚇のうなり声を上げ、彼女に向かって前足で空気を掻いてみせた。あとじさりながらも、彼女はピーナツバターとパンをしっかり抱えていた。熊は四本足の体勢に戻ってじりじりと袋に近づき、中を漁《あさ》りはじめた。シャイローはカヌーに向かって突進し、急いで押し出した。小さな舟は湖に滑り出した。もう少しでカヌーをひっくり返しそうになったが、食料は離さなかった。よろよろと艫《とも》に行って食料を中に置き、パドルをつかんで力いっぱい漕ぎはじめた。岸から五十メートル離れるまで、振り返ろうとはしなかった。ようやく振り向いてみると、熊はうずくまって、死者の食料の残りで騒々しく朝食をとっていた。

パンとピーナツバターはたいへんなごちそうに思えた。これほどおいしいものは食べたことがなかった。あとで、ディアテイル川の流れが彼女を大きな湖から運び去ってくれたとき、しばらく横になってカヌーが川を下るにまかせた。太陽はもう高くなって気温も上がり、長く暗いトンネルから光の中へ出たような気がした。ようやく、前夜の夢を思い返してみるゆとりが生まれた。体をこわばらせ、温もりを求めて自分自身を抱きしめながらまどろんでいたとき、また〝闇の天使〟が訪れたのだ。

こんどは、彼女はシャワーを浴びていて、狭いブースには体を洗い流す熱いお湯からの湯気がこもっていた。安全だと感じ、恐怖を流し去ってリラックスしていた。そのとき、振り向くと〝闇の天使〟がいた。湯気の向こうから、顔のない姿で近づいてきた。彼女は狭いブースの濡れたタイルに背中を押しつけたが、逃げ場所はどこにもなかった。のどから悲鳴をしぼり出そうとして目が覚めた。

〝闇の天使〟は、これまでずっと彼女の夢の一部だった。サトペン医師――パトリシア――は、この顔のない恐怖の権化にひじょうに興味を持った。セラピーを通じて、〝闇の天使〟が初めてシャイローの人生に入りこんできた夜まで、医師は彼女の記憶をさかのぼらせた。それは、マレイ・グランドが殺された夜だった。

その夜、シャイローは目が覚めた。まだ真夜中で、部屋の中にはぼんやりした形と深い影しか見えなかった。廊下の常夜灯が、ぼうっとした黄色い光でドアとカーペットを包み、その光は霧が月光の下を忍び寄るかのように、彼女のベッドのほうへ伸びている。目をこすって眠気を払うと、戸口にかがみこんだ男と見えたのは、ロッキングチェアにすぎないのがわかった。彼女はまた横たわり、まぶたを閉じようとした。そのとき、目を覚ます原因になった音がまた聞こえた。階下のどこかで誰かが怒っている。彼女は怯えた。母親の声ではなかった。知っている声ではなかった。低いなだめるような母親の声も聞こえた。こわがるシャイローを母親が抱きしめて、大丈夫よとささやいてくれるときのような声だった。だが、怒っている声は大丈夫そうには聞こえなかった。

彼女はベッドから降りた。足元のひんやりとした床は、冷蔵庫から出した冷たくて固いハーシーズのチョコバーのようだった。廊下に出ると、常夜灯に照らされて壁に映った彼女の影がついてきた。階段の上で、立ち止まって聞き耳を立てた。階下の居間はとても広いので、四方の壁は視界に入らない。床は赤いタイル材で、上に厚い真紅の東洋絨毯《じゅうたん》が敷いてある。誰もいないようだった。だが、怒った声はすぐそこの見えない場所から聞こえていた。母親はもうなだめてはいなかった。シャイローには聞き覚えのない声が、突然甲高くなった。母親が小さな叫び声を上げた。「やめて!」よろよろと視界に入ってくると、階段の下で倒れた。母親は見上げなかったが、シャイローには彼女の顔が、床のタイル材のように赤いものが散った肌が、見えた。〝闇の天使〟が現れたのは、そのときだった。全身に黒の衣装をまとい、赤く濡れた金色の剣を持っていた。〝闇の天使〟は、弱々しく腕を上げたシャイローの母親に襲いかかった。金色の剣が振り下ろされた。何度も何度も剣は打ち下ろされた。シャイローの母親がもう身をかわそうとしなくなるまで。赤いタイル材がもっと深い濡れた赤に染まるまで。

家の中には、荒い呼吸が満ちているようだった。それが〝闇の天使〟のものなのか、自分のものなのかはわからなかった。〝闇の天使〟はゆっくりと振り向いて、頭を上げた。顔はなく、あるべきはずのところには暗黒があるだけだった。シャイローはあとじさりした。〝闇の天使〟が階段を上がってくる音が聞こえた。彼女は背を向けて自分の部屋へ駆けもどり、クローゼットに飛びこんで、いちばん遠い隅のぬいぐるみと靴のあいだに体を割りこませた。常夜灯の光が一瞬かげったので、〝闇の天使〟が部屋に入ってきたのがわかった。失禁してしまい、濡れたパジャマから下の床にしみが広がった。クローゼットの戸口のすぐ前で、〝闇の天使〟の息遣いが聞こえた。彼女は目を閉じた。

手が頬に触れるのを感じたが、目を開けられなかった。

「わたしたちは天使、おまえとわたしは」声は言った。「小さな罪なき者」

シャイローは手からあとじさった。目はできるかぎりぎゅっと閉じたままだった。

「おまえを傷つけはしない、子どもよ」

ゆっくりと、シャイローは目を開け、顔のかわりに暗黒が広がっているところを見た。

〝闇の天使〟はその暗黒に指を上げ、唇があるべき場所にかんぬきをした。沈黙のしるしだ。

そして、〝闇の天使〟は消えた。

〝闇の天使〟の記憶もそれとともに消えていた。シャイローの夢の中に出てくる以外は。その後、パトリシアとのセラピーが彼女を過去へと導いた。

「黒っぽいストッキングね」顔があるはずの部分の暗黒について話したとき、パトリシアは言った。「あるいはベールか。それに、金色の剣？　お母さんを殺すときに使われた暖炉の火かき棒よ」

奇妙だった。〝闇の天使〟は母親を殺したというのに、母親は思い出にすぎず、犯人の正体よりも〝闇の天使〟がじつは人間だったという発見のほうが、シャイローにとっては重要だったのだ。

二人はほかのことについても話した。シャイローの孤独、打ち捨てられたような気持ち、孤立感。

「どうしてシャイローなの？」パトリシアは尋ねた。「芸名を決めたとき、なぜその名前一つしかつけなかったの？」

シャイローは答えなかった。

「考えてみて。名字がない。つながりがない。家族がない。過去もない。シャイローだけ」

彼女に宛てた手紙の中で、ウェンデル・ツー・ナイヴズも同じようなことを言った。タブロイド紙が彼女の逮捕や有罪判決や麻薬中毒について派手に書きたてたあとで、手紙は届きはじめた。

最初の手紙に書いてあったが、彼はシャイローの祖母の妹と結婚していた。ずっと前に一度、母親とシャイローをバウンダリー・ウォーターズに案内してくれたことがあった。母親が死ぬ前の夏に行ったその旅行と彼のことを、彼女は覚えていた。カヌーも覚えていた。樺の樹皮でできていた。森の静けさ。そして、ウェンデル・ツー・ナイヴズが知っていて、彼女たちに教えてくれたこと。母親がどれほど安らいで見えたかも覚えていた。めったにないことだった。いい思い出だった。最後のいい思い出の一つだ。

ウェンデルはもう一度来るようにと、彼女を誘ってくれた。彼女が抱えている問題を知っていた。何代にもわたって、森はおまえの部族をいやしてきた、と彼は書いてきた。おまえの部族。それまでずっと白人の世界で生きてきたというのに、彼はシャイローをインディアンとして受け入れてくれるのだろうか？

返事を書くまでに何週間もかかった。パトリシアとのセラピーが進み、最後にはパトリシアが彼女をうながした。ウェンデルはまた返事をくれた。二人は電話で話した。彼の声はやさしく、ゆったりとして心が落ち着く感じだった。母親と祖母の話をしてくれた。あこがれで満たされてしまうような、すばらしい話だった。彼はふたたび彼女を誘い、好きなだけ一人でいられて、自分が何者であるかを思い出せる場所を知っていると言った。一人でいたことがあるか？　と彼は尋ねた。

「わたしはいつだって一人だった」気がつくと、彼女は打ち明けていた。「そして、こわかった」

「こわくないように、手を貸してあげよう」彼は約束した。

彼は約束を守ってくれた、一つ残らず。キャビンは快適だった。森はいやしてくれた。一人でいることで、しばらくすると自分の声が心底から自分に向かって語りかけてくるようになった。

彼女はウェンデルにテープレコーダーを頼んだ。そして、自分の声に語らせた。ドラッグとセックスと何百もの忘却のすべによって逃げてきた、彼女の人生の真実。それが内部からあふれ出てきた。そしてそのとき、計画が生まれはじめた。未来へのすばらしい計画、いまそこには部族が含まれていた。彼女の部族。

ディアテイルの流れが秘密のキャビンから世の中へ彼女を運んでいくあいだ、帰ることを思うと興奮がこみあげてきた。自分が生みだし、テープに注意深くふきこみ、リビーにも書き送った計画は必ず実行に移す。その決意は固かった。これまで生きてきて初めて、ほんとうの自分自身になり、運命をこの手に握っていることを彼女は感じていた。

たった一つの不安さえなければ、いまは完璧なときなのに。カロンという男が背後のどこかにいることを知りつつ、彼女は振り返った。

地図を取り出した。矢印はかなり長くディアテイル川に沿って続いている。この先にはデイアテイル流出物と書かれた場所があり、そこからは短時間の陸上迂回《ポーテージ》で青い円形のエンバラス湖まで行ける。着いたら、流出物とはなんなのかわかるといいが。

彼女は地図をしまって、舟を流れにまかせた。ときどきパドルを漕いだが、川は行く先を知っていて彼女を道連れとして歓迎しているようだった。太陽の光が暖かい。疲労で眠くなり、目を閉じた。轟《とどろ》きが聞こえるまで、寝てしまったことに気づかなかった。

はっと目を覚ました。カヌーは矢のように川を下っている。二十メートルほど先で、川は白く泡だった急流となり、黒い岩に囲まれた長い隘路《あいろ》へと流れこんでいる。彼女は舟を後退させようとしたが、だめだった。川に捕われ、ひきずりこまれた。

カヌーが体の下で跳ねたかと思うと、激しく右に傾いた。彼女は反対側に飛び移り、水面にパドルを立てた。荒れ狂う瀬の中から半分出ている岩のとがった角を、舳先《へさき》がかすめた。隘路から抜けようと川そのものが猛り狂っている場所へ、彼女は押し出されようとしていた。逆巻く水の轟きの中でぎしぎしときしむ音が聞こえ、カヌーが引き裂かれようとしているのだと確信した。世界が傾いた。雄々しい死の苦しみに舟が頭をもたげるかのように、舳先が持ち上がった。艫《とも》に水がどっと流れこみ、沈む、と彼女は覚悟した。重みを増して、カヌーは横向きになり、川を分断している巨大な岩に横腹をぶつけた。カヌーは傾き、彼女は舷縁《ガンネル》をつかんだ。そのとき突然、奇跡的に、舳先を川下に向けたカヌーごと放り出された。隘路を抜けたのだ。

危険はまだ去ってはいなかった。前方の水面にはぎざぎざの岩が無数に待ち受け、周囲の川は狂犬病にかかった犬のように白い泡を噴いている。彼女は両手でパドルを握り、長いぎざぎざの岩の列の右側にカヌーを寄せた。渦にさしかかり、懸命に外側の端にとどまって、十メートルほどを乗り切って離脱した。さらに三十メートルほど、竜骨《キール》の下で水は泡だっていたが、ほんとうの危険は過ぎていた。

川はふたたび穏やかで広い流れになった。頭上では、茶色の鷹が上昇気流に乗って峡谷の壁を舞い上がっていく。そのさまは、透明な青い空を背景に夢のようにのどかに見える。カヌーの底では、水が彼女のブーツをたぷたぷと浸している。

　またもや、もうかなわないと思ったものを打ち負かした。彼女はパドルを頭上に上げて、戦士の叫びを発した。峡谷の壁からこだまが返ってきて、それは彼女の祖先たちの激励の声に聞こえた。

40

アンジェロ・ベネデッティが、父親を〈クェティコ〉の七番キャビンへ運んだ。震える白髪の老人が革の安楽椅子に落ち着くと、ブッカー・T・ハリスが進み出た。手錠をかけられているかのように両手を後ろで組み、顔には不安からくる汗が光っていた。

「わたしの部下の一人が死んだ。その理由を知りたい」

湖に面した長いガラス窓の前に立って、黙って葉巻をふかしているネイサン・ジャクソンが、いらいらして手を振った。「よせよ、ブッカー、理由はわかっているだろう。この人でなしは、シャイローのせいでマレイ殺しのしっぽを掴《つか》まれるのがこわいんだ」

「またその話か？」ベネデッティは言った。「もうけりがついたと思ったが」

ジャクソンは部屋を横切ってきた。「きさまをガス室に送りこむまで、けりをつけるつもりはない」

「よしておけ、ネイサン」

ハリスが弟の肩に手を伸ばしたが、ジャクソンはそれを振り払った。

「引き下がるものか」

ベネデッティは怒って息子を呼びつけた。「ここから出してくれ、アンジェロ。肥溜《こえだ》めの匂いがぷんぷんする」

「どこへも行かせるものか」ジャクソンは安楽椅子で震えている老人に向かっていったが、アンジェロ・ベネデッティがあいだに入り、ジャクソンと胸が触れあいそうな距離で対峙した。ハリスが弟をぐいと引き戻した。

「ネイサン、いいか、頭を使え。ここはおれにまかせるんだ」

ジャクソンは身をもぎ離すと、ハリスをにらんだ。「ああ、いいとも。かまわないともさ、兄貴。やれよ。ここでほかのすべてを仕切ったように、やってみせてくれ。すでに一人が殺された。あそこにいるほかの者たちがどうなったか、神のみぞ知るだ。優秀な仕事ぶりだよ、ブッカー。土曜の夜のダウンタウンてところだ」

ブッカー・T・ハリスの体を小さな地震が襲ったように見え、彼を抑えていたものがなんであれ、それは崩壊した。

「わかった」彼は叫んだ。「いいだろう。その男を殺したいんだな、さっさとやったらどうだ。おまえは何年も他人のケツを檻《おり》に押しこんできた――そろそろ自分で経験してみるのもいいだろう。三十年間、おれがおまえのためによかれと思ってやってきたことを、おまえは意固地になって無にしてきたんだ。だから、そうしろ、全部投げ捨てればいい。もう勝手にしろ、若僧が」

「くそったれ」ジャクソンは言い返した。

「ああ、おまえこそくそったれだ」ハリスはコーヒー・テーブルに手を叩きつけた。びっくりした小男のように、コーヒーカップが飛び上がった。「ひっこんでいろと言ったろう。ちくしょう。おれにまかせておけと。おまえに一つ教えてやろう、次のカリフォルニア州知事さんよ。ここの騒ぎがどういうことかは知らんが、マレイ・グランドとはこれっぽっちも関係ないのはわかっているんだ」

ネイサン・ジャクソンは凍りついた。じっと兄の顔を見つめたので、ハリスはうしろめたそうに目をそむけた。「どうしてわかっているんだ、ブッカー?」

兄弟の応酬に黙って耳を傾けていたジョーが、静かに言った。「なぜなら、彼は誰が彼女を殺したのかずっと知っていたからよ」

部屋にいた男たちは——シャノー、ベネデッティ親子、ジャクソン、メトカーフ、そしてついにはハリスも——全員が驚き、ジョーを凝視した。彼女自身、少し驚いていた。だが、突然すべてに筋が通った。

ヴィンセント・ベネデッティは息子の袖口をつかんだ。「話が見えないぞ、アンジェロ。どういうことか、おまえはわかるのか?」

「ちょっと待って、パパ。もうすぐわかると思うよ。続けてください、ミズ・オコナー」

「あなたがたみんな、これが男の問題だと、そのお二人の問題だと考えてきたわね。でも、ほんとうは女の問題なんじゃありませんか、ハリス捜査官?」

「何を言っているんだ?」ベネデッティは訴えるように言った。「はっきり言ってくれ」

「パパ、頼むから彼女の話を聞いて」いらだってこちらを見ているベネデッティの安楽椅子に、ジョーは近づいていった。「お話では、あなたとマレイ・グランドがつきあいだしたのは、あなたのカジノに彼女が出演しにきた直後のことだった。そうですね?」

「そうだ」

「そして、あなたの奥さまはそれを知ったとき、出ていくと脅した?」

「そのとおりだ」

「実際は、またマレイ・グランドと関係して自分をあざむいたら、あなたを殺すと奥さまは脅したと、あなたは言いました」

ベネデッティは肩をすくめた。「あれはかんしゃく持ちだった」

「あなたは関係を終わらせた。でも、マレイ・グランドがナッシュヴィルへ去る直前に、もう一度会った。その結果シャイローが生まれたと、マレイは主張した」

「だから?」

「奥さまは二度目の情事を知っていましたか?」

「あたりまえだ、テレサはなんだって知っていた。どうしてかはわからんがね。マレイがナッシュヴィルに行ったあとで幸いだったよ」

ジョーは続けた。「マレイが幼いシャイローと一緒に帰ってきて、昔の関係が再燃したと新聞が書きたてたとき、奥さまの反応は?」

当然のことのように、ベネデッティは答えた。「逆上した。わしは全部嘘だと言った」

「でも、奥さまは信じなかった」

「あれを責めるわけにはいかん」

「マレイ・グランドが殺された夜、あなたはロサンジェルスにいた。目撃者も複数いた」ジョーは若いベネデッティを見上げた。「あなたは? あの晩どこにいました?」

「ぼく? ジョーイと彼の家族と一緒に、ミード湖のハウスボートにいましたよ。彼のハイスクール卒業祝いだったんです」

「お母さまは?」

彼はちょっと考えた。「家にいたんでしょう。あのころ、母は精神的にかなり不安定だった。セント・ルチア教会に行ってロウソクを灯して祈る以外は、ほとんど外出しなかった」

「では、一人だったのね?」

「たぶん」

「何を言おうとしているんだ?」ヴィンセント・ベネデッティは、しびれを切らしたようだった。

「マレイ・グランドが殺されたあとで、奥さまとハリス捜査官がセント・ルチアで会っていたことを、きのうアンジェロが話してくれたんです」

「セント・ルチアで?」彼はハリスをねめつけた。「そんなこと、あれは言っていなかった」

「理由があったんです」ジョーは言った。「そして、捜査中にハリス捜査官が公式には一度も奥さまのほうへ目を向けなかったことにも、理由がありました。ちょっと考えてみてください。夫の愛人と噂される女性が殺された場合、怒りに駆られた妻は理屈にかなう容疑者ではありませんか?」

全員がハリスを見た。彼は銃殺隊を前にした男のように、彼らと向かい合った。

ジョーはハリスに言った。「その日彼女に会ったとき、あなたには相当な確信があったはずね」

「なんの話かわからない」

「教会でテレサ・ベネデッティと会ったことを否定するの?」

「わたしは殺人事件の捜査をしていたんだ」

「教会で?」ネイサン・ジャクソンが叫んだ。「ばかな、ブッカー。こっちを見ろ。こっちを見ろと言ったんだ、ちくしょう」彼は兄の顔を見つめ、やがて彼自身の顔に恐怖をみなぎらせた。「なんてことだ。ああ、なんてことだ。ほんとなんだな」彼はいまにも倒れそうだった。「なぜなんだ、ブッカー?」

「なぜ? なぜなら、おまえは弟だからだ。なぜなら、これまでずっとおまえの尻ぬぐいをしてきたからだ、ネイサン。当然のなりゆきだった」彼はジャクソンに背を向け、コーヒー・サーバーとカップが並んでいるテーブルにかがみこんだ。コーヒーをついで一口飲み、失望したようだった。「冷めている」カップを置いて、ジョーを見た。「わたしたちはロサンジェルスのワッツ地区で育ったんだ、ミズ・オコナー。大勢の黒人は決してワッツから出ることはできず、出ることができたうちの大勢は決して振り返ったりしない。わたしたちは幸運だった、ネイサンとわたしは。母親は――七年生の歴史の教師だった――固く理想を信じ、わたしたちを信じていた。ドワイトもまた幸運だった。彼の母親が出ていったあと、うちが彼を引き取ったんだ。ママは自分の子同然に育てた」ハリスは弟をちらりと見た。「ほんとうに、ママはおまえを信じていたよ、ネイサン。おまえが偉大な運命を背負っていると信じていた。黒人のために何かを成しとげるとな。ドワイトとわたしは、おまえの考えなしのおふざけの尻拭いをしながら大きくなったんだ。ママのために。これまでずっと、退却を援護するために戦いつづけてきたような気がするよ。おまえはたしかに弁が立つ。それに、政治力もあるふりをうまくやってのけさえする。だが、おまえのことはわかっているんだ、弟。石鹸《せっけん》の泡みたいな実体しかないのはわかっているんだ。なぜわたしたちがそうしてきたか、知りたいか？　教えてやろう。家族だからだよ。結局は、それがすべてなんだ。理想じゃない――理想は変わる。正義でもない――はは、それがなんなのかすらわからないよ。家族だ、ネイサン。結局、あとに残るのは家族だけだ」

「テレサ・ベネデッティについて何をつかんでいました？」ジョーは尋ねた。

ハリスは大きく息を吸い、吐き出した。「まず第一に、通話記録だ。マレイ・グランドが殺される二時間前、ベネデッティ家から彼女の家に電話がかかっている。わたしはそのときベネデッティがロスにいることを知っていた。少し調べたら、ミセス・ベネデッティがその晩一人で家にいたことがはっきりした。二と二を足すのは、天才でなくてもできる」

「どうして教会で彼女に近づいたの？」ジョーは聞いた。

「人目のない、真実を述べることが大切な場所で会いたかったんだ」

「このなりゆきは気にくわないぞ」ヴィンセント・ベネデッティは言った。

ジョーは取り合わなかった。「彼女になんと言いました？」

「通話記録のことを話した。マレイ・グランドが殺されたのに、目撃者かもしれない小さな女の子が無事だったのは解《げ》せないと言った。感動的だ、母親ならそうするだろうと思うと言った。代償をかえりみず家族の結束を守ろうとした女性を、責めるつもりはないと。それに、クローゼットのドアから血染めの指紋が見つかったとも言った」

「マレイ・グランドを殺したと自白を？」

「彼女は正当防衛だったと主張した。わたし自身も、そうだったかもしれないと思った。彼女はまた、夫がシャイローの父親だと言った」

「あなたは驚いた？」

「ああ。ネイサンが、シャイローは自分の娘だと信じているのを知っていたからな」

「テレサ・ベネデッティと取り決めをかわしたのね？　沈黙に対しては沈黙を」

彼はうなずいた。「子どもに関して夫のベネデッティが口を閉ざし、シャイローの親権を主張しないと彼女が保証すれば、わたしは捜査の手が及ばないことを約束する。彼女は安全だと」

「ちくしょう、なんてことなんだ」ネイサン・ジャクソンがつぶやいた。

「おまえの政治生命を守るためにやったことだ、ネイサン。ベネデッティがシャイローは自分の子だと信じていると知れば、彼が父親の権利を主張すれば、おまえは何もかもぶちまけただろう。くそ、おまえは出世の波に乗っていたんだ。行く手にはすべてが待っていた。ルックスも、頭も、黄金の舌も、誰にも許されないような幸運も持っていた。だが、わたしはおまえのことがわかっていたさ、あの子の父親だと主張するためなら、おまえは何もかも投げ出したはずだ」彼は弟に冷たい視線を向けた。「ああ、そうさ、わたしは一線を踏み越えてしまった。すべてをきれいなままにしておいた、おまえの名前が決して浮上してこないようにした。それまで何百回もそうしてきたように。そして、ここでもまたそうした。おまえは引っこんでわたしにまかせておけばよかったんだ」

「捜査に加わっていたほかの人たちは？」ジョーは続けた。「ドワイト・スローアン、グライムズ、そこのミスター・メトカーフは？　彼らは知っていたんでしょう？」

ハリスはうなずいた。「知っていた」

「ドワイト・スローアンのことは理解できるわ」ジョーはメトカーフのほうを見た。「あなたはどうなの？」

メトカーフは謎めいた微笑を浮かべただけだった。

「警官よりもいい給料がもらえる」ハリスがかわって答えた。「コンサルタントとして州や連邦警察から依頼される仕事のギャラは、気前がいいどころじゃない。ドワイトとわたしが手をまわした」

「知らなかったんだ」ネイサン・ジャクソンが、自分の訴訟事実をジョーに申し立てるように言った。

ハリスは怒ったように頭を振った。「違う、おまえは見ようとしなかっただけだ」

ヴィンセント・ベネデッティは、とまどっているような、楽しんでいるような、奇妙な表情を浮かべていた。「はっきりさせよう。あんたはわしの女房のテレサが、マレイを殺したと言っているんだな？」その考えに納得し、とくに不快に思っているわけではなさそうだった。「あれにはその度胸があった。神よ、あれの魂に安らぎを与えたまえ」

ネイサン・ジャクソンはすわりこんだ。「これまでずっと」そう言ったが、言葉が続かなかった。

部屋の中で火がはぜる音がし、全員が無言だった。つらい沈黙だ、とジョーは思った。つらい真実のあとに、しばしば垂れこめるつらい沈黙。

ハリスは窓辺へ行き、陽光のもと、氷のような青をたたえる湖を眺めた。「外は美しいな」とうとう彼は言った。「神の土地だ。ルターの文句はどうだったかな？　神が教会を建てるところに、悪魔は礼拝堂を建てる」

電話が鳴った。メトカーフが出た。「シャノー保安官、あなたにです」

ウォリー・シャノーは電話を取った。「もしもし」しばらく聞いてから、「すぐに行く」と答えて受話器を置いた。

「どうしたの？」彼の暗い顔つきを見て、ジョーは聞いた。

シャノーは言った。「また遺体が見つかった」

大きな男だ、という情報がやっと入ってきた。白人。三十歳から三十五歳。スキンヘッド。迷彩の戦闘服。上半身に三ヵ所の銃創。

コークでもルイスでもストーミーでもない。シャイローを探しにバウンダリー・ウォーターズへ行った男たちの誰でもない。

ハリスが保安官助手と一緒にヘリコプターに乗っていった。二時間後、彼らは戻ってきて、遺体はオーロラ町立病院の安置所に運ばれ、ヴァージル・グライムズの隣に並べられた。ハリスは遺体の指紋を取ってきて、それをメトカーフがコンピューターを通じてロサンジェルス支局へ送った。そのあいだに、ウォリー・シャノーは捜索救難隊にできるだけ早くウィルダネス湖に向かうように指示した。彼は農務省の林野部に、デハヴィランド・ビーヴァーを湖上に飛ばしてほしいと要請した。ヘリコプターもすぐそこに加わるはずだった。昼を少しまわっていた。いまの時点で、自分にできることは何もないとジョーにはわかっていた。アイアン・レイク保留地に行って、セアラ・ツー・ナイヴズに話してくると、シャノーに告げた。

まず、グズベリー・レーンの家に寄った。最初の遺体がコークではないとわかった早朝に、ローズには電話をかけておいた。いま子どもたちは学校へ行っている。家にはパンを焼く匂いが漂っていた。あまりにも日常的な匂い。だが、このときジョーには日常的に感じられるものは何一つなかった。男たちの死体が、まるで伐採された木のようにバウンダリー・ウォーターズから運び出されている。コークとルイスとストーミーは、いまだに行方不明だ。

「なんてことなの」ジョーが状況を話すと、ローズは息を呑んだ。「あなたのひどい顔もむりないわ。セアラは知ってるの?」

「これから話しにいくわ」

「もう何か聞いてるかもしれないわよ」ローズは警告するように言った。「けさ見つかった人のことで、噂が広まってるから。何か知らないかって、うちにもずっと電話がかかりっぱなし」

「子どもたちに何も言わないでくれるといいんだけど。ね、ローズ、あの子たちに聞かれたら、パパは大丈夫とだけ言っておいて」

「大丈夫なの？」

「いまはそう言っておくしかないわ」ジョーはキッチンの椅子にすわりこみ、脱力感に襲われた。

「何か食べたの？」

「朝から何も」

「何か作るわ。サンドイッチでも、せめて」ローズはパン、ローストビーフ、トマト、レタス、チーズ、マヨネーズを出して、作りはじめた。「ある意味ではいいしるしよね？」

「何が？」

「さっき見つかった遺体が……いいほうの側じゃなかったこと」

「どういうことになっているのか、ほんとうにわからないのよ、ローズ」彼女は両手で頭を抱えこんだ。「自分が死んだ人間を見て喜ぶなんてことがあるとは、夢にも思わなかった。でももう二回も、運ばれてきた遺体がコークじゃないとわかって、ほとんど有頂天になったの。よくないことだわ」

「人間ならあたりまえよ。気にすることないわ。さあ」彼女はジョーにビニール袋に入れたサンドイッチを渡した。「夕食に帰るのはむりね」

「そうね」ジョーは立ち上がって、妹を抱きしめた。ローズは焼きたてのパンの香りがして、この香りをどこにでも持っていけたらいいのに、とジョーは思った。「銃後を守ってくれてありがとう」

ローズは同情するようにほほえんだ。「気楽なものよ。あなたはセアラ・ツー・ナイヴズに、どうやら夫と息子は地獄に迷いこんだらしいって、伝えなくちゃならないんだもの」

41

ディアテイル川に着いたあと、彼らは計画を立て、それからはもう話し合わなかった。空にはあいかわらず雲一つない。大気はひんやりしていたが、真昼の太陽が雪を溶かしはじめ、川の土手沿いでは木々が輝く水滴をぽたぽたと垂らしていた。

風はまっすぐ川上に向かって吹いていた。ふつうなら、カヌーを漕ぐのがたいへんになるが、ある意味では好都合だった。彼らがついていて、追っている男が不注意なら、風は相手の音を運んできてくれるかもしれない。集中して聞き耳を立てていたので、張り出した唐檜の枝でミサゴがふいに声を上げて羽ばたいたとき、コークはぎょっとしてパドルを落としそうになった。

三八口径がポケットに入っているため、ジャケットの右側が重みで垂れ下がっている。ウイリー・レイは二二口径をベルトに差していた。ストーミーとルイスのカヌーの舳先《さき》にいるスローアンは、舷縁《ガンネル》にライフルの銃身をのせていた。ストーミーはダウンベストに九ミリのグロックをつっこんでいる。男を見つけしだい、ルイスを川岸に下ろして追跡を開始する手はずになっていた。

〈地獄の遊び場〉の鈍く遠い轟《とどろ》きを耳にしたときには、コークは不安になっていた。急流にさしかかる前に、男に追いつくだろうと思っていたのだ。雪の上の足跡が本物なら、男はそれほど先行してはいないはずだ。懸命に漕いできたのだが、敵の姿はちらりとも見えなかった。

〈地獄の遊び場〉は距離を置いていても歴然としていた。長く狭い谷——峡谷といっていい——の中央で、水が深くなっている。かつて川をせきとめていた昔の溶岩流が、両岸に黒い岩の断崖を形成している。冷ややかな十月の太陽の下で、断崖は堕《お》ちた天使の黒い羽のように見えた。カヌーが近づくにつれて、泡立ってそこを通りぬける水の音が高くなっていく。コークがディアテイル川まで来たのは何年も前だったが、〈地獄の遊び場〉付近の陸上迂回《ポーテージ》は忘れられなかった。五十メートルほど先の右手に、上陸地点が見えた。後続のカヌーに合図を送ろうとして振り返ると、スローアンがバスに轢《ひ》かれたかのように左後方によろめくのが見えた。カヌーがひっくり返り、スローアン、ストーミー、ルイスは川に投げ出された。一瞬、コークは何が起きたのかわからなかった。そのとき、銃声が聞こえた。次の瞬間、ウィリー・レイもスローアンとまったく同じ状態になった。蹴られたかのように後ろに吹っ飛び、川に落ちてカヌーにつかまった。カヌーは傾き、コークもディアテイル川の冷たく速い流れに呑みこまれた。

水面に顔を出して、水を吐いた。男たちが手足をばたつかせて水をかく音を圧して、さらに数発の銃声が轟いた。どこから撃ってきているのか見ているひまはなかった。コークはもぐった。陽光を受けて、川の水は透明で金色だった。ウィリー・レイを助けに近づこうとしたが、服が水を吸って重く、流れの中ではうまく泳げなかった。レイは流されていった。ふたたび水面に向かい、跳ねる鱒《ます》のように浮上した。ざっと見まわすとあたりの川にほかの者の姿はなく、自分が容赦なく急流へと押し流されているのに気づいた。

懸命にいちばん近い岸に向かって泳いだ。川岸の樺の曲がりくねった白い根をつかみ、体を引き上げて急いで木の下へころがりこんだ。三八口径を探った。銃はまだポケットに入っていた。引き抜いて、幹の陰から様子をうかがった。目の上に手をかざし、逆光となる南西に視線を向けた。見ていると、二艘のカヌーは断崖のあいだを激しく揺れ、白く泡だつ水の向こうに消えた。ストーミーもルイスもスローアンもレイもいなかった。

銃声がどこから聞こえたのか、頭の中で反芻《はんすう》してみた。スローアンもレイも左後方によろめいたということは、弾丸は右前方から来たのだ。彼がいまひそんでいるのとは反対側のどこかだ。川岸の風景は穏やかで、森がとぎれなく〈地獄の遊び場〉まで続いている。川が湾曲している地点の岩の壁を見た。反対側の岩の平らな頂上は、絶好の狙撃地点にちがいない。視界もよく、太陽を背負って身を隠しやすい。

コークは東岸に沿って森をつたい、川下へ向かった。三十メートルほど行ったところで、ストーミーの低い声がした。「コーク」

ストーミーは、川の近くで苔の生えた大きな丸石が重なりあっている陰にうずくまっていた。ルイスも一緒だった。スローアンは二人のあいだに横たわり、体の下にうっすら積もった雪が真紅に染まっていた。コークがひざまずくと、スローアンは彼を見上げた。

「岩のところだ」静かに告げた。「反対岸」

「おれもそう思った」コークは言った。

「ライフルをなくした」

「おれの三八がある」コークは銃をスローアンに見えるように持ち上げた。ストーミーに尋ねた。「アーカンサス・ウィリーを見たか?」

「いや」

「まだグロックはあるな?」

「ああ」ストーミーはベストから銃を抜いた。

「撃ったやつは川の反対側だ。おれたちに近づく気なら、川を渡らなければならない。おそらく、〈地獄の遊び場〉の川下からだろう。おれはなんとかして、やつを阻止する。あんたはここにいて、ルイスを守ってくれ、それから……」彼はスローアンの閉じた目をちらりと見た。「できるだけのことをしてやってくれ」

ルイスは傷ついた男のそばに両膝をついていた。少年はスローアンの手を取った。「すごく冷たいよ」ルイスは悲しそうで、年齢よりもはるかに老成して見えた。

「そうだな」ストーミーは言った。「急いで火をおこそう」

「戻ってくるよ」コークは約束して川下へ向かった。

濡れて冷えたために体が震えていたが、内部では、腹の底からめらめらと燃え上がって脳まで焦がすような炎が、逆巻いていた。川の向こうにいるやつが誰であろうと、コークは殺してやりたかった。

父親が死んでからはコークのためにそのかわりをつとめたサム・ウィンター・ムーンが、狩りに怒りを持ちこむなと教えてくれた。コークはかまうものかと思った。相手の男につねに一歩遅れをとっているのには、もう我慢できなかった。男の姿をはっきりとこの目におさめたい、照準にとらえたいという強烈な欲求が、思考を焼きつくしていた。彼は森の中を走っていった。樺の低い枝が体に当たるのにもかまわず、前方に砦のようにそびえる黒い岩の壁をぴたりと見据えていた。全力疾走で森から出ると、峡谷からころがってきた砕けた岩がごろごろしている、断崖手前の開けた場所に突進した。大きな平たい石が鋭い角のある破片に砕けていて、陰になった裂け目に雪が積もっている。あと二十メートルほど無謀な走りを続ければ、遮蔽《しゃへい》物がある。だが、行き着けなかった。

横の岩のぎざぎざしたてっぺんに、銃弾が命中した。岩の破片が飛んできて、コークのあごと首を傷つけた。彼はよろめき、頭から固い石の上に倒れこんだ。だが三八口径はしっかりと握ったまま、手近な低い岩の陰に這っていった。小さな隠れ場所はほとんど遮蔽の用をなさず、銃弾が岩角を削りとっていくたびに、ますます頼りなくなっていった。これはあいつのゲームなのだ、とコークは思った。左、右、そしてまた左と、それぞれが前の命中箇所から十センチと離れていない。あの野郎は見せびらかしているのだ。遮蔽物《しゃへい》から出たら最後、コークを仕留めてやると宣言しているのだ。

くそ。サム・ウィンター・ムーンの言ったとおりだった。いつもそうなのだ。だが、サムはコークに別の知恵も授けてくれていた。決して一人で狩りに行くな。

背後の木々のあいだから、九ミリの発射音が聞こえた。低くうずくまって、彼はわずかに首をまわし、ストーミーが風で倒れた樵《ずな》の根っこの後ろにひざまずいているのを認めた。川の向こうの高みにいる標的に、慎重に狙いを定めている。ストーミーがもう一発撃った。ストーミーの頭のすぐ左側の、拳《こぶし》ほどの大きさの根っこが吹き飛ばされたとき、コークは隙を狙って飛び出した。小さく背を丸め、東側の断崖の陰めざして必死でジグザグに走った。川の向こうの狙撃者は一発しか撃つひまがなく、それはコークの三十センチ後ろの岩に命中した。

荒い呼吸のまま、コークは登りはじめた。岩の壁は何世紀もの結氷と解氷に耐えてきたが、その爪あとが残っていないわけではなかった。断崖のこちら側はひび割れて亀裂が走り、コークはやすやすとホールドを見つけてよじ登っていった。十メートルほど登った頂上近くで、彼は動きを止めた。ストーミーはさらに数発撃っていたが、男は撃ち返していなかった。コークは銃を持った腕を断崖のへりにかけ、反対岸の断崖の平らな頂上をさっと見渡した。太陽はもう正面にはない。すべてがはっきりと見えた。生命力の強い雑草が少し生えているほかは、岩の上には何もなかった。断崖の川上側の縁に、金色に光るものがいくつかあった。使用済みの薬莢《やっきょう》だ。

狙撃者は消えていた。

コークは頂上に体を押し上げた。川へと急傾斜している崖に沿って、がむしゃらに走り出した。昔の溶岩流は三十メートルにわたって続き、コークは数秒で川下側の端に着いた。そこからなら、二百メートルほど南で湾曲して見えなくなるところまで、川を見渡すことができた。彼の足元で、ディアテイル川は〈地獄の遊び場〉の最後の部分で激しく沸《わ》きかえり、白い水の奔流が巨大な岩に激突しては砕け散っている。その先では、川はふたたび穏やかになり、まるで瞬時に人格を変えたかのようだ。そのあたりの岸沿いの木々のあいだに、コークはちらりと動くものを認めた。誰かが走っている。三八口径を構えて狙いを定めた。遠いが、射程内ではある。だが、彼は発砲を控えた。もし、やつではなかったら？　この修羅場に知らずに踏みこんだ者を撃ってしまったら？　彼は銃を下ろした。

断崖の上を引き返しながら、疲れ、足もとの昔の溶岩流のように老いて力つき、完璧に打ちのめされていた。この感覚は、すでになじんだものになりつつあった。どういうわけか、相手はまたもやこっちをだしぬいた。狙撃者はたぶん、川を渡って襲撃してくるつもりはまったくなかったのだと、コークは気づいた。望んでいたことをやつはなしとげた——コークとほかの者たちを釘づけにし、カヌーや荷物から引き離し、いま自分は誰にもあとをつけられずにシャイローを追える。ちくしょう、いったい誰なんだ？ マジマニドー。男について、ヘンリー・メルーはそう言っていた。悪魔。それはほんとうではないかと、コークは思いはじめていた。

ストーミーは、まだ倒れた橅《ぶな》の後ろにうずくまっていた。彼がグロックを川の反対側へ向けているあいだに、コークはさっき身動きがとれなくなった開けた場所を戻っていった。

「銃声は聞こえなかったな」ストーミーは言った。「見つからなかったんだろう」

コークは首を振った。「川下へ逃げていくのを見たと思う」

「やつはまだあきらめないと思うか？」

「やつが追っているのはシャイローで、おれたちじゃない。ああ、あきらめないだろう」

「もしかしたら、彼女が逃げおおせる時間を稼げたかもしれない」

「もしかしたらな」

「血が出ているぞ」

「岩の破片だ。弾丸じゃなくてまだしもだ。くそ、凍えそうに寒い」興奮していて気がつかなかったが、濡れた服と身のしまる大気のせいで、彼は震えていた。寒さのために、手は紫色になっていた。「火をおこそう。早く」

二人は川に沿って樹間を戻りはじめた。それほど行かないうちに、木の燃える煙の匂いがしてきた。前方に灰色の渦巻きが見え、すぐ先でルイスが岩のそばにおこした大きなたき火に、枯れ木を足していた。コークは、少年がアメリカ・インディアンの〝会議のたき火〟をしているのに気づいた。火が勢いよく早く燃えるように、たきぎを網状に四角に組んでいる。熱はすでに一、二メートル離れた雪も溶かしていた。ルイスは、安全に動かせる範囲でなんとかスローアンを火のそばに移していた。

コークとストーミーが着くと、スローアンはまばたきして目を開け、弱々しくほほえんでみせた。「たいした息子だよ、ツー・ナイヴズ」

「ああ」

「やつをやったか?」スローアンはコークに尋ねた。

「いや」コークは答えた。

スローアンの声は激しく震え、体もがたがたと揺れていた。たき火はまだ功を奏していなかった。コークは濡れたジャケットを放り出し、セーターをぬいだ。それをルイスに渡した。「これを火のそばで温めるんだ」ズボンとソックスもぬいで、濡れたウールの帽子をポケットから出した。「これもみんな温めてくれるか、ルイス? ストーミー、スローアンの濡れた服をぬがせるのを手伝ってくれ」

ぬがせるあいだ、スローアンは逆らわなかった。ショック状態に陥っているにちがいない、とコークは思った。だが、一度に一つずつやっていくしかない。スローアンの服をぬがせおわると、コークは手早く傷を調べた。弾丸は右の胸郭の下に硬貨ほどの穴を開《あ》けて入り、背中の下から出て、ぎざぎざになった骨のかけらがまじる、肉の破裂した大きな傷口をつくっていた。

「ジャケットの左のポケットに、ストーミー、赤いバンダナが入っているんだが」

ストーミーが出した。コークはバンダナを折って、圧迫包帯がわりに傷口にあてた。充分な効果はないとわかっていたが、ほかにどうしようもなかった。

「服のぐあいはどうだ、ルイス？」

「温まった」

「よこしてくれ」

ルイスが服を渡したとき、ウールからは湯気が立っていた。コークとストーミーがそれをスローアンの冷えきった体に着せた。帽子、セーター、ズボン、ソックス。最後に、炎の熱を反射しはじめた岩に、彼を寄りかからせた。

コークはサーマル素材の下着をぬぎ、真っ裸になって火のすぐそばに立った。脚の毛が焦げる匂いがした。ひんぱんに体の向きを変えて、全身を温めた。ストーミーとルイスも同じようにした。コークは頭を振った。もっとも基本的で原始的な関係に還元された男たち。冷えた裸の肉体と火。

彼らの服は、地面に差して炎のほうに傾けた枝からぶら下がっていた。ブーツはたき火のまわりに並べてあった。三人はスローアンをあいだにして、温まった岩にもたれてすわった。長いあいだ、誰も何も言わなかった。コークは疲れはてて言葉が出てこなかった。それでも、いつのまにか考え、思い出していた。

マレイ・グランドがオーロラを出ていった日。結果的に自分たちをこの危機にさらすことになった長い一連の出来事が始まった日のことを思い出した。

ダルースからの行き帰りにグレイハウンドのバスが止まる〈フリューゲルマンズ・ルクソール・ドラッグ〉の前に、みんなは集まった。エリー・グランドがいた。マレイ、コークの母親、コーク。マレイはザックを背負ってギターケースを抱え、ロサンジェルスへの片道切符を持っていた。エリー・グランドは、二、三週間もしないうちに娘は戻ってくるにちがいないと確信していた。マレイは母親と同じくらい強い気持ちで、二度と帰ってこないと決めていた。彼女は町のメイン・ストリートであるオーク・ストリートを眺めて、予言した。

「いつか、〈マレイ・グランドの故郷《ホームタウン》〉という看板が立つわ。あたしが昔ここに住んでいたというだけで、みんな来るようになるの。この場所を指さして言うのよ、『あそこが、彼女が永久に去る前に立った最後の場所だ』って」彼女はコークにほほえんだ。「そして、あなたの家のドアをノックするのよ、ニシイメ、あたしを知っていたというだけで」

バスが来ると、彼女はコークにキスした。目は期待に輝いていた。母親のエリーの目は、涙が流れ落ちる緑の水たまりのようだったのを、コークは覚えていた。遠ざかっていくバスの臭いディーゼルの煙の中で、全員手を振って見送った。テレビの画面以外では、彼はその後二度と彼女を見ることはなかった。

石が水に落ちるように突然彼女の命が終わることを、その死から外へ広がった悲劇の波紋が、十五年後にこれほど多くの命を呑みこむことを、誰が予見できただろうか？

「のどが渇いた」スローアンが言った。

コークは冷たい地面を爪先立ちで横切って、川から両手に水をくもうとしたが、だめだった。

「ちょっと待って」ルイスが言って木立の奥へ消え、二、三分して樺の樹皮をおおざっぱに折り曲げて容器にしたものを持って戻ってきた。それを川にひたし、いっぱいにして持ってきた。ルイスはひざまずいた。

スローアンはわずかに微笑して言った。「この水は大丈夫か？　腹をこわしたくないからな」

コークは低く笑った。「大丈夫だ。好きなだけ飲めよ」

スローアンは少し飲み、生気のない目でコークを見た。「森の中で裸で踊る人間がいるかと思うと、昔はばかにしたもんだ。太鼓はどうした？」

「しゃべるなよ」コークは忠告した。

「どうしたって同じだ。二人ともわかっている」彼は一瞬目を閉じた。「この服をなんとかしてもらえるか？　ちくちくするし、焦げた匂いがする」

「温まったか？」

「こっち側はな。反対を向かせてくれ」スローアンは反対側のルイスを見た。「こんどのことはすまなかった、坊主。おまえにとってはつらい旅だったな」

ルイスは言った。「いいんだ」

スローアンは目を閉じ、また静かになった。

コークは自分のサーマル素材の下着にさわってみた。ほとんど乾いている。

「服を着て、川下へ行ってみる。アーカンサス・ウィリーを探して、カヌーと荷物がどうなったか見てくるよ。彼を頼めるか？」スローアンのほうにうなずいてみせた。

「わかった」ストーミーは答えた。

コークがたき火のそばを離れたときには、太陽は梢と同じ高さになっていた。暗くなるまであと二時間くらいか、とコークは思った。空がこれほど晴れていたら、気温はあっというまに下がるにちがいない。

断崖をよじ登り、頂上を横切って川下側から降りた。川に沿って湾曲部まで進み、そこから四百メートルほど先でカヌーを見つけた。二艘のカヌーは、倒れて川を半分ふさいでいる松の枝にひっかかっていた。裏返しになり、交尾する獣のようにお互いにぶつかりあっては流れの中で上下に揺れている。コークは川に張り出した松の幹に上がった。カヌーの船体は打ち砕かれ、舳先は割れて、その惨状は川や松の枝によるものとはとても思えない。マジマニドーだ、と彼は暗い気持ちでひとりごちた。

船体がさかさまになっているので、ザックがまだ横木に固定されたままかどうかはわからなかった。もう一度、水に濡れなければならない。そう考えると意気阻喪《いきそそう》した。自分を鼓舞して、ディアテイル川の氷のような流れに入り、水中にもぐった。カヌーが乗り上げている枝のあいだを縫うように通りぬけ、レイと漕いでいたカヌーの艫《とも》の横木の下を探った。ザックはまだあった。水面に出て大きく息を吸い、またもぐった。ザックをくくりつけたひもは水を吸ってほどけなかった。もう一度、水面に出て息をついだ。次にもぐったときには、ダルースのザックのポケットを開けて古いケイス社のナイフを取り出した。刃を出してひもを切り、ザックを回収した。苦労して岸まで運び、またカヌーに戻って前の横木に固定してあった食料をしばったひもを切った。

そこまでがせいいっぱいだった。両手は冷たさで痙攣《けいれん》していた。彼は体をひきずるようにして岸に戻った。早く火のそばに戻らなくてはならない。やっとのことで、二つのザックを背負った。水を吸って、荷物は乾いているときの二倍は重いような気がした。コークは断崖までよろよろしながらたどり着いたが、そこでまた一度に二つの荷物は持っていけないのに気づいた。自分のザックはあきらめて、まず食料から運ぶことにした。

たき火のところに戻ったとき、彼の手は冷凍のポークチョップ同然にこちこちになっていた。ストーミーが手早く濡れた服をぬがせた。コークはまっすぐ火の中に歩いていきたいのをこらえた。

「カヌーは？」ストーミーは聞いた。

「だめだ。壊されている。やつだ。荷物はある」コークはがたがた震えながら、とぎれがちに答えた。「おれのを持ってこようとした。ウールの服が入っている。〈地獄の遊び場〉の向こう側に置いてきた」

「アーカンサス・ウィリーは？」

コークは暗澹《あんたん》として首を振った。

「すぐに暗くなる」ストーミーは言った。「おれがあんたのザックを取ってくる。ルイス、何か温まるものを彼に作ってやるんだ」

ストーミーが出かけると、ルイスは濡れた食料のザックから、ビニール袋にぴっちり包まれた乾燥野菜スープと鍋を出した。彼はすぐにスープの鍋を火の端にかけ、その匂いはコークには天国のように思えた。

「彼の様子はどうだ？」コークはルイスにささやいて、スローアンのほうを示した。

ルイスはかぶりを振った。「静かだよ」彼はスープをかきまぜた。「よくなると思う？」

ネズミがもぐりこめるくらいの穴が体にあいてるんだ、とコークは思った。それに、ここは荒野のどまんなかだ。おまけにすぐに寒い夜が来る。だめだ、ルイス、おれたちの友人がよくなる見込みはゼロなんだ。

しかし、彼は答えた。「それはよい精霊《ギチマニドー》にまかせよう」

42

セアラ・ツー・ナイヴズの家の私道にフォード・レンジャーはなく、ジョーのノックにセアラは応えなかった。ジョーはアロウェットに引き返し、〈ルダックス〉へ行ってみた。釣りの餌や道具や入漁許可証を売っている小さな雑貨屋だが、保留地の郵便局の役割も果たしている。レジが置いてあるカウンターで、ジョージ・ルダックが菓子の棚の補充をしていた手を止め、ジョーに笑顔を向けた。

「やあ、弁護士さん」

ジョージ・ルダックは長老の一人であるばかりか部族会議のメンバーでもあるので、ジョーはよく知っていた。年齢は七十に近く、ふさふさとした白い髪、白い歯、幅広の顔、体格はがっしりとしている。二人の妻に先立たれ、いまは三人目と結婚していた。〈法律御免〉と前にでかでかとプリントされたグレーのトレーナーを着ている。

ジョージの妻のフランシーンが裏の部屋から出てきた。三十代なかばで、妊娠七ヵ月だ。

「フランシーン、すごく元気そうね」

「ジョージもそう言うわ」彼女は笑って口元をおおった。

「収穫が近づいた菜園ってとこだな」ジョージは妻に腕をまわしてにこにこした。

「セアラ・ツー・ナイヴズを探しているんだけど」ジョーは言った。

「そうだと思ったよ」ジョージは答えた。「バウンダリー・ウォーターズでとんでもないことが起きているそうじゃないか。悪霊《マジマニドー》だ、と老人たちは言っている」

「あなたも老人でしょ」フランシーンが言った。

「まだ充分若いさ」ジョージは妻の大きなお腹をそっと叩いた。

「よくない状況なの」ジョーは言った。

「FBIがからんでいるそうだな」ジョージは酢でも飲んだような渋い顔をした。「あいつらはいつだって、よくないしるしだ」

「セアラがどこにいるか知っている？」

「コミュニティ・センターよ」フランシーンは答えた。「リディアとアイアン・レイク・イニシアティブについて相談しているわ」

「ミグウェチ」ジョーはオジブワ語で礼を言った。

コミュニティ・センターは、〈チペワ・グランド・カジノ〉の収益で建てられた新しいレンガ造りの建物だ。保留地の行政機関、診療所、スポーツジム、デイ・ケア・センターが入っている。セアラ・ツー・ナイヴズと母親のリディア・チャンプーは、コンピューターを備えた会議室にいた。セアラはコンピューターの前にすわり、リディアはプリンターから出てくる紙をチェックしていた。保留地の男女が長いあいだ取り組んでいるアイアン・レイク・

イニシアティブは、保留地の土地を整理統合する計画だった。ミネソタ州の多くの保留地と同様に、アイアン・レイクもさまざまな保有地の寄せ集めだった——部族が管理する土地、郡や州や農務省林野部が所有する土地。インディアンではない者に売ったり貸したりしている土地、個人に割り当てられた土地、インディアンではない者に売ったり貸したりしている土地、一八五四年の最初の条約に明記されたとおりの状態に保留地をふたたび戻すために、可能なかぎり土地を買い戻すことだった。最初にイニシアティブが立ち上げられたときに、ジョーは法律的なアドバイスをしたが、その後、アニシナアベ族アイアン・レイク・バンドは自分たちだけで計画を進めてきた。

ジョーはずっと昔に気づいていたが、男たちは心配ごとがあるときには煙草を吸ったり酒を飲んだりうろうろしたりして、みずからを不安にゆだねる。女たちは何か没頭できる用事を見つけることが多い。セアラとリディアがイニシアティブに打ちこんでいるのは、驚くにはあたらなかった。

「アニン、リディア。アニン、セアラ」ジョーは挨拶した。

「アニン、ジョー」

リディア・チャンプーはオーロラ・コミュニティ・カレッジでアメリカ先住民学を教えていて、カレッジでもっとも人気の高い講座の一つだった。銀髪を三つ編みにした、明るい茶色の目の小柄な女性だ。今日はジーンズとデニム・シャツを着ている。耳からは小さな青いセラミックの羽が下がっている。いつもなら、さわやかな知性とユーモアの持ち主であるリディアは笑みを見せたはずだ。だが、セアラが事件を話したにちがいなく、リディアはセアラと同じく最悪の事態に備えているようだった。

「よくないことが起きた、そうなんでしょう」セアラは椅子をまわしてジョーのほうを向いた。椅子のベアリングがきしんだ。

「いい話があればいいんだけど」ジョーは認めた。セアラのそばにすわり、状況を説明した。

「じゃあ、ルイスとストーミーの行方はまったくわからないのね」リディアが暗い口調でしめくくった。

「そういうわけでもないの。最初の遺体が発見された場所に、道しるべがあったのよ。シャノー保安官は、ボーイスカウトで使うものだと言っているわ」

「ウェンデルのおかげだわ」リディアは言った。「いつも、昔のやり方をルイスに教えていたのよ。ボーイスカウトは、全部インディアンの知識から学んでいるの」

ジョーはさらに続けた。「捜索機とヘリは、いまウィルダネス湖を中心に探しているわ。保安官はそこが有望だって」

「ウィルダネスは大きな湖よ」リディアは考えていた。「わたしたちの心の中では大きな存在でも、あそこではルイスとストーミーとコークはとても小さいわ」彼女は会議室の窓から、心配そうに空を見上げた。「それに、もうじき暗くなるし」

「こんな悪い知らせばかりで、ごめんなさいね」

「ありがとう」セアラ・ツー・ナイヴズは言った。「あのマジマニドーたちが教えてくれるよりずっとよかったわ」

「ウェンデルが帰った様子はある？」ジョーは尋ねた。

リディアは首を振った。「彼のトレイラーの煙突をずっと見ているの。煙が上がったら、行ってみるつもり。もうずっと煙は上がらないの。どこかほかの場所で火をたいていればいいけれど」

「オーロラへ戻るわ。こんどのことすべてに責任のある連中のところへ。一緒に来る？」

「なんのために？」セアラは言った。「行っても、あそこで起こっていることは変わらないわ。何かあったら、知らせてくれる？」

「必ず」

「ジョー」リディアは手をさしのべて、ジョーの腕に触れた。アニシナアベ族にはめずらしい行為だった。「アルコールと絶望が人間に無益な殺しあいをさせるのを、ずっと見てきたわ。悲しい、悲しいことよ。でも、今回は違う。これは、戦争のようだわ」

「きっとそうなんだと思うわ」

「だったら、わが男たちが強く賢く非情であるように祈りましょう。あそこで戦っている悪を倒せるように」

ジョーはうなずいた。「アーメン」


沈んでいく太陽が、アイアン湖岸の木々を真っ赤に染めていた。湖のはるか上空を、渡りに遅れたカナダ雁が長く黒い指のような一列となって南をめざし、北部森林地帯から逃れていく。湖面は静かで誰もいない。低い太陽が、長く真っ赤な裂け目のように反射している。まるで、穏やかな湖面は薄い殻にすぎず、熱い海が下から噴き上がってきそうな感じだ。ウエンデル・ツー・ナイヴズのトレイラーを通り過ぎながら、ジョーは煙突を見た。煙は上がっていない。

オーロラへ車を走らせながら、現在の状況を考えた。十五年前、マレイ・グランドが殺された。いま、彼女の娘に関わった人々が死んだ——二人はカリフォルニアで、少なくとも一人がバウンダリー・ウォーターズで。グライムズという男だ。ベネデッティもジャクソンもハリスも、最近の死は昔の殺人と結びついていて、何者かが痕跡を消そうともくろんだ結果だと思っていた。しかし、マレイ・グランドの死は解明された。では、それ以外の殺人の動機はなんなのだろう？

以前コークが、ほとんどの殺人の動機は三つのうちの一つだと言ったことがある——恐怖、怒り、強欲。その意見に全面的に賛成かどうかはわからないが、彼女は論理を立てるためにそこから始めることにした。

もし恐怖が動機なら、一度ならず数度の殺人に人を駆りたてるだけの、どんな恐怖がシャイローの周辺にあるというのだろう？　ベネデッティとジャクソンは、シャイローのセラピストが掘りおこした記憶への恐怖だと信じていた。それだと、セラピストの死も含めてすべてうまく説明がついた。唯一の問題は、マレイ・グランドの死の真相をもうみんなが知っているということだ。テレサ・ベネデッティは故人になっているから、その事件について恐れることは何も残っていないはずだ。

では、動機は恐怖ではないのだろう。それなら、怒りはどうか？

彼女はたちどころに除外した。怒りは一瞬の感情、破壊的衝動の発露だ。現在の状況を見ると、すべては入念に計画され、慎重に実行されている。少なくともいまのところは、怒りを考慮に入れるのはやめておこう。

オーロラの町に入りながら、ジョーは強欲について思いをめぐらした。

オフィスに立ち寄った。フランが電話のメッセージとメモの山をデスクの上に残していた。ほとんどが時間を変更した約束についてだった。ジョーはざっと眺めたが、集中できなかった。保安官事務所に電話した。マーシャ・ドロス助手が出て、〈クェティコ〉のキャビンに電話してほしいというシャノーの伝言を伝えた。彼女はジョーに番号を教えた。電話すると、メトカーフが出た。シャノーと話したいと告げた。

「来たほうがいい。すぐに。興味深いニュースがある」シャノーがかわって言った。

彼らは全員〈クェティコ〉にいた。ハリス、ジャクソン、メトカーフ、シャノー、ベネデッティ親子。室内は揚げ物の匂いがした。テーブルの上には、ほぼからになった〈パインウッド・ブロイラー〉のローストチキンの容器と、ポテトフライの油っぽい袋があった。ジョーが入っていくと、ハリスはナプキンで口元をぬぐった。「ミズ・オコナー、情報が入った」彼の口調は、電話でのウォリー・シャノーよりも用心深かった。

「さあ」アンジェロ・ベネデッティが進み出て、彼女がコートをぬぐのを手伝った。

「わたしがいないあいだに何が起きたんです？」

「情報交換が行なわれた」ジャクソンが言った。手にライネンクーゲル・ビールの瓶を持っていた。「大きな進展がありましたよ」

「どんな情報ですの？」

「まず、バウンダリー・ウォーターズで見つかった男の名前」ハリスが答えた。「すわって」火のそばの空いたウィングチェアのほうに手を振った。ジョーがすわると、彼は続けた。「指紋が、〈パパ・ベア〉と呼ばれている男のものと一致した。本名は、アルバート・ロウェル・ベアマン。元海兵隊員で、グレナダ侵攻と湾岸戦争で戦った。それ以来、自分でビジネスを始めた。いわゆる傭兵だな。わかった範囲では、アフリカと南米の暴動に関わっている。今回は、持てる技術を国内で活用したということだ」

「名前がわかってすぐに、いくつか電話をかけました」アンジェロ・ベネデッティが説明した。「この男はわれわれとは違う。彼が忠誠を誓うのは自分自身にだけです。家族の倫理もなく、責任もない。政府が使いたがるようなタイプの男ですよ」彼はハリスに親しげにうなずきかけたが、相手は無視した。「だが、知人が彼のことを知っていました。ふつうは単独で動くらしいが、噂では大きな契約がころがりこんできて、ミルウォーキーと名乗っていること以外は誰も何も知らない男と組んでいるそうです」

「そのミルウォーキーについて調べたが」ジャクソンが割りこんだ。「全国犯罪情報センターには、その名前もしくは偽名を持つ男のデータはない。とにかく、誰かがシャイローに関して契約をかわしたようですね。問題は、その理由なんだが」

「それを考えていた」ハリスが言った。「過去のことにとらわれすぎて、われわれは目が見えなくなっていたようだ。今回の件は、過去とはなんの関係もなく、すべては未来に関係しているのかもしれない」

ジャクソンは兄を見た。とまどっているようだった。「よくわからないな」

「ああ、わかりますわ」ジョーは言って、ハリスを見た。「なぜなら、わたしはその線に沿ってずっと考えていたから。シャイローが死んだら、誰がもっとも利益を得ることになるのかわかったら、かなり興味深いはずよ」

ハリスは彼女に指を突きつけて、撃つ真似をした。「図星だ」

ジャクソンは一瞬目を細くして、考えをめぐらした。ほどなく考えついた。「そうか」

「ふつうは家族が利益を受けるものだ、そうだろう？」ヴィンセント・ベネデッティが言った。「彼女が知っている家族は、アーカンサス・ウィリーしかいない」

ジョーは椅子の腕木を指の爪で叩きながら、この情報について考えた。「レイはオザーク・レコードを所有しているといっていいのですか？」

「違う」ベネデッティは答えた。「シャイローが会社を持っている。彼は経営しているだけだ。オザークを始めるのにマレイに金を貸したとき、わしはマレイが死んだ場合にはシャイローが唯一の受益者になるべきだと主張した。娘がちゃんとやっていけるようにしてほしかったんだ。マレイのほうが先にそのことは考えていた。しかし、マレイが死んだとき、レイが財産の遺言執行人になって、オザークの経営を引き継いだ。彼はいい仕事をした、そいつは認める。業界でも最高のレーベルを築き上げたということだから。だが、すべてを所有しているのはシャイローだ」

「もしアーカンサス・ウィリーがシャイローの遺産の受け取り人なら、そうとう強力な動機といっていいわ。でも、どうやってレイはパパ・ベアのような人間にコンタクトを取ったのかしら？」

「わたしがお答えしましょう」メトカーフが言った。「ちょっとここへいらしてください、ミズ・オコナー」

ジョーはテーブルに近づいて、メトカーフの肩ごしに彼の指がノートパソコンのキーボードを流れるように叩くのを眺めた。彼はインターネットにアクセスして〈パパ・ベアの隠れ家〉というブックマークをクリックした。一瞬後、パパ・ベア自身のこぎれいな写真つきのホームページが現れた――スキンヘッドで戦闘服を着た巨大な男が、手にアソールト・ライフルを持ち、ベルトからまがまがしいコンバット・ナイフを吊り下げて立っている。表題には、〈口は固く、実行は手堅く。百発百中、ご用心〉とあった。彼の履歴は地獄めぐりのチケットのようで、ニカラグア、エルサルバドル、アンゴラ、ボスニアを転々としていた。海外および国内の仕事請負い、リーズナブルなオファーにはもれなく対応、と書かれている。ウェブサイトの最後のページは、アクセスした人間がパパ・ベアに連絡するために使うEメールのフォームになっていた。

「ネットで雇われるわけ？」ジョーは言った。

「あるいは、少なくともここで最初の接触が行なわれるか」

「合法的なんですか？」彼女はジャクソンを見た。

「インターネット上のものはあまり管理されていないのでね」ジャクソンは答えた。

「アーカンサス・ウィリー・レイ」ヴィンセント・ベネデッティの体のあらゆる筋肉が波打つように震えた――怒りのせいか、病《やまい》のせいかはわからなかった。「やつの心臓をばらばらにしてやる」

「彼のしわざとはっきりしたわけじゃありません」ジョーは警告した。「現段階では推測にすぎないんです」

「これほどどんぴしゃの推測があるか」ベネデッティは目を細くして彼女を見た。「わしは弁護士が大嫌いだ。だが、あんたは気に入った」

ハリスは言った。「部下にレイをチェックさせよう。このうえない合理的な糸口のようだ」

「それで、こちらにどういう利点があるかしら?」ジョーは尋ねた。「向こうで何が起きているのか、まだわからないのに変わりはないわ。あれからもっとわかったことは?」

「もう暗くなっている」シャノーは言った。「捜索機は地上に戻ったがヘリはまだ飛んでいて、たき火でもなんでも、とにかく探している。たぶん、朝まで待つことになるだろうな。朗報はある。ベネデッティの知人の情報が正確なら、あそこで警戒しなければならないのはレイともう一人の男だけだ。分《ぶ》はよくなっている」

「こっちにはあまり時間がない」ハリスは言った。古い骨のように何度も取り出されてぼろぼろになった、丸めたタブロイド新聞を差し上げた。「明日、ずうずうしくも新聞と称しているこの糞だめが、一面にシャイローの記事をのせてスタンドに並ぶ。ほかに何もすることがないあほうどもがみんなここに押しかけてきて、ますます厄介になるぞ」

「記者も来るな。やつらになんと言うつもりだ?」ヴィンセント・ベネデッティがネイサン・ジャクソンに聞いた。

ジャクソンは火かき棒を持って、暖炉のたきぎを置きなおした。注意深く、炎が高く煙突にまで上がっていくように、たきぎを組んでいった。「もしシャイローがわたしの娘だったら」彼はベネデッティに尋ねた。「それでも心配か?」

「もう長いこと心配してきたから、いまさらやめられんさ」

「わたしもだ」ジャクソンは火かき棒を置いた。「記者にほんとうのことを話して、なりゆきにまかせよう」

シャノーがジョーに身を寄せた。「あんたは疲れている。家へ帰ったほうがいい。何かニュースがあったら知らせるから」

アンジェロ・ベネデッティがコートを着る彼女に手を貸した。「外は暗い。車まで送りましょう」

シャノーが何か言いかけたが、その前にジョーは答えた。「どうも」

外に出ると、夜が身にしみる寒気をもたらしていた。ジョーはコートをぎゅっとかき寄せた。ベネデッティの肩が触れ、コロンの快いライムの香りが漂ってきた。

「聞いてもいいですか?」

「どうぞ」

「あそこで行方不明になっている人たちのうちで、いちばん心配なのは誰です?」

「どういう質問なの、それは?」

「ご主人のことを聞きました。あなたが心配しているのが彼なら、ずいぶん寛大な女性《ひと》だなと思って」

「あなたが聞いたのは噂でしょう」

「みんな他人の噂が好きですからね。人の口に戸は立てられない。それに、噂でわかることもたくさんありますよ」

「ラスヴェガスでも噂を？」

「フラッシュがストレートを負かすのと同様、当然です」

「で、噂はいつも正しいのかしら？」

「なるほど、見た目以上のものが隠れていると？」

「つねにね」

「そうか、ぼくはここの人たちは違うんだろうと思っていました」

ジョーは車のドアを開けようとしたが、ベネデッティの声音に含みのある温かなものを感じて手を止めた。

「ぼくは思っていたんです、ここにあるのは……なんというか……」

「毛織りのシャツを着た〈アメリカン・ゴシック〉の老夫婦？」

「そんなものかな。あまりヴェガスから出ないので、きらびやかでないものはおもしろくないと思っていた。わかるでしょう」

「ミスター・ベネデッティ、ここできらびやかなのは星だけよ。率直に言えば、そういうのがわたしは好きなの」彼女は手の中のキーに視線を落とした。「でも、言っておくけれど、あなたもわたしが思っていたようなタイプではなかったわ——」

「ギャングの？」彼は低く笑った。「いいですか、ぼくはさまざまな形で法というもののやり口を見てきました。多くは、たまたまテーブルのどち側に立っていたかで決まる。言っておきますが、あなたはテーブルのいい方の側に立っているようだ。おやすみなさい、ミズ・オコナー」

彼はキャビンへ引き返していった。しばし、彼女は星の下にたたずんで、アンジェロ・ベネデッティが残していった賞賛の余韻に浸った。

43

ディアテイル川上空に暗闇が広がり、きびしい夜を予感させる寒気《かんき》を運んできた。たき火が服を乾かし、温めてくれると、コークとストーミーはズボンとシャツをスローアンの下に敷き、ジャケットとセーターを上にかけた。二人は炎が高く上がるように保ち、その下の大量の燠《おき》が熱を発散するようにした。スローアンの傷から流れる血が、乾いた服を濡らしていく。だが、どうしようもなかった。二人はできるだけ彼を楽にしようとつとめた。コークが昼のあいだから流しこんだスープを、彼は少し飲んだ。しかし、助けられないことがコークにはわかっていた。そして、スローアンの茶色の目がコークの顔にそそがれたとき、その目は彼自身もわかっていることを物語っていた。行方不明になってたぶん死んでいるであろう別の男のことは、彼らは口にしなかった。ルイスだけが言った。「アーカンサス・ウィリーが無事だといいな」

「みんなそう思っているよ」ストーミーが言った。

「ぼくの話す物語を気に入ってくれてた」ルイスは一束の枝を火にくべた。「きっと、川下でぼくたちを待っているよ」

ストーミーはちらりとコークを見た。「そうかもしれないな」静かに答えた。

「寒くないか？」コークはスローアンに聞いた。

「ああ」スローアンは小さくつぶやいた。

ルイスは火で乾かしたウールのセーターを持ってきて、スローアンの上にかけた。「どう？」

スローアンは少年のためになんとかほほえんでみせた。「暖かいよ、ルイス。暖かい」

ストーミーがたき火の端にコーヒーのポットをかけていた。コークは一杯ついでスローアンのそばに腰を下ろした。

スローアンの顔は汗で光っていたが、寒気《さむけ》が走って体が激しく震え、言葉が出てこなかった。寒気がおさまると、彼はほうっと息をついて目を閉じた。「おれもおまえの物語が好きだよ、ルイス。いま、何か話してくれないか？」

「どんなのを？」

「なんでもいいさ」ストーミーが言った。

ルイスはディアテイル川の暗闇を見つめて言った。「川の話はどうかな？」

父親がうなずき、ルイスは語りはじめた。

スモール・ベアは誇り高い男だった。誇り高いというより、うぬぼれが強かった。アニシナアベ族の土地で、いちばん美しい男として有名だった。髪は長くて黒く、目はヒマラヤ杉の樹皮のような赤茶色で、顔は夏の湖よりも人の目を楽しませた。村の女たちは彼の妻になることを夢見た。ただ一人の女を除いて。彼女の名前はモーニング・サンといった。どんな男の顔よりも、森の美しさを愛する若い女だった。彼女の無関心ぶりに、スモール・ベアの誇りは傷ついた——同時に心を惹かれた。一人になりたくて森へ行くモーニング・サンを追いかけまわしたが、いつも彼女は姿をくらました。自分を避ける女をものにしたくてたまらず、スモール・ベアはナナボズホに訴えた。ナナボズホはスモール・ベアの熱い気持ちがわかったが、モーニング・サンの森への愛と精霊《マニドーグ》への敬意をよく知っていたので、彼女のことも気に入っていた。ナナボズホは、スモール・ベアとモーニング・サンに競走をするように命じた。もしスモール・ベアが勝ったら、モーニング・サンは彼の妻になる。もしモーニング・サンが勝ったら、スモール・ベアは二度と彼女に話しかけてはならない。

スモール・ベアは恐れた。というのは、彼の美しさ同様、彼女の駿足は有名だったからだ。呪《まじな》い師に助けを求めると、彼は三枚の葉が入った鹿皮の巾着袋をもらった。競走が始まる直前に葉を食べなさい、と呪い師は言った。

競走が行なわれる日、走りだす少し前にスモール・ベアは葉を食べた。たちまち、彼は川に変身した。彼はすごい速さで流れはじめ、モーニング・サンははるか後ろに置いていかれた。彼女は倒れた木を飛び越え、ラズベリーの茂みを避け、高い丘を登らなくてはならなかった。さらさらと流れていく川音は、喜んだスモール・ベアの笑い声だった。もうすぐ、モーニング・サンは彼の妻になるのだ。

モーニング・サンはナナボズホに叫んだ、スモール・ベアはずるをしていると。ナナボズホもそう思った。彼は谷の精霊に命じて、岩の壁を投げ降ろしてスモール・ベアの行く手をふさがせた。スモール・ベアは稲妻のような音を立てて壁にぶつかった。彼は怒って、何度も何度も岩に体当たりし、じわじわと押し通ろうとした。しかし、間に合わなかった。モーニング・サンが彼の脇を走り抜け、スモール・ベアよりずっと早くゴールした。今日《こんにち》にいたるまで、スモール・ベアの怒りの声は急流の轟《とどろ》きとなって聞こえている。

物語が終わると、スローアンは目を開けた。「ありがとう、ルイス。スモール・ベアはろくでなしだ。モーニング・サンが勝ってよかった」彼はコークを見た。「ランナーか。あんたのようだな、コーク。マラソンを走るんだろう?」

「一回走っただけだ」

「いつかマラソンをやろうと、ずっと思ってきた。一度も機会がなかった。ほかにも、そんなのがたくさんある。あまりにも多くのことがやらないままだ」

「しゃべるな」コークは言った。

「それで変わりばえするとでも?」スローアンは笑うつもりだったが、かすかな咳になった。ふたたび話しだしたときには、唇からもれる声の影にすぎなくなっていた。「じっさい、あとに残していくものはたいしてない。十年前に離婚した。娘はもうおれに口をきかない。一度も会ったことのない孫がいるんだ。おかしなもんで……」しかし、彼はその先を言わなかった。「オコナー、頼みがある」

「なんだ?」

「娘に、おれが愛していたと必ず伝えてほしい。そうしてくれるか?」

「伝えるよ」

スローアンは視線をストーミーとルイスのほうに向けた。「こんなことに巻きこんですまない」

「忘れろよ」ストーミーは言った。

「だが、おまえとおじさんだけのときより、今回のほうが楽だったろう、ルイス」

「うん」ルイスは答えて、笑おうとした。「ぼくとウェンデルおじさんが手紙を運んでたときよりね」

「手紙?」スローアンは顔にしわを寄せて考えた。

「いつも、シャイローから投函する手紙を預ってたんだ」

「カリフォルニアのエリザベス・ドブソンに出していた手紙だよ」コークが思い出させた。

「それと、テネシーの父親に」

「違うよ」ルイスは言った。

コークはとまどった表情でルイスを見た。

「テネシーじゃなかった」少年は説明した。「カリフォルニア宛てだけだったよ。ロサンジェルス。リビーっていう女の人」
「確かなのか？」コークは尋ねた。「ウェンデルはときどき一人でバウンダリー・ウォータ
ーズへ行っていた。そのときに、テネシーのウィリー・レイ宛ての手紙を持ってきたんじゃ
ないか？」
ルイスはかぶりを振った。「おじさんはぼくを待っててくれた。いつも一緒に〈ヘルダック
ス〉へ行って投函してたんだ。全部カリフォルニアだったよ」
コークはしばらくたき火に目を向けていたが、見ていたのは炎ではなかった。「レイは、
シャイローから手紙を受け取っていたとおれに言った。それで、彼女がここにいると知った
と」
「どうやって知ったんだろう？」ストーミーが聞いた。
「わからない。だが、もし……」
「もし、何？」ルイスが聞いた。
スローアンはコークを見た。二人のあいだを同じ考えがいきかったようだった。
「もし、そもそもリビー・ドブソンから手紙を盗んだのがレイだったら」コークは言った。
「あの――なんといった、ルイス？　マジマニドーか？　おそらく悪魔には名前があったん
だ」スローアンは浅く速い呼吸をしていた。「アーカンサス・ウィリー・レイ」
ストーミーが枝を取って燠をかきたてたので、彼がすわっているあたりのたき火の端から

炎が上がった。彼はさらにそこをつつき、炎がますます大きくなって、『魔法使いの弟子』のミッキーマウスのほうきのように、次々と火花が上がった。「もしそれがほんとうなら、ここへおれたちを追ってきたやつとぐるだってことだな」

「ずっと、やつらと連絡を取っていたにちがいない」スローアンは胸が悪くなったようにささやいた。

「それで多くのことの説明がつく」コークは言った。「なぜあれほどうまくあとをつけられたんだろうと思っていたんだ」

「だから、グライムズが待っていたことやその場所も知っていた」ストーミーは言った。

「あんたを責めてすまなかった」スローアンはあやまった。

「いいんだ」

「そうに決まっている」コークはふいに叫んだ。

「どうした?」スローアンは尋ねた。

「おれたちが待ち伏せされたとき、どうしてただ殺さないのか、おれは不思議がっていただろう? おれたちは肩にカヌーをかついでいた。顔が隠れていたから、相手はどれがレイなのかわからなかった。誰を撃ってはいけないのかわからなかったんだ」

「今日、岩の上にいた狙撃者」ストーミーが口をはさんだ。「あれでレイの下痢の説明がつく。やぶに消えるたびに、たぶん無線でその野郎に連絡していたんだ」

「でも、アーカンサス・ウィリーも撃たれたよ」ルイスが言った。

コークは首を振った。「撃たれてはいないはずだよ、ルイス。撃たれたふりをして川に飛びこんだんだ。それでみんな混乱して、彼はおれたちから脱け出すチャンスを得た」

「やつは生きている」スローアンは言って、弱りきっていても、その怒りは激しかった。

「生きているばかりじゃない」コークは付け加えた。「合流したんだ。ぜったい、あのシャイローを追っている男と一緒だ。ちくしょう」

コークは枝を拾って炭火の中に投げこんだ。ぱっと燃え上がった火が、彼の怒りに怯えた小さな悪魔のように跳ねた。

「ぼくたちがここに引きつけたから、シャイローは逃げられたかもしれないよ」たき火の明かりの中で、ルイスの若い顔に希望が灯ったように見えた。

「それでかたがついていてほしいが、ルイス」コークは言った。「連中はシャイローを殺すためなら手間を惜しまなかった。バウンダリー・ウォーターズの境界で追跡をやめるとは思えない。それに、レイが利口なら、ここから出たあと彼女がどこに向かうか、知っているはずだ」

「どこだ？」ストーミーは尋ねた。

「ウェンデルのトレイラーだ。賭けてもいい。彼女の車があそこにあった。それに、きっとそこなら安全だと信じているだろう」

スローアンはかけてある服の下から手を出して、コークの腕をつかんだ。「なんとかしないと」

「ああ」ストーミーもうなずいた。「だが、どうすればいい？」

彼らは長いあいだ黙って、じっと考えこんでいた。何千年ものあいだ、大いなる闇の中のささやかな場所におこした火を囲んですわり、人類がそうしてきたように。

「一つ方法があるかもしれない」ついにコークは言った。「もしかしたら、やつらより先におれがシャイローに追いつけるかもしれない」

「どうやって？」ルイスが聞いた。

「朝いちばんで、二度目のマラソンを走る」

「ここにははっきりしたコースなんかないぞ」ストーミーが指摘した。

「地図を見てみよう」

まだ濡れている自分のザックから、コークはバウンダリー・ウォーターズの地図を出した。地図も濡れていて、彼は紙が破けないようにそっと開いた。火のそばの地面に広げ、ストーミーと頭を突きあわせてのぞきこんだ。

「ヌーダミグウェ・トレイルがここの東にある」コークは黒い点線に指を置いた。「だいたい七キロくらいだな」

「八キロに近いぞ」ストーミーは言った。

「そこに出て道をたどっていけば、昔のソートゥース林道につきあたる。どのくらいだ？　十六キロ？　そうすれば、あと十三キロほどで郡道C号線だ。車をつかまえられれば、昼までにウェンデルのトレイラーに着くよ」

「仮定が多すぎるな」

「ほかに提案があれば、聞かせてくれ」

ストーミーはすわりなおしたが、何も言わなかった。ルイスは、目に炎の光を宿しているスローアンを見た。スローアンは少年の視線に気づいた。彼は心からの本物の笑みを浮かべた。

「おれのことは心配するな、ルイス。この結末を見そこなうものか。さあ、そのスープをもう少し飲ませてくれないか？」

44

地図にはデスペレーションと記されている長靴の形をした湖の南岸で、シャイローは小さな火をたいた。バウンダリー・ウォーターズから出られる地点まで、地図ではあとほんの五センチ、そこからウェンデルの家の×印まではほんの十センチだ。キロに換算することもできたが、センチで考えるほうが気が楽だった。

死んだ男たちの荷物から取ってきたピーナツバターとパンは、豪華なごちそうのようだった。おかしなものだ、と彼女は思った。選べるものがないとき、どれほど小さなことで人は幸せになれるものか。自分がまだ荒野から教訓を学んでいることを、彼女は知っていた。呼吸する、食べる、眠る、これらを怯えずにできる——幸せであるために、ほかには何もいらないではないか？　アニシナアベ族は富を価値のあるものとは考えない、とウェンデルは強調していた。分けあうことが、部族のやり方だと。

小さなキャビンで、ほとんど何もなくても自分が幸せであるのに気づいたとき、彼女は大きな決断をした。富は与えてくれても、幸せなときは決して与えてくれなかった財産を捨てるのだ。そう決めると、考えられないような喜びにみたされた。数週間にわたって、計画を練りあげた。インディアン文化を保存するための基金を設立するところから、始めるつもりだった。アニシナアベ族だけではなく、すべてのアメリカ・インディアンの文化を。彼女は基金を〈ミジウェヤ〉と名づけようと思った。一つのもののすべて——全体——を意味するのだと、ウェンデルが教えてくれた。それが、いまの自分の気持ちだった。そのあと、オザーク・レコードを再編成して、アメリカ先住民の音楽のレーベルにする。とうとう、部族の声が聞かれるようになるのだ。そして音楽だけではなく、口承文学の語り手たちの言葉も記録しよう。ウェンデルが話してくれた物語から、彼女は多くを学んだ。だが、そこまででいいだろうか？　あらゆる場所の先住民の音楽と物語も含めたら？　テクノロジーが創りだして地球のすみずみまで送っている音がどれほど多くとも、世界にはあまりにも長いあいだ偉大な沈黙がありすぎたと、シャイローは考えていた。

彼女の最後の決断は、遺書を書きかえることだった。自分が〝魂の道〟に踏みだすときに財産がどれだけ残っていようと、すべてアニシナアベ族アイアン・レイク・バンドに残すつもりだった。

詳細にわたって日記に書き、全部をテープにふきこみ、ついに情熱を内にとどめておくことができなくなって、リビー・ドブソンに計画の全容を書き送った。

心の豊かさ以外は何も所有しない。そう思うと、いまでも涙が出そうになった。本物の幸せな涙だ。

彼女は目をぬぐって樹間を見た。炎の反射を受けて、灰色狼の目が光っていた。初めてこんなふうに現れたとき、その目は彼女を怯えさせたが、いまは違っていた。自分の死とそれを恐れる気持ちに直面し、彼女は悟りの境地に至っていた。すべてのものごとは、つながっている。木々、水、空気、大地、灰色狼、シャイロー。生と死。喜びと悲しみ。すべてが偉大な精霊ギチマニドーの要素なのだ。カロンという男に見つかって殺されても、自分はまだ偉大な全体の一部なのだ。ウェンデルのように。母親のように。

これまで生きてきて、彼女はずっと完全に一人ぼっちだと感じていた。しかし、もう二度とそんなふうに感じることはないだろう。

低い声で歌いはじめた。「湖は広く、わたしには渡れない……」

狼は夜の中にあとじさって、姿を消した。

「あなたなの、ジョー?」ローズがキッチンの暗い戸口に立った。白いシェニール織りのローブを着て、幽霊のようだった。

「そうよ。明かりはつけないで」

「眠れないの?」

「ええ」ジョーは答えた。「脳が残業しているのよ」

「コークが心配で?」

「みんながよ」

「お茶でもどう？　ハーブ・ティーでも？」

「ありがとう」

私道とその向こうのライラックの生け垣に面したキッチンの窓の前に、ジョーは立った。月は昇っていたが、見えているのはほんの一部で、雲におおわれた空の一片の光でしかなかった。

「今晩、荒野は寒いわね」彼女はつぶやいた。

「大勢の人たちが彼らを探してるわ」ローズは水道の水をケトルに入れ、ガス台の火にかけた。

バーネット家が飼っているボガートという大きなジャーマン・シェパードが、二軒先で吠えはじめた。閉じた窓ガラスの向こうで、鳴き声はかすかにしか聞こえない。ときどき単調でしつこい鳴き声だけが夜のしじまに響き、隣人たちは文句を言っていたが、老夫婦の二人住まいであるバーネット家には心強い番犬だった。

なんであろうと安心できるのなら、とジョーは思った。

腕組みをしてカウンターにもたれた。「パパのことを考えていたの」

「パパがどうしたの？」

「いろいろ思い出そうとしていたのよ」

「たとえば？」

「いつも早く起きていたわ。家じゅうでバスルームだけに明かりがついていた。パパはそこでひげを剃っていて、ハミングしたり、かみそりで洗面台を叩いたりしていた。わたしはまた寝たわ。あとで起きてバスルームへ行くと、パパがつけていた〈オールド・スパイス〉の匂いがした。その匂いが大好きだったわ」

「初めて聞いたわ」ローズはジョーの隣に立ち、二人の腕が触れあった。「コークは〈オールド・スパイス〉を使ってるわね」

「そうね」ジョーは答えた。

笛吹きケトルが鳴りはじめた。ジョーはケトルをガス台から下ろして、ローズが用意したカップに湯をそそいだ。湯気とともに立ちのぼるシナモンの香りで、ローズが〈グッド・アース〉を選んだのがわかった。

「あたしはパパのことはあまり覚えてないわ」ローズは言った。「ときどき、男の人が出てくる夢を見るの。パパの写真には似てないから、別の人なんでしょう。でも、その人を見ると安心するのよ」ローズはハーブ・ティーをかきまぜた。スプーンがカップにかちかちと当たった。「覚えてるのは、だいたい真夜中に来る影みたいな男たちなの。声が聞こえて、部屋の戸口を大きな黒いシルエットが通り過ぎるのを見たりもするんだけど、朝になるといなかったわね」

「気味が悪かったわ」

ローズはティーバッグを出して一口飲んだ。「ママはお付き合いしてたつもりだったのよね。でも、ほかの男は誰も愛してなかったと思うわ」

「ローズ」

「何？」

「こういうときに、一人でなくてよかったわ。ありがとう」

「そのために家族がいるのよ」


ドワイト・ダグラス・スローアンは夜のあいだに静かに死んだ。最後に言った言葉は、誰にともなくつぶやいた「川の向こう」だった。

コークはたき火に樺の枝をくべていた。ストーミーとルイスは火で温まった岩に寄りかかってすわっていた。ルイスは眠っていて、父親の腕の中に頭をあずけていた。

スローアンは小さくうめいて、いまわの一言を発した。最後の息を吸おうとして胸が高く上がり、下がったあとはもう二度と上がらなかった。目は半分開いていた。炎が映って、その目はまるで生きているかのようだった。だが、コークは彼の死を悟り、ストーミーもそうだった。

「あれはどういう意味だったんだ？」ストーミーは聞いた。

コークが答える前に、ディアテイル川の反対岸から狼たちの悲しそうな遠吠えが聞こえてきた。その声でルイスが目を覚ました。体を起こして、スローアンを見た。

「死んだんだね？」

「そうだ、ルイス」ストーミーは答えた。

少年は狼の声に耳を傾けた。川の向こうの暗闇で、その声は悲しい歌のようだった。「彼は間違ってた」

「何が？」ストーミーは聞いた。

「覚えてる？　狼は自分の兄弟じゃないって、彼は言った。でも、あの声を聞いてよ。ウェンデルおじさんは、自分たちのためにだけ狼は泣くって言ってた」

「マイインガン」ストーミーは言った。「彼を兄弟と呼べるのを誇りに思うよ」

45

空が白みはじめたころ、コークは軽く食事をした。ルイスが眠っているあいだに、彼とストーミーは低い声で話しあった。コークが誰かをよこすまで、彼らはいまの場所にとどまっているのがいちばんいいだろうと、ストーミーは賛成した。明日の朝までに誰も来なかったら、ストーミーとルイスはヌーダミグウェ・トレイルを通って昔の林道へ出て、コークと同じルートを歩きはじめる。コークは銃を二つともストーミーに残していくことにした。

「走るのに、余分な重量はいらないんだ」彼は言った。「あんたとルイスにも火器は必要ないと思う。レイは、こっちに見破られたとは思っていないはずだ。川下へ流されて森の中で迷ったというような言い訳をでっちあげるだろう。だが、あんたたちに銃があるとわかっているほうが、おれは気が楽だ」

コークはランニングにそなえてストレッチをした。ジャケットをぬぎ、サーマル素材のシャツ、セーター、ジーンズ、ソックス、ブーツだけになった。「あんたがいれば、この子は大丈夫だな」眠っているルイスを見下ろして言った。

「コーク、おれは長いあいだあんたのことを悪く考えてきた。あんたに責めを負わせるほうが楽だったんだ。すまなかった」

「いいさ」

「悪魔《マジマニドー》より先に、その女に追いつけよ」

「ああ」

「ウェンデルの家に着いて銃がいるようなら、彼は納屋の物入れにライフルをしまっている。それから、弾は棚のクェーカー・オートミールの箱にある」

「クェーカー？」

「クェーカー教徒は反戦主義だからな。おじのユーモアさ。幸運を祈る」彼は手を差し出した。

コークは力強い手を握った。「そっちにも幸運を」彼は背を向けて、走りだした。

朝の空気は身がひきしまる冷たさで、コークの息は蒸気の尾を引いて一瞬のうちに背後で消えていった。あたりはまだ灰色がかっていたが空はくっきりと青く、一時間もしないうちに、昇る朝日がロウソクを灯したように高い松の梢が輝きはじめた。コークはディアテイル川を南に下ってラズベリー・クリークとの合流地点まで行き、そこから東に向かった。バンクス松におおわれた低いでこぼこした丘のあいだを、川は流れていく。川床はほとんど乾いていたが、倒木の裏に隠れた小さな水たまりや石でできたダムがあちこちにあり、コークは水をはねかしながら走っていった。秋の冷気のせいで虫がいなくなった日なたを駆けぬけると、大きなカラスたちが驚いて羽をばたつかせて飛びたち、下を行くコークにカアカアと文句を言った。思ったように速くは走れなかった。川床は障害物コースのようで、岩や枝やふいに現れるぬかるみだらけで、うっかり踏み出せば足首を折りそうだった。ふつう走るときには、彼の思考は別世界へ飛ぶ。いまは、自分の前方三、四メートルに意識を集中した。もう少しで、ヌーダミグウェ・トレイルを見逃すところだった。突然陽のあたる広い場所に出て、目を上げたときには、森が開けた一メートルほどの刈り跡を通り過ぎていた。戻ってヌーダミグウェ・トレイルに入り、南へ向かった。

ヌーダミグウェ・トレイルは、バウンダリー・ウォーターズでもっとも古い道の一つだ。ビーバーやミンクの皮を運ぶ冒険家たちが、二百年前にこの道を旅したが、アニシナアベ族はもっとずっと前から通っていた。トレイルはもうあまり使われていないので――バウンダリー・ウォーターズを訪れる観光客はほとんどカヌーで来る――ハネガヤが生い茂っていた。森との境目には、キンポウゲやホタルブクロがたくさん咲いていた。霜が溶けてハネガヤはぐっしょりと濡れ、コークの前で宝石におおわれた絨毯《じゅうたん》のように輝いていた。

彼は汗びっしょりになっていた。走りながらセーターをぬぎ、袖を腰のまわりに結んだ。ほとんど寝ていないのと、ブーツの余分な重みとマラソンに適さない服装のせいで、脚はすでに疲れていた。疲労のことは考えられない、考えればますます疲れが増すからだ。かわりに、アーカンサス・ウィリー・レイのことを考えた。

レイは彼をだましたが、コークにも甘さがあった。レイは真実と嘘を継ぎ目なく織り上げた。それほどむずかしいことではない。最悪の人間も、純粋に悪であるわけではない。彼らは、自分勝手で強欲で無思慮で偏見にみち、そして怯えている。しかし、こういった特徴は悪魔のものではなく人間的な弱さであって、コークの経験上、いくつかの美点を合わせ持つことでバランスが取れている場合が多い。

だから、アーカンサス・ウィリーにだまされたのだ。だが、コーク自身もだまされやすくなっていた。レイは、自分が子どもを不幸にしたのではないかと心配する父親を演じた。そして、それはコーク自身がどっぷりと浸《つ》かっていた感情だった。子どもたちに対する混乱した罪悪感にとらわれていた。オーロラの人々が自分を浮気男だと、義務と家族を放棄した男だと思っているのを知っていた。真相はまったく違い、誰にも想像できないほど複雑なものだったのだが、彼はやはり傷ついていた。愛する者たちを見捨てたと不当に思われていたために、父親というのはそんなことはしないものだと喜んで信じてしまった。ウィリー・レイはその弱みに働きかけ、シャイローを探してほしいという頼みを承諾させ、完璧なカモとしてコークを利用した。アーカンサス・ウィリーがどういう理由で、何をもくろんでいるのかはわからないが、彼の目的がずっと殺人であったのはあきらかだ。

気づくべきだったのに。走りながら、コークは無言で自分を叱責した。〈グランドビュー〉での手紙の盗難はでっちあげだった。それなのにその晩、レイにストーミーの名前を告げてしまった。あんちくしょうはウェンデルのキャビンに金を置いて、ストーミーとウェンデルの両方をはめればよかったのだ。そして、シャイローがいた炎上するキャビンに向かって走り下りながら、レイはピストルを発射して、彼女を殺すために雇った男に警告した。くそ、どうしてこうまで何も見えなくなっていたんだ?

トレイルが小川と交差しているところで彼は足を止め、両手ですくって水を飲み、すばやく計算した。古い林道まで八キロ、郡道C号線までさらに十六キロ。まだ半分も来ていない。腕時計を見た。昼前にウェンデルの家に着くというのは、これからの道のりを思うとあまりにも楽天的すぎる考えだった。

だが、とにかく走りつづけるよりほかに、どうしようもなかった。

ソートゥース林道の一キロ半ほど手前で、ヌーダミグウェ・トレイルは丘の上に達し、揺れるポプラの林のあいだを下る急坂になっていた。道には落ち葉が三十センチも積もり、溶けた雪で濡れたために氷のように滑りやすくなっていた。足を加速させようとする重力に抗いながら、コークは丘を下りはじめた。左足を出したときにスリップし、世界がぐるりと回った。風に舞う木の葉と、骨のように白い幹と、ポプラの裸の枝がクモの巣状に交差している寒々とした青空が、視界をかすめていく。なすすべもなく転がり、左の肩が石のように固い切り株に激突して急停止した。

彼は地面に横たわっていた。濡れた葉がヒルのように顔にくっつき、左肩がずきずきと痛む。起き上がろうとすると痛みが爆発し、全身に焼けつくような炎が走って、思わず叫び声を上げた。一分ほど待ってから、ゆっくりと右側に転がり、膝立ちになった。そっと左肩のくぼみに触れると、苦痛の塔のてっぺんに急上昇するエレベーターのボタンを押したかのようだった。

脱臼《だっきゅう》したな、と思った。くそ。ハイスクールのフットボールの試合で一度やったことがあるが、そのシーズンは棒に振るしかなかった。

次の一分で、どうするべきか考えた。選択肢は二つしかない。やめることもできる。さもなければ、最善をつくして痛みを乗り越え、出発した目的を完遂するかだ。選ぶ余地などあるものか。

彼はそろそろと立ち上がり、やはりそろそろと左手をジーンズの前に持ってきて、ベルトでぎゅっと固定した。腕が動くのを抑える確実な方法は思いつかないが、とにかくできるだけ動かさないようにしなければならない。ベルトでなんとかなるだろう。用心深く歩いて、丘を下りきった。それだけで、この先の苦しみが思いやられた。

46

シャイローはカヌーを引き上げた岸に置き、ミクリが高く生い茂った小道を歩いていった。泥の上に渡された板を渡った。二、三分後、無人の車が五、六台止まっている、砂利と黄色い土の広場に出た。フロントガラスや、タイヤや、金属に反射する陽光のなつかしいきらめきを見て、涙が出てきた。長い旅を通して裏切ることのなかった体力が急に衰えるのを感じて、彼女はすわりこむと安堵のあまり泣きだした。

ついに荒野から出たのだ。

ハゴロモガラスが駐車場の近くのガマの茂みを飛びまわっている。天使の吐く息のようにやさしげな白いちぎれ雲が、薄青の空を流れていく。二日前には、彼女は死んだも同然だった。いま、キリストによって甦ったラザロのように、ふたたび生きている。道の向こうから、チェーンソーの音が聞こえた。シャイローは立ち上がり、音のするほうへ歩いていった。

五百メートルほどで、道路脇に止められた錆《さび》だらけの古い黄色のピックアップに行きあたった。その奥の松林からチェーンソーの音は聞こえていて、鋸《のこぎり》の歯が木に食いこむ音は高くなったり低くなったりしている。四十メートルほど先の林の中に、灰色のひげをたくわえ、作業ズボンと赤いフランネルのシャツを着て茶色の皮手袋をはめた、ずんぐりした男がいた。倒した小さな松を切り分けている。作業に没頭していて、はじめシャイローに気がつかなかった。ようやく彼女を認め、しばらく見つめてからエンジンを切った。

「なんだね？」

「助けてもらえませんか？」

「そうさな、お嬢ちゃん、次第によるな。どうしてほしいんだい？」彼の右手には重そうなチェーンソーがぶら下がり、前腕の筋肉は骨に沿って小さな岩尾根のように盛り上がっている。

「あの、わたし道に迷っていたんです。車に乗せてもらえませんか」

彼は答えなかった。

「お金は払えます」彼女は言った。

「払うだと？　あんたが金を持っていたら驚きだ」彼は首を振って、ひげのあいだからぼろぼろの歯をのぞかせて笑った。「あんたの格好ときたら、熊が前足の爪をといだあとみたいだぜ。金を払うってか？　車には乗せてやるが、金なんかいらないよ。どこへ行きたいんだい？」

彼女は行く先を言った。

彼は魔法瓶を持って、道のほうへ歩きだした。「あんたはインディアンかね？」

「アニシナアベ族の血が少し入っています」彼女は答えた。「わたしの中でも最上の部分」

「おれはスウェーデンとフィンランドがまじってるんだ。両方の最悪の部分だけが入ったって、女房は言うがね。ニルス・ラーソンだ」彼は魔法瓶を脇にはさんで手袋をぬぎ、手を差し出した。

「よろしく、ニルス」

「あんたの名前を聞いてなかったな」

「感謝の気持ちだけ受け取ってください」


ニルス・ラーソンは、ウェンデル・ツー・ナイヴズのトレイラーの前まで送ってくれた。言葉どおり、彼は支払いを受けるのを断った。彼女は恐ろしい体験のことを何も話さなかった。もう安全だ。すぐに、ウェンデルとリビー・ドブソンが殺された事件を通報して、カロンという男が話した情報を警察に話し、事情を説明し、犯人が捕まるようにできるだけのことをしなければならない。だがいまだけ、ほんの少しのあいだ、何も考えたくなかった。

シャイローの心の中では、ウェンデルの家は天国の入口だった。土の道を歩いていった。途中の樺の木は、彼女が前に見たときには夏の緑が生い茂り、あたりにはスイカズラの匂いが漂っていた。いま枝はみな葉が落ちて、鼻をつくのは湿った地面と朽ちた葉の匂いだ。しかし、それでも彼女にとってはすべてが天国のようだった。納屋へ行ってドアを押してみた。簡単に開いた。鍵は信用していないと、ウェンデルは言っていた。保留地では、誰も鍵は信用しないと。赤いメルセデスはそこにあり、塗装の上にうっすらとほこりが積もっていた。まわりの壁にはウェンデルの工具が下がっている――鋸、かんな、槌、のみ、手桶――全部に松やにの匂いがぷんぷんする。彼女は壁の棚に行って、乾いたペンキが飛び散ったブリキの缶に手を伸ばし、車のキーを取り出した。

庭を横切った。芝生はまだ濃い緑だった。左側のゆるやかな傾斜を下ったところ、ヒマラヤ杉の並木の奥に、ヤグルマソウのように青く、アイアンと呼ばれている湖が見える。彼女は白いトレイラーハウスのドアへ、二段の階段を登った。生まれてこのかた刷りこまれてきた習慣で、礼儀正しくドアをノックした。ウェンデルが応えるのを期待したのだろうか？彼が永久に行ってしまったという考えに、彼女はまだなじめなかった。何回か呼吸するあいだ待てば何か違いがあるかのように、待ってみた。でも、ウェンデルがいないという事実は決して変わりはしなかった。とうとう彼女は中へ入った。

トレイラーの内部には、カウンターでキッチンと仕切られた広い居間があった。狭い廊下の先が、バスルームと寝室になっている。清潔できちんと整い、家具は簡素だった。柔らかい茶色のソファ、緑色の安楽椅子、テレビ、ウェンデルが食事するテーブルと二脚の椅子。白いカーテンが窓に下がり、陽光に輝いている。隅には、ガラスのドアがついた小さな金属の暖炉がある。プロパン・ストーブが故障したときには、ウェンデルはこれで暖をとっていたのだ。その横の木のラックに、たきぎとたきつけが備えてあった。

彼女はまだウェンデルのために悲しんでいなかった。その時間がなかったのだ。いま、悲しいとは感じなかった。むしろ、自分の存在をいっぱいに満たしていたのは、心からの安堵感とまだ生きていることへの深い感謝だった。ウェンデルの魂がまざまざと映しだされているこの場所に来て——樺の樹皮のランプシェードや、香水のような木の匂いや——やはり感じるのは、なんともいえない安心感だった。悲しみはいずれ自然にやってくると、わかっていた。この瞬間は、とにかく疲れきっていた。

トレイラーは、この二、三日の寒さで冷えきっていた。暖かいときでも、ウェンデルは夜はたいてい暖炉に火をたいていた。たき火のまわりで多くのときを過ごしてきたので、木の燃える匂いが自分にとっては空気と同じくらい大切なものになったのだと、彼は語っていた。シャイローはたきつけとたきぎを暖炉に入れて、火をおこした。これでこの場所には、ほんとうにウェンデルの存在が満ちたような気がした。

冷蔵庫を開けて、ボローニャ・ソーセージとパンを出し、サンドイッチにかぶりついてコーラで流しこんだ。壁の小さな鏡に映った自分をちらっと見て、ぎょっとして飛びのきそうになった。髪は短くぎざぎざで、あちこちに突き出している。顔は泥と煤《すす》で汚れている。両手を見下ろした。爪の下に汚れが入って、それぞれの手の先に五つの黒い三日月ができている。指の関節のしわには泥が詰まっている。てのひらの筋は黒くなって、毒された血管のようだ。

バスルームへ行った。何週間ぶりかで見る屋内の配管設備。熱くなるまでシンクに水を出し、緑の小皿から石鹸《せっけん》をとってこすりはじめた。湯の感触はすばらしかった。湯は頰を流れ、その長く熱い指で首をなでていく。すぐそばの浴槽を見た。熱いシャワーに、恋人のように心惹かれた。彼女はためらった。十分だけなら。ほんのちょっとなら贅沢《ぜいたく》をしてもいいのでは？　彼女は手早く服をぬいで、そのまま下に落とした。ガラスのシャワーブースに入り、水を出して栓を調節した。熱い湯気があたりに満ちた。シャワーの下に立つと、湯が当たって彼女はびくりとした。熱さは耐えられないほどだった。だが、あまりにも長いあいだ控えていた湯水の贅沢を彼女はすぐに思い出し、全身をくまなく洗い流した。流れに向かって乳房を持ち上げ、口を開けて湯を飲み、歓喜して五感を解放した。

恍惚のあまり、入口のドアが開く音には気づかなかった。

47

美しい日の出で朝が始まったが、そのあと状況は悪化していった。

ジョーがコーヒーを飲みながらトーストが焼けるのを待っていると、電話が鳴った。

「ジョー。ウォリー・シャノーだ」

彼の声には警告するような響きがあり、ジョーは気分が悪くなった。「どうしたの？」

「その――いま、捜索機から連絡が入った」飛べる自信のない大きなジャンプを前にしたかのように、間を置いた。「二人の遺体が見つかったそうだ」

「二人の遺体」ちゃんと聞こえたのだが、ジョーは繰り返した。その言葉で脳裏をよぎった映像を、ジョーは見まいとした。「わかっているの……誰なのか？」

「まだだ」

のどがしめつけられた。ほとんど息ができず、ふたたび口を開いたときにはしわがれたささやき声しか出なかった。「いま、保安官事務所？」

「ああ」

「すぐに行くわ」

受話器を置いて、のろのろと振り向いた。ジェニーが怯えた目をして冷蔵庫のそばに立っていた。「二人の遺体？ ママ、何があったの？」

「なんでもないわ」ジョーは機械的に答えた。「なんでもないのよ」

「嘘」

ローズが戸口に立って聞いていた。真実の残酷で鋭い牙を二人の手でやわらげられるかどうか迷いながら、ジョーは彼女をちらりと見た。ローズは首を振った。

「アニーを呼んできてくれる？」ジョーは妹に頼んだ。「スティーヴィは寝かせておいて」

ローズはアニーを連れて戻ってきた。アニーは手にヘアブラシを持ったままで、アイルランド系の赤いもつれた髪は半分しか梳《と》かしていなかった。ジェニーを見て、まるで伝染したように姉の不安がアニーの顔にもあらわれた。「どうしたの？」

「すわって」ジョーは言った。「二人とも」

彼女はこの数日間のおもな出来事を語り、話が終わったとき娘たちはじっとすわったまま黙っていた。

「誰か何かできないの？」とうとうアニーが口を切った。

「いま、できるかぎりのことをしているのよ」ジョーは言った。

「二人の遺体って？」ジェニーが聞いた。

「まだ誰かわからないの。これから保安官事務所に行ってくるわ」

「あたしたち、どうしたらいい？」アニーが聞いた。

「できることがあるかどうか、わからないの」

「お祈りすることができるわ」ローズが言った。「あたし、学校休む」

ジェニーはテーブルの上を見つめていた。

「いいわ」ジョーはうなずいた。

「ママ？」

「なに、アニー？」

「パパは、ええと、その悪い人たちがあそこにいるのを知っているの？」

「どこまで知っているか、はっきりしないのよ。でも、これだけは言える。わたしがシャイローだったら、まさにパパみたいな人に助けにきてもらいたいと思うわ」

「パパは大丈夫だって、あたしわかる」アニーは言った。

「なんでわかるのよ？」ジェニーはぴしゃりと言った。

「とにかくわかるの」

「へん、神さまがあんたに教えてくれたとでもいうの」

「うるさいわね」

「あなたたち」ジョーは二人を腕の中に抱き寄せ、娘たちの恐怖を感じとった。それは彼女自身の恐怖でもあった。「何もかもよくなるって言えたらいいんだけど、誰にもわからないのよ。ローズの言ったとおりだわ。お祈りがいいわ。それぞれが支えあうのも助けになる。

わたしたちは家族なのよ。みんなで一緒にここを乗り切りましょう、いい？　お互いに助けあって」彼女は娘たちの頭の上にキスした。「行かなくちゃ。今日は学校のことは心配しないで。何かわかったら、すぐ連絡するわ」

ジョーが着いたとき、ウォリー・シャノーはまだ追加情報を何も手にしていなかった。遺体はウィルダネス湖南東岸の岬で発見された。捜索機が着陸を試みて調査することになっている。シャノーの助手の一人が同乗しているヘリコプターも、そこへ向かっている。

「ハリス捜査官とネイサン・ジャクソンに知らせた？」ジョーは尋ねた。

シャノーは知らせたと答えた。

「ベネデッティ親子に電話するわ」

アンジェロ・ベネデッティが出た。「いまどこです？」彼女が状況を説明すると、彼は聞いた。

ジョーは教えた。

彼は黙っていた。彼女がさらに何か言うのを待っているのだろうか。そのとき、彼は心からの同情をこめて尋ね、ジョーを驚かせた。「大丈夫ですか？」

「何が起きたかわかれば、もっとましになると思うんだけど」

「そうですね」

彼が電話口から離れて、後ろにいる誰かに手みじかに答えるのが聞こえた。

「そっちへ行きますよ」彼はジョーに言った。

彼は十五分後に現れ、セキュリティ・ドアを通ってシャノーのオフィスへ案内されてきた。ちょうどベネデッティが入ってきたとき、サイ・ボークマン保安官助手が後ろから駆けこんできた。「捜索救難隊から連絡です、保安官」

シャノーは急いで通信デスクへ行った。ボークマンが捜索救難隊の使っている周波数にモニターを合わせてあった。ジョーとベネデッティはシャノーのすぐ後ろに立った。電波は雑音がひどかった。ボークマンが言った。「向こうは待機しています」

シャノーはマイクを取り上げた。「こちらシャノー保安官。聞こえるか？　どうぞ」

「聞こえます、保安官。こちらドウェイン」

「そっちの状況は？」

「運転免許証から遺体の身元がわかりました。ロイ・アルヴィン・エヴァンズとサンダー・カールトン・セブリング。免許証によると、ミラーカの住民です。持ち物から見て、釣りに来たんでしょう」

「死因は？」

「二人とも胸を撃たれています。寒いのでよくはわかりませんが、死後しばらくたっているようです。死んだあと雪に降られたらしい、いまはだいぶ溶けていますが」

「コークたちは見つかったか？」

「いいえ。しかし、この男たちが乗ってきたカヌーは、彼らも誰も乗っていけないようにしてあります。船体の内側から大きな穴を開《あ》けられているんですよ。どうしましょう、保安官？」

「そこにいてくれ」シャノーはマイクに向かって言った。

ウィルダネス湖と周辺のバウンダリー・ウォーターズにしるしがしてある、壁の地図の前に行った。地図に指を走らせて、遺体が発見された場所をとんとんと叩いた。それから指をゆっくりと南東へ、川を示す青い線に沿って動かしていった。うなずくと、またマイクを握った。

「こちらシャノー、ドウェイン。聞こえるか？　どうぞ」

「聞こえます、保安官」

「こうしてくれ。遺体のそばに留まって、できるだけ現場が荒らされないように頼む。もう一度捜索機を飛ばしてディアテイル川へ向かわせろ。彼らが入ったところから出てくるとすると、そこが一周ルートの出発点になる。ディアテイル流出物の上空まで行ったら、西へ向かわせてもう一度エンバラス湖の上を飛ぶようにさせろ。わかったか？」

「了解、保安官。通信終わり」

ジョーに向けられたシャノーの灰色の目には、ほっとした表情がありありと浮かんでいた。「コークたちじゃなかったよ」

ジョーはすわりこみ、ほうっとため息をついた。「神に感謝したいけれど、その二人にも家族があるでしょうに」

ベネデッティがシャノーに聞いた。「シャイローの件と何か関係があると思いますか?」

シャノーは苦々しい笑いをちらりともらした。「その女性があそこへ出かけてから、人が死んでばかりだ。ああ、何もかもシャイローに関係あるに決まっている。どう関係しているのかがわからないだけだ」彼はボークマンを振り返った。「ハンス・フリードランダーに電話してくれ。費用は郡が持つから、助手二人を乗せて水上飛行機をウィルダネス湖へ飛ばしてもらえるか、聞いてみろ。うんと言ったら、きみとドロスが証拠採集キットを持っていって、現場でドウェインに手を貸してやれ。それから、レスに言って、ガスとジェイクに来るように電話させろ。人手が不足している」シャノーは額をこすった。「ハリスに連絡しておいたほうがいいな」

ジョーは通信デスクの電話を使って家にかけた。「ローズ? コークじゃなかったわ」一瞬のどがつまり、彼女はベネデッティが同情するようにほほえむのに気づいた。「娘たちに知らせて、お願いね?」彼女はローズの言うことを聞いてから答えた。「釣り人二人だったみたい。シャノー保安官にも、どういう関係があるのかわからないの」彼女は首を振った。

「いいえ、ほかの人たちについてはまだ情報がないのよ。また知らせるわ。じゃあね」受話器を置いて通信デスクから離れると、ゆっくりとシャノーのオフィスへ戻った。「あなたも疲れているみたいね」彼女は横を歩くアンジェロ・ベネデッティに言った。

「ゆうべはあまり眠らなかった。心配で。ぼくには初めての経験です。朝食もとりませんでしたよ。じつのところ、腹がへって疲れていて、一杯のうまいコーヒーのためなら人も殺しかねません」口をすべらせて、彼は顔をしかめた。「申し訳ない。そういうつもりでは――」

「気になさらないで」ジョーは言った。

シャノーのオフィスの戸口で、ベネデッティは立ち止まった。「食事はしましたか?」彼はジョーに尋ねた。

「いいえ」

「お気にさわるでしょうか、ミズ・オコナー、もしよければごちそうさせていただけませんか……」彼は腕時計を見た。「ブランチを?」

「お気持ちはありがたいわ、ほんとうに。でも、ここを離れたくないの」

「ああ、そうでしょうね」彼は事務所の中を見まわした。「たぶんどこかに、スナックとコーヒーと称する泥水が買える自動販売機があるでしょう」

ジョーは微笑した。「二ブロック先にいいコーヒー・ショップがあるわ。〈ムース・ジュース〉という店。カプチーノでも、カフェラッテでも、なんでも。パンもおいしいし」

「すばらしい。何か買ってきましょうか?」

「スキムミルクのカフェラッテ。それとスコーンを一つ。ありがとう」

「スコーン？　まあいい、食べるのはあなただ。保安官は？」

シャノーはデスクの上の地図から顔を上げた。手を下ろして大きな魔法瓶を持ち上げてみせた。「必要なものはみんなここにある、ありがとう」

「わかりました。すぐ戻ります」

シャノーは保安官事務所を出ていくベネデッティを目で追っていた。彼が視線をジョーに向けたとき、彼女は尋ねた。「彼を好かないの？」

「信用できない」

「わたしもよ。でも、聞いたのはそういうことじゃないわ」

シャノーはちょっと考えた。「あの男は父親思いだ。それに、簡単には引き下がらない。彼がルーテル教徒なら、文句のない人間だが」

ボークマン助手が戸口に顔をのぞかせた。「保安官？　邪魔してすみませんが、〈ダルース・レジスター‐ガード〉の記者から電話が入っています。カントリー歌手のシャイローがこっちで行方不明になって、大捜索が始まっているって噂を聞いたと。あなたと話したいそうなんですが」

シャノーは大きく息を吸った。「つなげ」彼は生《なま》のイカを口に入れようとしているような顔でジョーを見た。「おいでなすったぞ」

十五分後、シャノーがようやくダルースの記者との話を切り上げにかかったとき、ボークマンが興奮した様子でドアから顔を突き出した。シャノーは言っていた。「いま話せるのはそれだけだ」乱暴に受話器を置いた。「なんだ?」

「捜索機が、ディアテイル川の〈地獄の遊び場〉の少し上流でたき火の煙が上がっているのを見つけました。森が邪魔でよく見えないらしいんですが、何人かいるようです。二度目に上を通ったとき、男と少年が手を振りながら出てきたそうです。ストーミーとルイスでしょう」

「コークは?」ジョーは尋ねた。

「言ったように、捜索機は森の中のたき火のところに数人いると報告しています。全員が機に合図したんじゃないんでしょう。彼らを見つけましたよ」彼は安心させるようににっこりした。

「無線でドウェインを呼び出せ。ヘリに拾わせよう」

「もうしました」

「ウォリー、電話を借りてもいい?」彼女はまるでクリスマスが二ヵ月早く来たような気分だった。

「もちろんだよ」シャノーはにっこりした。

ジョーがニュースを知らせると、電話の向こうでローズは泣きくずれた。ジョーは受話器を置いてシャノーに言った。「こんどはセアラ・ツー・ナイヴズね」

セアラが電話に出ないので、ジョーはコートをつかんだ。「保留地へ行ってくるわ、セアラに知らせないと。一時間で戻るわ」

「そのころには、彼らはこっちへ戻っているよ」シャノーは言った。ひょろ長いやつれた顔のしわのすみずみに、安堵の色があらわれていた。

ジョーが建物から出たとき、ちょうどアンジェロ・ベネデッティが駐車場へ戻ってきた。彼は蓋《ふた》をしたカップ二つと白いパンの袋を持って、車から出てきた。

「どこへ行くんです？」彼は聞いた。

「見つかったのよ。セアラ・ツー・ナイヴズに知らせにいくの」

「ご一緒してもいいですか？」ベネデッティは手に持っているものを示した。「朝食を持ってきたので」

「どうぞ」ジョーは手ぶりをまじえてにこやかに同意してみせた。すべてがうまくいったように思えた、つかのまの喜びのあらわれだった。

48

もうどのくらい走っているのか、コークにはわからなかった。一時間？　三時間？　百年も拷問されつづけているような感じだった。一歩ごとに、錆《さ》びた鋸《のこぎり》の刃で肩を押し切られるようだ。スピードは速足《はやあし》程度にまで落ちていた。林道は長いこと伐採搬出には使われておらず、ホソムギやカラスムギやオオアワガエリがはびこっていた。茎が折れた跡が二本まんなかについていて、二匹の巨大な蛇が並んで通り過ぎたかのように見える。最近、車が通ったということだ。林野部か、キノコ採りの連中だろう、とコークは思った。なるべく一本の跡の上を進むようにした。それるたびに、高い草に足をとられてつまずきそうになった。もう一度ころんだら、わずかに残っている気力も尽きてしまうだろう。

白みがかった青空とまぶしい秋の太陽の下で、北部森林地帯はまた気温が上がっていた。コークは汗だくだった。このままでは脱水症状を起こしてしまう。追ってくる悪魔のうちどちらが先に彼を倒すかが、目前の問題になってきた。

痛み以外のことを、何か前へ進ませてくれることを、考えなければならない。しどどに濡れたラズベリーの蔓《つる》のあいだに倒れていた、グライムズの姿を思い浮かべた。次に、スキンヘッドの巨人を呼び起こし、灰色の空の下で濡れた岩に赤黒い血を流しながら横たわっている姿を想像した。ドワイト・スローアンが現れた――いい人間だ――体に穴を開《あ》けられ、茶色の目に死を覚悟した諦観が春の水のように湧き上がる。そして、一人ぼっちで、怯えながら死んだエリザベス・ドブソンを思った。これらの人々がまざまざと目に浮かび、悲劇の場面が視界に押し寄せ、前方の道を消し去って周囲の森の美しさを遮断《しゃだん》した。彼は死にどっぷりと浸かり、重い足を引きずって血だまりを進んだ。走ろうとすると足が動かない、あの恐ろしい夢のようだった。そして、彼の前の手も声も届かないところには、シャイローが見えた。からっぽの部屋に立ち、あたりの静けさは死の音楽のようだ。彼女が開いたドアのほうを向くと、銃口から炎が閃くように光がさっと射しこんできた。彼女の顔が影になった。悲鳴が聞こえた。

そして、悲鳴は彼の視界を突き破ってきた。ふたたび、道と青空と常緑樹の森が見えるようになった。悲鳴は後方で鳴るクラクションの音になった。がくんと足を止めて、彼は振り向いた。

半世紀はたっている黒いピックアップがゆっくりと止まり、もじゃもじゃの白髪頭が運転席の窓から突き出された。

「こりゃ驚いたわ、コーコラン・オコナーじゃないの」

アルシーア・ボールズだった。まだ彼女のピックアップが新車だったころから、スペリオル国有林のキャビンに夫を亡くして一人住まいをしている。コークは彼女の車によろよろと近づいていった。

「なんなの、道で轢《ひ》かれたアライグマだってあんたよりはましに見えるよ」

「アロウェットに行かなくちゃならない」のどが渇ききっていて、声は秋の木の葉のように弱々しくかすれていた。

アルシーアは、ドアにもたれている彼の無事なほうの腕を叩いた。「もちろん、連れてってあげる。ぶっ倒れる前に乗りなさいよ」

コークは助手席に乗りこんだ。アルシーアのとなりの座席には、ライツの双眼鏡、パーマー著の『北アメリカの鳥類ハンドブック』、ノートが置いてあった。アルシーアはオーデュボン協会の地元支部長で、よく深い森に分けいっては鳥の記録をつけている。彼女はトラックのエンジンをかけて出発した。

「床の魔法瓶にコーヒーが入ってるよ」彼女は言った。「好きに飲むといい。もっと強いものがなくてすまないね。ぐいっと一杯やったほうがいいように見えるよ。いったいどうしたのさ？」

「長い話なんだ」コークは言って、とりあえずいまはそこまでにしておいた。

49

シャイローは楽しんでいた。皮膚が熱くなって、てのひらや指にしわができるまでシャワーの湯をかけた。温かく湿った甘美な空気を思いきり吸い、ビヴァリー・ヒルズのスパのサウナにいるような気分だった。ようやく石鹸《せっけん》で体を洗って流し、シャワーから出たときには、清潔に生まれ変わったような気がした。

トイレの上の棚からたたんだ緑色のタオルを取って、体を拭きはじめた。

そのとき、居間の床がきしむ音がして、彼女ははっと動きを止めた。じっと耳をすませた。くつろいで、用心を怠っていたのだが、いままた罠にとらわれたような恐怖が走った。タオルを巻きつけ、ウェンデルがくれたナイフを取った。刃を出した。床のジーンズのポケットにそっと手を入れて、端を折りこんで落ちないようにした。バスルームの戸口から警戒しながら様子をうかがい、そこで見たものに驚いて飛びのいた。

女が——ほっそりとした体、ブロンドの髪、薄青の目——廊下の一メートル先で足を止めていた。

「誰なの？」シャイローは詰問した。

女は驚愕《きょうがく》してこちらを見ていた。トレイラーにむりやり詰めこまれた象にでも遭遇したかのようだった。「わたしはジョー・オコナー。そして、わたしの頭がおかしくなったのでなければ、あなたはシャイローね」

「ここで何をしているの？」

「煙突から煙が上がっているのが見えたの」ジョー・オコナーは漠然と屋根のほうを示した。「ウェンデルかもしれないと思って」

シャイローはほっとして力が抜け、悲しみに心が沈んで、ドアに寄りかかった。「ウェンデルのはずはないわ」

「シャイローだって？」

ジョー・オコナーの背後に男が現れた。彼はシャイローをしげしげと見た。

「きみが火事のもとになった火花か」

「誰？」シャイローは聞いた。

男はにやりとした。「ぼくをきみの兄貴だと思っている人間もいる」

シャイローはナイフの刃をしまい、タオルの端をあらためて折りこんだ。「なんのことだかわからないわ」

「ちょっと説明させて」ジョーは言った。「この郡をあげてあなたたちを捜索していたこと、知っている？」

「そうなの？　じゃあ、わたしを見つけられなかったのね」彼女は男をよく見た。「兄貴って、どういう意味？　わたしにはそんな家族はいないわ」

男は頭をかいて、いまにも笑いだしそうだった。「きみは、自分じゃ想像もつかないものをたくさん持っているんだよ」

「あなたはたいへんな危険にさらされていたのよ」ジョーは言った。「気づいていた？」

「ああ、ええ。それははっきりしていたわ。あなたはどうして知ったの？」

ジョーは言った。「これから話すわ。何か着て。コーヒーをわかすわ。それから話しましょう」

狭いキッチンで、ジョーはコーヒーメーカーを見つけた。

「彼女は違って見える」ベネデッティは言った。

「髪をめちゃくちゃに切ったのよ」ジョーは食器棚でフィルターを見つけた。冷蔵庫に豆があった。コナ・ブレンドだ。カウンターの上には小さなブラウン社製のミルがある。ウェンデルがこれほどのコーヒー通だとは、彼女は知らなかった。だが、昨今は誰でもそのようだ。

「ほかのところは、かなり魅力的だな」ベネデッティは兄妹愛とはほど遠い関心を示して言った。

「あなたの妹よ」ジョーは釘をさした。

「と言われていますがね」

ジョーが豆を挽《ひ》き、コーヒーメーカーをセットしおわったところで、シャイローが居間へ入ってきた。清潔な服に着替えていて——袖口をまくった大きなワーク・シャツと、すそを折り返した作業用ジーンズ——ウェンデルのものだろうとジョーは思った。

「すわって、ミズ……」ジョーはためらった。名前が一つしかない他人に、なんと呼びかけたらいいのかわからなかったのだ。「すわって、シャイロー。説明するわ。ちょっと複雑なの。まず、保安官事務所に電話して、あなたが見つかったって連絡したいんだけど」

「どうぞ」シャイローは肩をすくめた。「お好きに」

ジョーは、キッチンの壁の電話をかけようとした。「おかしいわ。発信音がしない」

彼女の後ろでトレイラーハウスのドアが開き、シャイローが「ウィリー」と叫ぶのが聞こえた。

ジョーはすばやく振り向いた。戸口に、太陽を背に受けて、汚れたジーンズに裂けたフランネル・シャツ、緑のダウンベストという格好の男が立っていた。彼は全員を慎重に見まわした。

シャイローは立ち上がった。「ここで何をしているの？」

アーカンサス・ウィリー・レイは、顔にぱっと笑みを浮かべて答えた。「まったく、死ぬほど心配したんだよ、ダーリン。ほかに大勢の人も」彼は入ってきてドアを閉めた。

「この人たちもそう言っていたわ」シャイローは手を振って、ジョーとアンジェロ・ベネデッティを示した。

「どうも」レイは言った。

ベネデッティはブラスナックルのような固い表情で一歩前に出た。ジョーは急いで割りこんだ。「ミスター・レイ、ジョー・オコナーです。コークの妻です。バウンダリー・ウォーターズでご一緒だったと思いますけど」

アーカンサス・ウィリーはあごに生えた銀色の不精ひげをかいた。「この娘を探していて二手に分かれたんですよ。わしは戻ってきた。もうすぐコークやほかの連中も来ると思います。いやまったく、会えて嬉しいよ、シャイロー。おまえがここで無事だって、誰かに連絡したのかい？」

「もちろん」ジョーは答えた。「いま保安官事務所に電話したところですわ」ジョーは壁の電話を示した。

ウィリー・レイは考え深そうにうなずいた。「そいつはちょいとむずかしいんじゃないかな。さっきわしが電話線を切ったからね」彼は背中に手をまわしてベストを持ち上げ、ベルトからピストルを抜いた。「そこにシャイローとくっついて並んでもらおうか」

「ウィリー？」シャイローは眉をひそめて銃を眺め、とまどってレイに視線を上げた。

「いつわしに言うつもりだったんだ、ええ？　おまえがわしの子どもを取り上げてだいなしにしたあとか？」

「なんのこと？　子どもって？　何を言っているの、ウィリー？」

「わしがオザークを創った。オザークはわしのものだ、おまえのじゃない。それを取り上げてぶちこわすなんてことはさせん」

「オザークを所有しているのはわたしよ。ママが残してくれたのよ」

レイは行ったり来たりしはじめたが、視線は彼らに据えたままだった。ほこりが舞う陽射しの中を横切ったので、彼らのほうに影が伸びた。

「彼女はおまえに負債と夢を残したんだ」彼は叫んだ。「わしが負債を払った。わしが夢を実現させた。わしの汗と苦心と眠れない夜のおかげで、そうできたんだ。オザークはわしの子なんだ。おまえが頭に浮かんだばかげた考えを会社に押しつけるのを、黙って見てるとでも思ったのか？」彼は踵《きびす》を返して反対方向に歩きだした。ピストルを持っている手の動きが激しくなり、まるで指揮棒のように銃身が空《くう》を切り裂いた。

「シャイローもあなたの子どもでしょう」ジョーはやさしい口調で言ってみた。

「ばかな。わしの子どもでなんかあるものか、お荷物だっただけだ」視線が鞭《むち》のようにシャイローのほうへ飛んだ。「おまえに近づくのはな、まるでイラクサを抱こうとするようなものだった。決してわしに愛させようとはしなかった」

「あなたはわたしに愛するものを何もくれなかったわ」シャイローは言い返した。「夜に慰めがほしかったときも、いたのはナニーやシスターだった」

「わしだって努力したんだ」

「いいえ、しなかった。する必要がなかったもの。わたしはあなたの子じゃない。誰からもそのことを言ってもらわなくてもわかったわ。わたしに触れるたびに、あなたの手はこわばっていた。しゃべるたびに、あなたの言葉はごまかしだった。あなたは嘘のかたまりよ、ウィリー、そして子どもは嘘を見抜くものなの。いつだってわかっていたわ」

「おまえの面倒を見たんだぞ」銃口を彼女に向けることで、彼は非難を強調した。「屋根の下で暮らせるようにした、結構な屋根の下でな。それも何軒もだ。そうできたのは、オザーク・レコードをわしの誇りに育て上げたからなんだぞ」

「そして、オザークのためなら人殺しもできるのね。あなただったの」シャイローの声には発見の驚きがあったが、顔には悲しみがあふれていた。「リビー、ウェンデル。あなたがやったのね」

「リビー・ドブソン？」彼は軽蔑したように笑った。「真実の友ってわけか。あの女は、おまえの手紙のコピーを全部わしに送ることになってたんだ。わしたちのあいだで話がついてたのさ。ソロ・デビューCDを出してやると約束した。簡単なものだった。安っぽい女さ」

「彼女を殺したのね」

「殺させたんだ。いやおうなく。あの女は、おまえの居所やおまえの意向を知ってた。それに、その情報をマスコミに売りつけようとしてた。そうなったら、オザークは一巻の終わりだ」

「それにシャイローのセラピスト、パトリシア・サトペン。あれもあなた？」ジョーが聞いた。

「パトリシア？」シャイローは呼吸が止まったような顔になった。

「それで捜査の関心が過去に向くと思ったのさ、わしとは無関係のな」

歩きまわるレイのブーツの音がどしんどしんと響いて、トレイラーは揺れた。「それからウェンデル。まったく、あそこに行く途中まであの野郎はこっちを信用してたが、そこで何かが起きた。どういうわけだか気づいて、その先にわしを連れていくのを拒否したんだ。だから、死んだ」

「いいえ、彼は生きているわ、ウィリー」シャイローは言って、すばやく怒りにみちた一歩を踏み出した。「彼がほかの人たちに伝えたあらゆるものの中に、彼は生きている」

「黙れ、下がるんだ」

シャイローはさらに一歩前に出た。「彼は、あなたが死んだあともずっと生きているわ。わたしにとって、彼は父親以上だった――ほかの大勢の人たちにとっても――あなたには永久になれっこないほどに。自分のためにわたしが何をしてくれるかなんて、彼は一度だって考えたことはなかったわ。それが父親というものよ、ウィリー」

銃は彼女の心臓に向けられていた。だが、ウィリー・レイは撃たなかった。

ジョーは理性で声を平静に保とうとつとめた。「ここで何をするつもり？」
「何をするつもりかって？」質問は彼を困らせたようだった。ブーツから乾いた泥が落ちた
ページュのカーペットを、じっと見つめた。ようやく答えた。「最初からしようと思ってた
ことさ――それからもういくつかな、どうやら」
コーヒーメーカーがふいに音を立て、レイはさっとそちらへ銃を向けた。なんだかわかる
と彼はにやにやして、少しほっとしたようだった。「おまえたちの遺体が見つかるころには、
わしはバウンダリー・ウォーターズに戻っていて、行方不明で絶望ってことになってる。あ
んたの夫がそれを証明してくれるだろうよ、ミズ・オコナー」
アンジェロ・ベネデッティが立ち上がった。「ギャンブルに関して父が最初に教えてくれ
たのは、決してインサイドストレートを作ろうとするな、ということだった。あと一枚でス
トレートになる手にこだわっているあいだに、重要なカードを見逃すことになるからだ」
「いったい、おまえは誰だ？」
「アンジェロ・ベネデッティ。ヴィンセントのせがれさ」
「で、わしが何を見逃しているというんだ、ヴィンセントのせがれ？」
「あんたのことはばれているんだ。父、FBI、ここの保安官、みんな知っている。彼らは
全容を解明した。あんたは賭け金を失ったよ、ご友人」全員が楽しみだけを求めてやってき
たゲームが終わったかのように、ベネデッティは肩をすくめてみせた。

「わしはおまえの友人なんかじゃない、この雌豚腹のイタ公が」

レイは発砲した。アンジェロ・ベネデッティは衝撃で後ろによろめき、すわっていた椅子から床に倒れこんだ。

その瞬間、トレイラーのドアがばたんと開いた。コークが飛びこんできて、けがをしていない右手の拳を突き出した。拳は、振り向こうとしたアーカンサス・ウィリー・レイの頭の横にめりこんだ。レイは倒れた。ジョーはアーカンサス・ウィリーの手を踏みつけ、その指から銃を引きはがした。彼女はあえぎながら立ち上がった。

「ああよかった、コーク、誰かを見てこんなに嬉しかったのは初めて」

「大丈夫か？」

「ええ」

コークはそっと肩に触れた。ウィリー・レイを殴り倒したおかげで、激しく痛んだ。「こいつがどなっているのが、庭を横切っているときに聞こえた。もっと早く来られなくてすまない」

シャイローは急いでベネデッティのそばに行った。「誰かお医者さんを呼んで」

「それはむりだな」

シャイローは顔を上げた。戸口に人影が立っていた。外の輝く太陽を背にして黒いシルエットになり、顔は深い影の中で見えない。それでも、シャイローには相手が誰かわかった

――少なくとも、なんと名乗っているか。
カロン。

50

「銃を床に置け」カロンと名乗る男は、手に持った大きなオートマティックを振って合図した。「ゆっくりだ」

ジョーは言われたとおりにした。「あなたは誰なの？」

彼は質問を無視して、なんとか立ち上がろうとしているウィリー・レイを見下ろした。コークの一撃が炸裂した頭に触れて、レイは顔をしかめた。「外から援護してくれるものと思ってたが」彼はそろそろと立った。

「援護した」

レイは床からピストルを取って、不機嫌な表情になった。何か言おうとしたようだが、すばやく前に出ると銃身でコークの頭の横を殴った。

その一打にコークはよろめき、肩をひねって叫び声を上げた。耳ががんがんして、骨に釘を打ちこまれたかのようにあごが痛んだ。

「これで、おまえも二日酔いってわけだ、くそったれが。ここで何をしていやがる？」

話すのは容易ではなかったが、彼はくいしばった歯のあいだから答えた。「あんたのことはお見通しだ、ウィリー」

「あんたは、おれが〈地獄の遊び場〉で釘づけにした男だな」カロンはじっとコークを見た。その目は酷薄な茶色だった。どこか老成した目だが、分別は感じさせない。「どうやってここに来た？」

「だいたいは走った」コークは答えた。

「そこの道路を来たときには、けがをしているような格好だったが」

「肩を脱臼《だっきゅう》した」

男は興味を深め、骨格そのものが変化したかのように表情が変わった。「肩を脱臼したままで、あの森から走って出てきたのか？」

「半分くらい来たところで脱臼したんだ」

レイが口をはさんだ。「ここに来た目的を片づけて、ずらかろう」

「アンジェロ・ベネデッティが言ったことはほんとうよ」ジョーは言った。彼女があまりにも冷静に見えるので、コークは驚いた。「わたしたちを殺しても、もう意味はないわ。みんながあなたのほうを見ているからよ、ウィリー。バウンダリー・ウォーターズにいる人たちもあなたのことを知っているわ。アリバイは成立しないの」

「黙れ」レイは彼女に銃を突きつけた。

「それはほんとうか？」カロンという男に見つめられて、彼女は考えを見通されているような気がした。

「彼らは確かにあんたのことはお見通しのようだ」

「おやおや」ミルウォーキーはもの言いたげにアーカンサス・ウィリーを見た。「彼らは確かにあんたのことはお見通しのようだ」

「証拠がない」レイはいらだって言った。「この銃の出所はたどれない。わしは森へ戻る、そこでずっと行方不明じゃなかったと、誰が言えるんだ?」

「こんなことしないで、ウィリー」シャイローは言った。「善良な人々が苦しむことになるわ」

ミルウォーキーは彼女を見て、その唇に微笑のようなものが浮かびかけた。「あそこに出かけるのはピクニックみたいなものだと思っていた。あんたについては、おれは間違っていたよ。めったにないことだ」

レイはピストルでシャイローのほうに激しく身振りをした。彼女はまだ倒れたアンジェロ・ベネデッティのかたわらにひざまずいていた。「全員そっちへ行け」

誰も動かない。

「行け」ミルウォーキーが命じた。口を開けた墓のように深くうつろなその声には、死の響きがあった。「この男はゲームの代金を払った。彼がどう札をくばろうと、おれたちはゲームをやる」彼はオートマティックをジョーの胸に向けた。

コークはジョーの隣に行き、肩を触れあわせて立った。この場のなりゆきを変える言葉を考えようとした。だが、口は渇き、声は意志と舌のあいだで凍りつき、できたのはただそこに立つことだけだった。北を見つけたコンパスの針のように銃身が彼のほうを向き、カロンすなわちミルウォーキーが、彼らを底知れぬ暗黒に突き落とすために身構えた。

「そいつを撃て」レイが金切り声で叫んだ。

ミルウォーキーはためらった。

「撃てと言ったんだぞ、この腰抜け野郎が。でなきゃ、わしがやる」

レイは自分の銃をコークに向けた。

コークが見たこともないほどすばやく、ミルウォーキーは飛び出した。アーカンサス・ウィリーの腕をつかんで不自然な角度にひねると、銃が手から落ちた。それから彼は鋭い正確なキックをレイの右膝の横に入れ、骨か軟骨がぽきんと折れる音がした。レイは床にうずくまった。ミルウォーキーはこれらをすべて、コークの心臓を狙ったオートマティックの銃口をぴくりとも動かさずにやってのけた。

アーカンサス・ウィリーは膝をつかんで、カロン／ミルウォーキーを苦痛と怒りと不信のいりまじった眼差しで見上げた。「頭がおかしくなりやがったのか？」

「おれは誰の無礼も許さない」

「折れた」レイは情けない声を出した。

「運がよかったと思え」

「金を払ったんだぞ」

「そうだな」彼は言った。「地獄で会ったら、返済について話し合おうじゃないか」

マッチをするほどの一瞬に、すべてが変わった。コークは酷薄な茶色の目を見て、何をもってこの男は殺すか殺さないかを決めるのだろうと思った。まあ、どうでもいい。それを知らないまま永遠に生きろというのなら、自分にはできる。

「それですむと思ってるのか?」レイが悲鳴のような声を上げた。「黙って出ていけるとでも思ってるのか? 彼らはきさまが何者か知ってるんだぞ」

「いや、知っているのはおれの名前だけだ。名前はたくさんある」

ミルウォーキーはかがんで、レイが床に落としたピストルを拾った。背筋を伸ばすと、コークやほかの者たちの目に浮かんでいる驚愕《きょうがく》を読みとった。「あんたたちは生かすことにする」彼はあっさりと言った。戸口にあとずさり、陽光のきらめく外へ出た。彼は目を細くして見上げ、それからトレイラーの中の暗がりを見た。「地獄から光に至る道は、遠くてけわしい」くるりと向きを変えると、まるで戸口から別の次元に踏みこんだように、姿を消した。

「いまのは、なんだったの?」ジョーが聞いた。

「ミルトン。『失楽園』ですよ」シャイローに助けられて、アンジェロ・ベネデッティは身を起こし、トレイラーの壁にもたれてすわっていた。ジョーの驚きを見て、かすかにほほえんでみせた。「ネヴァダ州立ラスヴェガス大学で、英文学が副専攻でして」コークはベネデッティのところへ行って傷を調べた。右肩の上部をきれいに貫通していた。「小口径だし、角度もよかった。骨を含めて全部それているようだ。幸運だったな」ベネデッティは頭を後ろにもたせた。カリフォルニアの日焼けをもってしても、顔色は青かった。シャイローが彼の手をとった。「守ってやらなくちゃならない妹がこれまでいなかったんだ」彼は言った。「こうしてみると、なかなか厄介なものだな」シャイローは彼の頭の上にキスした。「ありがとう」

「傷口に当てるタオルを探してきてくれ、ジョー」コークは言って、レイの様子を見にいった。

コークが近づくと、アーカンサス・ウィリーは立ち上がろうとしたが、うめき声を上げてまた床にへたりこんだ。顔をゆがめ、吠えるように言った。「ちくしょう、あのくそったれのせいで全部ぶちこわしだ」

「あんたが自分のためにできる最上のことは、ウィリー、ここにすわって静かにしていることだ。シャイロー、彼がそうしているように見張っていてくれるか？」

「喜んで」彼女はウェンデルのジーンズに入れておいたナイフを取って刃を出し、アーカンサス・ウィリー・レイの頭上に立ちはだかった。「理由はこれまでにさんざんあったのよ、ウィリー。あと一つあれば、ナイフを使うわ」彼女は脅した。

コークがトレイラーハウスの戸口に向かったとき、ジョーがタオルを持って戻ってきた。

「どこへ行くの、コーク？」彼女はひざまずいてベネデッティのシャツを広げ、傷口にタオルを当てた。

「ウェンデルは納屋にライフルを置いていた」

「あの男を追うつもりじゃないでしょうね？　そんな必要はないわ。コーク、あなたはもう保安官じゃないのよ」ベネデッティの手当てをしようか、コークを引き止めるために立ち上がろうか、ジョーは迷った。

コークは、カロン／ミルウォーキーが消えた方向を見つめた。葉の落ちた樺の木のあいだを、無人の私道が道路へ続いている。

「彼はウェンデルを殺し、ドワイト・スローアンを殺した」コークは肩ごしに言った。

「それにリビーと、わたしを助けようとしただけの男二人を殺したわ」シャイローは付け加えた。完全に理解しているように、彼女はコークを見た。

「全員ここにいて、おれが出たらドアをロックするんだ」彼は言った。「保安官事務所の人間がこっちへ向かっているはずだ。アルシーア・ボールズがアロウェットに行って電話をかけた」

「コーク――」

ジョーが呼ぶのが聞こえたが、すでに遅かった。彼はドアから出て急いで納屋へ向かっていた。

背の高い物入れがあって、中にはライフルがあった——ボルト・アクション式のレミントン700ADLだ。ストーミーが言っていたように、弾は古いクェーカー・オートミールの箱に入っていた。三〇-〇六口径、一八〇グレインのブロンズポイント弾。小さな熊なら撃ち倒せる威力がある。コークは六発出して弾倉に入れ、ボルトを操作して——負傷した肩ではたやすくはなかった——弾丸を薬室に送りこんだ。それから外に出て、陽光の中に立って考えた。

男は私道から道路のほうへ消えた。それは理屈にあっている。できるだけ早くトレイラーに着くために、彼とアーカンサス・ウィリーは車で来たにちがいない。おそらく、バウンダリー・ウォーターズから出たとき簡単に乗れる場所に、カロン／ミルウォーキーが残してきたものだろう。いまその車は、道路から隠れていても近づきやすい場所に止めてあるにちがいない。アロウェットの方向ではない。見つかる危険性が高すぎる。別の方向、南のほうのアイアン湖の岸沿いだろう。

ウェンデルのトレイラーの五百メートルほど南に、古い船着き場があるのをコークは思い出した。カジノのおかげで、アニシナアベ族アイアン・レイク・バンドは新しい設備のある格好の船着き場をアロウェットのすぐ北に作ることができたので、そこはもうほとんど使われていない。古い船着き場は地図に載っているが、人が来ることはまれだ。車を隠しておくには絶好の場所だろう。

コークはウェンデルの納屋をまわりこんで、からのカヌー・ラックの横を過ぎ、ウェンデルの庭の端のひんやりとした木陰に急いだ。彼は道路を見張っているだろう、と思った。おれが道路から来ると思っている。だが、木の陰から近づいてやる。

右手だけでライフルを持った。体の左側はできるだけ動かさないようにしていたが、一歩歩くごとに、肩をナイフで突き刺されるような痛みが走った。計画を立てることで、苦痛ではなく思考に意識を集中するようにした。しかし、男が車で走り去るよりも前に船着き場に着くことしか、できることはない。頭の中では、たとえ自分がカロン／ミルウォーキーに追いつけなくても、彼がタマラック郡からまんまと逃げ出すのはむずかしいはずだとわかっていた。幹線道路が少ないし、シャノーは連絡を受けしだい部下と州のハイウェイ・パトロールを使って、厳重な封鎖線を敷くにちがいない。

そこで、コークははたと足を止めた。

これまでずっと、カロン／ミルウォーキーは彼の先手を取ってきた。アーカンサス・ウィリーのしわざでもあるが、多くはカロン／ミルウォーキーがうまく予測を立てたためだ。ゲームの相手とその考え方をよく知っていた。道路に当局の目が光り、自分の人相がミネソタ州北部のあらゆる警察無線で広まっているのを承知しているはずだ。道路を行く危険はおかさないだろう。

そのとき、コークの頭にある光景が閃いた。さっきウェンデルの納屋のカヌー・ラックの横を通ったとき、とくに気にはとめなかったが、ラックはからだった。アーカンサス・ウィリーと出発前に来たときには、カヌーは一艘残っていた。

カロン／ミルウォーキーのような、荒野でのサバイバルに長《た》けている男にとって、北部森林地帯の大自然に逃げこむのは最上の方法だ。二、三日でカナダとの国境を越えられるだろう。あるいは西か南に進路をとって、自分を捕えるために路上に張りめぐらされた法の網が届かないところまで、行くこともできる。

コークは、青く輝くアイアン湖の広々とした湖面のほうに方向を転じた。ウェンデルの家の近くの岸は、ところどころに松が生えた岩だらけの小さな入江でぎざぎざになっている。足音をしのばせながら、コークはライフルを携えて湖岸まで行った。一瞬立ち止まり、聞き耳を立てた。湖は静かで、波がひたひたと岩に打ち寄せている。彼がいるところの北、ウェンデルのトレイラーの方向に、ピックアップ・トラックぐらいの大きさの灰色の岩がある。その向こうから、カヌーの船体にパドルが軽く当たる、ほとんど聞きとれないほどの低い音が聞こえてくる。コークはそっと岩に近づいてまわりこんだ。カロン／ミルウォーキーがカヌーの上にかがみこんでいるのが見えた。男は大きな赤松の枝のまだらな影の中で、腰をかがめている。艫《とも》の横木の下に荷物を固定しているようだった。コークは赤松の幹の後ろに進み、左腕がライフルの重みを支えて構えられるように、体を幹に押しつけた。激痛が肩を襲った。こうしてライフルを持っている時間が長くならないことを祈った。

「手を頭に上げろ、振り向くな」

男は動きを止めた。「オコナーか」コークが来るのを予期していたかのように、彼は言った。

「手を頭に上げるんだ。さあ」

カロン／ミルウォーキーは言われたとおりにし、てのひらを後頭部に押しつけた。

「ゆっくりこっちを向け」

男が振り向いたとき、コークは彼がなごやかな笑みを浮かべているのを見た。「あんたを殺しておくべきだったな」

「左手の親指と人差し指だけ使って、銃をホルスターから抜き、地面に落とせ」

拳銃が松葉の絨毯《じゅうたん》の上にぽとりと落ちたとき、コークは尋ねた。「それはウィリーの二二口径だ。おまえの銃はどこだ？　オートマティックだった。なんだ？　シグ・ザウエルか？」

「荷物の中だ」彼は背後のカヌーのほうに頭を振ってみせた。

「ほう、そうか」

「ボディチェックをするか？」カロン／ミルウォーキーはごくかすかだが本物の笑い声を上げた。「そのライフルを構えていては、ちょいとたいへんだろう。おまけに、いかれた肩では」

「トレイラーへ戻るんだ」

「そこに着く前にあんたは死んでいる」

弱い風が吹いて水面が波立ち、カヌーの舳先《へさき》がまるで小さな頭がうなずくように上下に揺れた。

「少しでも動いたら、撃つ」コークは警告した。

「脱臼《だっきゅう》した肩で、どれほど早く狙いをつけられると思う?」カロン／ミルウォーキーは言った。「そいつはボルト・アクション式だ。一発でもちゃんと撃てたら運がいい、おれは動くからな。どれほどの痛みか想像がつくよ、オコナー。もうちゃんと狙ったり反応したりするふつうの能力は、痛みのせいで失われているはずだ。誰でもそうなる」彼は手をほんのわずかに後頭部から離した。穏やかな仕草だった。「なあ、あんたは長いあいだにおれが遭遇した誰よりもよく戦った。休戦しようじゃないか、おれとあんたで。奥さんのところへ帰れ。おれはもと来た闇の中へ消える。お互いにもう二度と会うことはないだろう」話をしめくったときには、その口調に鋭く尖ったものが忍びこんでいた。「すでに一回あんたの命は助けているんだ」

「行こう」コークは告げた。

カロン／ミルウォーキーは動かなかった。その顔から理性が消え去った。目を狭めると、突然、眉間に戦士のペイントのような深いしわが刻まれた。「いまあとへ引かないなら、覚悟するんだな。あんたを殺し、そのあとでトレイラーへ戻ってそこにいる全員を殺す。それほどの危険をおかす価値があるのか？」

コークは黙っていた。

「価値はないと思ったがな」カロン／ミルウォーキーは微笑したが、その微笑はほとんど悲しげで、この勝利は安っぽいものだと思っているかのようだった。「では、お別れだ、オコナー」

まだ微笑しながら、彼は一歩あとずさった。カヌーのほうに向きを変えかけた。回りながら、すばやく左へ飛んで岸辺の地面をおおう柔らかな松葉の上をころがり、ベストの下のベルトに差したオートマティックに手を伸ばした。カロン／ミルウォーキーが片膝を立てて撃とうとするまで、コークは発砲しなかった。

ウェンデルのライフルの弾は、カロン／ミルウォーキーの左手のほとんどを吹き飛ばした。弾は大きな醜い穴を彼の胸にうがち、肩甲骨をばらばらにして背中から抜けた。その衝撃で彼は後ろに倒れた。大きく腕を広げて地面に横たわり、顔は空を向いた。オートマティックは、足の近くに発射されないまま落ちていた。苦労して、コークはウェンデルのライフルにもう一発こめた。用心しながら、倒れた男に近づいていった。

カロン／ミルウォーキーの目は開いていた。酷薄な茶色の目に、金色の斑点があるのにコークは気づいた。まだ息をしていて、小さなあえぎはしゃっくりのようだった。コークはかがみこんで言った。「おれはずっと狩りをしてきた。一発うまく撃てれば、それで充分なんだ」

カロン／ミルウォーキーは何か言おうとしたが、コークの背後の頭上にいる別の誰かに話しかけているようだった。相手は誰なのだろうと、コークは振り向きそうになった。そのときしゃっくりが止まり、茶色の目が二個の大理石のように視力を失った。

脚の力が抜け、コークはがっくりとすわりこんだ。肩の痛みは気が狂いそうなほどだった。彼を支えてきたものがなんだったにしろ、すでに消え去っていた。意識を集中する力も、考える力さえも尽き果てていた。死んだ男がラザロのように松葉の寝床から起き上がっても、コークは身を守るために指一本上げられなかっただろう。からっぽだった。

小枝を踏みしだく音が聞こえても、ほとんど振り向くこともできなかった。ライフルを持ったジョージ・ルダックが、木々のあいだから現れた。ジョージはかたわらにひざまずいた。口を開いたとき、彼の息はスペアミント・ガムの匂いがした。天使の香りに思えた。

「大丈夫か？」

コークはうなずいた。

「あれがそいつか？」ジョージはライフルの銃口を死体に向けた。

コークのぼんやりした頭に、だんだんとはっきりとした疑問が浮かんできた。「ここで何をしているんだ、ジョージ？」

「女が店に来て、電話を使って保安官を呼んだ。連中が来るより早く、誰かがここに来てみたほうがいいんじゃないかと思ったんだ」

コークは力なく彼を見た。「ほかの人たちは？」

「大丈夫だ。ウェンデルのトレイラーにいるよ。ジョーは来たがったが、わしはだめだと言った。ここで何にぶつかるかわからなかったからな。さて。歩けるか？」彼は手を差し出した。

トレイラーの近くまで来ると、遠くからサイレンの響きが聞こえてきた。トレイラーのドアが開き、陽光の下にジョーが飛び出してきた。

「彼は無事だ」ジョージは走ってくる彼女に叫んだ。

「よかった」彼女はコークの体に腕を巻きつけた。

「そっと頼む」彼は言ったが、彼女の腕は心地よかった。

すぐに、タマラック郡保安官事務所の二台の車がウェンデルの家の私道にタイヤを鳴らして入ってきて、土と砂利をはねあげてトレイラーの前にすべりこんだ。その後ろには青のルミナとリンカーン・タウンカーが続いていた。

ウォリー・シャノーがころがるように車から降りてきた。「大丈夫か？」

「なんとか生きているよ」コークはトレイラーのほうを示した。「あそこで助けを待っている。救急車を呼んでくれ」

シャノーはもう一台の車の保安官助手に大声で指示を出してから、コークの様子を見た。

「あんたも手当てが必要なようだな」

「いまは生きているだけで嬉しいよ、ウォリー。下の湖に死体がある。ジョージが案内してくれるよ。善人側の一人じゃない」

大男のジョーイが、ヴィンセント・ベネデッティを腕の中に抱えて近づいてきた。「息子は？」ベネデッティは聞いた。

「中だ」コークは答えた。「彼はよくなるよ」

「それにシャイローは？」ネイサン・ジャクソンがジョーイの横に来た。すぐ後ろにはハリスがいる。

「彼女も中だ。けがはしていない」

コークとジョーも彼らについて中に入った。シャノーはアーカンサス・ウィリーの状態を見にいった。隅にうずくまって膝を押さえ、罠にかかった害獣のようだった。シャノー以外は、まっすぐにアンジェロ・ベネデッティのかたわらで床にすわっているシャイローのところへ行った。

「シャイロー」アンジェロがジョーイの腕の中の老人を指し示して言った。「お父さんだよ」

彼女はとまどいながら見上げた。そのとき、ベネデッティがネイサン・ジャクソンのほうに手を振った。「それから……こっちもお父さんだ」

トレイラーハウスの狭い居間に、十人近い人間がいた。コークは後ろに下がり、ジョーもそうした。「彼らだけで話してもらおう」彼は言った。

シャノーも一緒に出た。「完全な供述書をとらせてもらうことになるよ、コーク」

「まず医者にみせないと」ジョーは言った。「鎖骨を折っているかもしれないわ」

「救急車を待つかね？」

彼女はとんでもないとばかりに首を振った。「わたしが連れていくわ」

二人はトレイラーの前から歩きだした。アイアン湖の向こうから、岸のヒマラヤ杉の林を抜け、十月の光のもとでまだ青々とした芝生の上を、北部森林地帯の匂いがするそよ風が渡ってきた。常緑樹と、深く透明な幾多の湖の匂い。太陽で温まった大地の匂い。乾いた落ち葉の匂い。ちりから生まれちりへと還っていく、ひとめぐりの匂い。見えるものと半ば見えるもの、見えないが感じられるものの匂い。生まれてこのかたずっとコークのそばにあり、自分の体の匂いと同様にあたりまえのものになってしまった、かぐわしい匂い。水の上を渡ってくるものに注意しろ、とヘンリー・メルーはコークに忠告した。その叡智《えいち》で、老人はたんに悪霊《マジマニドー》の到来を警告する以上のことをしてくれたのだ。いつのまにか、コークは新たな驚嘆とともに空気を吸いこんでいた。

「まるでクリスマスの朝みたいににやにやしているわよ」ジョーが言った。

「そうかな？」

「痛くてたまらないんじゃないの」

「あまり長いこと痛みがあると、その存在を忘れてしまうんだよ」

「わかるわ」彼女は歩みを止めた。

「どうした？」

「考えていたの。その肩が治るまで、誰かがあなたの面倒をみなくちゃ。わたしたちのところに来ればいいわ」

彼女の唇に浮かんだ微笑はひとひらの雪のようにはかなげで、すぐに溶けてしまいそうだった。

「それは……家にってことか？」

「そうよ」そよ風が一筋の金髪を額で揺らした。彼女は小さな手でそれをかき上げた。「最初はゲストルームに泊まればいいわ。なりゆきをみてみましょうよ、あなたが治るまで。家族全員が癒《いや》されるまで」

奇跡のような日だった。太陽が二つある日。一つは晴れわたった空高く輝き、もう一つはコークの胸に新しく昇りつつあった。

「おい、コーク！」シャノーが呼びかけた。「連絡するときは、どこにしたらいい？」

一瞬、コークはジョーの青い目に吸いこまれるような気がした。それから答えた。「家だ、ウォリー。家にいるよ」

エピローグ

マスクラットの毛皮にもとづいた、チャーリー・オールトの予言は当たった。ハロウィーンの二日前に、北部森林地帯に大雪が降った。天候の変わり目は穏やかに、夜になる直前に訪れた。一時間ごとに、雪はしんしんと積もって人のふくらはぎの深さほどに地面をおおった。

天候は、アニシナアベ族の人々を思いとどまらせはしなかった。降る雪のように静かに、列をなして白いトレイラーハウスの横を過ぎ、収穫の終わった庭を過ぎ、ヒマラヤ杉の林を過ぎて、ウェンデル・ツー・ナイヴズを称えるためにアイアン湖岸のたき火のまわりに集まった。

呪い師《ミデウィウィン》のヘンリー・メルーが偉大な呪い師の太鼓《ミテイグワキク》を叩き、ウェンデル・ツー・ナイヴズの魂に語りかけた。彼を〝魂の道〟に導き、西方の〝魂の国〟へ行く途中に出会う危険と心を惑わすものに対して、警告を行なった。ウェンデル・ツー・ナイヴズは伝統の守り手であり、古いやり方に敬意を払っていた。人はその人生を決めた品とともに埋葬されると、伝統は定めている。ウェンデルの埋葬はない。遺体はついに発見されなかった。かわりにメルーは、樺の樹皮、ウェンデルの鹿の骨の錐、松やにを入れた木のボウル、カヌーの継ぎ目を密閉するのにウェンデルが使っていた小さなへらを火に投じた。

「兄弟よ、おまえはわれわれを離れていく《シジョキウサガーガン》」メルーはアニシナアベの言葉で言った。「兄弟よ、おまえは〝魂の国〟へと向かう」

ジョージ・ルダックが進み出た。涙で感情をあらわすのを、恥じてはいなかった。

「わしはウェンデル・ツー・ナイヴズを生涯を通じて知っていた。少年だったときには、けんかもした。ウェンデルはわしより強く賢くて、たいていわしが負けたものだ。銃の腕はこっちが上だった。狩りのときには、ウェンデルは決してうらやむことなく、わしが鹿を持ち帰るのをいつも祝福してくれた。助けを求められたときには一度も断ったことのない、立派な男だった。保留地の者全員が、彼のおかげでよりよい人間になることができた。友だちを失って、寂しい」

ほかの者も順番に話をして、ウェンデル・ツー・ナイヴズを称《たた》えた。それからヘンリー・メルーが言った。「兄弟はアーディズークウィニ、語り手だった。物語を通して、われわれは自分たちが何者であるかを記憶する。物語を通して、子孫たちに部族のやり方を教える。ウェンデル・ツー・ナイヴズは、彼の物語という贈り物をアニシナアベ族にくれた。自分の物語を、甥の息子であるルイスに託した。雪が降った。冬の季節だ。物語を語るときが来た」

これほど若い者が頼まれるのは、名誉なことだった。ルイスがたき火の明かりの中に姿を現した。大きな心を持った小さな少年。雪が髪に白く積もり、すでに老人のように見せていた。見守っていたコークは、少年の中には年齢をはるかに超えた賢さがほんとうに備わっているのを知っていた。

ルイスは物語を語った。

「ヌーピミング――すなわち、森の北のほう、バウンダリー・ウォーターズのことを、誰よりもよく知っている男がいた。湖や川ばかりではなく、岩や木や動物たちのことも知っていた。そこに生きているものすべてを愛し、そこに住む精霊《マニドーグ》を敬い信じていた。そして、その見返りとして、水の上を空中の鳥のようにすいすいと速く進めるカヌーを作る技術を授けられた。男はマイインガンと呼ばれていた。狼の兄弟だったからだ。

女がやってきて、マイインガンに助けを求めた。ヌーピミングに隠れるところはないだろうか、恐ろしい悪霊《マジマニドー》に追われているから、と彼女は言った。善良なマイインガンは彼女を特別な場所に案内してかくまった。彼は食物を届け、彼女の身の安全を守った。

ある日、女の父親に化けたマジマニドーがマイインガンの前に現れ、心配で娘の無事をこの目で確かめたいから、彼女のところへ連れていってくれと頼んだ。最初、心があまり清らかだったために相手の中の悪に気がつかず、マイインガンはだまされた。しかし、マジマニドーの本性を長いあいだ隠しおおすことはできず、女の隠れ場所に着く前に、マイインガンはマジマニドーの邪悪さを見抜いた。彼はそれ以上先に進むのを拒んだ。恐ろしい魔術を使って、マジマニドーは隠れ場所をむりやりマイインガンにしゃべらせようとしたが、効果はなかった。怒って、彼は善良なマイインガンを殺した。

マイインガンの魂は〝魂の道〟に立ったが、まだ旅に出たくはなかった。彼は偉大な精霊《ギチマニドー》に呼びかけて、もう少しヌーピミングにいさせてほしい、若い女を守り、彼女とした約束を果たしたいと頼んだ。ギチマニドーは善良な男の願いを聞き入れた。マイインガンの魂は、彼の一族の象徴である動物、灰色狼の形を与えられて戻るのを許された。

そのあいだに、いくつかの部族から来た勇敢な狩人たちがマジマニドーの追跡に加わった。邪悪な精霊は強大で、多くの狩人が命を落とした。その間《かん》にも、マジマニドーは若い女にどんどん近づいていた。だが、狼となったマイインガンは森を走り、女を守り、導き、追ってくる悪の手が彼女に届かないようにした。狩人たちがついにマジマニドーを殺し、女が安全になったとき初めて、マイインガンの高貴な魂は〝魂の国〟への旅路についた。

だが、賢明なギチマニドーは、誰かがヌーピミングで助けを求めたときには必ず、兄弟である狼の形をとったマイインガンが戻っていくのを許した。そしていまでも、兄弟とともに上げるマイインガンの声が、荒野に、彼があれほど愛した土地に響くのを聞くことができる」

ルイスは後ろに下がり、彼の父親は誇らしげに息子の肩に手を置いた。

「善良な者があとに残していくものは永久に滅びない」ヘンリー・メルーは言った。「木々がもはや空に向かわなくなるまで、母なる大地と彼女の子どもたちは、ウェンデル・ツー・ナイヴズの思い出を敬いつづけるだろう」

メルーの上にふんわりと雪が落ち、溶けていった。水滴が彼の皮膚の深いしわをつたい、たき火の明かりを反射して、部族の言葉で歌う老いた呪い師《ミデウィウイン》の顔全体を燃えるように輝かせた。

兄弟よ、《ニーカウニシナウン》彼は《アニ》去っていく《モージョー》
兄弟よ、《ニーカウニシナウン》〝魂《チービイ》の道《ミークノーング》〟の上にあれ
兄弟よ、《ニーカウニシナウン》つまずくな《キーゴ・ビヌー　クメーケン》
兄弟よ、《ニーカウニシナウン》おまえは温《クガ・オダエシニコ》かく迎えられるだろう

訳者あとがき

アンソニー賞、バリー賞を受賞した前作『凍りつく心臓』に続く、元保安官コーク・オコナー・シリーズの二作目である。今回は、有名女性シンガーを助けるために危険な探索行に赴《おもむ》いたコークが、湖沼地帯を舞台に謎のスナイパーとの対決をくりひろげる。実力派新人の、さらなる進境ぶりを感じさせる出来映えだ。

前作は、うれしいことに日本の読者から温かく迎えられた。愛人がいながらもう一度家族とやりなおしたいと考えている悩める中年男が主人公で、舞台は知名度のある大都市ではなくミネソタ州の田舎、起こる事件にしても派手な仕掛けなどはない。受賞作とはいえ、いわゆる〝地味〟な作品なのだ。でも、こつこつと版を重ねた理由はなんなのだろう?

もちろん、受賞の帯がついていること、ハードボイルド・ミステリとしてよくできていること、先住民の神話が息づく自然に恵まれた土地がいきいきと描かれていることが、大きいとは思う。だが、もう一つ、この若くはない新進作家が、共感を呼びおこす強い力を持っている、ということが挙げられるのではないだろうか。必ずしも、仕事にも家庭にも挫折したコークへの共感ばかりではない。妻で弁護士のジョー、家庭的な義妹ローズ、オジブワ族の老呪い師メルー、アルツハイマー病の妻を抱える保安官シャノーなど、シリーズの登場人物がそれぞれにいい味を出していて、ああ、そうだな、そういうことあるな、と、読む者に思わせる場面がとても多いのだ。

あたりまえのことのようでいて、しみじみとうなずけるミステリというのは、ノワールや軍事ものの人気が高い昨今、じつは案外少ないような気がする。アウトローやスーパーヒーローは魅力的でもわれら小市民になれるはずはなく、あこがれはしても身につまされることはめったにない。タフな女闘士や美女にしてもそうだ。その点、クルーガー作品の登場人物たちは、悪の側は別として、みなごく普通のモラル感覚を持ち、等身大より少しだけ上の人間をめざして努力する人々である。だから、彼らが考えることは読んでいてよくわかるし、ふだん意識しても言葉にはならない生活人の感慨がさりげなく描写されるとき、深くうなずけるのだ。このあたりの著者の筆力は新人ばなれしていて、純文学への道を長いあいだ模索していたというクルーガーの、鍛えられた心の目がなせるわざだろう。

そして、主人公たちは凡人ではあってもそれに甘んじることなく、善の力を信じてけんめいに闘う。ノワールとは正反対のスタンスの、いってみればロマンティストの小説である。著者は学生運動で逮捕されたり職を転々としたりと、いろいろ苦労しているようなのに、最終的には人間を信じ、人生を肯定する姿勢が、作品からは強く感じられる。主人公が苦しみ、傷つき、闘ったあと、悲しみの中にも何か善《よ》きものが残ったと思わせる読後のすがすがしさは、ちょっと特筆ものだ。甘っちょろいセンチメンタリズムとは違う強い信念が、作品の底には流れている。オジブワ族の教えに託して描かれる自然の営みの尊さと、その営みの中で生きている登場人物たちの姿には、世を拗《す》ねたくなる者にも共感を呼びおこす、普遍的な力があるように思う。

　こういった特長は、シリーズ二作目の本書『狼の震える夜』でも十二分に発揮されている。コークはまだ家族とは別居中ながら、子どもたちのいい父親であろうと努力している。前作で悲しい結末を迎えたモリーとの恋をきっかけに、煙草をやめ、ランニングを始めて、彼女とかわした約束を守りぬこうと決意している。一方、妻のジョーは夫婦がおかした過《あやま》ちから立ち直ってはいないが、変貌しつつある夫にやさしい気持ちを抱きはじめている。だが、かつてのカントリー界の大御所ウィリー・レイが訪ねてきたときから、コークたちはふたたび事件にまきこまれていく。ウィリー・レイは、麻薬濫用《らんよう》スキャンダルで雲隠れしている人気女性シンガー、シャイローの父親だった。シャイローは幼いときに母親が殺されるのを目撃し、ショックのためにそのときの記憶をなくしていたが、セラピーによって最近記憶を取り戻し、迷宮入りしたままの事件の犯人を思い出したのではないかといわれていた。ミネソタの広大な原生地域に身を隠した彼女からの音信がとだえたのを心配し、ウィリー・レイはコークに捜索の手助けを頼む。しかし、彼らの行く手に待ち受けていたのは、きびしい冬の迫る北の大自然と、正体不明のスナイパーたちだった。

前作よりも冒険サスペンス的な味わいが濃く、追う者と追われる者の熾烈《しれつ》なサバイバルゲームが展開する、スリリングな作品に仕上がっている。また、今回は「父親とは何か」というテーマが随所にあらわれているのも興味深い。コークと子どもたち、ウィリー・レイとシャイロー、ストーミーとルイスの関係を三つの大きな軸として、周辺にベネデッティやスローアンの親子関係がたくみに配置されている。そして、魅力的な悪役カロンの人生にも、どうやら父親が影を落としているようだ。「家族の絆」の追求が、シリーズを通じての大きな命題であることが、この二作目でさらに明確になっている。とはいっても、事件自体は完全に独立しているので、前作をお読みでない方でも充分楽しめると思う。


クルーガーの近況をお知らせしておこう。二〇〇一年には、コーク・シリーズの三作目にあたる *Purgatory Ridge* が発表された。製材所社長の家族を狙った誘拐にコークの妻と息子がまきこまれ、コークが愛する者たちを助けるために命を賭けるという、これまでの集大成的な作品といえる。アメリカでは人気シリーズとして定着し、現在進行中の四作目では、ジョーの妹で自分は女として魅力がないと思っているローズが、なんと恋に落ちるらしい。

そして、二〇〇三年二月には、単発作品 *The Devil's Bed* が刊行される。これは、ストリートキッズ出身という異色のシークレットサービス局員が、大統領夫人を狙う殺人犯と対決するストーリーで、シリーズとはまた一味違うテンポのいい冒険サスペンスだ。講談社文庫で邦訳予定なので、どうぞ楽しみにお待ちいただきたい。

訳出にあたっては、講談社文庫出版部の堀沢加奈さんにたいへんお世話になった。また、カヌー用語の不明点については、〈ヒロウッデンカヌーショップ〉の永瀬浩範氏にメールを通じてご教示をいただいた（文責は、むろん訳者にある）。この場を借りて、心からお礼申し上げる。

二〇〇二年十二月

野口百合子

|著者|ウィリアム・K.クルーガー　スタンフォード大学中退後、さまざまな職業を経て作家に。本シリーズ第1作の『凍りつく心臓』は、アンソニー賞・バリー賞の最優秀処女長篇賞をダブル受賞した。美しく厳しい自然を背景に描かれる本シリーズは、いきいきとした人物描写とサスペンスあふれる展開で、高い評価と人気を得ている。現在、妻と2人の子供とともに、シリーズの舞台であるミネソタ州に在住。

|訳者|野口百合子(のぐち・ゆりこ)　1954年、神奈川県生まれ。東京外国語大学英米語学科卒業。出版社勤務を経て翻訳家に。主な訳書に、クルーガー『凍りつく心臓』(講談社文庫)、マグレガー『エリザベス』、ハンド『マリー・アントワネットの首飾り』(以上新潮文庫)、ホフマン『恋におちた人魚』(アーティストハウス)、デュボイズ『合衆国復活の日』(扶桑社ミステリー)等がある。

狼《おおかみ》の震《ふる》える夜《よる》

ウィリアム・K.クルーガー|野口百合子《のぐちゆりこ》 訳

講談社文庫

定価はカバーに表示してあります

2003年1月15日第1刷発行

発行者――野間佐和子
発行所――株式会社 講談社
東京都文京区音羽2-12-21　〒112-8001
電話 出版部 (03) 5395-3510
　　 販売部 (03) 5395-5817
　　 業務部 (03) 5395-3615

デザイン―菊地信義
製版――豊国印刷株式会社
印刷――豊国印刷株式会社
製本――株式会社千曲堂

Printed in Japan

落丁本・乱丁本は購入書店名を明記のうえ、小社書籍業務部あてにお送りください。送料は小社負担にてお取替えします。なお、この本の内容についてのお問い合わせは文庫出版部あてにお願いいたします。

ISBN4-06-273641-1

講談社文庫刊行の辞

二十一世紀の到来を目睫に望みながら、われわれはいま、人類史上かつて例を見ない巨大な転換期をむかえようとしている。

世界も、日本も、激動の予兆に対する期待とおののきを内に蔵して、未知の時代に歩み入ろうとしている。このときにあたり、創業の人野間清治の「ナショナル・エデュケイター」への志を現代に甦らせようと意図して、われわれはここに古今の文芸作品はいうまでもなく、ひろく人文・社会・自然の諸科学から東西の名著を網羅する、新しい綜合文庫の発刊を決意した。

激動の転換期はまた断絶の時代である。われわれは戦後二十五年間の出版文化のありかたへの深い反省をこめて、この断絶の時代にあえて人間的な持続を求めようとする。いたずらに浮薄な商業主義のあだ花を追い求めることなく、長期にわたって良書に生命をあたえようとつとめるところにしか、今後の出版文化の真の繁栄はあり得ないと信じるからである。

同時にわれわれはこの綜合文庫の刊行を通じて、人文・社会・自然の諸科学が、結局人間の学にほかならないことを立証しようと願っている。かつて知識とは、「汝自身を知る」ことにつきていた。現代社会の瑣末な情報の氾濫のなかから、力強い知識の源泉を掘り起し、技術文明のただなかに、生きた人間の姿を復活させること。それこそわれわれの切なる希求である。

われわれは権威に盲従せず、俗流に媚びることなく、渾然一体となって日本の「草の根」をかたちづくる若く新しい世代の人々に、心をこめてこの新しい綜合文庫をおくり届けたい。それは知識の泉であるとともに感受性のふるさとであり、もっとも有機的に組織され、社会に開かれた万人のための大学をめざしている。大方の支援と協力を衷心より切望してやまない。

一九七一年七月

野間省一

海外作品

小説

グレッグ・アイルズ　中津悠訳　ブラッククロス(上)(下)
グレッグ・アイルズ　雨沢泰訳　神の狩人(上)(下)
グレッグ・アイルズ　中津悠訳　甦《よみがえ》る帝国(上)(下)
グレッグ・アイルズ　雨沢泰訳　24時間
R・アンドルース　渋谷比佐子訳　ギデオン神の怒り
S・K・ウルフ　翔田朱美訳　聖戦
S・ヴォイエン　笹野洋子訳　雪豹
M・W・ウォーカー　矢沢聖子訳　凍りつく骨
M・W・ウォーカー　矢沢聖子訳　処刑前夜
M・W・ウォーカー　矢沢聖子訳　神の名のもとに
M・W・ウォーカー　矢沢聖子訳　すべて死者は横たわる
M・ウェズレー　河野万里子訳　満潮
M・ウェズレー　山岡訓子訳　すれ違い
N・ヴィーダ　矢沢聖子訳　グッバイ・サイゴン
K・ウーゼンクラフト　高野裕美子訳　シンシアの真実
J・ウォーターハウス　細美遙子訳　鏡をのぞく女
バーバラ・ウッド　加藤しをり訳　女性司祭
ダグラス・E・ウィンター　金子浩訳　撃て、そして叫べ
M・エバハート　白石朗訳　死体なき殺人
M・エバハート　白石朗訳　法に背いて
L・D・エスルマン　宇野輝雄訳　私立探偵
L・D・エスルマン　宇野輝雄訳　欺《あざむ》き
K・エークマン　澤村灌訳　白い沈黙
A・エルキンズ　笹野洋子訳　略奪
レニー・エアース　田中靖訳　夜の闇を待ちながら
M・オルシェイカー　加藤しをり訳　女性刑事
ローズマリー・オーバート　長野きよみ訳　セカンド・チャンス
チャールズ・オズボーン　羽田詩津子訳　〈アガサ・クリスティー〉招かれざる客
N・ガーボウ　石森康久訳　復讐(上)(下)
J・カッツェンバック　高橋健次訳　理由(上)(下)
J・カッツェンバック　高橋健次訳　追跡(上)(下)
ペイン・カー　高野裕美子訳　柔らかい棘
C・キング　翔田朱美訳　盗聴
B・キャムペル　北沢あかね訳　逃走
W・キンソルヴィング　大澤晶訳　外交官の娘(上)(下)
マイケル・キンブル　高儀進訳　計画殺人
R・ギャドニー　高橋健次訳　ナイトシェード
J・キャドウ　田中一江訳　無法の正義
S・クーンツ　冴木淳訳　デビル500応答せず(上)(下)
S・クーンツ　高野裕美子訳　ミノタウロス(上)(下)
S・クーンツ　高野裕美子訳　大包囲網(上)(下)
S・クーンツ　高野裕美子訳　ザ・レッドホースマン(上)(下)
S・クーンツ　高野裕美子訳　イントルーダーズ(上)(下)
S・クーンツ　高野裕美子訳　撃墜王
ロバート・クラーク　小津薫訳　記憶なき殺人

講談社文庫　海外作品

D・クロンビー　西田佳子訳　警視の休暇
D・クロンビー　西田佳子訳　警視の隣人
D・クロンビー　西田佳子訳　警視の秘密
D・クロンビー　西田佳子訳　警視の愛人
D・クロンビー　西田佳子訳　警視の死角
D・クロンビー　西田佳子訳　警視の接吻
D・グターソン　高儀　進訳　殺人容疑
D・グターソン　高儀　進訳　死よ光よ
M・L・グロス　玉木　亨訳　大統領の身代金
L・グラス　翔田朱美訳　刻　印
L・グラス　翔田朱美訳　紅唇《ルージュ》
W・グルーム　小川敏子訳　フォレスト・ガンプ
M・J・クラーク　山本やよい訳　女性キャスター
M・J・クラーク　山本やよい訳　緊急報道
ロバート・クラーク　小津　薫訳　記憶なき嘘
ウィリアム・K・クルーガー　野口百合子訳　凍りつく心臓

ロバート・クレイス　村上和久訳　破壊天使(上)(下)
D・クーンツ　田中一江訳　汚辱のゲーム(上)(下)
シェリ・P・ゲラー　北沢あかね訳　女執行人
アイラ・ゲンバーグ　石田善彦訳　終身刑
J・ケニーリー　高橋健次訳　誘拐指令
ジョナサン・ケラーマン　北澤和彦訳　イノセンス(上)(下)〈女性刑事ペトラ〉
ダグラス・ケネディ　玉木　亨訳　どんづまり
テリー・ケイ　笹野洋子訳　そして僕は家を出る(上)(下)
S・コーエン　北澤和彦訳　インヴィジブル・ワールド
J・コーゾル　公文俊平　藤原作弥　訳　ドル大暴落の日〈ハードランディング作戦〉
P・コーンウェル　相原真理子訳　検屍官
P・コーンウェル　相原真理子訳　証拠死体
P・コーンウェル　相原真理子訳　遺留品
P・コーンウェル　相原真理子訳　真犯人
P・コーンウェル　相原真理子訳　死体農場
P・コーンウェル　相原真理子訳　私　刑

P・コーンウェル　相原真理子訳　死　因
P・コーンウェル　相原真理子訳　接　触
P・コーンウェル　相原真理子訳　業　火
P・コーンウェル　相原真理子訳　警　告
P・コーンウェル　相原真理子訳　審　問(上)(下)
P・コーンウェル　相原真理子訳　スズメバチの巣
P・コーンウェル　相原真理子訳　サザンクロス
P・コーンウェル　矢沢聖子訳　女性署長ハマー(上)(下)
S&A・ゴロン　井上一夫訳　アンジェリク全26冊
F・コンロイ　西田佳子訳　マンハッタン物語(上)(下)
W・コフリン　中山善之訳　逆転敗訴(上)(下)
B・コンフォート　矢沢聖子訳　女精神科医
R・コナリー　山本やよい訳　殺人台本(上)(下)
R・ゴダード　幸田敦子訳　閉じられた環(上)(下)
R・ゴダード　加地美知子訳　今ふたたびの海(上)(下)
マイクル・コナリー　木村二郎訳　バッドラック・ムーン(上)(下)

講談社文庫　海外作品

講談社文庫　海外作品

D・ハンドラー　北沢あかね訳　女優志願
D・ハンドラー　北沢あかね訳　自分を消した男
D・ハンドラー　北沢あかね訳　傷心
T・バーンズ　矢沢聖子訳　デッド・ミート
W・ハリントン　吉川正子訳　強行着陸
B・パーカー　佐藤耕士訳　疑惑
B・パーカー　佐藤耕士訳　疑心
B・パーカー　佐藤耕士訳　擬装心理
B・バーガー　笹野洋子訳　リスクが多すぎる
B・バーガー　笹野洋子訳　リスクを追いかけろ
W・バーンハート　白石朗訳　多重追走
W・バーンハート　白石朗訳　殺意のクリスマス・イブ
L・S・ハイタワー　小西敦子訳　引火点
L・S・ハイタワー　小西敦子訳　切断点
L・S・ハイタワー　小西敦子訳　消失点
エヴァン・ハンター　小林宏明訳　秘匿特権

T・J・パーカー　渋谷比佐子訳　渇き
T・J・パーカー　渋谷比佐子訳　凍る夏
C・ハリソン　笹野洋子訳　マンハッタン夜想曲
C・ハリソン　笹野洋子訳　闇に消えた女
R・ハンセン　山本やよい訳　執念
J・L・バーク　佐藤耕士訳　シマロン・ローズ
A・ハーメッツ　羽根田治美訳　痕跡
デイヴィッド・バルダッチ　北澤和彦訳　運命の輪(上)(下)
ジェーン・ハミルトン　紅葉誠一訳　マップ・オブ・ザ・ワールド
ジャン・バーク　渋谷比佐子訳　骨(上)(下)
C・ビクター　翔田朱美訳　遺言執行人
C・ビクター　田村達子訳　ダブル・シークレット
R・フェリーニョ　深井裕美子訳　チェシャ・ムーン
R・フェリーニョ　深井裕美子訳　ダンスは死の招き
フィリップ・フリードマン　赤尾秀子訳　大陪審団(上)(下)
B・プロンジーニ　木村二郎訳　凶悪

ジャネット・フィッチ　杉　奈穂訳　扉
D・フリン　中山善之訳　ハドソン川殺人事件
W・D・ブランケンシップ　中川聖訳　女競買人横盗り
ジーニー・ブルーワー　矢沢聖子訳　愛は永遠の彼方に
L・ベイカー　高儀進訳　フラミンゴ白書
R・G・ベルスキー　高山祥子訳　殺したいほど愛してる
T・ペリー　飯島宏訳　蒸発請負人
A・ヘンリー　小西敦子訳　フェルメール殺人事件
G・ホワイト　犬飼みずほ訳　誰が社長を殺したか
G・ホワイト　加地美知子訳　サンセット・ブルヴァード殺人事件
G・ボイル　佐久間俊訳　盗撮
G・ボイル　佐久間俊訳　鮮血
G・ボイル　佐久間俊訳　究明
ジェイムズW・ホール　山岡訓子訳　大座礁
ジェイムズW・ホール　北澤和彦訳　大潮流
ジェイムズW・ホール　北澤和彦訳　大密林

2002年12月15日現在